长发

为谁留

郭地红◎著

新疆美术摄影出版社
新疆电子音像出版社

图书在版编目(CIP)数据

长发为谁留 / 郭地红著. —— 乌鲁木齐：新疆美术摄影出版社：新疆电子音像出版社, 2013.3

ISBN 978-7-5469-3631-4

Ⅰ.①长… Ⅱ.①郭… Ⅲ.①长篇小说 – 中国 – 当代 Ⅳ.①I247.5

中国版本图书馆 CIP 数据核字（2013）第 045164 号

长发 为谁留   郭地红 / 著

责任编辑	王　琴	
出版发行	新疆美术摄影出版社	
	新疆电子音像出版社	
地　　址	乌鲁木齐市经济技术开发区科技园路 7 号	
邮　　编	830011	
印　　刷	新疆新华华龙印务有限责任公司	
开　　本	787 毫米 × 1092 毫米　　1/16	
印　　张	15.25	
字　　数	196 千字	
版　　次	2013 年 3 月第 1 版	
印　　次	2013 年 5 月第 1 次印刷	
书　　号	ISBN 978-7-5469-3631-4	
定　　价	42.60 元	

故 事 梗 概

　　上世纪 80 年代初至 90 年代，边陲小城有条不寻常的街——寡妇街，在改革开放的时代诞生。小城街上出现了改革开放初期的风云人物：金凤、巧珍、雪莲。这三个女人是从成千上万的个体户中脱颖而出的代表人物，她们和许多创业人一样在寡妇街开店。

　　金凤阴差阳错，嫁了个香鹤一去不归的男人，当她梅开二度之时，却迎来一个人生的苦涩秋天。

　　巧珍蹉跎岁月，历经生活的磨难，她赶上改革开放的机会，有一天，她看完一部日本电视剧《阿信》，感动地发誓：一定做一个中国的阿信。

　　雪莲，一个像天山上的雪莲花一样纯洁的姑娘，在她花开的季节遭遇了一场人生寒流，一颗少女纯洁的心过早地枯萎、凋零。此时，她听凭命运随波逐流，被南方的一场改革大潮裹了去。只几年光景，她凤凰涅槃，浴火重生，重返边陲，成为边疆小城众目睽睽的风云人物。

　　为了生活，她们爱过、恨过、苦过、累过、哭过、笑过，经历了人生一个又一个暴风雨，她们用顽强的毅力，在这条小街上苦心经营十余载，从小饭馆到大酒店，资本积累滚雪球般地由小到大，开创出一片属于自己的天地，为自己打造了一座辉煌的财富宫殿。就在她们苦尽甘来，生命花朵即将绽放之时，她们情感的诺亚方舟一夜之间跌入深渊。命运像一根无形的绳子，把三个命运多舛的女人连在一起。

　　这部小说描述了金凤、巧珍、雪莲三个女人悲欢离合、喜怒哀乐、酸甜苦辣的心路历程，勾勒出一幅个体创业风云人物的众生相。作者用朴实生动的语言，向人们展示边地人斑斓多彩的生活场景，栩栩如生地描绘出边陲小城一幅民俗风情画卷。

目　录 <<< CONTENTS

一

"砰"的一声枪响,回荡在寡妇街除夕的夜空,震碎了人们缠绵的发财梦,飘了一夜的鹅毛大雪把街道覆盖的严严实实,一阵刺耳的警笛划破寂静的黎明,渐行渐远。天麻麻亮时,街上的店门吱嘎嘎开了,人们迫不及待地走出家门,想看个究竟,探头探脑地寻着枪声响起的地方望去。只见街面头的哑妹孤零零地站在雪地上,张牙舞爪地哇啦哇啦地喊叫什么。警笛消失了不大一会儿,接着是迎新年的鞭炮声,噼里啪啦不管三七二十一响彻整条街道,雪地上一片红彤彤的鞭炮碎片。

新年黎明的一声枪响,拉开了寡妇街一道神秘的大幕,各种奇怪的话题出笼了,各种版本的传说流传开来,一个个秘密的事件浮出水面。

说来奇怪,这个热门话题随着日子长了,也就渐渐被人们淡忘了。一日傍晚,街上的烤羊肉摊子上出现个瞎子说书人,只见他一手拿着个鹅毛扇,一手拿着个呱嗒板子,节奏分明地打了一阵,伸手往小城一指,"嗤——"的长长一声,口中念念有词:话说有个西北,西北有个天山,天山有个北坡,北坡下有个小城,小城有条街,叫作寡妇街。街上有三个响当当硬邦邦的女人,一个唤做火凤凰,叫金凤;有一个唤做马兰草,叫巧珍;有一个唤做美人鱼,叫雪莲。这三个女人一个性子火辣辣,一个性子温柔似水,一个青春似火……说到关键处,不知他是有意停下

1

还是在咽流出来的口水，接着说：各位看官，人说寡妇门前是非多，听我说，这寡妇开店故事多……不管你是东来的官还是西来的客，吃在寡妇街，喝在寡妇街，玩在寡妇街，最后呢……他忽然不往下说了，故意留个悬念，拐了个弯，换了个题目说开去。

听者好奇，说书人把这条街上发生的故事渲染的云山雾罩、光怪陆离、神乎奇神。正是这条街给寂寞的小城增添了许多喝茶聊天的话题。

二

寡妇街是条名不见经传的街，市政地图上找不到，就连市志也无记载，通信地址也没这个地名，奇怪的是人人皆知。关于寡妇街的街名来历要从头说起。

在规划这座小城时，当地政府从外地请来资深的地名专家，给小城的每条街道命名。等到老专家把小城所有街道命名完后，才想起给这条偏僻的小街命名。此时老专家已江郎才尽，搜肠刮肚急白了头发也想不出个子丑寅卯。

一个雨后晴朗的早晨，蓝天像水洗过一样，老专家站在小城的西域大酒店最高层，站在窗前，打开窗户，一座戴着白帽子的雪山，像一幅巨大的风景画浮现在眼前，伸手可及。老专家被这绝美的风景吸引住了，喜形于色，脑子里一道闪电划过，失声惊颤地大叫："有了，有了。这条街就叫天山路。"

从此小城的最后一条街，有了一个响亮的名字：天山路。

雄伟的天山全国独一座，名气大的世人皆知，用"天山路"命名这条街，怕是再好不过了。

一个炎热的夏天。太阳懒洋洋地露出笑脸，汽车喇叭声、小贩的叫卖声、嘈杂的音响、摊主的吆喝声，交织成杂乱无章的交响乐，整条街像煮开锅的饺子，沸腾起来了。

一个在街南边开饭馆的女老板，一个在街北边开饭馆的女老板，这俩娘们，一个长脸，一个圆脸。长脸女人托人买回一台小黑白电视机，放在饭馆里让客人们看；没过多久，对面的圆脸女人也买了一台大黑白电视机，摆在饭馆门口招徕客人；长脸女人哼了一声，赶紧打定主意，第二天托人买回一台小彩色电视机，于是长脸女人的店门前又积聚了许多客人；对方更不示弱，没过三天，圆脸女人的店门口摆了一台大彩色电视机，还别出心裁请来一个维吾尔族巴郎子，在店门前卖起了烤羊肉串。

铁皮烤箱上紫烟缭绕，戴着小花帽的巴郎子，摇晃着拨浪鼓一样的大脑袋，手持一把冒着热气的羊肉串，伸向路人面前，热情似火地吆喝道：

"来——来——来，来一串没结婚的羊娃子肉哇，吃一口又辣又香！吃了还想吃啦！丫头子吃了更漂亮，小伙子吃了更精神，老年人吃了身体好啊！快——快——来一串——来一串啊！"

一股夹杂着孜然香的羊肉串直往路人鼻子里钻，巴郎子声音清脆嘹亮，嗓子声里带着卷舌音的长长韵味，一会儿便把馋嘴的客人引诱过来了。

过了没几天，长脸女人不知从哪儿请来一个哈萨克族老艺人，老汉蓄着山羊胡子，怀里抱着冬不拉，边弹边唱，从早晨弹到日落西山，招徕许多看热闹的客人。

圆脸女人干脆支起音箱，播放民歌。长脸女人也不示弱，支起高音喇叭，开足音量，对着大街猛放。双方你想压过我，我想搞倒你，一个不让一个，一浪高过一浪，来来往往的人，怡然自得地徜徉在民歌欢快的旋律中。

终于有一天，因为一件小事，两个对门的女老板之间引发了一场激烈的战争，惊天动地，把一条街吵得像过节一样热闹。

起因是一场狂风把街南边圆脸女人的店招牌刮起，不偏不倚摔落在街北边长脸女人饭馆的窗户上，把玻璃砸个粉碎。长脸女人气呼呼地抓起牌子，扔在街道上，恰好一辆车路过，嘎嘎吱吱压碎了牌子，被圆脸女人看了个一清二楚。圆脸女人跑过来拿起烂牌子，找对门的长脸女人说理，这下引着了压在长脸女人心头上的火：

"你凭什么扔我的牌子？"

"有本事，找老天爷啊！"

"老天爷没长眼，就找你赔！"

长脸女人摆起一副吵架的架子："来吧！我赔，呸！"

两个女人一个叉腰，一个跺脚，一个伶牙俐齿，一个快言快语，火辣辣，点炮仗，炒爆豆……针尖对麦芒。一个瞪眼跳一丈，一个把地皮跺得嗵嗵响；一个手指颤抖，一个嘴吐白沫，你不让我，我不让你，直吵得天翻地覆，昏天黑地……

双方犀利的叫骂，似锋利的刀，刺向对方的痛处，同时也刺中自己的要害，心口在滴血。就在她们吵得不可开交时，街的另一头由远而近响起一阵叮叮当当的驴铃声，人们见一个白胡子老头骑着灰驴，晃晃悠悠地走进看热闹的人群。人们闪开一条道，白胡子老头一拉缰绳，那头灰驴伸长脖子"嗷——嗷——嗷"地发出三声长叫，俩女人忽张着大嘴，面红耳赤，吐不出一个字。她们中断争吵，蓦地捂着脸，低下头转过身，拨开看热闹的人群，匆匆回自己的饭馆。

看热闹的人们好一会儿才清醒，有人看清了这场戏的内容，嚷嚷开了。

"我看这俩娘们，赛过《水浒》里的孙二娘和扈三娘。"

"嘀！奇怪啊，只见娘们吵架，怎不见爷们出场？"

"听说这俩娘们都是寡妇，哈哈，干脆把这条街叫寡妇街吧！"

"对！这名,听着贼响！叫起来顺溜。"

有好事的闲客嘿嘿一笑,道破其中的神秘,挑衅地笑道:"这可真是世道变了,爷们嗑瓜子、织毛衣、翻闲话、谝传子;娘们喝酒、骂骚话、打群架。"

自此,有人打的去天山路,司机摇头说不知,一说去寡妇街,司机连问也不问,直接把你拉到这个地方,你说奇也不奇?就这么个荤街名,好记,叫得响,被路人记住了。遗憾的是专家费尽心机拟定的街名,楞被百姓随口叫的荤名活活取代了。

倘若你是个外来者到小城做客,不知这条街,甚至没到这条街走一趟,呵呵,你等于没到小城来过。人家会笑你是个勺子(当地人说傻子的意思)。

但凡好事的人路过这里时,一颗好奇心拴住脚脖子,驻足在这里打听刚出炉的传说,掺和自己的意思,一传十、十传百的与大家分享。于是那传说就变得神秘、离奇、玄妙,像长了翅膀,出现各种版本,飞入千家万户,搅得满城风雨,吸引着十里八乡的百姓,到这儿走一遭。人们走一走,看一看,听一听,说一说,坐一坐,领略这里的风土人情,对街上的女人评头论足,说东道西。

街上的女人,个个精明得很,各有一套看家本领,把不起眼的小生意做得风生水起,见了客人察言观色,眼观六路,耳听八方,胆大心细,举止不慌,说出话比唱得好听,个个精明的赛过阿庆嫂,巧言令色玩着花样,把爷们的钱袋子一股脑儿地掏瘪了,叫爷们心疼的直咂嘴,叫苦不迭,臭骂道:狗日的娘们,心贼黑手真狠!

寡妇街是爷们吃喝逍遥的好去处。因为这里有当地人喜欢的十大名小吃:菜根香阳春面,牵不走的小毛驴,大丰收的拌面王,小草帽的大盘鸡,一杆旗的抓饭,虎狼窝的清炖羊肉,红柳村的胡辣羊蹄,叫人回味的沙漠之粥(舟),红遍天的蝎子火锅,馋死你的手撕牛肉。

闲客们聚在一堆唠叨:你注意看呐,仰脸的女子,低头的汉子,街上那些个仰脸的娘们,十有九个骚球子;看那低头的熊汉子,十有九个塌头子(无能的意思);真是娘们子不浪,爷们子不追!娘们子不骚,爷们子不上!

三

南来北往的客人在这儿落脚,吃一串烤羊肉,喝一碗酸马奶子,来一盘香喷喷的手抓肉,再上一个大盘鸡,各种风味交织在一起,叫人流连忘返。

一阵清风吹过,街上慢悠悠地出现个骑头灰驴老头的影子,这老头白眉白胡子,银灰色的胡子有半尺长,随风飘逸,像一面飘荡的旗子,显出一种仙风道古的风采。形成反差的是脸和鼻子是红的,那一口洁白的牙齿,啃起羊骨、牛骨,嘎巴嘎巴山响,秃脑袋上扣一顶羊羔皮毡帽。据说那帽子从戴上那天起,就没见他摘下来过，天长日久，帽子油光光的，连帽边上绣的花纹，也几乎分辨不清。只有那头灰驴不离左右，是他代步的工具。再看那驴背上搭条花毡子，花纹是波斯风格，虽日久，但仍清晰。小毛驴得得得地一阵风，跑得飞快……他是这个地方有名的土郎中，肩膀上斜挂着药葫芦，里面有他配制的各种药。

谁也不敢小觑这老头，他可是当地的一个人物。只见他一年四季穿件老羊皮袄，春夏，毛朝外；秋冬，毛朝里。据说郎中年轻时背着葫芦上山采药，不小心掉下悬崖，恰好那件老羊皮袄结结实实挂在一棵树上，拣回一条性命。

他常年带着那个药葫芦，日子久了，磨出亮闪闪的釉子。每年春天，他熬制的一种五味苦麻汤，孩子喝了不染麻疹，大人喝了不得伤寒。方圆百里的人们不知他的姓名，却都敬他，称他为"药葫芦"。

药葫芦的父亲是个郎中，把祖辈传下来的看病本事交给他。父亲过世后，他便承袭了父亲的医术，年轻时他跟着左宗棠的部队进入边疆，打完了仗，便在骆驼驿落下脚，娶了个当地的土著女人生儿育女。过了多年，他给流放到边疆的禁烟英雄林则徐当向导，一直把这个大英雄送到伊犁，得了一大笔赏钱，后来在街上开了家药铺，当起坐堂郎中。那药铺有两间房子，一个里间，一个外间；外间是诊室，里间的四周墙壁上用木头做的两层架子，上面摆放着各种中草药：灵芝、雪莲、锁阳、大芸、贝母、骆驼刺、骆驼蓬子、苦豆子、野罂粟、野麻黄……红的、黑的、绿的、黄的、长的、短的，散发着浓烈的草药味道。下面摆放着动物的内脏：有牛黄、狗宝、狗鞭、羊肝，瓦罐里放着鹿茸、鹿鞭、驼峰、驼掌……房子中间有根很粗的柱子，上面挂着牛皮、羊皮、狼皮、狐狸皮，野黄羊的骷髅头。

有人来找药葫芦，只要见药铺门上方挂着个药葫芦，门前的老榆树下拴着那头灰驴，那他一定在里面。

药葫芦看病的方法很简单，把脉、查眼、观相、看鼻、闻味。他看病既杂又乱，什么头疼脑热、捏骨、正骨、拨脓、挖疮，各种疑难杂症，来者不拒。

他坐在用老榆木做的椅子上，眼前的桌子是沙枣木做的，虽粗糙，但很结实，使用得久了，木纹磨得异常清晰，油光光的。他诊脉时，用狼毫开药方。握笔时下巴往前一抵，那雪白的胡子便在纸上刷过，字写得龙飞凤舞，只有他自己认得。一双老鼠眼眯缝着，不细看，以为他是个瞎子。看他那双手，长长的手指甲，如锋利的刀片，显出几分狰狞。他就用这长指甲的手抓药，刮药粉，刮一下一毫，刮两下一分，刮三卜一钱，断毫不差。

药葫芦不论走到哪里，都有人跟他主动打招呼。路边两个正在打架的莽汉，远远见他骑着一头小毛驴的影子，立时住了手，泄了气。那些街头游荡的闲汉，或躺在树荫下睡懒觉的酒鬼，一听见他叮当的驴铃和他沙哑的小曲，啊喝！马上从土里一骨碌爬起来，赶紧抖抖身上的沙土，木头一样呆立着，脸上堆出恭敬的神

5

态,一副傻乎乎的样子,药葫芦神情庄重、严肃,仿佛至高无上的国王,威仪地从旁人面前走过,目不旁视。他会说当地的几种语言,说得像倒豆子一样快。谁也不知他有多大年纪,有人说他八十八,有人说他九十九,也有人说他百岁了。

柳树绿了,榆钱开了,一股旋风飞起,在街上袅娜盘旋,把地上的草叶、纸屑和鸡毛卷向空中,白眉白胡子老头像个活神仙,骑着那头驴,慢悠悠地出现在街上,从东头走到西头,又从西头又走到东头,风将他的白胡子吹乱。他手搭凉棚,凝视遥远的天山,戴着白帽子的天山山峦起伏,山顶上悬着那颗毒日头,被一团蒙蒙雾气笼罩,多年的经验告诉他,这是暴发洪水的先兆。

他骑着毛驴,挨家挨户告知街上的商户,嘱咐人们防洪。那些新来的商户哪里相信药葫芦的话,抬头见晴朗朗的天空挂着个明晃晃的大日头,再看戈壁千里,干的要冒青烟,旱的连草不长,鸟儿不飞,怎么会有大洪水呢?店家们莫名其妙地看着药葫芦离开这里,指着他的背影,大骂疯傻老头,胡说八道!大白天说梦话!

就在药葫芦说完提醒大家的当天晚上,果然应验了,一场咆哮的山洪如万马奔腾,真是天山之水天上来,把街两边的爬爬房冲得东倒西歪,那些不结实的土坯房子,轰隆一声倒塌了。人们这才相信了,药葫芦的话千真万确!他果真能掐会算。

大水把房子冲垮了,周围的店家们一边咒骂着老天爷,一边清理地基。

街道北边金凤和街道南边巧珍家是铁皮房子,打的是石头地基,房子没遭到毁坏,这样她们乘机把地盘扩大了。在原来的基础上,金凤家盖起了三间房,巧珍家盖起了四间房。

过了没多久,药葫芦又出现在街上,来回走了一趟,走到每家门口,就告知这家人,避开拉木头、煤炭、柴油的车。

只有两家人把他说的话放在心上,一家是金凤,一家是巧珍,遵照他的嘱咐,让那些拉木头、煤炭、柴油的车停放在离店门百十米远的地方。

一个月黑风高的夜晚,一个偷油贼偷油时,打着火机,想查看油桶里是否灌满了油,一瞬间,火燃着了油,把街两边的房子变成一片火海,因金凤和巧珍家盖的是砖混房子,再加上那些油车和她们有距离,两家幸运地躲过了这场火灾。

这时,更多的人相信药葫芦的话了。

后来,有好事人请教他:"老头子,你给这条街算个命。"

药葫芦骑驴走到街心,一阵旋风骤起,在他周围盘旋,树叶、鸡毛、纸片,呼啦飞上天去,在空中曼舞。他站在旋风里,岿然不动,雪白的胡子在风中飘飞,两只浑浊的眼,洞穿历史的氤氲,射向天外……药葫芦抚着长须,仰望天上的大火球,喟然长叹:"呵呵!这条街难逃三劫,一劫水灾,二劫火灾,三劫人灾。"

那人好奇地追问:"有什么根据?"

药葫芦沉吟了片刻,掐掐指头,算了算,口中念念有词:"哎——唉——因这条街有三怪:娘们子开饭馆,爷们子来吃饭,站着进横着出。有那好色的、偷腥的、贪杯的、财迷的家伙,四路照了头,就会出人灾啊!"他给那人找了几个三劫的佐证。

那人佩服的点头,骑驴看戏本,本书的故事也就从这里开始。

一

街北边有个用铁皮搭建起来的房子。门前有根木头桩子，上面钉着一块歪斜的木牌子，写着上海人家饭馆。

开这个饭馆的女人叫金凤，她在这儿开店的日子久了，摸准了生意的火候，啥时是淡季，啥时是旺季。东来的生客，西往的熟人，操不同的口音，那些人的习俗、口味、嗜好，她一看一听便明白八九。

不论你是天南还是地北的客人，只要有了烟酒，就来了精神。三杯酒下肚，陌路人成了久违的朋友。他们有句响亮的口头禅：钱嘛，纸嘛，花完了还能挣撒；酒嘛，水嘛，端起杯子谁怕谁撒？喝死了去个球！再看这些客人，个个显出几分西北汉子的豪情：有一股子酒瓶子不倒人不倒，酒瓶子倒了人还不倒的豪气，嘴巴上始终挂着那句英雄气概的"儿子娃娃"（当地人把勇敢的男人这样叫）。

这些常年在外奔波的大老爷们，也着实憋屈，一年有半年闻不着女人味，能不在外找乐子，放松一下自己吗？此时，女人的一个媚眼，一个手势，叫他们魂不守舍，浮想联翩。娘们似高明的驭手，爷们像被驯服的野马，十个有九个会被娘们乖乖牵着走……司机和女老板混熟了，和她们打情骂俏，开心寻乐。也有些个常来常往的酒客，三五个一桌，一来喝酒，二来消磨时间，他们慢慢喝酒，细细地咀嚼羊肉串，慢腾腾吃羊肉闷饼，吃风干馍馍泡茶水,吃凉拌椒蒿……津津有味地谝眼见耳听的故事,把那肚子里的酒虫子,渐渐勾出来了,一个个僵硬的面孔,像是茶叶在开水中慢慢舒展开来。汉子们眉飞色舞地谝闲传(即北京话里的侃大山),比谁的故事精彩,听谁的故事有味,嚼谁的故事奇巧。弦外之音,音中有音,话中有话,那故事因了色、香、味俱全,磁石一样吸引的旁边酒客蠢蠢欲动。直到门外汽车喇叭一响,就有人站起来,匆忙朝外走,那几个谝的正热乎的酒客突然打住半截故事,留待下回分解。

金凤摸透了汉子们的臭脾性:十个爷们九个吹,有一个不吹的,那他肯定是个哑巴;十个爷们九个骚,有一个不骚的,那他肯定有病!

太阳褪去最后一抹余晖,鱼贯而来的汽车停满了街道两旁,车上装满各种货物,黑压压的像一群乌龟。从它们身上散发出的汽油、柴油味,在街道上空漂浮。

街两边的房子里已是灯火辉煌,娘们忙着来回端茶送菜,爷们喜欢这里的环境和气氛,烟雾弥漫的饭馆里,一双一对的贼眼,满眼在女人身上来回穿梭,女人们忙活着,扭动着灵活的腰肢和浑圆的屁股,汉子们一边骚腥腥溜着瞄着娘们的臀部和脸盘,一边性情粗野地大声叫喊:上烟上酒上茶——爷们吆五喝六,划拳喝酒,一直闹到深夜才渐渐消停。

有些吃饭喝酒的司机,酒足饭饱后并不付钱,老板也不问他们要,彼此心照不宣,司机大手一挥,趔趄地走出饭馆,一边打着饱嗝,一边爬到车上,从车上卸下几根木头,或者扔下几大块煤炭,或者一两桶柴油,算做饭资。

还有些进山的司机,带回的东西有雪莲、灵芝、贝母、洋芋蛋、野鱼、野黄羊、马鹿……仿佛大山里有取之不尽的宝贝。司机们把这些东西带出来,大大方方送给开饭馆的老板,老板们自然高兴地收下,再将这些东西做出各种可口的美味菜肴,招徕客人。

有的司机东西不白送,多是心怀鬼胎,借着黑夜的掩护,贼胆包天地一把将女人柔软的身子冷不丁抱住,像逮住一只活蹦乱跳的羔羊,往驾驶室里一扔,不管女人怎样叫骂挣扎,也阻挡不了爷们粗暴的进攻。有的女人明白爷们要做什么,过一会儿便也不挣扎,也不喊叫,任由那双野蛮的大手在身上肆意横行。

这些长年累月在外奔波的爷们,渴望获得娘们的温存,哪怕是一阵子也感到满足。

二

一辆十轮解放牌卡车,每隔十天半月停在街边上。

开车的有俩司机,师傅看上去三十多岁,满脸胡子,叫老马;徒弟白白净净,像个书生,叫小林。夏天,老马师傅的解放牌卡车进山拉木头;到了冬天,过老风口到塔城拉货,一来一回要十天半个月,累了,师徒两个人就轮换休息。他们在这里歇脚。

师徒虽开一辆车,但口味兴趣不一样。俩人下车,师傅往北,徒弟往南。

老马师傅一个猛子扎进金凤小饭馆,徒弟小林一头钻入巧珍的饭馆。老马狼吞虎咽吃金凤做的炒面,直吃得满嘴流油。

人们羡慕这些司机:轮子一转,票子一串。

别看这些司机爷们在夏天里牛气烘烘,可一到了冬天,个个像狗熊,不敢吹了。北疆的冬天,最可怕的是西伯利亚的寒流和突如其来的暴风雪,一旦汽车在半路上抛锚,那是最可怕、最要命的。那里是险路,绝路!一个冬天下来,不冻死个爷们,不冻掉几个人的耳朵是过不去的。试想,那天山七月雪花大如席,塌方、雪崩、泥石流,稍不留神,就会掉下悬崖,连骨头渣滓也找不到。进山的司机哪个不是把脑袋别在裤腰带上,出一趟车回来,就像打了胜仗一样,敞开肚皮大吃猛喝,直喝得五马长枪。真是今朝有酒今朝醉,说不定明天出车,路上就做了冤死鬼啊!

这些个司机爷们,说话粗鲁,动作野蛮,性格暴躁。他们有饭就吃,有酒就喝,有烟就抽,有屁就放,活活一个打不死骂不烂的血性汉子。

金凤习惯了这些粗鲁的汉子们,说话没一个正经。汉子们一边大口抽烟,一边大碗喝酒,一边吹着风骚话,话题绕来绕去离不开女人,故事夹杂着色、香、味。他们走南闯北,耳闻目睹,见多识广。而女老板并不在意男人们的臭嘴,从那里流出来的故事和传说,黄的、荤的、粗俗下流;嘴巴说得痛快、过瘾,周围人听的高兴、开心,不时夸张地哈哈大笑。金凤起初听了这些话恶心、想吐。后来渐渐习惯了,只装听不见,你越是这样,他们就越觉得没达到目的,坏笑着用眼神,并借以手势暗示你,挑逗你,看你有什么反应,直到你沉着脸,瞪一眼,甚至脸红起来,他们算是达到了目的,啊哈哈啊哈哈!笑得前俯后仰。

数九严寒的冬天,老马师傅把车停在街边,大踏步走向上海人家饭馆,使劲一扬胳膊,掀起沉重的棉门帘子,带着一阵寒风,跨入金凤的饭馆。里面早已坐着几个司机,正吹的上劲,见他进来,招呼他来喝酒,他摆了摆大手,往里面走。金凤见老马师傅来了,赶紧让他进里屋烤火。

"冻坏了吧?快烤烤火。"

"龟儿子,把老子的耳朵冻掉包饺子了。"老马师傅冻得直跺脚,接过金凤递过来的热茶。

"想吃点什么?"

"拿酒来。"

金凤拿来一瓶子酒,放在他面前。

老马喜欢吃什么菜,金凤心里有数,见他来了,笑脸相迎,热情招待。一瓶古城子，一盘花生米，一盘猪口条，一盘猪耳朵，老马拣一个不起眼的位置坐下来，一个人闷头喝酒。他健壮得像头牛，手腕上的汗毛又长又密，青筋根根暴起。他的一举一动，透着无穷力量。难怪他走路，或者坐在那里，浑身嘎嘎渣渣地响，喉咙里冒出的声音，像汽车喇叭一样鸣叫。这么结实的汉子，就是再烈的酒，也打不倒他。

酒是男人的眼泪。这句话用在他身上再合适不过。他一口气喝下半瓶子酒。

在司机群里，老马是资格最老的师傅，他开车十几年，不知进天山多少次，翻冰达坂，闯老风口，历经数不清的风险，每次回来都不空手，带回许多山货。这山货送给了金凤。一来二去，就和金凤混个脸熟了。

老马直勾勾地盯着她，想起一件什么事，问："你知不知道，我开的什么车？"

"知道啊！这还用问——汽车啊。"金凤觉得老马问的话很奇怪。

"不对！"他重重地否认。

"那是什么车？"金凤不解地问。

老马几乎是喊叫道："那不是汽车，是他妈的铁棺材！"

"啊……你在胡说什么？"

"我……没……说胡话……"

马师傅脸上显出痛苦的样子，唉地叹了一口气："老天爷真他妈的无情，前几天我们在老风口遇到了暴风雪，车爬窝了一个晚上，我在车里坚持了一天一夜，一直等到地方（当地政府）派来东方红把我们救了出来，要不，我也见阎王爷了啊。"马师傅哽咽起来，整个人趴在桌子上，浑身颤抖。

马师傅接着说："等待我们出来清点人数，才知道后面的车里，有两个兄弟小命没了。"

"哪两个兄弟？"金凤问。

"大成和猴子。"

"哦……"她沉默了好一会儿，想大成和猴子的模样，心里不由一阵酸楚，抹了一把泪。她端上一碗冒着热气的羊骨头汤："米吧，喝一碗热汤，暖暖身子。"

老马面前碗里的骨头汤，浮着油花和青的香菜，香喷喷的热气直钻鼻子，他呼呼啦啦地很快就下去一碗。一碗羊骨头汤落肚，马师傅暖和过来。

她有点可怜他同情他了，她问："那你有老婆吗？"

"有！有！可她……"说到这，他又抓起瓶子咕咚咕咚喝下去半瓶子酒，把头埋在双手里，狗叫一样地哭。"呜——呜呜——"

这个闷头闷脑的汉子怎么了？她好奇地问："喂，老马，又哭什么？"

这一说不打紧，他哭得更凶了，一把鼻涕一把泪，胡子拉碴的脸上满是泪水，用袖子抹了一把脸，抓住半瓶子酒，摇摇晃晃要站起来，她赶忙走过去按住他：

"你喝多了？"

"我……没……喝多……"

"那你怎么了？想老婆啦？没出息！"

"我不想老婆！"

"老马，看你这个熊样子，老婆肯定不要你！"

"哈哈，不要我，那我就要你！"

"你在说胡话！没出息的骆驼！"

"那个臭娘们，已经是人家的老婆啦。"

"为啥是人家的？"金凤犯糊涂了。

马师傅醉眼蒙眬地盯着金凤惊奇的脸盘，长吐了一口气，他放松了许多，毫无顾忌地在金凤面前一诉衷肠："谁都羡慕我们开车的，轮子一转，钞票就来了。可谁知道我们的苦……告诉你，我结婚三天就出车，一出车就是俩月仨月，就这样，我们结婚十年，在一个床上睡觉，超不过一年。一个月前，老婆提出离婚，我说什么也不同意，我把她狠狠揍了一顿，她哭着说，她养的娃是别人的娃，不是我的种。她背着我和一个相好的小白脸睡觉，整整睡了九年！妈的，人家都睡出了娃，可他妈的我呢？我算个什么东西？在外面，老子是英雄；在家里，老子是狗熊！在单位，领导给我戴光荣花；回到家，老婆给我戴绿帽子……"他越说越激动，举起大手噼里啪啦左右扇自己的脸。

马师傅恶狠狠地骂道："臭娘们，老子回去宰了她和那个小白脸！"

金凤点着他的大脑门，没好气地说："哪像个爷们。你要是这样就离婚，也不能杀了别人，你这样就会有人同情你？告诉你，老娘不知听说过多少坏司机坑女人的故事，什么挂挡摸腿，拐弯亲嘴。也不知你们害了多少黄花闺女，把顺便搭车的女人带到车上，到了夜晚，进入戈壁滩，前不着村后不巴店，你们就操坏心，不是说车没油了，就是借口说车坏了，乘机就把人家黄花闺女糟蹋了。老实说，你干没干过这样的坏事？"

"没有！我要是干过这种事，天打五雷轰！"马师傅发誓道。

"好啦，好啦，别跟自己过不去。来！喝茶。"金凤温柔地说。

马师傅接过茶碗："好吧，我听你的。"

林子大了什么鸟都有。夏天，金凤话里有水；冬天，金凤的话里有火。让司机们听的高兴，舒服。叮嘱他们少喝酒，多吃菜。几句暖心的话，会让这些大老爷们感动地落泪。

饭馆里只剩下他们两人，她扶住醉醺醺的马师傅走进旅社，推开屋门，里面亮着灯，蓦地，马师傅一把将她揽在怀里。

"你要干什么？快松开……"

"叫我亲一口,以后进山,我会给你带好多好多东西。"

"不!我不要!"她的口气很强硬。

"不要也得要!"他的口气野蛮霸道。

"你们这些臭爷们,吃着碗里看着锅里!"

"那要看你说的爷们是指谁。如果是我对你,那是一个萝卜对一个坑。"

她捂住马师傅胡子拉碴的大嘴巴,不让他得逞,可经不住爷们有力的手,抓住她的手腕子一拧,转向身后。马师傅的嘴压在她脸上,不停地摩擦,胡子扎得发疼发痒。那张大嘴巴像块磁铁扣向她的嘴唇,喷出一股子酒臭烟气,她恶心得想吐,想马上摆脱,越是这样,他越是抱得紧,她用力挣,越是挣,越是激起爷们原始的欲望,野蛮的手毫不客气地伸进衣服里,果断地朝女人温柔的地方寻去,那里有女人真实的内容,她愤怒地拼命反抗……

"挨千刀的坏家伙!松手,别欺负老娘们!"她大声喊叫起来,像一只被逮着的兔子,死命踢腾。

"哈哈!我就喜欢老娘们!今儿个叫你做一回老婆。"他感到很开心,坏笑着强迫娘们。

"滚开!小心老娘要你的小命!"金凤恶狠狠骂道。

他像狼似的吼叫:"我把'公粮'给你,不给那个娘们'余粮'!"

他像个野兽,发疯地撕扯、揉搓到手的猎物,她感觉自己要被他抓个粉碎,她像个被激怒的母狮子,使出浑身的劲,一脚蹬向他的下身,他突然一惊,一骨碌从她身上翻下来,接着,金凤朝他脸上使劲抽了几个耳光,"啪""啪",马师傅被她的凶猛举动吓呆了,她趁机跳下床,骂了他一句:"狗娘养的,也不看看老娘是谁?"金凤气喘吁吁地整理被男人扯乱的衣服。

马师傅真正领教了她的厉害,酒也醒了大半。他的鼻子、嘴巴里流出血,金凤也吓傻了,她赶紧掏出手绢,给他擦去鲜血,喘了口气。

她盘算着怎样对付这个厚脸皮的汉子,一个娘们,要想在混沌的爷们堆里保持纯洁,是多么不易。她明白男人需要什么,一旦随便给了他,他就会轻蔑你,把你当成不值钱的玩物。

过了一会儿,马师傅喘过来气,酒劲又翻腾上来,冲上天灵盖,不甘心地又把金凤抱起来,像抱起一袋沉重的大米,这次她不挣扎了,瘫软在床上。爷们力气大得惊人,像一座山压上来,憋闷的让她喘不过气来……

夜很黑,只有外面的车灯一晃一晃地照进来。

她脑子里乱糟糟的,一个危险的声音提醒她,不!不能叫爷们占便宜。她咬住散发着酒臭烟臭的大舌头……他"啊"地叫一声,滚到一边。

金凤挣扎着坐起,心嗵嗵跳得厉害,马师傅折腾累了,像条死狗滚在一边。金凤赶紧爬起来,站起身整理衣服和头发朝外走,老马的大脚碰了她一下,她低头一眼瞥见破烂袜子露出脚指头和脚后跟。不知怎的,她忽然有点可怜这个老马了,一伸手把他的袜子脱掉,拿走了。

天亮了,马师傅睁开眼,瞅见金凤进来了,手上拿着臭袜子给他,那不是自己的袜子吗?金凤把补好的袜子扔到他手上,他不由得一阵激动,金凤转身离开时,他猛然从后面抱住金凤的腰,喉咙里不住哽咽道:"你可真是个好娘们……"

她掐了一下他的手背,他疼的缩回手。金凤劝他:"老实点,别胡思乱想,想想你老婆也不容易,原谅她吧!"

马师傅双手捧着袜子,一股女人身上散发的馨香扑鼻而来,眼眶里有股泪水在打转。

三

金凤的对面有家饭馆,这饭馆看上去很特别,老板不知从哪儿搞来一节报废的火车车厢,摆放在街边,门口立块牌子,上面歪歪斜斜地写着:阳春面馆。开饭馆的是个女老板,叫巧珍,她比金凤早来一年。

巧珍是个苦命的女人,孩子路生六岁那年,丈夫老曹头晚上脱了鞋,第二天一早就再没穿上鞋,一命呜呼。她只好带着年幼的路生,来到寡妇街谋生。

巧珍做面有功夫,一团面在她手上三揉两揉,捏弄成圈,只见她手一拉、一扯、一甩、一抖,嗬!在空中飞舞,一闪、二晃、三抖,立时那面横着像五线谱,竖着似张网,成了又细又长的面条,下到开水锅里一煮,捞出来,配上各种汤料、大葱、香菜和肉末,再浇上辣子油和醋,吃起来甭提多爽口,饭量大的食客要吃三四碗。她不光会做阳春面,还会做一手漂亮的拉条子,拌上过油肉,看上去红亮亮的,吃一口,爽滑,有筋道。起初,人们只是尝尝新鲜,可这一尝不要紧,头回客,都变成了回头客。

邻居们看巧珍很能干,没事找她闲唠嗑,三言两语书归正传,说要给她寻个婆家。女人哪能没男人呢,男人是家中的顶门杠,男人是家中卧着的虎,女人有了男人就没人敢欺负;没男人是非多,有了男人门前清静。可巧珍啥也不说,心里明白。经历过人生风雨她懂得这个理:女怕嫁错郎。她笑着说,随缘吧。

巧珍嗓音圆润,爽朗,听起来亲切又大方:"大兄弟,少喝几杯猫尿,回家好好和老婆过年(当地人把夫妻生活,叫过年)哪。"她善解人意的几句话,把男人心头刚点燃的欲火给熄灭了。

巧珍几句不疼不痒的话,把客人说得乐不可支。有贼胆的客人乘机放肆,她不气不恼,像泥鳅一样滑脱,客人像吃不上腥的猫,贼溜溜的眼珠子似一把剑,歪着、斜着，切入女人的身子里去，看着眼馋。

司机们走的地方多，带的各种酒的牌子也杂，什么古城子大曲，石城老白干、老风口，天池特，雪莲大曲，还有一种招爷们眼球，激起爷们雄心的儿子娃娃酒！

几杯酒下肚，汉子的豪气便长了三分，色胆也陡起七分。这时的汉子，真的要在女人眼前显出儿子娃娃的气派，掏草纸一样从口袋里抽出一把钞票，"啪"的一声甩在桌子上："啊！老板娘，这钱不用找了，全是你的，拿去吧。"

巧珍推开汉子的大手："这可不行。要不了这么多。"

汉子大大咧咧地说："有什么不行？下次来了还到你这里吃饭睡觉啊！"

"好……好，饭你随便吃。"

"那觉呢？"

"觉你也随便睡啊！"

"哈哈……哈哈……看这娘们，多解爷们的心啊，老婆有你一半好，老子就他妈的享八辈子福啊！"汉子讨好地说。

这几个司机都是熟客，进到饭馆，巧珍赶紧上前热情招呼。他们一屁股坐下，一边喝茶一边抽烟，侃起大山，吹上了牛，看谁侃的奇，听谁吹的怪。一个大头司机喷得云天雾地："呵！这次我进山，可遇到了一个稀奇事。"

"啥子稀奇事？说给我们听听，让我们快乐快乐。"

那个汉子猛吸了一口烟，一脸严肃地说："你们猜我看见什么了？我在一个旅店的门口，见到一个老娘们给孩子喂奶。"

"哈哈……这有啥子好看的，不就是两疙瘩肉嘛。"汉子们哈哈大笑。

那汉子依旧正经八百地说："嗨——咋这样说，小子，那两疙瘩肉哦，你这辈子准没见过。"大头说这话时瞅了巧珍一眼。

旁边的司机等大头的下文，催促道："快说呀？"

那个大头司机伸手比划着侃："嘿，那娘们的奶子，这样一伸，那样一展，又一扯……呵呵……有这么长啊！"

"不会吧？"汉子们的眼珠子睁得溜圆。

他又接着比划："哈，这么说吧，那娘们背上有个娃娃哭闹，只见那娘们解开衣服扣子，从里面掏出一个奶子，往背后一甩，娃娃一口叼着奶头，不哭闹了，吃完了一颗，又掏出另一个奶子，往背后一甩……你们谁见过？"大脑袋司机摇晃着脑袋，得意洋洋。

"哈哈，你可是大饱眼福了。"

"啊！哈哈哈哈……咯咯咯……"周围的人大笑不止。

坐在旁边的一个光头汉子没笑，他扔掉莫合烟，酒瓶子"哐当"一摔，不屑地瞥了那个汉子一眼："日你奶奶，你只见过娘们的奶子大，那算个球，我他妈见过的东西,你们谁也没见过!"

"啥东西,快说给我们听啊!"

"你们谁见过一个爷们的家伙大?"他瞪大眼睛向周围的人挑衅地问。

"没见过。"大家你看看我,我看看你。

"我可是见过,说出来吓死你们哦。"他故意卖起关子。

"有种的说啊。有多大?多长?"

光头汉子神气地摇晃脑袋,又故作神秘地咳嗽了几声,突然停住了话头,不往下说了。

这下子把周围的人等火了,急着要听下文。

"日你奶奶,有屁就放!有话就说!"一个汉子骂道。

"急什么?日头子没有下山呢,鸡子还没进窝呢,媳妇子没上炕呢。"那光头汉子不恼、不急、不慌、不忙地说:"想听嘛,给老子点烟、倒茶、弄瓶子酒来。"

这时,几个汉子忙着给他点烟、上茶、倒酒。

他抽了一口烟,呷了一口茶,又喝了一口酒,看周围人急切的眼神,这才慢条斯理地说:"有一次,我进山拉木头,天黑了,来到山上一个人家休息,见一个白胡子老头,来到河边上解手,慢慢地脱了裤子,就把那私家伙掏了出来,这么一伸,一抖,又一伸,一抖,连抖三抖,你们猜,我看见什么了?"

"看见什么了?"汉子们睁大眼,盯着他,一个个嘴巴张得像瓢,不住地咽着涌到喉咙口的唾沫,眼珠子放绿光,兴奋得脸发红、发胀。一个个脖子伸得像只鹅。

"快说啊!"

几个想听下文的汉子忍不住了,急红了眼,粗野地叫骂起来。

"心急吃不了热豆腐,着急了,你看那太阳还没出来呢?你听鸡还没有打鸣呢。"那光头汉子慢吞吞吐了一口烟,一直等烟雾散去,才笑眯眯地抖出了最后的包袱:

"你们想,我看见什么了?呵呵!那家伙一抖裤腰带,哈哈……一座小桥伸出来了。"

"胡说!你他妈的骗不死个人。"几个汉子知道被蒙了,粗野地叫骂。

"真的啊,你再看他,一抖一缩,往腰上那么一缠一绕,呵呵!就是三圈。怎么样?"光头汉子又夸张地比划几下,让大家相信自己并不乱吹。

"啊!哈哈哈哈……"

"啊啊!嘿嘿嘿嘿……哈哈哈哈……嘿嘿嘿嘿……"

大伙放肆粗野地大笑,笑得屋子上的尘土刷刷落下来。

巧珍听见了,红着脸骂了他们一句:"一个个不要脸!狗嘴里吐不出象牙!"

"哈哈……"他们更加开心地乐了。

汉子们的荤话像口袋里的苞谷豆子,抖落干净了,却不解馋。又猛喝一阵子烈酒,把心中的邪火烧旺。趁女人倒茶弯腰,转身之机,手脚不老实地捞摸一把。这时,巧珍真的恼怒了,真的动气了,伸出手指头,使劲点男人一下额头,或者照厚面皮上捆一巴掌,又气又恼地骂:"手痒痒啦。"

"痒啦。"

"叫狗啃一啃。"

一个光头汉子趁着巧珍往碗里倒茶的工夫,另一只黑手也摸过来了。

"去——摸你妹子去!"她利索地打回那只黑手。

"你就是我妹子!"光头汉子并没有退缩,胆子越发大了,一把摸向巧珍,"哈,你的奶子大。"

巧珍恼怒地回敬道:"再大,也没你妹子的大!"一把打掉那只黑手。

那光头汉子的手被打回去了,不一会儿放肆地又伸过来:"哈哈,你的屁股圆溜溜。"

巧珍一转身朝那个汉子瞪一眼:"哪有你妹子的圆!滚!"

汉子自讨没趣,只好罢手。

巧珍明白这样做的结果是什么,汉子就像没偷到腥的猫,一旦偷不上,胆子大的,会来第二回,胆小的就缩回去了。

光头汉子斜看着她,不怀好意,嬉皮笑脸,他们说话粗野,动作猥亵,遇见有点姿色的女人,就按捺不住骚动的心。巧珍理解这些司机,过分时给他点颜色,但不会给他们机会。她呼出的气息在他们脸上和耳边回旋,一个温柔的微笑,瞬间融化爷们心头的烦闷和一身的疲惫……

"今天不走了,收音机播天气预报,说有十二级大风,已经到了老风口,住下吧,等大风过去了再走啊。"巧珍劝司机们。

那几个司机想走,又嚷嚷起来:"走吧,也许到了老风口,风就停了。"

巧珍看这几个司机还是想走,无奈地说:"不听话的臭男人,小心大风把你刮到外国去!"

"到外国好哇,咱就找个外国娘们做老婆。"

"听说外国娘们比老虎还要厉害,不吃掉你才怪。"巧珍笑中带骂。

"哈哈……怕什么,外国娘们奶大,屁股大,骚劲更大!哪个美人不爱英雄,好一个人英雄,白天骑马威风凛凛上战场,晚上睡觉放屁磨牙打呼噜啊!"一个司机做出个怪动作,惹得大家哈哈大笑,他们和巧珍这样的女人斗嘴,觉得十分开心过瘾。

"嘿嘿,爷们一身毛,娘们一身膘。我就喜欢这样的娘们!啊哈哈……"司机们嬉皮笑脸。

巧珍生气了,面对着这些粗野的汉子,说又说不过,骂也不怕骂。她气咻咻地上去揪着那个耍贫嘴的光头汉子的耳朵:"别走了,在我这住一宿,再走!"

那光头汉子故意装着很痛苦的样子,服服帖帖地跟她走:"那好,听妹子的话,不走了,你这有热被窝吗?"

"有,有。比你老婆的热被窝还热乎!"

"哈哈,谁给暖热乎的?"

"还有谁?你妹子呗。"

"是你这个妹子吧,好!那咱们就不走啦。"

光头汉子说不走,其他的司机就都不走了,为了打发无聊的时光,他们又重新聚在一块喝酒,一直喝得东倒西歪,趔趔趄趄地回旅舍一骨碌扔到床上,呼噜睡去。她知道这些人模狗样的汉子,个个都是属猫的,她和那些跑车的汉子若即若离,把握的恰到好处。

一

　　经常光临巧珍饭馆的司机爷们里,那个叫小林的司机(和马师傅开一辆车),引起了巧珍的注意。别人喝酒,他不喝酒;别人抽烟,他不抽烟,像个文静的姑娘,少言寡语,说话腼腆害羞。

　　据他的师傅说,小林二十七八岁了,还光棍一条。师傅们管他叫"小公鸡"。那些司机爷们拿粗俗的玩笑话逗弄他,他不理不睬,让那些司机爷们很扫兴,骂他是个木头。

　　小林喜欢吃巧珍做的过油肉拌面,吧唧吧唧吃得有滋有味,一直吃得把整个盘子扣在脸上,伸出红兮兮的长舌头,上下左右,将盘底舔个干净。

　　小林每次路过这里,要在这里停留一会儿,看一看巧珍。有时,走了好几天,不见了巧珍,想她的念头就像路边的野花开放了,老感觉车的速度慢。他想,见了巧珍,要送给她一件什么礼物,给她说什么样的话。这样想着,他把车就停在了街边上。下了车,一阵风地跑到阳春面饭馆,看见巧珍正忙碌着,便找个角落悄悄坐下,巧珍看见了他,吩咐厨师给他炒菜做饭。

　　师傅们请他抽烟:"喂——小公鸡,来——抽烟! "

　　小林摇摇头说:"不抽! "

　　师傅们又叫他:"小公鸡,来——喝酒! "

　　小林又摇摇头说:"不会! "

　　师傅不高兴地粗野地骂:"爷们活着不抽烟,死了对不起老

19

祖先！爷们活着不喝酒，死了不如一条狗！日你奶奶，省那俩钱是给你爹买棺材啊？"

其他师傅在一边听了附和着说："骂得好！痛快！是个爷们就得像个爷们的样子活着！站着尿尿不低头，手不扶！"

"哈哈……哈哈哈哈……"

巧珍见几个师傅在挑逗小林喝酒抽烟，打抱不平地走过来，板着红彤彤的脸，大声说："人家还是个孩子，就叫人家学你们的坏样子，人家不喝酒抽烟，是存钱娶媳妇。不要强迫人家。谁要是再强迫他喝酒抽烟谁就从这里滚出去！"

"哈哈……老板娘居然替他说话啊！"

"看来老板娘很知道小公鸡，不让他喝酒抽烟，是让他存钱娶媳妇啊！"

"哈哈哈哈……小公鸡，你梦里娶媳妇，想得美啊！"

"哎，看老板娘向着小林说话，是不是老板娘愣中了小公鸡……啊……"

"少胡说，再胡说撕烂你的嘴。"巧珍不依不饶地瞪了那人一眼。

巧珍向司机们郑重声明："告诉你们，我可是小林的大姐，你们别给他乱开玩笑。"

"哇……小公鸡啥时有个能干又漂亮的姐。可真是好福气啊！哈哈哈哈……"

司机们看巧珍对小林这样好，有的嫉妒，有的羡慕，有的给小林逗乐起哄：

"哎——还是姐心疼弟弟，敢情你也给我们当姐算了。"

"想死你！做梦去吧！"

"我们给你送好多东西哇！"

"送再多也不要！就要小林一个。"

司机们直恨没小林这样的福气，都说他艳福不浅。他们玩起了花花肠子，不怀好心地挑逗他："喂！小公鸡，你还没打鸣呢，老板娘兴许看中你啦，你看她对你那么好，说话都向着你，干脆把她弄到手算了。"

"不行！她是个生过娃的老娘们，人家小公鸡还是小鸡巴孩，找啥也不能找个下过蛋的老母鸡。"

"也是，小孩鸡巴不算球。"

"依我说，小孩鸡巴早晚也算球。小公鸡，把这个娘们搞到手，弄不好，给你生个娃娃呢。"

"对，小公鸡要是娶了她，又当老婆又当娘，说不定享半辈子福。"

一天，一个司机对小林说："老板姐叫你到她那里去，说有话对你说。"

小林信以为真，赶紧跑到巧珍那里，小声问："你找我有什么事情吗？"

巧珍愣了一下说："没有啊。"

"那……那……刚才有人说，你找我有事情。"

"哦……"巧珍明白有人在开他的玩笑，"事情倒没有，就是想和你说说话。"

小林还没说话，脸就一阵一阵地红，怀里像揣了个小鹿。不知怎的，小林见到巧珍有好多话想说，说出来心里舒畅多了。"我们家弟兄多，母亲死的早。我要是有个姐姐该多好。"

她笑了："那你以后就叫我姐。"

"哦……好啊！"小林喜不自禁。

巧珍和小林闲聊时，了解到他的家事，小林家有五兄弟，他排老大，日子过得紧巴，他以前在部队当汽车兵，复员后就在运输队开车，一家人就指望他在外面当司机挣钱补贴家用。

这个小兄弟健壮的身子，散发着青春的气息和活力，她情不自禁地靠近这个像白杨树一样的年轻人，一股浓烈的汽油味混合着汗水，扑面而来，刺激着嗅觉，有种新鲜感。他黑里透红的面孔，像刚出锅的窝窝头；她喜欢他的真诚、朴实、笨拙。他不像那些油嘴滑舌的男人，他是那种可以让女人信赖的男人。

二

几个司机见小林没上钩，又不甘心的嘀嘀咕咕，合伙出了个鬼主意，恶作剧地挑逗小林。天黑时，几个司机弄来个街边女郎，那女郎风骚劲十足，一见小林就知是个生瓜蛋子便迎了上去："来吧，我看你像个没打鸣的小公鸡。今儿我好好教你学打鸣！"

小林别过身子，站在那里像木头，女郎等得不耐烦了，照他屁股踢腾一脚，骂了一句："软蛋！"说完起身要走，小林慌张地从口袋里摸出几张钞票跑过去塞给她。女郎打着火一看："呀！我的好哥哥，你可真大方，连我一个指头都不碰，咋就给我钱。你比我的亲哥哥还亲哥哥啊！以后，你就经常到我这儿来，我把你侍奉的舒舒服服，不想家哦！"女郎眉眼乐开了花，抱着他的脖子"啪"地使劲亲了一口。

他浑身颤抖，脖子上被亲的一块火辣辣地疼，紧张的他直冒冷汗，他很快转身回来了。司机们问他搞成事没有？他低头不语，司机们哈哈大笑。

第二天，小林开着他的解放车走了，他是夏天走的，这一路回来时，已经是第二年的春天。这小林是个性情中人，不论到了任何地方，心里老惦记着一个人——巧珍。总想着给她买个什么东西，买上后，又猜想她喜欢还是不喜欢。晚上睡觉时，梦里总是出现她的影子。

当他的车停稳在街上时，一下车，就去阳春面馆找巧珍，要把一肚子故事告诉巧珍，让她高兴高兴。

从山那边回来，小林长大了许多，给巧珍讲他到山那边的新鲜见闻。

"我们这次去南疆，赶了一回巴扎，你知道什么叫巴扎吗？巴扎就是集市。一大早，我和大家去赶巴扎。每次都是坐马车去巴扎，马车可舒服了，一颠一颠地，可以随意观看周围风景。巴扎真是很热闹，卖什么的都有"。

"我们还去看了一座古堡，据说在一千多年前，那是汉家公主住过的地方。传说有一位波斯国王，娶了一位汉家公主。迎亲队伍回到这里，因战乱遇阻，找到一座孤岭危峰住下，周围严密禁卫，任何外人不能上山。不想过了三个月，公主却有了身孕。迎亲使团十分害怕，赶紧调查，据公主贴身侍女说，每天中午，有个英俊的王子，从太阳宫里骑马下来与公主相会。迎亲使团没有办法，只好在山上筑城。公主生下一个儿子，接位为王，成了这片地区的统治者。"

巧珍听得半信半疑："真有这样的事情？"

"有啊，我不骗你。那国王因母亲是汉人，父亲是天日的种，后来人们叫汉日天种。"小林表现出很认真的样子。

小林看她听得高兴想在巧珍面前表现一下自己，放开了胆子。"对了，我这次出去，知道了当地有十八怪。"

"哦，有哪十八怪？快说给姐听听。"

"好吧。"他清了清嗓子，慢慢说了起来：

四季瓜果吃不败

夏日要把皮袄带

男人爱把花帽戴

美玉泡酒酒更醇

结婚宴席无酒菜

古丝道上地名怪

大盘鸡里拌"皮带"

鞭子底下谈恋爱

汽车要比火车快

铁床摆在大门外

敬酒歌声不外卖

井底全部连起来

"猪"字不要随便说

风吹石头砸脑袋

吃的烤馕像锅盖

出嫁的姑娘把妹带

吃饭手抓不用筷

东边下雨西边晒

"没想到你这次出门,学会了这么多的东西,小林长大了哦。"巧珍笑他了,"可我们这里也有十八怪。"巧珍告诉他,给他唱起来:

全国兵团独一个
汽车上坡比下坡快
吃完西瓜扣起来
粗粮留吃细粮卖
粮食不够瓜菜代
十天一个大礼拜
刮风下雨把会开
房子半截地下埋
衣服缺领少口袋
想找老婆等分派
工资不发写白条
公路两边做买卖
兵团姑娘不对外
兵团农工入工会
兵团部队没军费
兵团企业办社会
兵团党政要缴税
兵团企业办社会

巧珍唱完了民谣,两个人拍手呵呵笑。小林又打开一个包裹,拿出一个雕琢的花纹图形,做工精美的盐碗。小林说:"这盐碗以前是有钱人家用的,逢年过节或家里来了贵客,主人会拿出包裹了一层又一层的盐碗,将清水煮的羊肉盛在盐碗或者盐盘里,手抓肉的咸淡全凭客人蘸几下盘子,味道鲜得让人吮指头。"

"哦,这可真是好东西。"巧珍高兴得不得了。

小林看巧珍喜欢,又拿出一件宝贝。巧珍接过来,仔细地看:"这是啥皮?又滑又软又亮。"

小林把一路听来的事竹筒倒豆子地告诉她:"这是库车的羊羔皮,价格很贵。有歌谣唱:吐鲁番的葡萄,哈密的瓜,库车的羊羔一枝花。说的就是这种羊羔皮。"

巧珍双手捧在脸上,摩挲着,感受着它的温柔。

小林告诉她一个恐怖的秘密:"它是母羊临产头几天,用棒子把母羊打死,然后把快出生羊羔的皮剥下来,鞣熟制成。这种胎羔皮胎胶浓厚,毫毛闪亮浓密紧凑,浓黑如墨,色泽温润,是上等的羊羔皮。"

"啊!太残忍了。"巧珍失望地松开双手,羊羔皮软软地掉在地上,又舍不得地捡起来。

"姐姐,我还给姐夫送个好东西。"小林又拿出一样东西来。

"啥好东西? 弄的神神秘秘。"

"你看看就知道了。"

小林从怀里取出一个纸包,哆嗦着递给她。她接过来,打开纸包,看不懂是什么东西,只闻到一股腥臊气味,直冲鼻子:"这是啥东西?"

"鹿鞭。"

"做啥用的?"

"这是送给姐夫吃了大补。"

她明白了是怎么回事,生气地打了他一巴掌:"小林,你怎么也学坏了。是不是那些坏男人教你的?"

"哦……"他吭吭哧哧说不出来。

她又气又恼:"没想到,你也学会欺负姐了。小林,告诉你,你只有姐,没姐夫。"

"那姐夫呢?"

"他走了,走了很多年……"

"对不起。"小林意识到错了,羞愧地低着脑袋。

巧珍忽然低下头沉默了。

小林胆怯了:"对不起,姐姐,以后再不问了。过几天进山,我还会给你带好东西。"

"我不要! 只要你平安回来,姐姐就很高兴了。"

小林又从怀里掏出一个纸包,打开一看,一条红纱巾蓬蓬松松展现出来。小林说:"这是用罗布麻织的纱巾,女人戴上很好看的。"

巧珍眼睛一亮,接过红纱巾:"好漂亮啊,送给谁的?"

"姐,这是送给你的。"

"这么好的东西,我可不敢随便要呢? 还是留着送给你的女朋友吧!"巧珍又把红纱巾给了小林。

小林红着脸,笑着说:"我没有对象,是送给姐的,姐戴上它,一定很漂亮。"

"不,我不要。"巧珍把红纱巾还给小林。

两个人一推一送,三下两下,巧珍力气小,一下子倒在小林怀里,小林趁势把红纱巾系在她的脖子上。巧珍坐起来,红着脸,气喘吁吁地说:"好吧,那我就不客气了。"巧珍的脸忽地泛起一片红霞。

巧珍身子里透出女人成熟的风韵,她的眼神包含理解、宽容,她与小林若即若离,脑后那一堆乌云似的黑发,别有几分韵味。一个大胆的想法忽然刺激着小林,他想找个恰当的机会打开看一看里面藏着什么秘密。

夜晚,小林躺在床上,翻来覆去,折腾了半宿,鸡叫三遍后,才慢慢合上眼皮。此时,一片绿茵茵草地上,走来一个女人——巧珍,她的笑脸像原野上盛开的迎春花,迷人的眼神,含着一汪深情。

三

起了床,小林陷入沉思。师傅见他心事重重、愁眉不展的样子,问:"小林,看你没睡醒的熊样子,该不会是想女人了啊?"

小林干笑了笑,不回答。

"真想女人了,就去找啊。胆小喝点酒,胆子就大了,步子就快了。这里的女人啊!你不坏,她不爱!"师傅坏笑着挑逗他。

小林经不住师傅一阵子烧底火,真的就想见巧珍。

他来到巧珍的饭馆,见巧珍在后堂里正忙,巧珍转身见小林来了,马上停下手中的活,走过去,叫了他一声:"小林,找我有事吗?"

他磕磕巴巴说:"我想……"

"有什么事情,说呀。"

他吭哧了好一会儿,红着脸,垂着头,当他抬起头,面对她明亮的眼睛,又忽然胆怯了。他感到在她面前自己是多么肮脏、无耻……他竭力遏止心里那个欲望的魔鬼。

"小林,你有什么事,给姐说,别怕!是不是有人欺负你?"

"不是……我有个事,看你现在忙,想等晚上再告诉你。"小林吞吞吐吐,不敢看她的眼睛。

"好吧。"巧珍点点头。

他渴望和面前这个女人单独见面,想把内心的秘密诉说给她,在他的心底,每天掀起爱的风暴,这风暴挟着雷电,激荡着他……几乎要把他那颗年轻骚动的心摧毁。他等待着夜晚降临,只有借助夜晚,他才有不可告人的贼胆。

这一天过得很慢很慢,仿佛过了一个漫长的世纪。

师傅说,酒壮英雄胆,平常不敢做的事都敢做,平常不敢说的话也敢说。他信这话,吃晚饭时,买了一瓶酒,一口气喝下半瓶子,给自己壮胆。

到了晚上，他见巧珍高挽发髻，浅笑盈盈，忙碌的身影。不到十二点，客人散了，小林胆子陡然大了几分。他走到巧珍面前，小声对巧珍说，想和她到外面说话。巧珍点点头，跟着小林离开饭馆，朝戈壁滩走去，两个人肩并着肩，一块往前走。两个人踏着皎洁的月光，向那爱的原野走去，走向灿烂的天幕……忽然，她停住了脚步，转过身，在星光里，她发现小林闪烁的目光直勾勾盯住自己。

晚风习习迎面吹来，她身上散发着一种魔力，一种芬芳，一种风韵，吸引着好奇的小林。

"小林，到这里来做什么？"巧珍疑惑地问。

"想和你说说话。"

"你喝酒了？"她闻到他身上的酒气。

"嗯。"

"你不是不会喝酒吗？"

"是师傅让我喝的。"

"你学坏了啊！"

"师傅说，男人不坏，女人不爱。"

"小林，你可真的学坏了，要是再这样，姐就不理你了。"巧珍生气地推他转身要走。

小林像逮一只到手的梅花鹿，抓住她的胳臂。

"放开我，小林！你这是做什么？"巧珍真的生气了，一把甩开了他的手。

这时，小林的目光里闪出一种可怕的欲望。她有点怕了，后退几步，他紧跟了上来，蓦地一把抱住她，把她拉到怀里，不停地喘着粗气，结结巴巴地说："姐……我……就……想看你一眼，答……答……应我吧？"

她被小林大胆地搂在怀里，他的呼吸非常沉重，巧珍使出浑身的劲，推开他。她很快镇定下来。"我可是你姐。小林，放尊重点，有话好好说啊，这样多不好……"

"好……姐……姐，答……应……我……一次就一次。"小林小声恳求。

"小林，答应你什么？"巧珍莫名其妙了。

"我长这么大，还没见过女人。"小林的声音在颤抖。

"小林，你……你想干什么？"巧珍盯着小林不怀好意的眼神。

小林借着酒劲，吭吭哧哧地说："我想……看你……"

"姐不就在你眼前吗？"巧珍疑惑了。

"我……我想……看你的身子……"小林鼓起最后的勇气。

"你说什么啊！真的没想到你也学坏了！不行，女人的身子是不能随便让男人看的！"巧珍吃惊地睁大眼，大口大口地喘气，她恼怒了，她没想到小林会提出这么个卑鄙的问题。"滚！快滚！以后我不会认你做弟弟……"

"姐……姐，你……别生气，原谅我，不该这样说，那好，我……走了。也许哪一天我再也见不到你……"小林失望地低下脑袋，转过身，迈着沉重的脚步往回走。

巧珍见小林的背影在星光中剧烈颤抖，醉酒似的一摇一晃往前走，他像个被母亲抛弃的孩子，又像一个迷途的羔羊，她忽然有点同情可怜他了，一种母性的本能在胸中升腾，潮水般地翻滚，她有一种想拥他入怀的冲动，想用自己的双手安慰他，紧跑了几步，禁不住失声叫道："小林……你回来……"

小林似乎没有听见，继续往前走。她又叫了一声："小林……你回来……小林，姐……答应你一次……"一阵晚风送来女人温柔的呼唤，仿佛一阵响雷从远方滚来。

小林这次听清楚了，停住沉重的脚步，迟疑地慢慢扭动僵硬的脖子，一点一点别过脑袋，朝身后看去，远处炼油厂繁星般的灯火，仿佛无数闪烁的眼睛，映着一个女人半裸的窈窕轮廓，她双手放在胸前，身姿优雅地站在那里。哦，那是一道诱人的风景。小林心慌意乱了，呼吸加快，脚底生根，跟个木头桩子似的不动了。

巧珍像一阵轻柔的风，离小林近了，双手贴着他的脊背，从后面向前伸过去，抱着他的腰，像母亲拥抱受委屈的孩子。小林醒悟过来，缓慢地转过身子，全身颤抖，默默地面对着她，他看清了她嘴巴的线条，他想看清她的眼睛、眉毛的样子……闪烁的灯火和星光，把女人柔和的曲线装饰得比白天愈加生动、迷人。

黑夜，给丑陋的思想披上了华丽的外衣，白天不敢做不能做的事情，到了晚上就无所顾忌了。借着黑夜的掩护，酒的力量让小林的胆子徒然大增，双手伸向她的后背，紧紧钩在一起。他感到女人的乳房暖烘烘柔韧而富有弹性，一种奇怪的感觉油然而生，他想挤进她身子里，变成她生命的一部分。

小林心里甜滋滋的，但又惴惴不安。他的手颤抖地触摸她柔软的肌肤，她没感到惊讶，也没意识到恐惧，像早有准备，迎接着那双握方向盘的大手，那双手从她的脸庞、肩膀滑下去……像抚摩一棵月光下的向日葵，那双手有一种魔力，激起她身体深处沉静的湖水，荡漾起波澜，那朵寂寞的玫瑰在黑夜里悄然绽放。她听到对方胸腔里有只羊皮大鼓在拼命擂响，耳边回荡着汹涌澎湃的声音……

巧珍两片嘴唇翕动着，很轻，很慢，一个音节一个音节吐出来的声音。小林没听清，却从那闪亮的眸子里读懂了什么，这是女人无言的柔情，他低下头吻她的眉毛、眼睛、鼻子……她迎接着他，她发现小林痛苦地闭上眼睛，一股浓烈的酒气扑面而来……

巧珍问："小林，你一定是喝多了啊？"

小林说："姐……我……没有……"

巧珍埋怨道："怪不得你胆子这么大。"

小林喃喃地说："姐,你了却我的心愿,感谢你!我会永远记住你。明天我就进山拉木头去了,有件事我想请你帮个忙,我有个银行存折,寄放在你这里,替我保管,好吗？"

"只要你信姐……"巧珍轻轻地说。

四

第二天,小林就要跟着师傅进山拉木头去了。小林走时,给巧珍打了个招呼,他上了车,回首一望巧珍,孩子般的目光流露出留恋的神情。

这天夜晚,巧珍躺在床上,突然感到内心孤独,渐渐地沉入梦乡,这时,她梦见小林像个做错事的孩子,傻呆呆地立在面前,像要对她说什么……

一个月后的一天,街上来了几个司机模样的人,他们挨家打听两个女人——巧珍和金凤,他们拿出皱皱巴巴浸透着血的信,上面隐隐有她们的名字。

巧珍和金凤分别打开信一看,一个是老马的信,一个是小林的信,听送信的司机说他们两个出事了。

两个女人也来不及多想什么,穿上棉衣坐上来接她们的汽车,赶往出事地点。

大卡车拉着她们,沿着蜿蜒曲折的公路,向着天山深处爬去。天快黑了,大卡车停在一片山崖边,路边站着几个司机模样的人。两个女人互相望了对方一眼,明白了什么。

下了车,她们被人领到一个叫鬼见愁的地方,胆战心惊地走到悬崖边,白云在身边缭绕,低头一看,不由倒吸一口冷气,那辆拉木头的汽车掉进百丈深的崖底,一个采山药的人说尸体无法弄上来,在他们身上只找到两个包裹,里面有信,看来他们生前已经有了预感。

两个女人情绪悲恸,不约而同地跪倒在山路上哭起来。

山谷回荡着女人一高一低悲戚、哀恸的声音,绵绵回荡在山涧……几个司机低下头,也跟着掉眼泪。

峡谷深处响起雷鸣般的声音,轰隆隆,轰隆隆,排山倒海般地传来,两个女人悲痛的哭声引来了一场铺天盖地的雪崩……

过了没几天,街上响起一片叽叽喳喳的议论声:

"寡妇街的娘们,真他妈厉害,把爷们的魂勾跑了,那老家伙和小家伙,为了个骚娘们,做了死鬼,把命都扔进山沟去了,死了还想着那俩娘们,还他妈的留给她们一笔钱啊。"那人伸出一根手指头,"一人一万块哪!"

"是哪两个娘们？快指给我看看。"

这时，人们怀着好奇心，寻到饭馆吃饭。说吃饭是假，看人倒是真。

那个骑驴的白胡子老头，摇晃着鞭子，从街上走过，口中念念有词：金金子，银银子，闪闪发亮的金豆子，巴郎子娶了新娘子，丫头子做了嫁妆子。

汉子们在饭馆里一边喝酒，一边歪着眼偷看这两个女人，要从她们身上发现什么不同于别人的秘密。他们看见老板娘从面前一阵风走过，看样子好像什么事也不曾发生过。

一

　　忙碌的日子,闲下来,巧珍感觉身上有一股汗黏黏的,这才想起应该去洗个澡了。澡堂里洗澡的多是少妇,生了孩子,胸脯吊着的乳房,像成熟的肉葫芦垂挂在胸前晃晃荡荡。巧珍走进蒸气朦胧的公共澡堂,麻利地脱掉衣服走到喷头下,解开盘在脑后的长发,瀑布一样的长发垂下来,一伸手,将一头黑幕般的秀发撩起,一甩,飘起,又慢慢落下来,一股热水喷泻而下,那水顿时像珍珠挂满全身,她双手在身上揉搓,皮肤立刻泛出嫩红。她不光皮肤好,身材更好,一双修长的玉腿,现出迷人的魅力,吸引了旁边几个女人的目光,她们羡慕地睁大眼,像在欣赏演员的舞蹈。

　　水汽散尽,露出白里透红的鸭蛋脸,一双长睫毛的眼睛,她的娇躯,白而光滑,闪动着淡淡的肉色光芒。身后飘着长长的秀发,挂在发丝上的水滴亮晶晶的,宛如夏夜的星空一样美丽迷人。那几个女人发出一阵咂咂声:

　　"哎哟哟……快看……那是谁家的女人?"

　　"你看,那女人,才叫女人哪!"

　　"她的头发可真长啊!"

　　"你看人家那皮肤,又白又亮,真叫好,把女人的优点全占完了。"

　　"奇怪,人家的奶子咋就挺挺的……"

"看人家的腰身,该凸的凸,该凹的凹,一点不变形。"

"这女人,叫爷们看一眼,也会动贼心哪!"

"妈的,我要是个爷们,非霸占她不可!"

"听说她是个寡妇,在街上做生意呢。"

"那她的生意肯定火!"

"说不定她是个骚货呢。男人一见她就跟苍蝇似的……"

"属馋猫的臭男人天天往她那儿跑……"

"呸!那奶子,不知让多少野男人揉搓过呢。"

"我看哪,咱们可要把自家男人看紧了,小心这个狐狸精把俺家那个臭男人的魂勾跑了,哈哈……"

"呸!骚货!"

"呸呸呸……"

……

她们恨这个长发女人,恶声恶气发出乌鸦一样的怪叫。

巧珍扭头,见几个妇女叽叽咕咕,慢慢听出别人在议论自己,她停止了洗澡,擦净身子,匆忙穿好衣服,走了。

回到家,她下个狠心,请人用报废的油桶打制成晒水桶,放在屋顶上晒热水,再不去公共澡堂听那些长舌妇议论了。

她是个爱美的女人,在浴室的墙上装了面大镜子。沐浴完了时,站在明晃晃的镜子前,镜子里显出一个湿漉漉的女人,她有一副端庄的脸庞,鼻子是象牙雕刻的,骄傲地挺立着;半张着粉嫩的口唇,流露出淡淡的笑意。光滑的肌肤,细润、白皙,亮晶晶的……还有那双晶莹如水的眸子,洋溢着神秘的波光,含着几分忧郁,任何人都逃不过那双明眸的诱惑。她柔嫩的脖颈轻轻一动,更显得风情万种。

她不慌不忙,仔细梳妆打扮,纤纤玉手梳理乱蓬蓬的长发,乌黑的头发很快整整齐齐,在手中绾成一个发髻,插入一个漂亮的蝴蝶结,古典的美髻,把一张鸭蛋脸衬托的更加妩媚,活脱脱皇宫里出浴的贵妃。光亮的额角把她的气质和风韵凸显无余。

她像镜中花,水中月,令人可望而又不可即。

二

巧珍见邻家的饭馆买来电视机,她也跟着买了一台黑白电视机,小小的一台黑白电视机吸引了许多客人来看。电视机一开,屏幕上就像下雪一样,雪花不停地飞舞,一过车,屏幕几乎成了个花白色,既是这样,人们还是津津有味地看里面的节目。巧珍忙完一阵子,休息时,也坐下来看。里面播放的是日本电视连续剧《阿信》,看了几天后,巧珍被这个日本女人的故事打动了,这个叫阿信的人身上有自己的影子,她一直看下去。电视剧播完了,她的脑子里还在回想着阿信的故事。巧珍暗想,我为什么不可以做一个中国的阿信呢!

晚上,巧珍拉灭灯,一个人躺在被窝里,两眼望着黑洞洞的屋子,回忆着过去的日子。那日子,像一部电影,就像昨天发生的一样。

巧珍是七月七出生的,娘给她取了个名字叫巧珍。小时的她,心灵手巧,女人传统的必修课——针织女红,她一看就明白,一学就会。村里来了戏班子,她学演员的动作、唱腔,学得像极了,特别是那花旦、小生。人们都说这个女孩子是个小人精。上初中时,她已经长高了,母亲给她梳了个长辫子,扎了个红头绳,逢年过节,她参加学校组织的秧歌队,老师看她表演的好,让她走在最前面,舞着大红绸子,打着腰鼓,她左右回眸,发现人们朝自己指指点点,那是在夸她跳得好、扭得美。十七岁那年,她到县城参加高中考试,取得第一名,就在她高高兴兴准备上高中时,突然接到通知,因父亲是劳改犯的原因,她没被学校录取,只好流着泪回到家里,守着母亲过日子。年少的她跟着大人们参加生产队的劳动,她的生活开始发生了变化。一天她干完活走到家门口,迎面见村长从家里出来,一进屋发现母亲披散着头发,衣服散乱着,见女儿回来,紧紧抱着她哭泣。她问母亲怎么了? 母亲摇摇头,什么也不说。她似乎明白了什么。有一天,母亲拿出一张信封,里面有一封信和一张父亲和母亲抱着她的照片。母亲的表情茫然,小声对她说:"巧珍,你长大了,娘也顾不了你,到边疆找你爹去,寻条活路吧。"

巧珍不想离开母亲。第二天,当她从梦里醒来,眼睁睁地见母亲吊在屋梁上……她哭着安葬了母亲,擦干眼泪,打了个包袱,坐上西去的火车,寻找那个已没多少印象的父亲。父亲劳改离开家时,巧珍才三岁,她记不起父亲的模样了。

巧珍下了火车又坐汽车,一路风尘,一路打听,终于来到了边疆的一个叫梧桐窝子的地方。

边疆的七月,日头滚烫。她瘦弱的肩上挎着一只花布包袱,头顶烈日,汗流浃背地走在一条土路上,她见前面有一辆老牛车,车上拉着满满一车西瓜,引诱着她不由加快了脚步,追赶了上去。

"大叔,大叔,你停一停——"

戴草帽的赶车汉子听到后面有人喊,转过头,见是个姑娘,停下了车,荡起的尘土一下子把车和人淹没了。

巧珍见一车圆鼓鼓的西瓜,口渴难忍,想吃口西瓜解渴,恳求汉子:"大叔,给俺个瓜吃吧!"赶车的汉子看着四周没人,从车上抱起一个西瓜,递给姑娘:

"到路边林带里吃,别让人看见。"

巧珍抱上一颗西瓜,感激地朝赶车的汉子点点头,说了声:"谢谢大叔!"

她来到林带里,也许是太渴了,她将西瓜摔成两瓣,抓起中间一块红瓜瓤,大口地吃起来。不消一刻,将一个大西瓜吃进肚里。她掏出手绢,擦了擦嘴和手,一转身,见那辆老牛车还停在大路上,她又奔了过去:

"大叔,你知道梧桐窝子在什么地方吗?"

"前面不远。"

"能带上我吗?"

"上车吧。"

巧珍爬上了牛车,坐在赶车的汉子旁边。赶车汉子两眼贼溜溜地在她身上打转。牛车吱吱呀呀地往前走,汉子不停地用鞭杆子捣牛屁股,那头老牛甩起尾巴,挤出一团又黄又臭的牛粪。巧珍扭过脸,不去看。牛车开始爬一座桥,非常吃力。上了桥,又开始下坡,巧珍失去重心,身子一歪,倒在赶车汉子身上,他趁势一把抱住了她,怕她摔下去,她触电般地推开那只手,别过身子,牛车走得平稳了,巧珍厌恶这个赶车的老头子,叫他马上停车,挎着花布包袱,跳了下去,跟在牛车后面,一路来到梧桐窝子。

巧珍拿着信皮,见人就打听,在连部找到了连长。

"你叫孙巧珍,那你爸叫什么?"

"孙兆林。"巧珍回答。

连长让警卫找孙兆林。

警卫走到场院,喊了一声:"孙兆林——来一下,有人找!"

这时,一个戴草帽的人慌慌张张走了进来,看见连长的目光,同时看见了那个坐牛车的姑娘站在那儿。他以为姑娘把自己的不规举动报告了连长,连长要开他的批斗会,不知怎的,他感到一阵胆怯,两腿颤抖。

巧珍见了他,明白了八九。巧珍做梦也想不到,这个赶车的汉子,居然是自己的父亲。一见他那双手和那一双贼眼,心里不由地凄楚哀伤。这个人就是生身父亲?她简直不敢相信自己的眼睛。

连长说话了:"认识她吗?"

孙兆林结结巴巴:"不认……识……"

连长说:"她是你闺女,来找你!"

孙兆林这才抬起眼睛,吃惊地张大嘴巴:"啊,啊,你是小珍……"

"爸……"巧珍脸色通红,还是忍不住叫了一声。

孙兆林不敢答应,拉起女儿,走了。

她跟着父亲来到一个阴暗的小土屋里,里面有一张床,上面的褥子被子又破又烂,肮脏不堪,几双破鞋子扔在床底下,散发出一股鞋臭。小屋的墙壁斑斑驳驳，又脏又黑，她的心一下子凉了半截。

父女俩坐在小屋里，沉默了半晌，谁也没说一句话。

孙兆林心里翻腾的厉害，他没想到半路上遇见的姑娘会是自己的亲生女儿。她已经出落成大姑娘了。

巧珍想哭，却又哭不出声，只好默认这个现实。父亲从伙房打回饭菜，让她吃了个饱，又给她抱来个大西瓜。父亲从井台上担来两桶水，她把门关上，烧了一锅热水，脱了衣服，把一路风尘洗干净，换上一身妈妈做的衣服，对着镜子一照，像变了一个人。然后又给父亲拆洗被褥，打扫屋子。经女儿一收拾，小屋里亮堂了许多，床上也干净了。

父亲拉起女儿的手，老泪纵横，哭了起来："小珍，爸对不住你，让你吃苦了……"

"爸，别说了，谁让我是你的女儿……"父女俩抱头痛哭。

巧珍看着这间破烂房子，只有一张小床。对父亲说："爸，你给我找个地方住吧。"

父亲说："闺女，你就住在这儿吧。今晚上我住到马号去。"

父亲搬上被褥，到马号住去了。父亲走了，小土屋里只有她一个人。

小屋静悄悄的，靠近门窗的地方，墙皮脱落了。窗框上没有玻璃，糊着一层塑料纸。窗台有盏马灯，墙角上有个小土炉子，炉台上有口黑锅和几只破碗，这就是父亲的家。她从包袱里翻出一个日记本，里面有父亲和母亲的照片，一看见母亲，她忍不住哭了。命运把她抛到了遥远而陌生的地方。此刻，一种孤独袭击着她，寒冷包裹着她，她突然想母亲，想母亲那双温暖的手，温柔的怀抱……泪水又流了出来……她不知什么时间睡着了。天亮了，爸敲门，她打开门，爸从食堂打来饭菜，两个苞谷馍和一缸子茄子菜，父女俩相对无言，默默地吃饭。

吃完了饭，父亲对巧珍说："闺女，你长大了，不能和爸住在一起。我给队长说说，让你住大房子去，那里有许多年轻人。"

巧珍点点头："好吧！"

三

梧桐窝子是农场最偏僻的一个连队，人称西伯利亚。这里有几十户人家，百十口人。多半是五类分子（指地、富、反、坏、右），少部分是干部职工和民兵。

巧珍住进了大房子，这儿聚集了许多年轻人，只有巧珍年龄最小。她和大家一块儿干繁重的体力活。夏天打土块、浇水，秋天拾棉花、割麦子、掰苞谷，到了冬天，拉爬犁运肥料……

冬闲时，连队组织民兵操练。同房子的年轻人，大部分参加了民兵，只有几个年轻人，因出身不好，没有资格参加，巧珍是其中的一个。

女民兵们在外面训练回来，说说笑笑解开武装带，打饭吃饭。

巧珍看着同龄的姑娘当民兵，羡慕的要死，心里有了想法，自己穿上黄军装，那该多神气。有天她站在窗前看操场上的民兵英姿飒爽，训练各种动作。她鼓起勇气，大着胆子走到民兵队长面前，请求当民兵，民兵队长上上下下打量了她一眼，瞪起牛眼，使劲呸了一口，恶狠狠将她臭骂了一顿：

"你也想当民兵啊？也不撒泡尿，照照你是啥熊样！"

巧珍受不了民兵队长当众粗暴的羞辱，转身跑回大房子，趴在被子上放声大哭，越哭越伤心。哭累了，不哭了，她只有默默吞下泪水。巧珍感到身上压着一座无形的山，她想摆脱这座无形的山，只有暗暗咬牙，与命抗争。

早晨她第一个起床，给大伙打洗脸水；她想用汗水和无言的行动洗刷刻在身上的耻辱，换回人们对她的理解、同情。

一年又一年过去了，巧珍眼睁睁地看见和自己住的几个姑娘，有的去开拖拉机了，有的当了干部，还有的学医，而她呢，只有老老实实地干着重体力活。

巧珍后来才明白，一个黑五类的子女，比那些出身好的人，要低一等。就是干再重的活，流再多的汗，也洗刷不掉阶级身份的烙印。无论她怎样拼命努力，好事也轮不到她。

胖丫同情巧珍，可又帮不上她的忙，就给她出主意："出身不好的女人，只有嫁给出身好的男人，才有出路啊。"

小丫的话简单，道理却很深。巧珍思考了三天之后，决定嫁人。

巧珍二十岁那一年，嫁给了比自己大一轮的男人——一个患有严重气管炎的老光棍。

老光棍姓曹，别看他才三十多岁，可人们习惯叫他老曹头，一到冬天，就捂着个大口罩，不停地咳嗽，胸腔里像有个大风箱，呼呼地喘气，一阵子咳嗽下来，吐了一地黄痰，又腥又臭。巧珍见这个男人，心里一百个不愿意，但为了找个立足容身之地，也为了改变命运，不再让人欺负，还是狠狠心嫁给这个贫农出身的王老五。

不管嫁了个怎样的男人，巧珍还是找到了归宿，生活开始有了转机。

老曹头在连队粮场看场，私养了几只母鸡，母鸡下蛋，他拿回家给巧珍吃。她的身子一天比一天好起来，发育得渐渐丰满了，脸上也有了光彩。她照镜子，圆脸上涌出一团潮红。

巧珍变成了个勤快的小媳妇，挑水、做饭、洗衣服，不论走到哪里，都吸引着人的目光。她到井台上打水，有人主动帮她打水。她挑水走路时的样子也好看，长辫子随着腰肢的扭动,轻盈地像蛇一样地摇摆,吸引着人们的目光。

路上有几个人见了她,在悄悄议论:"这是谁家的女人?"

"是老曹头新娶的媳妇。"

"哟,看人家这媳妇,又漂亮又勤快又能干。"

"她怎么嫁给老曹头?那可是三脚踹不出个屁来的老病秧子啊!"

"都怪她出身不好,她爸是个新生员(劳改刑满人员)。她找个老曹头已经是烧高香了啊!"

"听说,这女人是她爸娶的小老婆生的闺女,能不漂亮吗?"

"看老孙头那个窝囊样子,没想到年轻时也风流,养出这么个漂亮闺女。"

"老曹头这个窝囊废,娶个这么俊的媳妇,真是好汉没好妻,孬汉娶个花嘀嘀。一朵花插在牛粪蛋上啦。"

巧珍听到这话,耳根子发烧,赶紧加快步子往前走。回到家,她拿出剪刀,一把将大辫子狠狠铰掉。看着地上又粗又长的辫子,她突然伤心地哭了。

巧珍结婚那年,胖丫也成家了。第二年,胖丫就生了儿子,可巧珍的肚子却一直没动静。

天气转冷,老曹头的毛病就发作了,上气不接下气的咳嗽,他咳嗽起来,整个身子弓的像个大蚂虾,浑身不停地抖动,脸孔发胀,发红,巧珍给他捶背,喂药。

老曹头的弟弟永善,从甘肃老家来投奔哥哥。永善小时发高烧,落下了小儿麻痹症,走路一拐一拐的,路在他脚下永远不平。

只因老曹头出身好,连队领导给他弟弟落了户口,安排工作。工作是和哥哥一块儿看场,一个白班一个夜班,有时永善帮助哥哥嫂子干家务。

日子就这样不咸不淡地过着。

四

一天,阳春面饭馆来了一个不寻常的食客,巧珍一眼认出是十几年前的冤家徐老壳,只见他戴一顶皮帽子,进到店里,见巧珍在这里开饭馆,往椅子上一坐,不走了。

这个叫徐老壳的人,许多年前在那个西伯利亚的连队当队长,就是徐老壳逼着她离开了那个连队,她清楚地记得这个可恶的男人,凭着手上的权利,横行霸道,她的青春被他强行玷污了。

巧珍暗暗吸了口冷气,心,怦怦跳得厉害。她哪里想到,过了这么多年,他怎么找到自己开的饭馆来了。这个丧门星!她在心里骂。

可来的都是客,全凭嘴一张。巧珍毕竟经历了一些事情,显的老练、沉着多了。她转过身来，笑呵呵地问："哎哟，是徐队长啊，是哪阵风把你吹到这儿来了？"

"啊哈，巧珍，几年不见，你还是这么年轻，我打听了你好几年，才打听到你在这儿开店。巧珍，我徐老壳当年对你不薄啊。"徐老壳盯着巧珍的脸，讨好地说："我退休没多久，老伴就死了，只剩下我一个孤老头子。我一下子就想到了你。真想你……"徐老壳和往年当队长时的那个人说话口气不太一样了，真是时过境迁。

巧珍打断他的话问："吃点什么？"

徐老壳粗声大气地喊："我就喜欢吃你亲手做的阳春面！"

"好，要几碗？"

"来——三大碗！"徐老壳又一声吼。

过了一会儿，巧珍给他端上阳春面。

徐老壳抱起大碗，狼吞虎咽，不消片刻，三碗面落肚，他擦了擦嘴，忽然伸手攥住巧珍的手。

"你要干什么？"巧珍忽然变了一副恼怒的面孔。

"巧珍，你把我忘了吗？我可没忘了你。"

"这可不像你说的话，当年的徐队长可是一只虎！"

"哈哈，巧珍，你很会说，我当年哪里是虎，那是狼！"徐老壳大笑起来，他抓住巧珍那只柔软的手不放，直勾勾盯住巧珍丰满的胸部。

"放开我！"巧珍一使劲，挣脱了手。巧珍已不再是那个任人欺负的绵羊。

徐老壳看巧珍一时纠缠不到手，仍不罢休，讨好地伸手从兜里掏出票子，"啪"地放在餐桌上。

"这是十块，不用找了。"

"……"

巧珍想起了昨天，像做了一场恶梦，那梦毒蛇一样缠着自己。

那个队长徐老壳，粗暴野蛮是出了名的，他有个恶习——骂娘！骂起来特狠，张嘴驴口的，闭嘴狗口的，他可以把祖宗八辈的魂都能骂出来，直骂得你狗血淋头，羞辱难忍。他有时骂人骂急了，还动手打人，踢人的屁股，谁见了他也怕三分。他站在连队大院子里一声喊，地皮也会抖三抖。他手上掌握着批病假、事假的特权，看谁不顺眼，谁这一年就没有喘息的时候。人们背地里给他起了个外号：徐老壳。

夏季田管的大忙季节，大伙儿在棉花地，一字排开，分好行子，说说笑笑锄草，到了中午，天气热了，一个个挥汗如雨。有人脱掉了褂子，巧珍热了，也脱了褂子，显出丰满的身子。徐老壳到棉花地里检查锄草质量。在人群里，一眼发现这个女人，随着她锄草的动作，挺拔的腰身，有节奏的扭动，线条完全暴露出来，阳光照在她洗得发白的黄裤子上,那臀部愈发显得性感。徐老壳瞄了一会儿,他注意上了这个女人,她和别的女人不一样,他眼睛发红,口渴难忍,本能的欲望被激起来……径直走到巧珍身后的棉花行子里,小喇叭一样大声吼:

"驴日的! 这是哪个狗日的干的活? 回——来!"

巧珍听到身后有人喊,回头一看是徐老壳,吃惊地问:"是叫我吗?"

"你个狗日的,眼睛长尻子上了,耳朵塞驴毛了!大草没锄掉,小草吓一跳!回来——返工!"

巧珍被他劈头盖脸一顿臭骂,只好回身返工。

徐老壳又去查别人的锄草质量了,但他很快拐回头来,又站在巧珍锄过的棉花行子里骂起来:"你个驴日的! 没长记性! 大草在站岗,小草在睡觉! 你他妈的想挨揍了是不是! 回来——重新返工!"

巧珍直起腰,扛起锄头回来返工。胖丫看她忙不过来,也跟着她走了回来,被徐老壳看见:"你回来干什么?"

"我帮她!"

"滚,狗日的,敢帮她一锄头,老子扣你驴日的假!"

胖丫这时也没了脾气,她也害怕徐老壳。徐老壳有一次冲她发火,朝她屁股上踢了一脚,疼了一个星期,她一见徐老壳,不由胆怯,悄悄退了回去。

棉花地里只剩下巧珍一个人锄草,汗水浸湿了她的衣服,像从水里捞出来的一样,徐老壳就在她身后,双手叉腰,像个凶神,盯住她干活。

忽然,巧珍听到一阵脚步朝自己走来,冷不防一脚狠狠踢在屁股上,她一下子扑倒在棉花地里。疼痛好一会儿才爬起来,只听见他在毒辣辣地骂:"狗日的,还不起来干活,小心老子扒你的皮,开你三天批斗会!"骂完了又朝她身上踩了几脚。

周围的农工远远地看着巧珍挨打,没人敢上来劝徐老壳。

一整天,巧珍忍着泪水,像在刀刃上走过,小心的不敢漏掉一棵草,心里嘀咕:巧珍啊巧珍,你的命咋就这么苦,连徐老壳也和你过不去。

晚上收工了,胖丫拉着巧珍走到后面,对她说:

"巧珍,累坏了吧?"

"嗯……"

"你咋得罪徐老壳了? 这人能随便得罪吗?"

"没有哇! 我怎么敢得罪他啊!"

"那他咋和你过不去呢?"

"谁知道呢? 唉——!"巧珍叹了一口气。

巧珍回到家,把自己挨徐老壳的打的事,告诉了老曹头,老曹头只是闷着头,一声不吭,半晌才叹了口气。

　　巧珍看老曹头听说女人在外受人欺负,一点反应也没有,无可奈何地哭了一夜。

　　第二天,第三天,徐老壳又出现在巧珍后面,吆五喝六,骂她返工,骂人的话像恶毒的鞭子一样,无情抽打在她心坎上,又像木棒打进她的皮肉里,耳朵里嗡嗡炸响。

　　收工的时候,胖丫叫住巧珍:"唉,你这样下去,要累死的!"

　　"那我该怎么办?"巧珍的泪落了下来。

　　"你是不是得罪了他?"

　　"我哪敢啊。"

　　"你看这地里的草,就是神仙也锄不干净,我看他是鸡蛋里挑骨头,找茬呢。"胖丫打抱不平地说。

　　"我也没办法啊!"巧珍疲惫不堪地叹气。

　　"我看哪,那徐老壳对你准没安好心,他为啥那么多人不盯,专盯你,是看你老实,好欺负。"胖丫也叹了一口气,又接着说:"你要多长个心眼,再不要受窝囊气!"

　　巧珍长长叹了一口气:"谁让我出身不好,又嫁了个窝囊废,那我该怎么办?"

　　胖丫眼珠一转:"巧珍,我有句话,不知该不该说。

　　巧珍低着头:"说吧。"

　　胖丫小声地伏在她耳边,眨巴着眼睛说:"女人嫁个窝囊废,就会遭人欺负……你要不被人欺负,我倒有个办法,你呢,就去给徐老壳打洗脚水。"

　　"这……怎么行……我又不是他老婆……不……"

　　胖丫白了她一眼:"好吧,你就这么挨他的臭骂吧。那个徐老壳不会放过你,会整死你……"胖丫又说:"你没看出他那眼神,跟公狗发情没什么两样,唉!谁让你长那么出众……"

　　"那我……"巧珍不敢看胖丫的眼睛。

　　"听我的,忍一时辱,换一身荣,说不定,徐老壳一高兴,给你调个好工作呢。"胖丫又劝说她。

　　胖丫的话,让她躺在床上翻来覆去睡不着,脑子里一团乱麻,耳朵里嗡嗡地响。难道真要给徐老壳端洗脚水,不这样就过不了这　关?　想起徐老壳要在大会上批斗她,浑身就软了。

　　命运在残酷无情地捉弄她,把她变成无助的羔羊。她只有软弱地屈服可怕的命运。想到这,她咬了咬牙,越过身边熟睡的丈夫,起身穿上褂子,拉开门,静悄悄走出家门,朝队部走去。

这时，已是子夜了。来到队部门口，见徐老壳的窗口里亮着灯光。

站在徐老壳的办公室门口了，她腿肚子抽筋，浑身打战，本能地恐惧、害怕、紧张。她紧张地抱着双臂，耳边响起胖丫的话，便狠了狠心，鼓起了勇气，举起沉重的手，敲响了徐老壳的门。

"嘭嘭嘭"

"谁？"

"我……"一个胆怯的声音

徐老壳披着衣服，拉开了门，一看，巧珍站在面前，徐老壳立刻换上了弥勒佛的模样："啊哈——是你啊，跟我来——"

巧珍低头，跟着徐老壳缓慢地走进去，脚上仿佛坠着铅块。门，在身后哐当一声关住了。

徐老壳"扑"地吹灭了灯，转过身，从后面拦腰将她抱起，像在羊圈里逮住了一头大肥羊，扑通扔到床上……

回到家，已是半夜，巧珍用清水把身子洗了一遍又一遍。这个夜晚，可怕的梦魇怎么也摆脱不掉……

过了不久，果然像胖丫说得一样，徐老壳对她的态度来了个一百八十度转弯，巧珍的命运发生了转折。她调到炊事班工作，那儿的工作比大田排轻松多了，还有面条和白面馍吃。

巧珍对于徐老壳，是个贪婪的尤物，徐老壳像只狼，不断寻找机会霸占她。

那是个萧瑟的秋天，日头快要偏西了，伙房的一块玉米饲料地成熟了，班长派巧珍去砍玉米。金黄色的玉米密密匝匝，她走到一眼看不到头的玉米地发愁，这么多的玉米什么时候才能砍完？

正发愁时，巧珍听见身后传来脚步声，回头一看是徐老壳，他叉着腰站在她身后，她直起腰看着他，心里打起小鼓，他来准没好事，她退了几脚："你想干甚？"

"想你啦，好久不见，看看你个驴日的。"

巧珍吓得倒退了几步："不！不！"

"嘿，狗日的小辣椒！过来——"

"你不能……"

"妈的，想不想在伙房干啦？"他威胁她。

巧珍听了这话，腿肚子软下来，手中的镰刀掉在地上，徐老壳色迷迷的走向一个羔羊似的女人。

"徐老壳，不许欺负我嫂子！"一个吼声在空中炸响。

谁这么大胆，敢直呼徐老壳。抬头一看是永善，永善举着一把明晃晃的镰刀，朝徐老壳砍来，徐老壳头一低，削去了徐老壳的草帽，徐老壳看见永善来势凶猛，平日善良的眼睛,射出一团怒火。徐老壳胆怯了,转身就跑,不小心被苞谷茬子拌到,摔了一个狗吃屎,好一会儿才爬起来,恶狠狠地回头骂道:"好你个狗日的小子,看我明天咋整治你!"

"你敢!"

永善把嫂子扶起来,嫂子哭了。"我嫁给你哥,又窝囊又没本事,尽遭坏人欺负……你以后不要像你哥……"

太阳渐渐落山了,嫂子和永善背后的玉米林消失了,两个人疲惫不堪地朝家里走去。

这个情景,过了许多年,她怎么也忘不了,脑子里像过电影,不断地浮现。

五

面对这个丑陋的男人,巧珍厌恶他,仇恨他,想一刀杀了他。她想,怎样把这个可恶的徐老壳,变成了个塌头的骟马。可自己是个女人,力量单薄,孩子又小,她把藏在心头的火压下来。

第二天,徐老壳又来了。巧珍笑脸相迎,请徐老壳在八仙桌前坐下,吩咐服务员上茶。

"徐队长,你可是贵客,喜欢吃点什么,只管点。"

"哈哈,巧珍啊,你最知我喜欢吃什么。"

"哦,好。"巧珍吩咐师傅来一盘猪口条,一盘猪耳朵,再上一瓶天池特。

徐老壳哈哈笑了,大叫:"巧珍,你太了解我啦!"

一会儿,巧珍端上两个小菜上桌,打开酒瓶子,斟满酒,坐在他对面,端起酒杯陪他喝酒。徐老壳心里乐开了花,一杯接一杯地喝,畅快淋漓,两个人推杯换盏,不一会儿,一瓶子酒下了肚,徐老壳不胜酒力,醉得一塌糊涂,他"扑通"跪在巧珍面前,一把鼻涕一把泪,可怜兮兮地恳求巧珍:"我以前对不起你,你怎么骂我都行啊!我是牲口!毛驴了!我不是人,是驴日的!是狗日的!"

巧珍推开他:"你喝多了,走吧。"

徐老壳带着哭腔,大声恳求:"巧珍,看在我以前帮过你的面子,你就答应我吧!"

徐老壳等着巧珍回答,看她没反应,站起来走近她,"给我做老婆吧,我把工资全部交给你,对你一千个好,一万个好啊!"

巧珍像没听到,推开他伸过来的手,不理他,示意后堂的师傅,把他劝走,自己闪到屋里忙活去了。

两个师傅连推带拉,把徐老壳劝出饭馆。出乎徐老壳预料,这个女人,不再是当年任他宰割的羔羊了。他嘴里不停地嘟囔:真他妈的三十年河东,三十年河西啊。

徐老壳醉醺醺,晕乎乎,腾云驾雾,快活如神仙,一摇一晃地走到街上,突然,一辆飞驰而来的汽车冲来,他躲闪不及,迎面将他一下子撞倒,像撞倒一根木头,沉重的车轮从他身上压过去,他的身子像放炮一样,发出一声闷响,一摊红的白的脑浆铺满了一地。

街上出车祸了,撞死一个人,人们发出一片喊叫声,现场很快挤满了看热闹的人,人们议论纷纷,猜测这个男人是咋死的。

巧珍听说街上出了车祸,赶紧出门一看,才知是徐老壳被车压死了。她长吁了一口气,徐老壳的死,卸去巧珍的一块心病。

不知什么时间,街上流传一个秘密:这个女人,是个白虎星,妨男人啊!男人千万小心。

那个山羊胡子老汉骑着小毛驴得得地走过这条街,口中念念有词:色汉子,骚女子,好色伤了命根子……

一

老人们说，人这一辈子，前半生享福，后半生吃苦。这是天命，谁也抗不了。

想当年，金凤嫁给一个上海人，生了三个娃儿之后，娃儿没成人，一股回城风把那个该死的上海人给刮跑了，从此，杳无音讯。有人说，那个上海人坐飞机摔死在太平洋，有人说被汽车轧死了，也有人说他发了大财，跑香港做了港民，有人说他办了绿卡在美国。金凤带着几个孩子，一直在苦苦等他……

有个好事的先生，给金凤算命，说她这辈子是心比天高，命比纸薄。

金凤卧室的墙上挂着一个木相框，里面是全家人的照片，静静地挂在那里。金凤躺在床上，两只黑黑的眼睛，直勾勾地盯着相框里面的照片出神，发愣。那每一张照片，都能勾起她遥远的回忆。左上角有一张小照片，是年轻时的金凤，眼睛里充满着自信的微笑，戴着一顶黄军帽，穿着黄军装，腰间扎着武装带，闪亮的腰带上挂着一把手枪，英姿飒爽，青春激荡，威风极了。同学们羡慕得要死，一群女同学像群星大大围着她，只要她出现在哪里，哪里就是大家的焦点。她是班长，只要她一声令下，就连那些平时调皮捣蛋，甚至不听老师话的男同学也不敢怠慢，积极响应她的号召。谁都知道，她爸爸是副业大队的大队长，骑白马，挎短枪，走起路来响当当，没人不嫉妒，没人不怯,任谁也要敬着她三分。金凤在同学和老师的眼睛里,是个女英雄,女豪杰。

在那张照片旁边还有一张小照片,是她围着一条漂亮的红围巾照的,因为是黑白照片,只看出是黑色的。这条红围巾,是母亲托一个回上海探亲的知青带回来的。那是一条腈纶羊毛混纺的围巾,红艳艳的像桃花般鲜亮。金凤是农场子女学校第一个拥有红围巾的姑娘,那红围巾戴在她的脖子上,就像胜利的花环,惹得周围女同学们好奇地摸一摸,手感柔软光滑,不由发出赞叹声。此时的金凤简直成了大家眼里的明星。

在一组照片中间,有一张全家福,有爸爸妈妈,哥哥和弟弟。她是家里唯一的女孩子,妈妈娇她惯她宠她,这让她变得非常任性。

最下面有一张照片,是金凤和丈夫孩子的合影。坐在她旁边的是那个"上海鸭子"丈夫,他们怀里各抱一个孩子,中间站着个大点的孩子。看见这个"上海鸭子"丈夫,金凤的心就剧烈地跳动,这个该死的男人,他在哪里呢? 怎么连个音信也没有,他不知是死是活呢?

他回上海许多年了,再也没有回来……她等他,守着这个家,像守着一盏不灭的灯……

她后悔当初没听爸爸的话,不该嫁给爸爸手下的坏分子。她不明白,怎么会爱上了这个人,把青春给了他,把爱给了他,还给他生了三个孩子。

对于一个不懂得爱情的姑娘,爱,是稀里糊涂的;爱,是迷迷糊糊的……这就是她的命。

二

金凤十八岁那一年,出落成人见人爱的大姑娘,她黑滋滋的圆脸,阳光一照金灿灿,光彩照人;微微一笑,白亮亮的牙齿像珍珠;水汪汪的眼睛,仿佛一潭深水,凝满一汪深情。金凤心高气傲,不把一般年轻人放在眼里,她像天上飞的鸽子,心里有一个梦想。金凤,在人们的眼里是一朵花,有多少年轻人唱着情歌,磨破了不知多少鞋子,也追不上她。

金凤的父亲是团部副业队的大队长,管着百十号人。这副业队里的人员多是没有改造好的坏分子,被监督劳动。

北山上光长石头不长草,石头大得赛骆驼。把石头打成小块,烧石灰搞建筑用,打石头的活又苦又累。农场党委把父亲的副业队调进山里打石头。父亲有胃病,经常胃痛,骂人骂累了胃也痛,上级为了照顾他的生活,把他的家属搬来了。母亲是个家庭妇女,来时把刚初中毕业的宝贝姑娘金凤也带来了。

金凤闲着无事,就一个人跑到山上看风景。石头山上出现一个如花似玉的少女,奔跑着,跳跃着,呼喊着,天真烂漫地爬上光秃秃的山顶,叮叮当当的打石头声突然停止了。

妈出门找金凤,她已爬上高高的山顶。妈妈站在山脚下喊金凤。

"金凤——"

大山也响亮地回应着"金凤——"

多美的名字,叫起来非常上口,好听。

"金凤——回来——死丫头——"

山的角角落落跟着回应,妈心疼这么一个女儿,走哪儿都带着,好吃给吃,好穿给穿,在家是个小公主,手掌上的一颗明珠。

女儿不理睬母亲,她真想有一对翅膀飞起来,飞到山的那边,瞧瞧大山的深处是个啥样的。她是个任性倔强的姑娘,富有天真烂漫的幻想。她站在高山上望风景,山上有望不够的风景,多美啊!

一连三天,把风景看烦了,她又去看人。打石头的人光着大脑袋,每天忙碌着,一个个累得像个大狗熊。

在一群打石头的人里,一个叫上海鸭子的人引起她的注目。

上海鸭子是这群人里面的骆驼。论个头,论知识论才能,远远超过别人。

一天,她刚爬到半山腰上,就听到有人喊:"下来,马上就要放炮了。"她一看那人手上挥动着小红旗。她瞧着那人慌张模样真好笑。站在山顶上,炮能炸着自己吗?她天真地想。

那个挥小红旗的人急急忙忙跑上山顶。两个人影重合在一起。半山上轰隆隆响起炮声,石块横飞,挥小红旗的人抱住金凤,一骨碌滚到凹处。抬头看刚站的地方,正有几块拳头大的碎石落下来,好险哪。稍晚一步,金凤就完了。

炮声过去了,升起一片浓厚的烟雾,遮住了半个山头。

金凤从那人怀里挣脱出来,瞪了他一眼,刚才她被那个男人紧紧地抱住,气都喘不过来。长这么大,她第一次叫一个陌生男人抱在怀里,而且又是那么突然,她仄起身子,爬出山凹,理了理被风吹乱的头发,整整衣服,那男人还坐在那儿不动。

"喂。你咋啦?"金凤问。

"你的发卡……"那个人从地上拣起一只红色小发卡,拿在手上。

金凤满面羞红,走到那人面前,一把抓起自己的红发卡,拢了拢头发,把发卡别在乌黑的头发上。"你真好!"她朝他莞尔一笑。

他受宠若惊。他被姑娘刚才别发卡的那个动作吸引住了。他脑海里不断浮现出这个绝美的风景画。

"喂,你愣在那儿干啥?"

"我想,刚才要是你站在那儿,就太可怕了。"

"那太谢谢啦。"

"听口音,你好像是上海人。"

"是上海人。"

金凤对上海人特别有好感,很快忘记了刚才的窘态,无拘无束地和他谈话。她对上海有着美好的向往,她喜欢上海牌手表、缝纫机、收音机,她更欣赏上海的衣服,要是有人回上海,她就叫人给她捎上几件上海衣服。在她的心目中,上海人文化层次高,会打扮,她想把自己也打扮成一个时髦的上海人。

回到家,爸爸对金凤大发雷霆,眼珠子快瞪出来了:"你个疯丫头,跑山上疯什么去了?"

"我想去! 偏去!"

"好你个死丫头,敢犟嘴,看老子不打死你!"老头子快气疯了。

妈妈赶紧拉住金凤。

"走,跟妈妈做饭去,以后别冒冒失失上山了。"

"妈,我遇见一个上海人,他真好。"

"好什么。都是坏家伙,该杀头的。"

金凤不出门了,她站在家门口的大石头上,看山。傍晚,山上下来一帮打石头的人,扛着钢钎,榔头,一个个敞着怀,歪歪趔趔,哼着小曲,吹着口哨走过家门口。

她注意寻找队伍中那个救自己的上海人。他出现在队伍的后面,扛着榔头,光着个大脑袋,身后跟着两个拿枪的警卫。

金凤看见他头顶上染着一抹红霞,夕阳映红他半个脸。他的脸颊骨凸出,下巴倔强地前伸,鼻子和嘴角棱线分明,宽阔的肩膀似压上一座山也能支撑得住。如果早几年前见他,那他一定是个风度翩翩的美男子,她不禁有点可怜这个人。

他从金凤面前走过,低着头,金凤喊了他一声,他一点反应也没有。

警卫班长走到金凤面前,提醒她:

"别跟他打招呼,这家伙坏得狠,是个坏分子!"

金凤倒吸一口冷气。像他这样的一个英俊男子,怎么是个坏分子? 她眼前现出坏人的凶相,不禁打了个哆嗦,太可怕了。后来她听爸爸说,这个人因为画领袖的像,被造反派认为画得不像,只因这幅画,他被下放到农场副业队接受群众监督劳动。她忽然想起场部的门前,竖立的高大广告牌,一个年轻人站在高高的画架上,太阳从脚下升起,在他的画笔下,领袖的微笑浮现出来。人们站在他的脚下欢呼、歌唱、舞蹈……哦，原来就是这个人啊！他应该是个大英雄。

金凤崇拜这个男人了，偷偷地爱上了这个大英雄。她觉得他根本不是什么坏人。

金凤在房子里听妈妈整天唠唠叨叨，烦死人了，便打开红漆箱子，里面有几本书，有她上中学的课本，还有几本发黄的已看过几遍的小说。在箱子里找到了一只口琴。那只口琴早就买了，可在场部中学没一个人会吹口琴的，没有老师教，她只好胡乱吹，吹腻了便藏进箱子里。这会儿她拿出口琴，擦干净，放在嘴上试吹，琴音非常好听，她一个人跑到外面的山上去吹口琴。

山坳里响起口琴声，随心所欲地漫天飘散，吹着口琴，真解闷儿，有个老师说她没有吹口琴的天赋，她不信，暗暗较着劲猛吹，直吹得头晕目眩，可就是吹不好。有人说她嘴太小，要想学吹口琴，非得开刀不可，她听了吓一跳。照照镜子，好看的樱桃小嘴微翘着，要是再开上一刀，把嘴拉大了，一咧嘴，露一口大板牙，那该多难看，将来兴许连个对象也找不上。算啦！即便学不会口琴，牺牲掉这个梦想，也不能把嘴拉大。

琴声悠悠响遍山坳，打石头的男人们听到琴声，举起的榔头停在半空中，侧耳倾听，仿佛天上的乐仙送来的箫声。在这荒蛮的野山上，能听到一曲悦耳的琴声，该是多么大的欣慰。它像一只温柔的手，轻轻抚去心灵的伤痕，叮当声停止了，人们四下寻找吹琴人的影子。

金凤回到家，又挨了爸爸一顿训斥。

"吹什么口琴，吹得人心惶惶，那些人活都不干了，把口琴交出来，砸掉！"

"不，我就不，吹口琴是我的自由！"

金凤非常执拗，大声嚷嚷。

"好了，好了，有什么大不了的事，她一个人在这儿也憋闷得慌，就叫她上山散散心。"妈妈护着女儿，爸爸无可奈何。

金凤在妈的保护下，解脱出爸爸设置的栅栏，像一只自由的鸟儿在飞翔。

在众人眼里，工队长是这群人的主宰，他认为谁表现得好，就给谁干轻活。上海鸭子一直表现不错，劳动肯吃苦，干活动脑筋，打出的石头比别人多几倍。

金凤时常出现在山顶上，山坳里，引起大家狂乱的骚动。晚上做梦时，发出梦呓，喊叫着一个女人的名字。

如果说王队长是皇帝，那么他的女儿金凤就是公主，在荒凉的北山上，在一群雄性勃勃的男人眼睛里，她像天上闪烁的星星和耀眼的月亮，可望而不可即，任何一点邪念和妄想都只能是个梦。

山坡上，金凤自由自在像鸟儿一样飞跑。

忽然，她听到身后有人叫她的名字，她停下脚步，发现是那个救过她的上海人。

"喂，你咋知道我的名字？"

"猜的呗。"他学着她的河南腔，学得像极了。

"你呢？"金凤眨着眼睛问。

"你就叫我'上海鸭子'吧！"他笑了笑说。

上海鸭子呀你会学鸭子叫？"金凤睁大眼睛，好奇地说。

"当然会。"他两手握成一个喇叭状，吸足气："嘎——嘎——嘎嘎嘎——"

"哈哈哈……学得真像。你们上海人真聪明学啥像啥，对了，你会吹口琴吗？"

他从金凤手上接过口琴："我来试试，也许吹得响。"

想了一个曲子，试试音就吹起来，曲调忧伤，回荡在山坳里。他的神情专注，两眼缥缈地投向远方。

一曲终了，金凤回过神来，显出惊讶又喜欢的样子，说："呀，你吹得真好听。这是什么曲子？"

"红河谷。"他放下口琴，望着眼前的山谷说："这是一首加拿大民歌。"

"歌的名字也好听，你能唱给我听听好吗？"

金凤脸上露出恳求的神情。

他沉思了一会，就唱了起来：

人们说你就要离开村庄
我将怀念你的微笑
你的眼睛比太阳更明亮
照耀在我们的心上
你可会想到你的故乡
多么寂寞多么凄凉
想一想你走后我的痛苦
想一想留给我的悲伤
……

"呀，这歌唱得真叫有味。"金凤高兴得直拍手。"你真不简单，还会唱外国民歌。你以后教我唱歌、吹口琴好吗？"

"不行！"他低下脑袋，嗡嗡地说："我是坏人。"

金凤睁大眼睛瞧他，不敢相信这是真的。她看不出面前这个忧伤的男人会是个坏人。

"不会的,这怎么可能!"她喃喃自语。

"要是被你爸爸知道了,我这辈子就要呆在山上。"他叹了一口气。

"那我就陪着你。"金凤突然冒出一句大胆的话。

"陪着我?"

"嗯……"

两个人的目光凝视在一起,往下的话谁也没敢说。

天气渐渐凉了。

山风一阵一阵吹来,又冷又硬,穿的衣服少,就冷得打哆嗦。

金凤和上海鸭子来往的事,终于被王队长发现了。他被激怒了,他不能眼睁睁地瞧一个坏分子抢走自己的宝贝女儿。他气势汹汹奔向打石场冲上海鸭子吼叫:

"你他妈的,过来——"

上海鸭子知道队长在叫他,停下手中的活计,低头听王队长劈头盖脸的训斥。

"你他妈的再不老老实实好好改造。我就不准你回家,叫你一个人留在山上!"

他咧嘴苦笑下,其实,他也没有家,所以也没想着要回家。

冬天来到了,山上降了一层白雪。百多号人吵吵嚷嚷地收拾东西,往大车上搬运东西。又来了几辆拖拉机,把这些人送回农场。

上海鸭子因为勾引了队长的女儿,被强制留在山上看石头。

班长跟他开玩笑:"不简单,你咋勾引上队长的千金的,妈的,老子连女人味都没尝过,你他妈真鬼,把他妈女人的魂给勾跑了。"

一个甘肃汉子嘲笑他:"教我两手,也弄个女人,玩玩。"

上海鸭子瞪了他们一眼:"老子勾引你娘,情愿留在山上!"

人们说说笑笑地走了。山上显出少有的寂静。

他独自徘徊在石头山坳里,忽听到后面有脚步声,扭转过身,雪山上亮起一团红色的火焰,给荒凉的野山平添了一点景色。一方红头巾出现了,像一团火,她来了,山风拂着她额前的刘海。一双明亮纯真的眼睛微笑着,向他跑来,那美丽的眸子藏着一汪深情,又裹着一个谁也不知道的秘密。

金凤悄悄地溜出队伍,她说过要陪上海人。她盯着他的行踪,追寻她的爱情。

"你怎么来的?"他惊讶地问。

"你这人忘性好大,我说过我要陪你啊。你好像不欢迎?"金凤的脸上浮现着迷人的微笑。

两个人手牵着手，一块朝阴坡下走去。他们走进一个小小的避风的山坳里，那儿有一座童话般的小屋，两个人坐了下来，互相望着。

金凤说："我喜欢你的红河谷。"

"那我给你唱，听完了，你就走吧，这是我的请求。"他深情地望着金凤，又望着远方雪山，缓慢地唱起那支忧伤的歌。

> 人们说你就要离开村庄
> 要离开热爱你的姑娘
> 为什么不让她和你同去
> 为什么把她留在村庄上
>
> 亲爱的人我曾经答应你
> 我决不让你烦恼
> 只要你能重新爱我
> 我要永远跟在你身旁
> ……

金凤听唱到最后一句，眼泪"唰"地落下来，她不顾一切地抱住年轻人，大声说："我爸真狠心，把你一个人留在山上。"

"不，这是上帝给我安排的命运，我是个罪人，上帝在惩罚我！"他一把推开金凤。

金凤又扑上来，双手搂着他的腰，脸贴在他的胸膛上，仰望着他瘦削的脸孔和一脸络腮胡子。抽泣着喊叫：

"你亲亲我……"

他不动，像座石雕。

金凤把他的手抓起，按在自己发育丰满的胸脯上：

"你，你摸摸……摸摸……"

他的两眼箭一般地射向远山后面沉落的夕阳。血红的霞光染红了荒凉的北山上的白雪。山风呼啸而来，飘起一团雪雾。他终于低下头，看着怀里的金凤，一双丹凤眼一眨不眨地望着他。啊！那闪亮的眸子里藏着一汪深情，肌肤里涌起了一种本能的渴望。他两只手臂紧紧箍着姑娘苗条柔软的腰身，像是要把她整个人儿溶化。他垂下头，粗硬的胡茬儿在她那张少女的嫩脸上摩挲，又将喷着热气的嘴巴压在少女温柔的嘴唇上。

她抱紧他："来……来……俺把身子……给……你……给……你……"金凤

的声音弱下去,低下去,变成呻吟。

大山在微微的喘息、颤抖。

山下有个急促的声音传来:

"金——凤,金——凤。"

好像是妈妈赶回来了。

金凤蓦地推开他,快速整理衣服,回应了一声,用红头巾捂住脸。忽然,年轻人眼前飘起了一面红色旗帜,在雪地上冉冉升起。

"我走了,我还会回来看你。你——等——我。"

金凤听到妈妈的召唤,走了。山风吹起红头巾,消失在山脚下。

三

晚上,上海鸭子肚子里填满粗糙的食物,躺在被窝里,用被子蒙着头呼呼大睡。

梦境与现实已分不清了。一觉醒来,仿佛还在睡梦里,一切都变得朦胧、模糊、抽象。遥远的记忆,依稀的幻觉。他在梦里寻找记忆中的故事,寻找爱人的情影。只有梦才能把心中的忧闷解脱。他在梦里编织着一个美丽的故事,梦中出现最多的人是金凤纯洁的、天真的、脉脉含情的笑靥。她窈窕的身影不时从山上走来,红头巾就在山上飘舞,有一面旗帜召唤他。金凤的脸上永远是一副可人的微笑,她的步子是那么轻盈、无声无息,像春天里的一缕风,一片云。

不知过了多少个夜晚,一天,"砰"的一声,门开了,洒了一地阳光。

他从睡梦中醒来,看见一个活生生的女人走来,好像跑完了遥远的马拉松,她气喘吁吁靠在门框上。

"你,你怎么来了?"

"俺,俺来……看你……"

金凤拎起一只化包袱,滑落在地上,往前跨了一步,倒在他的床上。

"我给你送来了好吃的。"她打开花布包袱,里面有蒸好的红薯、洋芋,有烤好的白面饼子,还有煮好的咸鸡蛋、咸鸭蛋。

她带来了吃的、用的,他闻着从女人身上发出的异香。

"俺这次来就不走了。"金凤声音发颤。

"不走了?"他不敢相信这位小公主会永远留在自己身边。在这荒僻的野山上,能有一个美丽的姑娘守在身旁,就仿佛置身于一个鸟语花香的世界,他不再孤独,不再寂寞。

"是的,俺不走了,俺爸不要俺了。"

"为什么？"

"俺……"她眼睛里忽然涌出泪水，"俺……怀上……你的孩子……"

他似乎没有听清，没有听明白，他迷惘，糊涂了。

"俺……肚里有你的……孩子。"她双手捂着肚子，小声喃喃。

他吓坏了，不相信这是真的。看着金凤流泪的眼睛，他相信了。

金凤回到家里没有多久，突然感到一阵恶心，吃的饭都吐了，胃里翻江倒海。妈不知女儿怎么了，以为她病了，赶忙把她送到医院。

经过检查，医生郑重地把病情告诉妈妈：

"你的女儿怀孕了。"

"医生，你诊断错了，她还是个姑娘。"

医生不愿听妈啰唆，又重复了一遍，走了。

可怕的诊断把母亲吓蒙了，傻愣在那儿。

"孩子，你说这是真的？"母亲睁大眼睛看着女儿苍白的脸。

女儿无奈地点点头。

妈妈一副善良的面孔不见了，狠狠扇了她两个耳光，随后呜呜地哭："败坏门风的闺女，白养你这么大，叫你爸妈咋有脸见人。呜呜呜……"

老头子一听说此事，怒不可遏，大骂："死丫头，说！到底是怎么回事？"

女儿"扑通"一下跪倒在两位老人面前："爸妈，是女儿对不住你们，是女儿的不是……"

她想起山上那血色的黄昏，迷人销魂的一刻，她感到自己一下子长大了，成熟了。在男人的抚摸下，她变成了成熟的女人。

"那小子不是个好东西，狗日的，上海鸭子，我非毙他个狗日的！"老头子拔出手枪，朝天开了一枪。又朝金凤屁股上飞踢了一脚："给老子滚，滚！我没你这个闺女，快滚——！"

金凤哭了一夜，第二天，她打好包袱，她骑上爸爸的那匹马连夜跑上山来了。

金凤在山上找到他时，天已经亮了，上海鸭子把金凤搂在怀里，两手不住颤抖，那只右手着了魔似的伸向金凤胸前的第一颗纽扣，随着一声脆响，几颗纽扣同时绷断了，粉红色的纽扣滚落下来……他把金凤推倒在简陋的床上，在昏暗的煤油灯光下，他凝视着金凤光泽的肌肤，轻轻抚摸着她青春的胴体，一阵激动袭来。他将耳朵贴在金凤富有弹性的小腹上，闭上眼，静静地谛听什么，他听到从遥远的天际里响起春雷，那么粗犷，豪放；他听到那草原天空上欢叫的雁阵；听到一声声悠扬的牧歌，叩击耳鼓，激荡人心，那么有力、富有生命的节奏。哦……他仿佛听到了生命在呼唤，他的眼睛一闪一闪地亮了……

四

1972年上海鸭子监督劳动期满,回到连队时,头发上染了一层白霜,生活的摧残和折磨已使脸上显出沧桑的皱纹,原来那个风流倜傥的男子汉的高大形象已荡然无存。

在连队里生活的几年,人们见他身旁跟着一个女人,那个被风吹日晒熏黑的女人,原来俊俏的脸蛋上现在嵌着一双木鱼样的眼睛。这就是那个像公主一样的金凤,她走起路来一副无精打采的样子,身后扯着个孩子。他们被生活的重荷压得抬不起头,整日为生计而忙碌。

1979年的一天,连队看电话的老头跑到上海鸭子家,通知他接到一个电话,说他家人来看他,他不知是惊还是喜,一时又愣住了,他喃喃自语,谁会来看我呢?父母早亡了,已没有亲人,只有一个哥哥在国外,难道是哥哥回来了?

他不再多想了,骑上自行车,飞快地赶到场部招待所,一进大门,他看见阿惠。

她打扮得像个贵妇人,一副雍容风雅的姿态。

"是你?"他下了自行车,用一种奇怪的眼光瞧着她。

"我一直在等你。"她迎着他走来。"我还给你带回一个人。"

"谁?"

"你一看就知道。"

她迈着愉快的步子走进客房,他跟在她身后,盯住她丰满的臀部一扭一摆的,他看到她雪白的脖颈上挂着一串银项链,耳朵上一坠一坠地晃动着金耳球。

他迈进屋见一位和自己一样身材高大的男子,不过那男人西装革履,显得很有风度,上嘴唇留着一抹小黑胡,戴一副太阳镜。

他一时愣住了,双方怔住了片刻。

"大哥——"

"上海鸭子——"

两兄弟抱在一块儿大哭不止。阿惠在一旁同情的抹泪。大哥不哭了,扶着上海鸭子。

上海鸭子问:"大哥,你怎么找到这?"

大哥说:"是阿惠带我来的。"

阿惠笑吟吟地说:"我在上海幸运地结识了大哥,他回国一直在找你,我就带他来到这里。"

上海鸭子朝着阿惠感激地点点头。

"有孩子吗？"大哥问。

"有。三个孩子。"上海鸭子说。

跟在哥哥身边的这个叫阿惠的女人，同是上海人，但命运却不同。几年前，阿惠跟着她的"公鸡嗓子"丈夫调到场部的"小上海"（指机关）居住了。男人升官，女人也跟着沾光，夫贵妻荣。

可好花不常开，好景不常在。第三年，男人得肝癌死了，丢下她和两个孩子。阿惠自叹命苦，于是带着一男一女两个孩子回上海去了。人们以为她不会回来了，过了不到半年，她又回来了，烫着波浪卷，穿一件叉开到大腿上的紫红色旗袍，黑眼红唇。

她的到来，给戈壁滩上的人们带来了新鲜的话题。小地方的人们交头接耳，津津乐道地谈论着上海女人，不愧是见过大世面，看人家那派头，那架子，那神气，潇洒的仿佛整个世界都属于她的。你瞧，人家连孩子都扔了，带回来一个风流男人。

有人见了她，上前和她打招呼：

"呀，从上海回来啦？"

"哎，回来啦。"她甜甜地答道。

"这是谁呀？"那人伏在她耳边小声问。

"他？"阿惠一笑说，"是阿拉的朋友。"

"嗬！他真像一个演员。演过电影吧？"

"他不是演员，他刚从国外回来。是个华侨。"

"哦——外国人！"那人吃一惊，再瞧一眼那男人，果然气宇不凡。

小镇太小了，只要有一点消息，就会传播开去。一时间，戈壁滩上的这座小镇三千多口人的耳朵里，接到一个令人兴奋的信息：外国人来了！一个外国人能光顾这座小镇，简直是小镇的一种莫大荣幸。仿佛一个外星人光临人类的星球，小镇沸腾起来，大家争先恐后一睹为快。

上海鸭子马不停蹄兴冲冲赶回家，把这个好消息告诉一家人，孩子们欢呼雀跃，金凤却怎么也高兴不起来，她好像有一种不祥的预感。

他和金凤各骑着永久牌自行车，带着三个孩子，直奔场部。

见了大哥，金凤叫了一声大哥，几个孩子偎在她身边，望着面前西装革履的男人，盯着他一双贼亮的皮鞋，显得有点紧张、胆怯。有的拽妈妈的衣服，有的抱妈妈的腰，好像怕被这个男人抢了去。"快叫大伯。"金凤催促孩子们，他们没一个敢叫。

大哥瞧着金凤，又看着几个惊慌失措的孩子："别怕，走，我带你们到街上吃饭。"

他们来到小镇上最好的一家餐馆。服务员一见来了一位不寻常的客人,慌慌张张地跑里跑外,问客人吃什么菜。

大哥看了看墙上挂着的菜谱,点了鸡鸭鱼肉,摆了满满一桌。大哥一声"来!动筷子。"话还没有说完,三个孩子便七手八脚地用手抓上了,大的扯一条鸡,老二拽一只鸭翅,大吃大嚼,不消一支烟工夫,一桌菜扫荡得干干净净。小点的孩子端着盘子扣在脸上,叭哑叭哑地舔残汁。

几个孩子大口小口地吃,上海鸭子忍不住了,大喝一声,几个孩子吓得不敢再用手抓,带着惊骇一脸的馋相。他们不明白有这么一顿丰盛的饭食,爸爸却发那么大火。大哥说话了:"吃,吃吧。孩子们缺蛋白质,缺营养……让他们随便吃,他们是孩子。"

大哥叹了一口气,叫来服务员,又点了一桌菜。大人们喝酒、吃菜,几个孩子很快吃饱了,不停地打饱嗝,这才叫了一声"大伯好"。

金凤说:"你陪着大哥喝酒,我带着孩子出去玩玩。"

大哥从内衣里摸出一沓钞票,递给金凤:"给孩子们和你买点穿的。"

金凤"嗯"了一声,接过钞票,带着几个孩子出去了。

三个人慢慢喝酒。

上海鸭子几杯酒下肚,酒气上来了,打了个嗝,又抓起酒瓶,对着嘴,咕咚咕咚,大哥一把夺过酒瓶:"不能这样喝,要把人喝坏的。"

"给我酒,我要喝酒!"他抢过酒瓶,将剩下的酒一口气喝干,用力一摔,酒瓶砸个粉碎,上海鸭子号啕大哭,一把鼻涕一把眼泪。

上海鸭子喝醉了。整整睡了一天一夜,到了第二天才醒来。见自己睡在一张陌生的床上,旁边还有大哥,有阿惠,唯独没有金凤和孩子们。

阿惠端一杯沏好的茶过来。"来,阿毛,喝茶。"

他接过茶杯,一口气喝干,又递给阿慧。

大哥给他一支烟,点着,他猛吸几口,又掐灭,扔掉。

"阿毛,你怎么啦,你变得好快,大哥不敢认你。"大哥扶着他的肩膀。

他双手抱住脑袋,末了,他说:"大哥,我对不起生我养我的父母,临死也没有看他们一眼,呜呜——"他放声大哭。

"好了,你这样会损害身体。来,你躺下,休息一会儿。"阿惠把他放躺下。

他忽地又坐起来,两眼迷茫地投向窗外。

"阿毛,你还记得上中学吗?那时你特别喜欢体育,你的爱好那么广泛,天赋又那么好, 那时, 你在我们女孩子的眼里, 可真了不起, 是我们崇拜的偶像。唉——命运真是一个奇怪的东西,本来,你可以成为一个体育明星,或者一个画家、歌唱家，可现在呢？"

阿惠走到窗前，一盆水仙花开得正旺，娇艳欲滴，她摘下一枝花，放在鼻下闻着。

"阿毛，我们都是被命运捉弄的人，这次回上海，遇见阿哥，第一件事就是接你回去，现在走还为时不晚，我们不能把青春白白耗在这块土地上，你瞧，十多年来，我们得到了什么呢？我稀里糊涂嫁给一个不爱的男人，又给他生了两个孩子，而你呢？你又得到了什么呢？"

女人情绪激动，一番发自肺腑的语言，叫人声泪俱下，她静了一会儿，喘了口气，等待着上海鸭子反应。

"阿毛，你说话呀。"阿惠摇着他的肩膀。

一声爆炸似的吼叫："滚，滚开，给我滚开！"

他不知哪来这么大的火气，一颗沉郁已久的心猛烈地撞击着胸膛，他嘴唇颤抖着，四肢和整个身子跟着颤抖不止。

"好，我走，我走……"女人哭了，她不明白他为什么发那么大的火。

大哥过来了："你怎么了？发那么大的火。"

他摇摇头，回答说不知道，浑身还是不住地颤抖，像发疟疾。

"阿毛，你冷静一会儿。我这次回大陆，想看看家乡，也想见一见亲人，但是，有许多事情我想不到，最想不到是你的命运这么凄惨。"大哥叹了一口气，声音低沉："你回上海，家里的遗产你可以继承。我原来还有个想法，想把你带到美国去，但看你现在这个样子，到了那儿又能干什么呢？只能干些力气活。唉——"

"大哥，让我好好想想，我会给你一个答复。"上海鸭子望着大哥。

大哥临走的那一天，天气格外晴朗。他带着一家人送大哥，阿惠和大哥一块儿走。

阿惠从手提包里拿出一块用红纱巾包住的东西，郑重地递给他："这是你的东西，还给你。"

"这是什么……"

"我们走后，你再打开看。"

一辆长途班车开来了，大哥和阿惠上了班车，他们回头不停地招手："再——见——"

班车卷起一股尘土飞驰而去。

他捧着那包东西，呆呆地望着远去的车，心中涌起一阵怅惘。他低下头，打开红纱巾，里面露出一本手稿，上面几页有烧过的痕迹，翻开烧过的残页，他一眼认出自己的笔迹，那是他当年写的反省书。他觉得奇怪，这些东西怎么在阿惠手里。他忽然想明白了……

他不禁叫了一声，那包东西"啪"地掉在地上，太阳在眼前摇晃起来，一阵晕眩袭来，他站立不稳，快要倒下去。

金凤赶忙扶住他，让他靠在自己身上。几个孩子拾起掉在地上的手稿。

他靠在女人身上，终于没倒下去。

五

1980年春天，上海鸭子和金凤办了离婚手续，金凤让他先回上海，他对金凤许诺，等站稳脚跟，再来接金凤和孩子到上海。

晚上，孩子们都睡了，他和金凤没睡，上海鸭子思绪万千，怎么也睡不着觉，不住地翻过来覆过去，不时地叹息。

金凤仄起身，扳住他的肩膀，温柔地对他说："我知道你心里难受，你想哭就哭吧。"

上海鸭子抱紧妻子，脸贴在女人的胸脯上，像个孩子似的哭。金凤的手温柔地抚摸他的脸颊，拭去他脸上的泪痕。

金凤将软软的身子贴在他痛苦的脸上、身上，他慢慢地停止了抽泣。

金凤柔声柔气地说："……你走吧，俺不连累你，你走了，孩子俺给你带大，成人。有出息的男人不能老守着女人，出去闯一闯，干一番事业。……你的心，俺懂，俺明白……你走吧，走吧……你走到哪儿，就是走到天涯海角，俺的心属于你，俺一辈子等你……"

金凤伏在男人的脸上，雨点般地吻着，她心里燃起一团火焰，要把男人溶化……

父亲听说金凤离了婚，狠狠骂了一句："驴日的上海鸭子，我日你祖宗八辈……"脑溢血当即突发，没几天一命呜呼，娘也一病不起。哥哥和弟弟也埋怨她，金凤一把鼻涕一把泪，哭得死去活来，哭自己嫁错了人，一辈子对不起爹娘。

唉——谁让金凤当年看走了眼，嫁给一个上海人，真是女怕嫁错郎。可是，这是自己的选择，没人强迫自己啊！没办法，她只好品尝自己酿的苦酒。

经历了婚姻的不幸，金凤擦干眼泪，坚强地做出决定离开这个地方，这样就不会听到外人的闲言碎语。可是，到哪儿去呢？进城做生意。当时流行一段民谣：有头有脸的当干部，有门有路的找工作，无门无路的开饭馆，不三不四的摆地摊。

在城里转悠两天，终于看中这条街。东西南北的车都从这经过，那些开车劳累的司机在这儿吃饭加水、休息打盹。这个优越的地理位置，聚集着那些无门无路、不三不四的人，他们有的开饭馆，有的摆地摊。工商、税务、卫生部门到这儿来只是收费，其他事情不多管。在这里，你只要肯扑下身子，不信挣不到钱。

她想,人再有天人的本事,也要吃饭。俗话说:人是铁,饭是钢,一顿不吃饿得慌。

金凤求爷爷告奶奶,找了块地皮,搭起一座简易房子,开起了一个小吃铺。

上海鸭子阿毛落脚上海,时过境迁许多年后他成了没户口、没接受单位的落汤鸭子。就在他茫然之际,阿惠神话般地出现了,牵着他的手,把他带回自己的家,他们闪电般地结婚。一天阿惠兴高采烈地告诉他,政府把 50 年代公司合营的财产,退赔给个人,阿毛意外分到了一大笔财产。此时,正赶上南方建特区,搞改革开放,他们被一股强大洪流带到南方,在沸腾的土地上,他们买地盘、开工厂、办公司,热火朝天地干起来。这一忙,就把远在边疆的金凤和孩子们给丢脑后了,经过多年的打拼,他们拥有了工厂、公司、轿车、别墅……阿毛已是身价亿万的富豪。

闲下来时,上海鸭子站在落地窗前,出神地凝望着一棵红枫树,陷入长时间的回忆。

小草帽的大盘鸡 / 第六章

一

　　一个炎热的夏天，金凤上街买菜，在菜市场上见着个戴破草帽的男人，蹲在地上，面前放着一堆菜在叫卖，她从侧面看了那人一眼，这人看上去面熟，那人也认出了她，叫了她一声："金凤，我是小草帽啊，你认不出我了？"

　　他摘下破草帽，金凤认出了他，是她小时的同学，他除了冬天不戴，春、夏、秋都着破草帽，人都叫他小草帽。

　　金凤问他："你怎么在这卖菜？"

　　"农场包地年年赔本，干不成了。再加上老婆有病，穷人命贱，钱花完了，病也没治好，人也死了，钱也没了。这不，只好到这卖点菜养家糊口。"小草帽低着脑袋，叹了口气。

　　她有点可怜这个同学："好吧，我的小饭馆也需要人帮忙的，那以后，你天天给我送菜好吗？"

　　"好啊，我保证天天送到。"小草帽感激地站起来，跟她走去。

　　小草帽每天及时送菜，金凤甚为满意，后来金凤饭馆里缺人手，就把小草帽招到饭馆，让他一边买菜，一边配菜。

　　小草帽自从落脚在金凤的饭馆，每天起早贪黑，忙得两脚不沾地，这让金凤轻松了许多。他感激金凤的关照，想报答她。小草帽的到来，让金凤的饭馆和她后来的命运，发生了翻天覆地的变化。

小草帽在金凤饭馆的日子里,除了干好金凤分配的活计,忙中偷闲,天天观察,看出了饭馆里面的许多名堂。开饭馆关键部位有三点:一是后堂,二是采购材料,三是前台。如果用人不当,就会造成材料浪费和烂账。他发现那些在这里打工的服务员、厨师,时常趁金凤不在时,偷拿饭馆的东西,甚至收钱不入账。他把发现的秘密悄悄告诉了金凤,金凤立刻辞去那几个服务员和师傅。这一来,金凤相信小草帽的忠诚。小草帽暗地里给金凤算了一笔账,每天毛收入五百元,利润百分之五十,每天的净收入都在两百元朝上。小账不可细算,一年下来,又该是多少啊?吃不穷,穿不穷,不会打算一世穷。也许她是个女人,他感觉金凤经营饭馆的能力不够。

穷日子让他过够了,他渴望有一天,摔掉穷帽子,过上富日子。他想,如果有一天当上老板,一定要把饭馆经营的红红火火。

小草帽做事善动脑子,又肯钻研,没事就跟着师傅学烹饪。做菜并不复杂,无非是各种配料和刀工,再加勤学苦练,反复实践,不久便掌握了做菜的活计。

边疆土地辽阔,天高地远,当地百姓心胸宽阔,粗犷豪爽,骑马穿戈壁走沙漠,胃口粗糙,吃饭也不精细,大块吃肉,大碗喝酒,又嗜好酸辣。

小草帽琢磨大盘鸡的做法,他把本土菜和川菜巧妙糅和,再配上"娜仁"(民族人喜欢吃的宽带面条),既符合当地人的饮食习惯,又富有新的特色。

他选一只体格健壮的红冠公鸡,宰杀后褪毛,剁成块,锅里放上清油,加入白糖,烧热,那白糖在热油中一滚,立刻泛红,把鸡块放进去炒,用勺子翻上几翻,好家伙,那鸡就成了红彤彤的颜色,再配上鲜红的大红袍辣椒,加点水,一支烟时间,出锅时放几块洋芋,大盘鸡便做成了。这时,再看这鸡,那真叫人眼馋。

经过一番操刀弄勺,黄、红、白、油亮亮的大盘鸡,盛在一个印着大红花的搪瓷圆盘里,红艳艳的,既显山又露水。大盘鸡香喷喷地出现在食客们眼前。

食客随手挑一枚尖椒放入口中,一嚼,浸透着尖椒中的香辣,再挑一块白脆的大葱,香甜包裹着味蕾,诱人的感觉萦绕心头。客人的心早已飞到盘子里去了,迫不及待地手持筷子,冲向大盘挑那大块的鸡肉,金黄的鸡肉,吃一口,肉嫩、味辣、酸麻、余香满口。那洋芋原是配菜用的,和鸡炖在一起,味道松软、鲜美,食客禁不住胃口大开。

客人一边吃一边喊:"再来两碗皮带面!"

雪白的皮带面滑入大盘中,肉和面搅拌在一起,用勺子舀些浓郁的辣子鸡汤汁,浇股香醋,金汁银粉般的汤汁拌着晶莹剔透的又宽又薄的面片,红肉绿菜显山露水的一堆盘儿,在吃客们的吧唧吧唧声中荡平了。平日里很注意形象的女人,这会儿也被麻辣刺激的汗都沁出来了,脸比苹果还红。肉麻的鸡,叫舌头刮风,辣的人人龇牙咧嘴……她们个个吸溜吸溜,吸入的丝丝凉气也许能止住辣。

小草帽的大盘鸡一推出,一传十,十传百,吸引了十里八乡的食客三个一群,五个一伙,慕名而来专吃这道菜。大盘鸡成为寡妇街的一道名菜,而且独此一家。

一日,一位老者走进饭馆,小草帽定睛一看,是白眉长髯的老者,那神情不凡。他落了座,端起茶碗喝了一口,让服务员笑请老板过来,服务员叫来小草帽。

小草帽说道:"老先生,找我什么事?尽管吩咐。"

老者说:"我从沙湾来,听说你的大盘鸡味道不错,我倒想要领教领教。"

小草帽说道:"哎——好,老先生,你先喝茶,稍等一会儿哦。鸡马上就给你端上来。"

他拧过身子,冲里面大声喊:"来一个——大——盘——鸡——"

老者一边喝茶,一边打量小饭馆。不多时,一个穿红衣服的服务员端着大盘鸡走过来,轻轻地放在老者面前的桌子上,说了一声"请",老者笑眯眯地拿起筷子,吃得有滋有味,一会儿,嘴里吐出的一根根鸡骨,他把鸡骨一块块整齐地放在桌子上,然后朝小草帽打了个手势,小草帽快步走过来,哈哦!这老家伙真是会吃鸡,把一副完整的鸡骨吃出来了,他暗吃了一惊。

老者放下筷子,喝了一口茶,笑道:"老板,请问你这是什么鸡?"

小草帽吭哧了好一会儿:"是农家土鸡。"

老者笑眯眯地说道:"这鸡味道不错,可就是少了只鸡翅和一条腿。"

小草帽低着脑袋,尴尬地不停搓手。

老者问:"你是这个饭馆的老板吗?"

"是的。"小草帽不敢看他的眼睛。

老者笑了,发出一番肺腑之言:"做饮食,最重要的是讲诚信。饮食的'食',上面是个'人',下面是个'良'。古人很会造字,这个字就是告诉我们,做饮食,要讲良心,这样才能让顾客吃得放心,吃得满意。"

"是的,是的。对不起老先生,我给你重上一只。"小草帽诚惶诚恐,连忙赔礼。

"不用,不用。"老者摆了摆手。"这个鸡我吃了,想提个小小的建议,可以吗?"

小草帽立刻眯着笑眼;"欢迎还来不及呢!"

老者一字一句地说:"这鸡的味道不是很正宗啊。"

"老先生,何以见得?请赐教。"小草帽显出毕恭毕敬的样子。回头一招手,叫服务员上三泡台(当地一种茶)。

老者慢腾腾地呷了一口茶;"小老板,做大盘鸡有讲究,一是选鸡,最好的鸡是芦草沟的草原鸡,这种鸡吃百虫百草,宰杀前十天,追喂高泉的红枸杞,这样的鸡肉质好;二是配料。"说话间老者从内衣口袋里摸出个牛皮纸包,递给小草帽:"我看小老板很实在,也是个有想法的人,这样吧,我把做鸡的配料送你,用了这个东西,保你的鸡更有味道。过段时间,我还会来吃你的鸡。"

小草帽接过牛皮纸包,半信半疑。老者是有目的而来,收了钱,塞入怀里扬长而去。

今儿算是遇到了高人,真是三人行必有我师。小草帽打开牛皮纸包,里面有党参、黄芪、茯苓、枸杞、红枣……还有几味药他认不出来。他那样子如获至宝,这真是踏破铁鞋无觅处,得来全不费工夫。

三个月后,老者又悄悄出现在店里,一落座,小草帽见了他,忙小跑过来,敬烟、倒茶,叫师傅做个大盘鸡端上来。红亮亮的大盘鸡放在老者面前,老者夹起筷子吃了一口,咀嚼一会,顿时眉开眼笑,伸出大拇指夸奖道:"不错!不错!味道正宗,这才是真正的大盘鸡啊!再给我来一碗清炖羊肉汤,里面撒点香菜,让香味冲鼻子。"

小草帽在老者指点下,做出的鸡吃入口中耐嚼、筋道,辣味适中,香中透甜,回味悠长,吸引头回客,客回头。他在饭馆门上拉一道横幅,上面写着一行挑逗人的广告:鸡吃得不好请告诉我,鸡吃得好请告诉你的朋友。

这条广告一打,名气自然出来了。一段时间,小草帽拿手的大盘鸡一传十十传百,顶风香十里,无人能与他比高下。再看这饭馆门前车水马龙,食客们川流不息。

二

随着时间的推移,客人们不再满足巧珍的阳春面了。周围的饭馆竞争的越来越激烈,想在竞争中立于不败之地,就要想法子怎样把饭菜搞出特色,吸引更多的食客。

巧珍想起一个人——此人是退休中学老师,姓鲁。退休后没几年,老伴作古了,女儿已上大学,只剩下他一个人茕茕孤影,每天骑着嘉陵摩托游走在街上。他有三个喜好,一个是吃,二个是下棋,三个是书法。他在边疆生活了几十年后,回过几次口里,还是觉得边疆好,这里冬暖夏凉。盛夏时,你就是三伏天坐在树荫下,也是凉飕飕的,他打算在这里安享晚年。

他钟情小城别具一格的风土人情,把这里当做第二故乡。这里有他教过的许多学生,虽说不是桃李满天下,但也是遍地英雄下夕烟。他感觉年纪大了,好的是牙口还利索,就把吃放在了第一位。他是个吃家,不仅仅会吃,还会品尝。金凤和巧珍家的饭馆,是他经常光顾的地方。

想着鲁老师他就来了,落了座,巧珍上茶,请教鲁老师。他学识源博,一说话就引经据典。想了一会儿,笑着说:"你知道吗?同样是吃,富人和穷人的要求不一样,穷人的吃,粗茶淡饭,吃饱就行;富人的吃,要求就不一样,他们要求精,不但要精,而且要求色、香、味俱全……"

世界上什么东西最好吃?

鲁老师笑眯眯地说:"人是个奇怪的动物,你天天让他吃鱼鸭酒肉,多了就腻,就反胃。只要饿上三五天,他吃什么都香。但人又是个五味杂食的动物,什么酸甜苦辣,喜好者都会吃得津津有味,乐不思蜀……"

鲁老师直说得你胃口大开,食欲激昂,嗅觉澎湃,涎水止不住汹涌……仿佛不饕餮一顿就会变成饿死鬼!

巧珍来到昌吉,考察当地的饮食,当地有一种牛肉丸子汤和怪味牛骨头。她选中了这种菜,在当地的报纸上打了个广告,很快就有一个上了年纪的师傅来应聘。

她请回的这个师傅精瘦,腿脚利索,他除了善做怪味牛骨头、还有拿手的好菜:什么怪味老汤、怪味牛肉,有牛肚子、牛肠子、牛尾巴、牛鞭子、牛蹄筋、牛排骨、牛海底……

师傅不但会吃,而且会做。什么菜只要吃上一回,他很快就能辨别各种饭菜的味道和做法,立马舞刀弄勺,只把香味闹的满屋子溢出来,勾得食客肚子里的小馋虫,心里直痒痒,食客们为之疯狂……

再看那些食客,见刚端上桌子的牛骨头,伸手抓起一块,香辣扑鼻、便张开大嘴,嘎巴嘎巴地啃,那吃相抛开了面子,一扫斯文,唯我独尊,大吃大嚼,越吃越香,直到一口咬着手指头,啊呵呵!那吃真叫过瘾、舒服、痛快。这时,再抿一口老陈酒,吸一口莫合烟,真是赛过活神仙,给个县长都不换啊!

三

一天早晨,天阴得厉害,金凤看天要下雨了,赶紧骑着自行车去买菜,快到家门口,雨就下来了,她一着急,从自行车上摔了下来,几个人把她抬回家,小草帽忙得屁打脚后跟,请药葫芦来看,小腿给摔断了。人夫给金凤捏骨,金凤疼得直叫娘。小草帽按着金凤的手,药葫芦把金凤大腿骨接上了的那一刻,她已是满头大汗。药葫芦走了,小草帽给她端来茶水,拿毛巾给她擦汗,金凤喘了一口气,喝了一口茶,自怨自艾道:"早晨一起床,右眼皮就不停地跳,真是人倒霉,喝凉水塞牙,放屁也打脚后跟。"

小草帽笑着说:"药葫芦说了,伤筋动骨一百天。老天爷看你辛苦,让你好好休息休息,也好,你就当一回奶奶,小的来侍奉你。这是老天爷给我的一个机会。"

"去你的,小草帽,你是在看我的笑话。我这辈子是扒叉命,祖宗坟里也没有娘娘命。"

　　过了几天，小草帽鼓足了勇气，把自己的想法试探地说给金凤："我看咱们的饭馆能不能重新换个名字。"

　　金凤想也不想，坚决地说："不换！我看上海人家这个名字好听。"

　　小草帽知道一时说服不了她，心里明白她还想着那个上海鸭子呢。好吧，今天要让你看看我小草帽不次于那个男人，咱也是个响当当的爷们。

　　小草帽每天到她屋子里侍奉金凤，她不能动弹，他帮她翻身，给她擦洗身体，搀扶她下床解手，把金凤照顾得无微不至，让金凤一次次感动。金凤虽然不喜欢小草帽，但看小草帽对自个儿还是真心的，一辈子能遇上个男人知疼知热，也算烧高香了。她矛盾的心缓和了许多。

一

　　金凤没想到小草帽来的两年时间，把她的饭馆生意闹得这么红火，给她带来很大利润，使她始料不及，也让金凤重新认识了小草帽。

　　凌晨一点后，没客人了，小草帽关了店门，来到金凤的门前，轻轻敲响她的门：

　　"谁？"

　　"我。"

　　"是小草帽，进来吧。"

　　小草帽倒一杯茶，端给她。然后坐在她对面的椅子上。

　　"小草帽，我看你挺喜欢读书的哦？不要成个书呆子了啊！"金凤和他聊天。

　　小草帽一听金凤这话，来了情绪，脖子里的筋也粗了，自豪地说："是的，古人说书中自有黄金屋，书中自有颜如玉。穷人因书而富，富人因书而贵。"

　　"嘿，小草帽，没想到你读了几本破烂书，说话也文绉绉，快成孔圣人了。"金凤捂着嘴巴鄙夷地笑了。

　　"金凤，你不要笑我，是的，我没钱买书，只好拣别人丢掉的书。以后有了钱，我会买好多书来读。"小草帽被她嘲笑的有点难为情，自嘲地说。

　　金凤白了他一眼，嘲讽他。又好奇地问："你读的书里，有讲怎样发财的吗？"

"有啊。我父亲说，要想发财，先富口袋，挣钱一时；先富脑袋，挣钱一世。我父亲还说，古人总结了很多发财的经验，比如说，天时地利人和……"小草帽凝视着她的眼睛，认真地说。

"既然你读了那么多书，怎么种地老赔钱呢？"金凤理了理头发，一直问下去。

小草帽挠了一会儿头皮，想了好一会儿，吭哧地回答："这个问题表面上看起来很简单，但是要回答清楚，并不容易。西方发达国家的农业有退税、免税和补贴，即使遇到灾年也衣食无忧；而我们的农业却有各种名目繁多的税、费……一旦遇到灾年，老百姓就会陷入贫困；虽然政府天天喊减负，但是到了下面却在增负。所以我不想当农民！你看，国家搞开发、建设城市，农村什么都没有。要不，现在为什么有大批的农民工进入城市呢？政府把钱都放在城市这个盘子里，城市是聚宝盆啊，要不农民为什么都往城里跑！他们在和城里人抢饭碗，争着淘金。你说农民可怜不可怜？"小草帽说到这里，无可奈何叹了口气，"说白了，这和咱们国家的农业政策有很大关系。"

金凤听了小草帽的话不住点头。"那你看我们有钱挣吗？"

"当然有。"小草帽眉飞色舞地侃大山，不再像刚来时胆子那么小。

"接着说呀。"金凤听他说的有道理，想听下去。

他转了个话题说："我们靠勤劳的双手一定能够抓住机会，发财致富。你看，现在政府提倡发展市场经济，我们的机会来了。"

街上刚下过雨，坑坑洼洼的路面，鱼鳞一样的积水闪闪发光。小草帽指着窗外的街道，对金凤说："看见了吗？那街道上是什么东西？"

金凤朝窗外的街道上看去，只有稀稀拉拉的行人，也没有看见什么东西，觉得小草帽有点神经过敏："啥也没有啊。"

小草帽说："你再仔细看。"

金凤睁大眼睛摇了摇头，还是什么也没看见："你闹什么妖？那不是刚下过的雨水吗？"

小草帽说："那不是雨水。"

金凤没好气地说："你整天神道道的，那不是雨水是什么？"

小草帽装出神秘的样子说："那是金子，是银子啊。"

金凤恼怒地骂他："我看你是想钱想疯了。赶明天我把你送精神病院！"

金凤不会理解小草帽心思，可在小草帽的眼里，他独具慧眼发现这是一条流金淌银的街。

夜深人静时，小草帽趴在桌子上，鸡爪子一样的手，在磨得掉漆的算盘上，噼噼啪啪打小九九，一只手打，另一只手在日记本上记着数字，他记得认真仔细。每

66

隔几天,他拿着账本让金凤看一遍。金凤看不懂的地方,他不厌其烦地一遍遍给她解释,时间长了,金凤也不看了,就听他说。

客人们走完了,只有他们两人,她又开始和他聊起来。

"你刚来时有几家饭馆?"小草帽问。

金凤想了想回答。"有个十七八家吧。"

"那现在呢?"小草帽问。

"这才几年光景,来了几十家。"金凤答。

"为什么人们到这里开店?"小草帽问。

"……"金凤一时回答不了。

"我告诉你吧,茫茫戈壁滩上,有几个女人开店,吸引着东来西去的客人,你知道这是为什么?"小草帽接着问。"还有,你知道这叫什么街吗?"小草帽问。

"知道啊,叫天山路。不知哪个龟孙把这条街叫成寡妇街。"金凤气咻咻地说。

小草帽坏笑着鼓掌:"哈哈,说对了,政府起的名字叫天山路,可老百姓不怎么叫,却叫寡妇街。你知道这条街有了这个名字,它的含金量是多少吗?"

金凤摇摇头。

小草帽口中念念有词:"自古以来,古人就总结了这么一句话:有色有财客不断,无色无财客不来。古人还说,饥寒起盗心,温饱思淫欲。你想,人们兜里有了钱干什么?就是吃喝玩乐!不信,你看,白天这里静悄悄,到了夜晚,司机和石油鬼子们来了,他们是一群高收入者,又是一群高消费者。他们在这里撒下钞票,把这里变成了一条金街……"小草帽越说越兴奋,一对贼眼闪闪烁烁。

金凤吃惊地睁大眼睛:"这怎么可以……"

小草帽压低了嗓门,小声说:"我可是读过马克思的《资本论》,有砖头那么厚,我就记住一句话,在资本积累的初级阶段,资本的每一个毛孔里都滴着血。多么精辟啊!在这么个地方,不要说挣十万,就是两百万、三百万也能挣到手啊。"

金凤觉得他话中有话,想听下去:"怎么可以挣这么多啊?"

小草帽看金凤喜欢听自己说话,接着说:"无利不起早,你看那些起早的人,他们忙什么呢?为的吃和穿啊。"

金凤想知道下文:"还有呢?"

小草帽指着窗外的街道:"你再看这条街,东西南北,人来人往,人们东奔西忙,他们都在忙什么? 一句话,还是为了吃和穿啊。老百姓有句话,靠山吃山,靠水吃水。而我们呢? 靠路吃路!"小草帽说得理直气壮,唾沫星子四溅。

金凤兴趣来了,她被小草帽的话吸引住了。

他又解释道:"我们不靠天、不靠地、不求人,只靠自己一双手,利用面前这条路,发财致富!"

金凤慢慢听明白了,嘿嘿地取笑他:"没想到偷喝了这么多墨水,如果早十几年,你说了这些话,我可要开你的批斗会啊。"

"嘿嘿,我说错了,对不起。"小草帽有点尴尬。

"好你个小草帽,刚才听你一说,真使我大开眼界。你读过那么多书,小算盘打得那么精,我很佩服你。从今天起,你就做我的管家!"金凤的口气柔软中显的强硬,不容违抗。

"这,这……"小草帽不敢相信自己的耳朵。

"你不是想翻身吗?你不是想发财吗?你个小草帽,今儿个我给你机会,叫你再做一回地主,你害怕了吗?"金凤"霍"地站起,火辣辣地盯住他。

"是的,从我曾祖父开始发迹,到我爷爷这一辈,就凭着吃苦耐劳,勤俭持家,善于经营,有了五百亩地和一座大庄园。到了我父亲已经有一千亩地了。后来……"小草帽拍着鸡肋似的胸脯骨高声说道。

"对了,我到现在还不知道你的家底,能告诉我你的身世吗?"金凤问。

小草帽苦笑了笑:"好吧,我现在可以告诉你,你千万不要对外人说。"小草帽一五一十地说起来:"我老家在山东,和作家高玉宝是一个地方的人。我爷爷姓周,是半夜鸡叫里的那个周扒皮,我父亲就是那个欺负高玉宝的小淘气,新中国成立后劳改到这里,我就在这里出生,长大。"

"哦,原来你是周扒皮的孙子。你隐藏的很深啊!要是十年前,我枪崩了你也不解恨!"金凤简直不敢相信自己的耳朵和眼睛。但相信他说的话是真的,不带一点虚假。金凤嘴上骂,可心已被他的真诚打动了。

二

过了不久,街上的几个饭馆老板有的直接找金凤,有的暗地里找小草帽,他们请教做大盘鸡的配方,甚至要高薪聘请小草帽做师傅。大盘鸡是小草帽想点子弄出来的特色菜,不能随便给人。金凤虽然暗中窃喜,庆幸当初没看走眼,她也担心小草帽真会给人挖走,留人先留心,她想了个法子拴住小草帽的心,为自己获得更大的利益。她把全部收入里的一半拿出给他:

"喂,小草帽,这是给你的三千块奖金。"

"我不要。"小草帽的回答,出乎她的预料。

"这是你应该得到的,拿着吧。"

小草帽仍然摇晃着秃脑袋说不要。

"怎么?你嫌少?"她有点生气了。

"不,我什么也不要。"

"那，你要什么？"

"我……我只想要你……"

"小草帽，你是在说梦话吧？"

"不，我说的是真话！"他痴痴地凝视着金凤。

金凤也用一种奇怪的眼神看着他。

"金凤，我看你一个女人不容易，干脆，咱们在一起过吧。"小草帽恳求她。

"什么咱们？"金凤睁大眼，吃惊地望着他，不信他会说这样的话："好你个小草帽，你是吃错药了吧，想占老娘的便宜！"金凤恼怒地黑着脸，指着小草帽，"我金凤嫁谁也不会嫁给你，看你那个小样！哼！等下辈子吧。"

"不，金凤，我说的是真话，就等这一辈子。"小草帽红着脸皮，吭吭哧哧地说。

她动气了，推了他一把："好啊，你小子还得寸进尺，敢打老娘的主意了，现在你就走！"

"别……别这样，我……我说的……是真的……"小草帽后退了几步。他态度坚定地问。"我知道，你不喜欢我？可我喜欢你！"

金凤把一叠钱像砸石头蛋子砸在他身上，转身走了。小草帽紧跟着来到她的房子里。她一屁股坐在床上，背对着他，不想理他。

小草帽还是死皮赖脸地纠缠着她："你听我说。"小草帽一字一句，很认真地说："我对天发誓！多少年来，你是我梦里出现最多的女人，你是我心中……"

"恶心！我想吐，不想听！男人为了得到女人，有几个说真心话的！"她心里乱乱的。

小草帽想起过去的伤心事，"扑通"一下跪在她身边，哽咽着说："金凤，你听我说啊，整整十六年了啊，你是我喜欢的女人，你是我梦里出现最多的女人。那一年，我们上初中，别人都欺负我，骂我小地主，只有你不骂我。我还记得有一次，别人丢了语录本，同学们怀疑是我偷的，几个人要打死我，是你主动保护我，不让别人打我。你说谁敢动我一指头，就枪毙谁！假如不是你，那一天我不被打死也会被打残。是你救了我啊！在学校，别人看不起我，只有你把我当人看……"

"别说了，那都是过去的事，没想到你还记得那么清楚。走吧！"金凤被他说的心慌意乱，推开了他。

"我不走，我知道你不喜欢我，你很少看我一眼，不知道为什么，我天天都想看到你，偷偷地想你。我知道我得不到你，可我没忘记过去。爷爷临终前告诉我，忘记过去就意味着背叛！"小草帽有点歇斯底里了。

"你少说酸话，说够了吗？滚！滚！"金凤忍不住怒吼道。

"那好，我走，我走。这钱我不要。父亲说滴水之恩，当涌泉相报。我所做的这一切都是在报答你，我想了很久，一直想对你说……有人给我出五千块当师傅，我都回绝了。"小草帽的口气委婉了起来。

小草帽说完了,慢慢站起身子,往门外走。转过身子,又回头看她一眼:"那好,我走……"

他一脚跨出门,一脚在门里,只听后面传来金凤的呼唤:"小草帽,你给我回——来。"

小草帽停住脚步,他以为自己听错了,那个声音亲切的流蜜流油:"小草帽……你回来。"

他这次听清了:"你叫我?"

金凤脊背对着他:"你刚才说的话,可是心里话?"

小草帽结巴了:"是……是心里话!"

"小草帽,你是不是《红楼梦》读多了,说话酸溜溜,满肚子花花肠子,肉麻死了!"金凤口气变的软下来了。

小草帽想起往事,滔滔不绝:"金凤,有一次,你把《高玉宝》带到学校看,班里就你一个人有这本书,我趁你不注意,给你偷走了。现在我想把书还给你。"

"哦,我说那本书怎么找不到了,原来是你偷走了。"金凤说。

"本来想偷偷还给你,又害怕你骂我,一直放在我的箱子底下。我是个肮脏的人……现在我拿出来还给你。"小草帽从怀里拿出《高玉宝》,那封面包了一层牛皮纸,里面还是新的。

"这书不要了,送给你!那都是过去的事了。"金凤打断了他的话,轻描淡写地说。

两个人沉默了。

过了几天,小草帽见金凤的心情好起来,晚上算完账,把账本交给她看。

一

　　一个炎热的夏天,天上挂着个大火球,把街上的地皮蒸腾得可以烤羊肉了,狗躲在墙角落里,伸出红彤彤的长舌头,不停地喘气。街上出现了五六个人,他们有的手拿长圈尺,有的拿着计算器,有的拿笔记本,东量量,西测测,被巧珍看到了,她意识到这几个不同寻常的人,可能是政府派来的工作人员,要管理这个地方了。其中有个穿白衬衣的中年人,像是个领导在指指点点,她不由站起身,拿上两瓶冰镇饮料,朝门外走去,几个人正忙的满头大汗,巧珍热情地招呼他们:"几位同志,到屋里坐一会儿,消消汗,歇歇脚,凉快一会儿,不然会中暑的。"

　　几个人禁不住被她委婉地劝说动了心,停下手中的工作,目光转向那个穿白衬衣的中年男人:"贾科长,我们休息一会儿吧。"

　　"好吧。"那个贾科长看老板这么热情,同意了。

　　几个人进了饭馆。巧珍让服务员打开电风扇,拿毛巾给大家,让他们擦汗,又忙着上冰镇啤酒、冰镇酸奶子、冰镇西瓜。好一阵忙活。

　　几个人看老板娘这般热情。他们一边喝,一边和她聊起天来:"老板娘,生意好吧?"

　　"我这是小本生意,本小利薄,老鼠啃糨糊,只能糊个口。哪像你们拿工资吃皇粮的,不操心收入又稳当。"巧珍不紧不慢地说。

"老板娘可真会说话,现在鼓励勤劳致富啊。哈哈……"

"大热天,你们也不休息,到这里忙活什么呢?"

"老板娘,我们是土地局的,你知道吗?这里要规划城市建设用地,以后你就是城里人啦!"

"啊,真有这事?"

"这是真事,不信,你问我们贾科长。"

巧珍这才知道那个中年人是贾科长,他点点头,表示认可。

"这可是好事啊。"

"当然,现在城市规模逐渐扩大,说不定你这里会成黄金地盘呢。"

巧珍是一个有心计的女人,听了这个消息,又惊又喜:"好啊,好啊。你们多吃点,多吃点。"

过了一会儿,汗消下去了,大家凉快了许多,喝足了,不渴了,他们起身告辞,贾科长从口袋里拿出几张钞票给巧珍,她像是被开水烫着一样,飞快推开他拿钱的手:"别这样啊,贾科长,看你们大热天工作很辛苦,我也帮不上什么忙,这样吧,就算我和你们交个朋友,一回生,二回熟,咱们就认识了,成了朋友,以后有时间,经常到我这小饭馆坐坐。"

贾科长无可奈何,只好收起钞票出了门,巧珍又出来送他们,亲热地说:"以后常来啊,我这里茶好饭香,就把这当你们的家呀!"

那几个人回头笑了,发出啧啧声。

"人家老板娘那张嘴,像抹了蜜一样甜。以后咱们来她这里吃她的面。"

"女人可以常来,男人不可以常来。"一个女工作人员提醒说。

"为什么?"马上就有男工作人员问。

"你们是真不知道还是假不知道?她是个寡妇。"

大家明白了,哈哈笑起来。

"知道了,知道了,寡妇门前是非多。"

"这寡妇可不是一般的女人呢。"

"啊,怎么个不一般?"

"看她能说会道的嘴巴比阿庆嫂还厉害。"

"哦——哈哈……"

这几个人走后,巧珍一直在思索他们无意中透露的信息,这对她来说是一个非常重要的机遇,是财神爷悄悄来到身边。她想着该怎样抓住机遇。

两天后的一个傍晚,那个土地局的贾科长,骑一辆黑色嘉陵摩托,戴一副墨镜,出现在她的饭馆门口,停了车,摘掉墨镜,走进饭馆。巧珍一眼认出了他,笑吟吟地迎上去:"啊,贵客来了,请坐,请里面坐。服务员,上茶!"

贾科长坐下了,巧珍拿来红雪莲烟,给他点上。

"贾科长,今天怎么有时间光临我们的小饭馆。"

"今天是星期天。"

"你看,我们做生意的也没休息,把这给忘了。你是一个人来?"

贾科长点点头。

"想吃点什么?"

"想吃你亲手做的阳春面。"

"好啊,贾科长喜欢吃我做的阳春面,那是我的福气。好,你先喝茶,我马上就上面。"巧珍说笑着进后堂去了。

一会儿,巧珍端着一碗热气腾腾的阳春面端上来,放在贾科长面前,贾科长扔掉烟头,拿起小醋罐,往碗里倒一点,抓起筷子在面里一挑,就往嘴里送,他大口大口地吃,吃得很香。

"味道怎样?"

"很好,亚克西(好的意思)!"

"再来一碗。"

贾科长又胡噜胡噜吃了一大碗。放下筷子,擦了一把汗,两个人开始说话了。

"我的名字和《红楼梦》的贾宝玉一字不差,你以后叫我老贾吧,我当不了你的科长。"

饭馆里的人多起来,贾科长站起身要走了。巧珍送他出门,他发动摩托准备走,但没有马上走,从上衣兜里,抽出一张纸条,对她说:"这是我的电话,有事找我,就打这个电话。"

巧珍接过纸条点点头,看出了他的意思:"贾科长,以后常来啊。"

"好的。"说完,贾科长骑着摩托车扬长而去。

二

阳春面馆的吃客络绎不绝,巧珍的收入虽不丰厚,俗话说,毛毛雨不断,照样打湿地皮,一天净利润少说也有四五十块,一个月下来,有千把块。

路生上了初中,他一回家把考试成绩交给巧珍看,路生各科成绩名列班级前茅。看着孩子优秀的成绩,巧珍感到许多快慰,一身的劳累烟消云散。

一天夜晚,巧珍睡意沉沉,梦里出现了一个悦人的场面,儿子路生披红戴花,头戴乌纱帽,身着紫龙袍,摇着鹅毛扇,坐在八抬大轿里,像个古书里的才子佳人,好不威风,一路上喇叭吹得震天响,那气势,光宗耀祖;那气派,风光无限。一时间百鸟纷飞,千鹤起舞,就连路边的野花也开放了。到家门口路生下了轿,一进屋,那真是官灯悬明月,日照破茅屋。

路生进了屋,扑通跪在母亲面前:"叩拜母亲大人,洪福齐天!"此时的巧珍母仪天下,她激动万分,手舞足蹈,口中回应:"我儿平升……"有道是金榜题名时,洞房花烛夜。人生难得是功成名就。

巧珍知道一个简单的道理:子贵母荣。望子成龙的她,一定要给孩子铺一条金光大道,那是需要一笔钱堆起来,她想:不能让孩子站在脚背上求生存,要让孩子站在肩膀上求发展。

她得到一个消息:这条街要建成商业饮食街。但有个条件,必须有本市户口才有资格办土地证和房产证。

怎么办?她想起那个贾科长,或许他能帮上忙。

五月的一个早晨,她起床的第一件事,梳妆打扮,将黑发高高盘起,着一身套装,白色的纽扣像一粒粒珍珠镶到颈部,如雪的皮肤被遮掩了。那合身的套装剪裁得体,贴着她的腰身和圆圆翘起的臀部,还有她裙子下面露出来的腿,纤细柔美。

巧珍凝视着镜子里的女人,细腰、翘臀、弧线分明,腰肢轻巧扭动,显得挺拔、窈窕、风韵独有。她在想:女人的好看,是要经过男人的两眼扫描、嘴巴传播。

政府机关的工作人员一上班,巧珍就敲响了贾科长办公室的门。

"请进。"

巧珍满面春风地走进科长办公室。

"啊,是你?"

"怎么,不欢迎?"

"孙老板,是哪阵风把你吹来了?"

"我是无事不登三宝殿,百事要求人。"

巧珍放下小坤包,坐在他对面的椅子上。

贾科长忙起身给她倒茶。

巧珍优雅的气质、迷人的风度不由让他心旌摇荡。他和这个女人打过几次交道,深知这是个不寻常的女人。

办公室只有他们两人,她莫测高深地笑着说:"俗话说,当官有官运,发财有财运。我看你印堂放光,近日必有吉星高照啊。"

"怎么,孙老板你会看相?"

"略知一二。有兴趣吗?"

"不妨说来听听。"他凑近她,一副洗耳恭听的样子。

"哦,真是这样吗?"

"你是属什么的?"

"属猴的。"

"现在流行一句话：二十七八，后备干部；三十七八，等着提拔；四十七八，干也白搭；五十七八，等着回家。从今往后，你一年一个台阶。"巧珍说得头头是道。

老贾听的眉开眼笑。

她显得成熟老练，已抓住对方的心理："我敢说，不出年底，你就会提拔哦。"

"啊，孙老板，没想到你还有这一手，我有眼不识泰山，你还是个半仙啊。改日我请你吃饭。"贾科长兴奋地不知说什么好。

"不，等到提拔那一天，我请你。"巧珍热情地说。

两个人会心地笑了。

"哦，好啊。孙老板，你真是我肚子里的蛔虫。朋友千千万，知音唯有你啊！"贾科长讨好地伸出大手要和她握手。

巧珍看火候已到，将自己的想法和盘托出。"我有个麻烦事情，请你帮个忙。"

"哦，什么事，你说吧。"

巧珍把事情原因给他说了，他听了点点头。巧珍离开贾科长的办公室，发现自己变了一个人，不再是原来的那个自己了。

三

艰苦的生活教会巧珍变得越来越有心计了，她懂得钱铺路财搭桥的游戏规则。经历过人生风雨的女人，在复杂的社会环境里，必须学会草原上的狼与羊的生存法则，才能生存下去。

春节前，巧珍特意摆了一桌贾局长爱吃的菜，给他提前打了个电话，邀请他做客。老贾应邀按时来到巧珍的饭馆，这次，他是坐一辆桑塔纳来的。一进饭馆的门，就直亲热地喊巧珍的名字。

"啊，看你春风得意的样子，一定有什么好事？"

两人坐下，他悄悄告诉巧珍："你算对了，我咋天宣布当副局长了。"

"好啊，恭喜你啊。你这么年轻，就当上了副局长，前途不可限量啊。"巧珍喜上眉梢。

他很兴奋："你的户口，我给朋友说过了，很快给你办好。这样你就可以办土地证房产证了。"

"啊，太好啊。"巧珍也有些激动了。

他又压低嗓门："我看你是个好人，才帮你这个忙，千万不要对任何人说。"不知怎的，有一种力量驱使他，大胆地抓住她的手，抓得更紧，与她面颊相贴，热语连绵，她不仅不以为意，反而笑脸相送，显得雍容大方，凸显大家闺秀的风范，想不到这个女老板有如此妖媚的一面。

"别这样，让外人见了多不好。"巧珍推开他，低下头，脸红了。

作为一个女人，巧珍明白自己的优势，既不能离男人太近，也不能离男人太远。

男人看女人是凭直觉，先是看脸，是黑是白，再看鼻子、嘴巴、眼睛、眉毛是否端正。巧珍的好看，是因了那一双眼睛，她眼睛温和、恬静，像清澈的湖水，让男人想看又不敢多看，想不看又想要多看一眼。她明白自己的魅力。男人见了这样的女人，烟头不知不觉会烧着手指头。

四

一天傍晚，贾局长来到巧珍的饭馆，在一个包间里他从怀里拿出一本城市户口交到巧珍手上，她的眼神变的扑朔迷离。她接过那本绿色的城市户口，这是朝思暮想的东西啊！她哽咽着感谢贾局长："谢谢你！"

"不用谢，我把土地证房产证给你办了。"贾局长大度地说。

"那需要多少钱？"巧珍不好意思地问。

贾局长没说话，动作上来了，一伸手把面前的巧珍揽在怀里，这个动作迅速而又带着亲昵，让巧珍猝不及防，被他铁钳一样地紧紧地夹着，她左右躲闪，可怎么也挣脱不掉。她忽然哭了，把个老贾吓了一跳："怎么了？弄疼你了吗？"

巧珍低下头，把脸埋在他胸前："我对不起你，我不是个好女人，会让你失望。"

贾局长经她这一说，松开了手："你为什么这样说？"

"你听到街上的人们议论我什么了吗？"巧珍凝视着他的眼睛。

"我不管这些，我喜欢你，爱你。"贾局长大胆地表示自己的心里话。

"好吧。"巧珍犹豫了片刻，慢慢挺起胸脯，迎接着他，勾起他的脖子，吻了他的眼睛、鼻子、嘴唇，贴着他的耳朵，小声说："你保重身体，我会想你，好了，你走吧！"说完使劲推开了他，仿佛推开了一块笨石头。

在贾局长的眼里，面前这个叫巧珍的女人，身子里藏着巨大潜能，被他一点点激发出来，势不可挡。

在贾局长的意识里，面前的女人比家里的女人，不论从里到外更有女人味，说出的话，贴心暖肺，让他那颗年轻的心怦然一动。

在贾局长的感觉里，她像秋天高高挂在树枝最高处的一颗红苹果，看着诱人，却抓不到手上，吃不到口中。这更激起他的强烈欲望，他绞尽脑汁、想方设法、铤而走险，思谋着怎样把这个女人追到手。

巧珍要把事业做大，既需要钱，也需要人。可她是个小女人，又是个小个体户，单枪匹马，进门看人脸，求人矮三分，有许多门槛要跨过去。她思谋着，若靠两只手，两只脚，一个脑袋，累死自己也办不成大事。她要利用贾局长这个人，用他手中的权力做事。她明白既不能拒绝贾局长，又不能疏远他。他就像一座靠山，她需要他的帮助和支持。

她开饭馆几年来，见识过道貌岸然的政府官员、土财主一样的暴发户、穷困潦倒的穷光蛋，不论见到什么样的客人，笑如芙蓉，眼里桃红盈闪，一声轻柔地问候，似电波般地直透心腑，叫人销魂蚀骨，怯了阵脚，任你是经过大风大浪的盖世英雄，也难跨过这条女人河。

在复杂的场面上与各色人周旋，巧珍把伶俐乖巧的马静带上，她一个眼神，一个手势，马静便心领神会，你再看那场面上的男人，贼眼闪、话语颤、手在舞、脚在动，就是再乱的场面，也会被她们牢牢地掌控在手腕中。那兰花指早已定住男人的七寸，任你一个跟头十万八千里，也难逃她设下的局。

如果说男人是针，那么穿针的线就是她。

五

鲁老师来巧珍的饭馆喝茶，她请教鲁老师，鲁老师点拨了她几句："国家搞改革开放，要紧跟形势。无农不稳，无工不富，无商不活。我建议你开一家商贸有限公司，利用当地交通枢纽，开辟一个物流集散地，把生意做大，做活。"

巧珍对鲁老师说自己没有开过公司，没经验，怎么办？

鲁老师说创业之道，也是用人之道，给她推荐了一个人物，此人是天北市的一个响当当的改革干部，叫侯振信。他曾在市商业局属下的一家饮服公司当经理，这个饮服公司在他接手时奄奄一息，面临倒闭，到了他手中三年变了个样，把一个年年亏损的饮服公司救活，企业利润增加，干部职工腰包鼓起来，成为小城的改革风云人物。然而树大招风，侯振信被有些人当成了眼中钉，肉中刺，就在他迈开大步朝前走的节骨眼上，有人在他背后打了个小报告，告他贪污公款，胡吃乱喝，滥发奖金，经过纪委调查，他不但不是贪官反而是个清官，他没贪一分钱，甚至还倒贴出自己半年工资。这样的人物居然难逃厄运，市商业局领导还是找了个借口，把他从经理的位置上拿下来了，成了个改革中箭落马人物，他是个有争议的人物，但也是一个可用之人。巧珍早就听说过这个人物，他曾经发誓，要利用国有企业大酒店、大宾馆的优势，挤垮寡妇街的餐饮一条街，因为他不相信国有企业大酒店、大宾馆竞争不过这些乱七八糟的小饭馆、小旅社。

巧珍有点犯难了，她对鲁老师说"这个人和自己是对手，不一定能请的动。"

鲁老师淡然一笑说："西方有个名人说过,世界上没有永远的敌人,也没有永远的朋友,只有永远的利益。"

巧珍点点头："好吧,我试试看。"

第二天,巧珍登门拜访大名鼎鼎的改革人物侯振信。第一次他说没时间,第二次他说有病了。看来要请这个侯振信,非得三顾茅庐。巧珍去找鲁老师,把情况告诉鲁老师,他听了哈哈一笑,立刻拿笔写了封信让巧珍给他。巧珍带着鲁老师的信第三次登门拜访,侯振信看了鲁老师的信,态度来了个一百八十度的大转弯,接受她的聘请,同意担任公司的总经理,帮助巧珍经营公司。他第二天就来巧珍的公司上班。

成立公司需要大笔的钱,没有资金什么事情也办不成。她想起贾局长,问他借,贾局长满口答应。贾局长像个上满发条的闹钟,东奔西忙,找同学,求朋友,跑银行,没多久给巧珍借来几十万块。

贾局长的雄厚资金就像一架巨大的梯子暗中支撑着巧珍。她每天每月查看账目,钱,变成了数字,在账上魔术一样的翻滚;数字,又变成了钱;那钱,没有脚,跑得比人快。巧珍守信用,第二年,把钱和红利给老贾一并还清,一来一往,借老贾的力,巧珍开始滚雪球了,她从小到大,从上往下,一步一步滚起来。

贾局长见钱款从六位数向七位数上翻腾,一浪比一浪高,看到钱财滚滚而来,老贾的胆子大了,气魄也更大了,心更野了。这个娘们真厉害,给她点阳光她就灿烂。他有了更大的欲望,见到巧珍,抓住了她的手,这次,她没动。老贾大声说："我当初没看走眼,你确实聪明、能干,我想和你再合作一把。"

"怎么合作?"巧珍问。

"我们合股经营,五五分成怎样?"老贾豪爽地说。

"让我想想。"巧珍点点头。

"你尽快扩展地盘,把周围的空地盖上房子,其他的事情我帮你处理。我们前面合作很成功,我相信你有这个能力。"贾局长用信任的目光注视着她。

巧珍答应了,贾局长提着沉甸甸的提包,打开一看,有上百万的钞票。

巧珍,这个普通的农家妇女,被贾局长鼎力推上了风口浪尖,她自觉或不自觉地迎接着暴风雨的洗礼,走在一条金钱打造的桥上,左手牵着财神,右手牵着金蟾,大浪在脚下汹涌翻滚,考验着她的胆量;头顶上悬着一块巨石,检验着她的智慧。前方时而光辉灿烂,时而黑暗迷茫。只要她手一抖,脚一滑,整个人就会跌入利的深渊。在她身后,侯振信就像一个掌舵的人,她小心翼翼朝前走,不敢有任何闪失。

果然如鲁老师说的那样,侯振信像一个运筹帷幄的将军,把自己的一套管理经验用在巧珍的公司经营上,盘活资金,运作关系,以小搏大,只用了一年多时间,就把巧珍的公司经营的风生水起。

侯振信给巧珍挣个盆满钵满。到了年底,巧珍盘算了成本和利润,扣除成本,收入达到八位数。

到了年底,巧珍给侯振信发了个万元大红包。她好奇地问:"侯经理,你怎么把一个公司经营的这么好?"

侯振信神秘地一笑:"很简单,只需要一个'德'字就可以了。"

用人之道在于用人不疑,疑人不用。巧珍聘请老练的大师傅赵西安管后堂,又聘请年轻的马静当前堂经理。他们成为自己的左膀右臂,这样自己就轻松了许多。

无数双手捏着、拿着、抓住的钱,从一只手流向另一只手;钱,真是个奇怪的东西,把一个渺小的人变成了巨人,把一个穷人变成了富人、阔人,把一个农家妇女变成了有钱的大老板,又变成了一只金凤凰。

一

看惯了白眼、冷脸、听够了硬话的巧珍,终于直起腰,挺着胸,在这条街上慢慢站起来。人们见她请来建筑队,人来车往、轰轰烈烈大造屋。她只用了半年时间就修起三层楼,中间是主楼,两边是裙楼。主楼是酒楼,左边保留着阳春面饭馆的牌子,右边是旅社。巧珍请人设计,把店门面装修成中式古典风格。

酒楼落成后,巧珍做的第一件事:请小叔子永善给酒楼写个牌匾。永善接到嫂子的电话,丢下手中的活计,像接到了圣旨,他带着文房四宝,瘸着腿一拐一拐,屁颠屁颠跑来了。一看嫂子的酒楼如此气派,把个永善吃惊不小,他万万想不到,嫂子一个女人家,居然盖起这么一幢楼。

嫂子说不忙着写字,让永善先坐下喝口茶,慢慢想好了写。嫂子这么看重他,他要把看家本事拿出来,人怕出丑,字怕上墙。他无论如何要给嫂子长个脸,只见永善袖子一挽,铺纸研墨,拿起斗笔,饱蘸浓墨,挥舞狼毫,写下"菜根香酒楼"几个隶书大字,余兴未尽,又写了楹联,上联是:寻遍天下美食坊。下联是:唯我乡村菜根香。这是他一路想好的词。

巧珍看了,拍手叫好,夸奖道:"永善的字写得好,这么多年没白练。你看那词个个工整,句子写得绝妙!真是个好手笔!"

永善被嫂子这一夸,心里暖烘烘的,高兴得手舞足蹈,这是对他最高的奖赏。

巧珍好奇地问:"永善,你为啥起个名字叫菜根香?"

永善笑了笑说:"我是从书上看到的,菜根有百味,吃菜根者,百事可做!我想嫂子的事业一定能够成功!"

巧珍听了直点头,有道理。让她再写几个大字,挂在办公室的墙上,永善想了一会儿,写下"厚德载物"四个字。巧珍拍手夸奖道:"写得好! 写得好!"

永善解释说:"婶子人品好,为人诚实厚道,生意做得好,这几个字就是嫂子的招牌啊!"

巧珍请人装裱,挂在办公室的墙上,果然气势不凡。巧珍择了个良辰吉日,大摆筵席,邀请众宾客捧场。

宾客们拾阶而上,走过四根圆柱支撑的明晃晃的琉璃瓦铺成的伞形门楼,门框镶嵌着花形的格子,涂了一层紫红色的漆,显得古色古香。

入得门来,两边摆放着高大的花篮,里面簇拥着五颜六色的花朵。两边伺立着十几位年轻的服务小姐,穿着红旗袍,面带微笑,甜甜地叫一声:"请进,欢迎光临!"

一楼大厅摆放着一排排的条桌,桌上放着几瓶白瓷小罐,里面有醋、辣椒粉、盐末。大厅临街的一边镶嵌着大玻璃,坐在大厅就可以浏览街道上来往的行人和车辆。另一边,是用斗拱与柱的比例装修的,斗拱顶端,采用了古典建筑风格的"举折平缓、出檐深远",看去生动鲜活,立体感很强。

走廊的两边,是各式包厢,里面的装饰清秀淡雅。墙壁上挂着仿制的山水屏风画,有梅、兰、竹、菊,高雅而不俗气,叫人赏心悦目。给人一种如坐春风的感觉。

酒楼耸立在寡妇街南边,吸引了周围人的目光。人们议论纷纷,这个寡妇娘们厉害啊! 本事可真他妈的大! 不吭不哈,居然把楼盖起来了。

有几个闲客,嗑着瓜子一边磨牙一边嚼舌头根子:"这娘们,比爷们还有能耐呢?"

巧珍听到耳里,表面上淡淡一笑,心里暗自感叹,女人做生意难,好了,有人骂你个骚货;差了,有人会说你个傻货。

二

钱真是个好东西,用在哪里哪里闪光,哪里舒服、好看、快乐。有了钱,巧珍想要好好享受生活。她琢磨着怎样把自己生活安排的好些。在外国电视剧里面有表现外国贵族奢华的生活镜头,让她看了很是羡慕,就有了一种美好的向往。巧珍爱干净想着给自己装修一间浴室。于是,她买来南方的瓷砖,马桶、浴缸。请师傅把个浴室装修的富丽堂皇,她在浴室的一面墙安装上一人高的防水玻璃镜,墙顶的四个角落，装上一组彩灯。她又突发奇想，在墙里面镶了一组低音炮。

忙了一天，到了夜深人静，打开音乐，然后脱去衣服，走进浴室，拧开水龙头，浴室里弥漫着水雾，仿佛置身于巨大的梦幻之中。她把自己泡入浴缸，水里漂浮的高级洗浴液翻起泡沫和玫瑰花瓣，散发着浓郁的清香，她浑身的毛孔逐渐打开，皮肤润滑而又白皙。此时低音炮响起来，耳畔回响着柔美舒缓的音乐，在抒情悦耳的小提琴协奏曲《梁山伯与祝英台》旋律中，她沉浸在遥远而又温暖的回忆中。从浴缸里慢慢出来，在动人心弦的新疆民歌中，清洗缕缕黑黑的长发；一曲芭蕾舞剧《白毛女》响起时，她面对着一人高的镜子，里面有一个自由女神，舒卷着手臂扭动着，随着音乐的节奏，翩翩起舞，时而飘散起长发，时而长发裹身，一天的疲劳、烦恼、不快飞到九霄云外，进入忘我的境界。

第二天一早，巧珍端坐在气派的老板椅子上，马静走进办公室，报告着一连串酒楼营业额，气球一样的数字朝着她的心飞来，她的脸上现出舒心的笑。马静走了，赵西安来到巧珍面前，向她报告着一笔笔流水账，那收到手的钱，像开了闸的门，一泻千里，她点点头，满意地笑了。

这个叫巧珍的女人，在老贾的雄厚资金支持下，把一个小饭馆经营成了大酒楼、旅社、仓库。她身子里潜伏着巨大的能量，被老贾激发出来了。

在贾局长眼里，巧珍不是一个一般的女人，她的柔情、她的风采、她的魅力后面藏着一座金矿，只要开发她，利用她，掌握她，她就是一棵摇钱树，只需轻轻一摇，那树上就会刷刷落下黄金，发出天籁般的声音。贾局长为了这个女人，夜不寐，饭不香，茶无味。为了让这个女人站起来，他不惜一切力量，调动能够利用的资源，竭尽全部力量，把她推向人生的高峰。他想，这样做自己会有一个丰厚的回报，成就了她的同时，也成功了自己，这叫一举双雕。他在做一个谁也不知道的发财梦，梦醒时感叹！何时抱得美人归哦。

他卖弄酸文人的轻浮，吟起一首诗：在天愿做比翼鸟。谁知巧珍脱口而出：在地愿做连理枝。呵呵！没想这个女人理解他的意思，真正是知心爱人。相见恨晚，又三生有幸。此时觉得和她在一起，那就是爱情故事的精彩篇章。

巧珍无意中一席话，果然言中，老贾在仕途的台阶上攀登。借给她的资金回笼比他想象的还要快，这一笔笔钱真是雪中送炭，让老贾在官场上如鱼得水，左右逢源，沿着红地毯平步直上，真是好风凭借力，送我上青云。只有他知道脚下每个台阶的含金量，那是用金子铺就的啊！他在局长位置上坐了还不到两年，就开始向上迈进了，有消息灵通的人士告诉老贾，他已被列为副市长候选人之一，过罢春节人代会上宣布他走马上任。

老贾心里明白，没有巧珍挣来的钱铺路，他进步的速度不会这么快！他打心眼里感谢巧珍。有一天天黑后来到巧珍的酒楼，直接进了雅座。巧珍叫服务员上他喜欢吃的菜、酒。他让巧珍陪酒,巧珍也不推辞。

酒喝多了,头大了,胆子也壮了三分,满嘴喷着酒气,显出很豪迈的样子:"巧珍,告诉你个好消息,我准备当副市长了。"话没说完一伸手,搂着巧珍的蛮腰,亲了她一口,巧珍迎接他的热乎乎的嘴唇:"恭喜你啊!好了,别这样啊。"

"怕什么?"

"我是担心你怕。"

"我怕谁?"

"你老婆。"

"哦……"他已经不在乎老婆了,一把将她搂紧了,雨点般地亲她的脸。

"你……不要这样。"她使劲推开他。

"为什么这样说?我是真的喜欢你……"

"你有事业,有个幸福的家,我呢,一个个体户,一个开饭馆的小老板,再说我是个寡妇……不配你这个大局长啊!只会耽误你的前程!"

"我不管这些。第一次见你,就爱上了你。你是个善解人意的女人,懂得体贴人,我喜欢你这样的女人……"

"你喝多了?"她捂着他的嘴巴,不让他说下去。

贾局长从怀里拿出三个精致的小盒子,送给巧珍,告诉她现在不要看,他走了以后再打开。贾局长走了,巧珍轻巧地打开小盒子,一副金项链,一对银耳环,一只红宝石戒指。她明白了什么。

晚上,她把马静留下,陪自己说话。

她把浴缸放满热水,解开盘在头顶上的长发,披散下来,脱了衣服,她丰腴的身子暴露在灯光下,马静是第一次见老板的身子,不由被她窈窕的身材吸引住了。一个三十多岁的女人,皮肤白皙如玉,没有因为生育而变形,保养的那么好,让年轻的马静也羞愧弗如。

"小马,来,帮我洗头发。"巧珍两手朝后掐着黑黑的长发,向后面一甩,那黑黑的长发飘起来,落在长木板子上,看来这是专门洗长发用的木板子。马静走过去,挽起黑黑的长发,打上洗发液,揉搓漂洗。

巧珍把身子放入浴缸里泡,泡沫覆盖了她的身子。马静凝视着手中黑黑的长发,忽然问道:"孙老板,这么长的头发啊?要留多少年?"

"怎么?感到好奇吗?"巧珍闭上眼睛,不看马静,反问她。

"孙老板,如果我没有说错,是留给一个你喜欢的人。"马静试探地问。

"小马,你年龄小,这是你不该问的问题。以后你经历的多了,就知道了。"巧珍含糊地说。

"我看贾局长挺喜欢你的。"马静又试探地问。

"我会喜欢他吗？"巧珍反问道。

"我看，你好像不怎么喜欢他。"马静说着话时，已经给巧珍洗好了头发。

巧珍从浴缸里出来，在那黑幕一样的长发衬托下，光洁如玉的身子像出水芙蓉，活脱脱的一个美人，让马静看了也不由为之心颤。

巧珍穿上睡衣，盘好了头发，对马静说："我有件事，托你帮忙。"

"只要我能办到。"马静说。

巧珍拿出了一个纸袋，给马静："你把这个东西明天送给他。"

马静不知里面是什么东西，第二天，就把纸袋送到老贾那里。

过了三天，贾局长又来了。

"怎么，你不喜欢？"贾局长有点恼怒了。

"不是不喜欢，是我接受不起这么贵重的礼物。"巧珍把礼物放在他手上。

他的双手像钳子一样夹住她的腰，狠狠地说："不，你必须接受，我想好了，无论发生什么天大的事一定要娶你！"

"不，这是不可能的，你不要忘了我们是合作关系，还有债务关系，你难道要把这些关系混在一起吗？"巧珍挣扎着喘着气，推开他有力的大手，轻柔地说："再说，你是吃皇粮的国家干部，不要为了我一个寡妇，耽误了你的前程啊！"

贾局长想，看来这点小东西，打动不了她的心，也许要送给她更大的东西，才能让她接受。这个女人像一颗子弹射进贾局长的心，他深深地爱上了这个女人，她的名字，她的神态，她的样子，她的微笑，她的容貌，这一切融化在他的血液里。他疯狂地想得到她……巧珍比家里的女人知疼知热，知心暖肺，这世上只有巧珍能理解他，她是自己的红粉知己，她像一条小虫，不知不觉地钻进心里。这辈子有了这样的女人帮衬自己，将来的事业成功指日可待。

巧珍伸手把他胸前的衣扣扣好，贴着他的耳朵，轻声地说："你是我尊贵的客人，是我忠实的客户，是最好的合作伙伴，你可以常来做客，你说，是吗？"她轻轻地说："如果你真的喜欢我，还要看你后面的表现……"

这话是在试探他，也是暗示他。贾局长明白了，放开了抓她的手。

贾局长已是吃了秤砣铁了心，他暗地里策划一个阴谋：甩掉家里那个黄脸婆，娶巧珍做妻子！贾局长满脑子在想两个字：离婚！离婚！这个想法像一颗钉子，死死地钉入他的大脑，他仿佛是骑在虎背上的勇士，义无反顾，朝前奔跑。他悄悄地做着离婚前的计划，先存够五百万，买块地皮盖座小楼。老贾不信有融不化的坚冰，他要用一份沉甸甸厚礼，打开女人紧闭的心扉。

他计算时间，按巧珍挣钱的速度，再有个把月就达到五百万。

84

三

金凤琢磨小草帽的话,那话没听出有水分,他是真心喜欢自己。这个可怜的人,把以前的小事记得那么清楚,虽然听了很不舒服,但却明白小草帽的心思。

小草帽见金凤的眼睛亮了。过了好一会儿,金凤站起身,轻轻地把门关上,小草帽不知道她要做什么。只听她小声说:"小草帽,原谅我,那天我说的话伤害了你。"

小草帽说:"你就是打我,我也高兴啊。"

"嘿嘿,你真会讨好人啊!"

"金凤……我说的是真心话,不信,你摸我心口。"

"小草帽,你真的喜欢我?"金凤怀疑地问。

"我小草帽说话做事,一向说实话!骗你天打五雷轰!"小草帽使劲嘭嘭拍着瘦骨嶙峋的胸脯发誓道。

"可我已老了。"金凤叹了口气说。

"不老,你在我心里永远年轻……"小草帽献媚讨好地说。

"真酸啊,肉麻死了啊!快闭上你的臭嘴!"金凤双手捂着耳朵,跺着脚,不愿意听。

小草帽看金凤生气了,吓得直哆嗦,可怜巴巴地望着金凤,不知该怎么办?直恨说错了话,让金凤生气。他转身想走,金凤一把抓住他的胳膊,拽他回来。

"好吧,小草帽,让我想想……"

"还想什么,我早就盼望这一天啊。"

"小草帽,我也想了很久,可我想等他回来……"她犹豫了一会儿。"可是,你要答应我一个条件。"

"什么条件?你说吧。"

她站起来,走到窗前,手指着对面巧珍家耸立的酒楼:

"看见了吧,我们的生意要超过对面那个娘们……"

"真的?"他有点不相信耳朵。

"当然是真的!"

金凤这句话很突然,叫他一下子受宠若惊,他猛地挺直起腰杆,竖起耷拉的脑袋,泪水在眼眶里打转,张大嘴巴,露出一口黄牙,声音陡地提高八度:

"你还有什么条件?"

她直视着小草帽:"看着我的眼睛,你要给我挣够这个数。"她伸出一个手指头。

"一万？"小草帽嗫嚅着问。

"不！"这个数字小了点，她不会马上答应小草帽。

"十万？"小草帽胆怯地问。

"不！是一百万！敢要吗？"

她本能地脱口而出，她要把门槛抬得更高一些，现在也只能用金钱这个东西，抬高自己的身价，让一个想得到的人，不那么轻易地得到。

一百万！对于从盐碱窝里跑出来的小草帽，是个可怕的天文数字，就像一座高不可攀的山峰，让他可望而不可即；一百万！这是金凤爱情的门槛，对于一个穷光蛋来说，简直是个天价啊！

"怎么？害怕了？不敢了？"金凤逼视着他，小草帽寒毛直竖，一股热血，从脚底下的涌泉直冲脑顶的百会。他的秃脑门渐渐冒出黄豆大的汗珠子。

金凤的一席话是挑战，也是试探。小草帽想起读过的书，书里好像有句话：英雄都是在节骨眼里逼出来的。没有路时已有路了，想到这里，他狠狠地咬咬牙，猛地大叫一声："敢！我敢！"

这话像晴天一声霹雳，让金凤也目瞪口呆。

金凤把小草帽逼急了，小草帽心里冒出欲望的火花，激起强烈的情欲。他读了许多书，明白了许多事理，做事要有个平台，他没这个平台，怎么办？只有借！问谁借呢？就问眼前的女人，这个一直都让自己睡不着觉的女人。他慢慢冷静下来，喘了一口气说："金凤，你也给我个条件。"

金凤想知道他做什么，又问："什么条件？你说吧。只要我能做到。"

小草帽此时萌生了一个不可告人的野心，大胆地说："以后饭馆的经营由我说了算。"

金凤没有多想，其实，饭馆里的大部分事情他已经在做了，她当场表态："好吧，我答应你，等着你……"

小草帽点点头，说了声："谢谢！"

自从小草帽帮金凤管理饭馆，他干得十分卖力，生意越来越火，金凤感到已离不开他了。

四

金凤承诺了小草帽，仿佛一块巨石滚入一潭死水，激发起小草帽的万丈豪情，正应了重奖之下必有勇夫的那句老话。人活就要活出个人样子来，不能窝窝囊囊活一辈子。小草帽想，一定要把金凤娶到手。他想起苏联作家高尔基说过的一句话：人的追求越高，智力发展的就越快。

小草帽扒拉着算盘子,按一百万目标做计算:大盘鸡二十块一盘,那么他每天要卖掉一百多盘,一天两千多,一月六七万,扣除毛利三年就是百万啊!小账不可细算,一算吓一跳。现在饭馆面积小,只能放下十几张桌子,要想达到这个目标,必须把饭馆的规模扩大,增加面积,增加工作人员。他把目光锁定在饭馆两边的地盘,先要把地盘弄到手。

做事情是需要钱的,而且是很大一笔钱。钱到用时方恨少。没有钱,一切都是空谈。

金凤看小草帽神神道道,好奇地问:"你天天扒拉算盘子,我看把天给算破了,也没见你有什么办法啊?"

小草帽一拍胸脯,胸有成竹地响亮回答:"报告老板娘,我想好了,也算好了。"

"那你下步怎么办?"金凤又追着问。

"借。"

"借什么?"

"借物、借钱、借人。"

"你发烧说胡话吧?"

"我很正常。无本难求利。我们没有资本,怎么办?"小草帽笑眯眯地说:"《三国演义》这部书我读了九九八十一遍,悟懂了一个简单的道理:凡是自己没有的东西只有靠借。你知道诸葛亮吗?刘备请他出山,他一没士兵,二没武器,三没地盘。他有什么? 他一无所有啊!"

"哦……可他怎么打仗?"金凤提起有兴趣,"接着说下去。"

"好,听我慢慢给你说这里面的秘密。"小草帽一副神秘兮兮的样子,喝了一口茶,慢条斯理地说:"诸葛亮靠什么帮刘备打天下,靠的就是借。你看他借人,借武器,借地盘,借势力,连东风他也敢借。"小草帽越说越激动。

金凤笑着问:"小草帽,那你现在借什么?"

小草帽显得很自信:"就借你这方宝地。"

金凤顿时明白了:"好你个小草帽,你也想借我? "

小草帽底气十足地说:"当然想。"

金凤急了,站起来揪住他的耳朵:"好啊! 老鼠咬猫,你胆子大啊! "

小草帽赶忙捂耳朵叫起来,金凤松开手,小草帽又上了劲,一拍胸脯,金鱼眼一瞪:"马无夜草不肥,人无外财不富。"

金凤说不过他,指着他的鼻子:"好,给你点阳光,你就灿烂啊! 你厉害! "

小草帽用手指了指脚下的土地,金鱼眼大睁、放光、发绿:"这可是一块风水宝地啊! 来的客人,个个都是财神爷。"

"我明白了,小草帽。"金凤看着他的眼睛,相信了他的话。

小草帽扳着手指头给金凤有板有眼地说:"俗话说,人有两只脚,钱有四只脚。人跑得再快没有钱跑得快。用钱挣钱肯定比人快!"小草帽眼睛发红,显得很激动。

"那你说我们问谁借钱?"金凤问。

"问银行借啊。国家鼓励投资,我最近了解到,银行可以抵押贷款,把我们的房子做抵押,可以贷一笔款,这叫借鸡下蛋。"他眼里燃起一团火,直勾勾凝视着金凤。

"哎哟!你真不愧是个地主的儿子!做梦都想发财。要不是当年穷人翻身做主人,分了你们的地,你们还是大地主。"金凤鄙视地瞧着他。

他低着脑袋,半晌才说出一句话:"金凤,不过……"

金凤问:"不过什么呀?"

小草帽保持刚才的气势:"我们会发财的。"

金凤问:"你说的'我们'是谁?"

小草帽犹豫了一会,说:"就是你和我啊!"

五

小草帽发财的欲望像气球一样不可遏止地膨胀,几乎要爆炸。他把金凤的饭馆当做一个平台,精心谋划发财致富的方案,制订出一套详细的计划和目标,开始借钱融资。

人脉是他的土壤,关系是他的肥料。借政策的阳光,追着机遇的影子,摇着佛陀的银铃,吹着菩萨的金曲,看那树栽起来了,那不是一棵普通的树,那是一棵叮叮当当的摇钱树!小的厘厘分分如细雨纷纷,毛毛角角似天女散花,一元十元像冰雹、似大雪,铺天盖地。

小草帽每天被财神爷的鞭子驱赶着,似个旋转的陀螺,白天拎着个烟和酒求爷爷告奶奶,把两边的地皮批下来;深更半夜趴在桌子上,鸡爪子一样的手不停地扒拉着算盘子,躺在床上睡觉,脑子里仍思谋着、盘算着怎样挣到百万,想着想着就睡着了,眼前朦胧一片亮起来,一个又一个的大盘鸡从遥远的天空飘来,像流星追月,紧跟着是满天的大盘鸡,在眼前旋转、飞舞……一会儿堆起一座山,一会儿汇成一条河,一会儿化作一片海……吸引、诱惑着饕餮食客四面八方奔腾而来,辉煌的大盘鸡宴开始了。向东看,那里的食客吃的遍地风流;向西看,那里的食客吃的人仰马翻;向北看,那边的食客吃的万种风情;向南看,那边的食客吃的天昏地暗……八方神仙踏云破雾闻香来祝贺,小草帽吓得一磕头一觉醒来,才知是个梦。他笑了,笑得很舒坦,很开心,他狰狞地暗笑,一定把梦变成现实。

小草帽见对面巧珍家的门楼耀武扬威,神气十足的气派,嫉妒得牙根直痒痒,要比试比试,看谁厉害!

　　天一亮,小草帽呼风唤雨大造屋。一时间沙石料、建筑材料、大型机械、建筑工人陆续开进工地,半条街沸腾起来了。

一

没多久,小草帽就把四层楼盖了起来,两边和巧珍家一样有裙楼。主楼是上海人家酒楼,左边开了个响亮的旅社,右楼开成休闲的茶楼。

小草帽请中学教美术的祁老师设计门面,祁老师设计出仿西式门面,采用时尚的装潢风格,一座不锈钢包裹着的柱子,亮闪闪的大玻璃门,给人一种现代气派。门外铺着一溜长长的红地毯,两边摆着花篮。酒店凸立在街道上,只有街南边巧珍的酒楼与它对峙,两座酒店和旁边的小店相比,简直就像穿着华丽衣装的阔老板站在一群叫花子面前。

小草帽请鲁老师写牌匾,他知道鲁老师喜欢喝点老酒,先送他半瓶酒下肚,等到酒态蒙眬,醉意七分时,小草帽早已笔墨伺候,只见鲁老师丢下酒杯,抓起狼毫,在宣纸上刷刷写下几个行草:大丰收酒店。然后又用老道的篆书,写了门两边的对联:上联是:水清酒醇情润意澈冠冕布衣皆尽兴。下联是:田米山蔬养性健脾骚人村夫同时乐。鲁老师写完了字,小草帽好奇地问:"鲁老师,每次你写字要喝酒,我想知道,这酒与书法有什么关系?"

鲁老师放下狼毫哈哈地笑着说:"这个问题提的好。酒这玩意儿,放在瓶子里是水,放在人肚子里,就是火。当然,要看放在谁的肚子里,若放在酒鬼的肚子里,那是要发酒疯,若放在书家肚子里,那是狂来轻世界,醉里得真知,醉意中融入笔法,一幅写意的画卷,色彩斑斓,墨气淋漓,满纸生烟……书法的功力是内涵,酒的功力是外延。喝酒要的就是这个感觉。"

小草帽听了不住点头。

二

酒店开张这天,小草帽请来了高朋嘉宾,又请来吹鼓手演奏助兴,在一万响鞭炮声中,"大丰收酒店"的金字招牌高高挂起。

小草帽按捺不住兴奋的心情,把金凤接到酒店,请她观看。金凤来到落成的酒店,见小草帽穿西装,打着红领带,精神焕发,踌躇满志的样子。"怎么样?我穿得好看吗?"小草帽问。

金凤嘲笑他:"几天不见,猪八戒也变成人了。"

佛靠金装,人靠衣装。小草帽不像是刚来的小草帽了。

走进门里,又是一番风景,大厅里楼台亭榭,转动的木制水车,小桥流水,斑竹棵棵,使人渐入幽境。

迎门是一个阔大的弧形大理石吧台,后面站着两个漂亮的收银员,她们动则好似脱兔,眼波流转,静时羞羞答答,好似邻家有女初长成。她们微笑着彬彬有礼迎接客人,给人一种宾至如归的亲切感。

金凤有点晕了,小草帽赶紧扶着她,走过一楼,拾阶而上,二楼是另一番景象。走廊两边是各式雅座,分大雅座,小雅座。其中有几间豪华雅座,里面铺着柔软的地毯,餐桌的转盘玻璃上摆放着鲜花,散发着幽香。

金凤走着看着,眼花缭乱。她忍不住地讽刺小草帽:"没想到,你小子鬼点子多,全用上了。这哪里是酒店,怎么有点像金銮殿啊!"小草帽以为是金凤在夸奖自己,心里直乐。金凤又问:"这要花多少钱?"

小草帽回答:"不多,也就二十万。"金凤两眼瞪得溜圆,"花这么多钱啊!还说不多,这简直是浪费啊!不就是个吃饭的地方吗?"

小草帽嘿嘿一笑,忙解释道:"这,你就不懂了,表面上是花了很多钱,可是环境好了,品位上去了,来吃饭的客人会更多。"

金凤问:"那为了什么?"

小草帽狡猾地一笑:"现在生活条件好了,客人吃饭也讲究了。他们不光是吃饭,还要吃环境,吃门面。"

金凤摇了摇头,闹不明白了:"没听说过。"

旁边跟着的服务员推开雅座的门,金凤扫了一眼四面的墙壁,上面挂着仿制的大幅外国古典油画,看上去既抢眼又刺目,几个赤裸的男女映入眼帘,叫金凤看得心惊肉跳,吓得浑身一哆嗦,不由退了出来。

金凤生气了,不禁大叫:"好啊!小草帽,你个不要脸皮的家伙,怎么把澡堂子搬到这里来了。恶心死了啊!你叫客人来这里是吃饭还是洗澡?"

小草帽狡黠地笑了:"这你就不懂了,用艺术家的话说,这叫人体艺术;用古人的话说'食色,性也'。现在时代在变,没这个东西,就吸引不了客人。客人见这几样东西,就有了食欲,胃口大开哦。"

金凤手指头点着他的秃脑袋没好气地骂道:"胡说!古人是你爹还是你爷,把他的话当圣旨。好吧,你给我胡整吧!小心哪天警察来抓你!"

小草帽安慰她:"现在是什么时代了,改革开放这么多年,人的思想都解放了,不这样,就没生意啊。"

真是财大气粗!金凤感觉听小草帽说话的口气和以前不一样了,一抬头,瞅见雅间门上挂着闪亮的铜牌子,什么将军厅、公主厅、王子厅、聚仙厅……心里叫道,真是变化快啊!

这是小草帽绞尽脑汁起的既雅又气派的名字,他看金凤一脸不高兴的样子,赶紧把收入支出的账目请金凤过目。一串串数字表明饭馆在盈利,她明白小草帽这么卖命为了什么。

三

小草帽看着那个挂在门上的那块上海人家牌子,怎么看怎么不舒服。他鼓足十二万分的勇气,把蓄谋已久的想法给金凤提出来,没想到金凤居然爽快地同意了。

第二天,小草帽把鲁老师写好的"大丰收酒店"牌子推了出去。

深夜里,他躲在小屋子里,就着电灯在读一本翻烂了的《三国演义》,那书角磨的发黑,卷的不成样子,他舍不得扔,像宝贝一样放在枕边,一有时间就读,读着读着,就有点瞌睡了,门开了,金凤不知什么时间悄悄走了进来,他紧张地喘不过气来,猛然睁开眼,哪里有金凤的影子,才知是个梦!他不由叹了一口长气。

小草帽眼珠子一动不动,盯着一个地方,牙齿咬着指甲盖,长时间发呆。其实,他是在琢磨事情。开小饭馆容易,可经营好大酒店很难。你看这街上,每天都有新开张的,但每天也都有关门的。客人来自五湖四海,南甜北咸,东辣西酸,五味上口,众口难调,客人一旦吃的不合口味,下次就不来了。

俗话说得好:有酒有肉朋友多。小草帽明白只要把酒场子拉起来,何愁没人来吃喝。可这吃喝也有许多讲究,不能乱吃乱喝。若要吃出名堂,吃出气氛,吃出感情,首先要学会吃。他发现,一个简单的"吃"字里面的学问大着呢。

一天,鲁老师骑着嘉陵摩托缓缓地驶到街头,迎面遇到那个蓄着白胡子的药葫芦,他骑着毛驴,晃悠悠的从眼前走过,熙熙攘攘的人们给他让开一条道,让他通过。鲁老师不由得看了一眼这个白胡子老头,他神态安详悠然自得,一副逍遥自在的神情,世间的烦恼和闲杂碎语,还有那些纠缠人的矛盾,在他眼前如浮云一样的一飘而过,他回首朝鲁老师看去,举起右手打了一个脆亮的响指,又把拇指和食指放入口中,吹了一声口哨,响彻云霄。然后不紧不慢地骑着毛驴嗒嗒渐行渐远。

鲁老师下了车,走进小草帽的酒店,小草帽热情迎接鲁老师,沏了一壶茶,小草帽看鲁老师喝的有味,便请教吃的学问,鲁老师放下茶碗,慢慢说道:"看当地人的口味,喜欢吃什么?有人喜欢吃传统,有人喜欢吃新鲜,也有人喜欢吃特色。"鲁老师忽然想起刚才见到的药葫芦,给小草帽说起这个传奇人物,让小草帽有时间研究这个人物。药葫芦不是个一般人物,有许多吃的秘诀可学可用。小草帽听了鲁老师的话,有意识地注意药葫芦这个人物,向他接近。

不久前小城里传出一条新闻:药葫芦枯木逢春,铁树开花,百岁时居然娶了个陕西米脂三十多岁的寡妇成亲。这老家伙百岁成亲已是新闻了,可十月有余,那个婆姨竟给他生了一个带把的娃子,就在药葫芦的婆姨生娃那一天,他的孙子媳妇也同时生了一个娃子,这真是奇中见奇,这些新闻,自然成了人们茶余饭后闲谈的热门话题。有人猜想,药葫芦一定有养生秘方,不传外人。

小草帽的金鱼眼盯上了药葫芦的脑袋,心想,那里藏着灵丹妙药,要不,他怎么活到这么大岁数,依然精神焕发,青春不老?

药葫芦是个谜一样的人物,小草帽开始有目的研究这个特殊人物。

药葫芦的老婆给他养了九男九女十八个孩子,还有药葫芦亲自接生的无数孩子,在当地堪称第一大家族。因了这些,不论过什么节,他家门口是最热闹的地方,大院子门口排起蛇一样的队伍,妇女们怀里抱着公鸡,手上提着鸡蛋,孩子们手中牵着小羊羔,男人们或牵着牛马羊、骆驼,有人怀里还揣着茶叶、盐巴、酥油、蜂蜜和馕。药葫芦一一收下礼物,偌大的院子里面奔跑着的牛、羊、马、骆驼,还有鸡。房子里的空地上堆着小山一样的盐巴、茶叶和酥油。药葫芦把礼物分成大中小三份,大份分给那些贫苦农牧民,周济他们渡过年关,中份换成山药备用,小份则留在家里。

当地的女人生孩子难产,接生婆急得火烧眉毛,想起的第一个人就是他,产妇家的男人骑上马十万火急地来请药葫芦,只见他不紧不慢地背上他的药葫芦,一偏腿上了驴背,一路叮叮当当来到产妇家里,还没进门,早听那女人嚎声震天动地。他进了门不慌不忙,脱了衣服,将长袖子一挽,在铜盆里用玉米烧(一种土烧酒)洗手,放明火上烤一烤,净了手,走到床边,先是查看一下那孕妇下身,便一手按着产妇的肚子,不紧不慢,轻柔地揉摸一阵子,另一只手配合着,将出来了一条腿的孩子轻巧地送回娘肚子里,那手灵巧自如,快慢恰到好处,产妇有感觉时,孩子已哇哇地出来了。

只因药葫芦有这手绝活,当地人像敬神一样敬着药葫芦,谁家宰牛、宰马、宰羊,剥了皮后,必请药葫芦到场。只见他拿过一把牛耳尖刀,直取里脊上的一块嫩白如玉的油脂,放在红鼻子下,贪婪地闻一闻,然后往满是胡子的嘴巴里一抿,慢慢地咽下去。他吃得样子很解馋,很过瘾,舒服极了,不停地咂吧咂吧嘴,伸出红红的长舌头,来回舔舔嘴唇,回味一番美妙的感觉。

药葫芦有个嗜好,让外人觉得不可思议。每逢天气转暖季节,药葫芦骑着那头灰驴,得得得地来到河滩上,平日里那些个温顺的羊、马、公牛蛋子,在暖洋洋的春风抚慰下,个个会变得性情骚动、暴躁,身子里像有团火,一碰就着。公牛们摇晃着威风凛凛的大犄角,你来我往,拼命争斗,一个比一个凶狠、猛烈;一会儿,你再看那些刚才还气势汹汹的家伙,个个鲜血淋漓,惨烈的嚎叫声回荡四野,传向远方。最后是两败俱伤,被斗败的动物,慢慢倒在尘土飞扬的烟尘里,痛苦地挣扎。他津津有味地欣赏,脸上显出快意的笑。

小草帽一有空带上礼物,无非是吃的用的,屁颠屁颠拜访药葫芦,目的是探摸药葫芦的嗜好,吃什么?喝什么?一来二去,摸得清清楚楚,看得明明白白。药葫芦之所以活这么大年龄,喜好四味:茶、汤、羹、酒。这四味吃的东西有讲究,早吃茶、中午吃汤、晚上吃羹和酒。

几次不同时间的拜访,他发现了药葫芦几个小秘密。这老家伙怪不得活这么大年纪,原来他很懂得养生。他吃饭不怎么讲究,却有着一茶一汤一羹一酒。那张沙枣的条桌上,摆放着一只青花瓷碗,一个紫色陶海碗,一个黑油瓦罐,一只闪烁的银碗。小草帽的眼一亮,发现这四样东西也许就是药葫芦长寿的秘密所在。

早晨,药葫芦伸出瘦长嶙峋的手,捧起青花瓷碗,不紧不慢地呷茶。中午,他两手抱着那个紫色陶碗,呼噜噜地喝汤,喝得很过瘾很舒服。晚上,他端着沉重的黑油瓦罐,狗一样地伸出红红的长舌头,吸溜吸溜地吃羹,直吃的满头大汗,把罐里的羹渣舔得一星不剩,方才罢休。最后再痛快地抿上几口酒。

小草帽得知药葫芦喝得是一种当地盛产的茶,叫柳花茶。一日,他来到药葫芦的房子,东瞅瞅西看看,发现墙角落里放着一只苹果木做的木桶,里面装的水是从天山深处一个叫跑马泉弄来的泉水。装在用苹果木做的桶里,用此泉泡出的茶,只要一支烟的工夫,打开壶盖,一股浓郁的香气袭来。

北疆气候寒冷,根本不产茶叶。蒙古王爷发现古尔图河边生长的一种柳树,每年七至八月开花,白色的花如星星在柳树上绽放,花香奇异,吸引了蚂蚁去吃。

蒙古王爷有了灵感，采摘下来经过蒸、煮、晾干几道工序，柳花茶便做成了，喝了这种茶能抑制哮喘、胆囊炎。在柳花茶里放几颗本地长的枸杞，那亮闪闪的红枸杞和柳花茶配在一起，那真是喝了赛过活神仙。

据说乾隆皇帝常喝这种茶，活到八十多岁，成为史上活的年龄最大的皇帝。

那汤，用的吐鲁番的葡萄干、哈密的瓜干、伊犁的羊奶酪和酥油配制。

再说药葫芦的酒，不是一般的酒，里面有药葫芦配的材药。他用银碗舀出一碗，每次喝一碗，补气补血，喝多了伤身。小草帽挖空心思地想着把药葫芦的秘方搞到手，为己所用。他采取慢火炖骨头的功夫，隔三差五去药葫芦那里。功夫不负有心人，药葫芦架不住小草帽三番五次的献殷勤，被他的诚意所打动。

药葫芦轻抚长髯，嘿嘿一笑："来，老乡，尝尝我的看家酒。"

药葫芦把一只银碗伸到瓷坛子里，斟出一碗酒，请小草帽品尝，那酒色如琥珀，喝一口，味若醍醐，他咂吧咂吧嘴，又喝了一口，泪不由地流出来。

"味道怎样？"药葫芦看他难受的样子。

"很好，很好。"他放下碗，感觉一股浊气下沉，热气上涌，直达丹田。

酒是药葫芦每日必喝之物，药葫芦将酒装在一只月牙形的壶里，那壶是用上好的牛皮做的，手工精致，雕刻着漂亮的花纹。小草帽闹明白了酒的秘方，那酒，用天山黑灵芝、白雪莲、马鹿茸、鹿鞭、大芸、锁阳配制。

药葫芦除了爱酒之外，还吃一种羹，这羹，叫作驼蹄羹。小草帽把做羹的秘密学到了手，自己下厨做这羹，不让别人插手、观看。后来他知道了那羹，是用足岁的骆驼蹄子和红枣配制。

一峰峰高大的骆驼在人们的屠刀中倒下了，取下它跋涉千里沙漠的蹄子，放在火上烤成半焦半黄，剥去外壳，将蹄肉洗净，放入砂锅，添上大半锅水，撒鹿茸八钱、枸杞一两、锁阳三两、红枣半斤……配上胡椒、孜然、盐巴……文火炖九九八十一滚，只见汤水沸腾，蹄子烂成了花，汤水荡漾，火灭了，汤，渐渐温了、凉了，将锅盖打开，一道五颜六色的驼蹄羹便成了。盛羹用的是黑瓷大海碗，用汤勺舀一碗，吃一口，落入口中，滑爽绵软；再吃一口，香味扑鼻，五脏六腑也要化了。不论你官大官小，不论你穷人富人，在这羹面前，你只有品尝的福，你只有享受的命。

小草帽搞到药葫芦四件宝：茶、羹、酒。第一个请的客人自然是鲁老师。他请鲁老师给这四件宝做出评价。

鲁老师拿起勺子，舀了一勺，品尝一口，显出吃惊的样子问："你这个羹从哪里弄来的？"

"怎么了？是不好吃？"小草帽紧张起来。

鲁老师夸奖道："味道难得，难得啊！"

小草帽回答："哈哈，鲁老师你真不愧是美食家，这个菜叫驼蹄羹。"

鲁老师竖起大拇指："哦,厉害,厉害!你个坏家伙,从哪里弄来的配方?这可是西域名菜啊!"

"这是那个药葫芦给的秘方。"小草帽神秘地说。

鲁老师哈哈一笑说:"好好。周老板,据我所知,这个秘方失传上千年了啊,没想到你把它给找到了。"

"我按老师说的去做,终于找到这件宝。哈哈……"小草帽得意地笑了。

鲁老师说:"我们赶上了好时代,给它起个名字叫'沙漠之舟',你看如何?"

"好,起得好!"

鲁老师海阔天空地给小草帽说起这驼蹄羹的掌故。

早在唐朝,来自西域的节度使安禄山拜见唐玄宗,在大殿里第一次见到了唐玄宗身边的贵妃娘娘杨玉环,那风流绝世的贵妃娘娘只对他回眸一笑,便勾走了这个封疆大吏的七魂六魄,安禄山立刻跪下虎背熊腰,拜贵妃娘娘为干娘。那泼皮的安禄山为了讨取贵妃娘娘的欢喜,在拜见贵妃娘娘时,双手把这西域独特风味的驼蹄羹配方,送给了皇宫的御厨,以此孝敬贵妃娘娘,谁知贵妃娘娘吃了一次驼蹄羹,便晕晕乎乎,立时水性杨花,迷了心窍,当晚中了安禄山奸计,可怜一代美女,被这个西域来的节度使迷得神魂颠倒,发生了风花雪月的一段情。贵妃娘娘掉进情感的泥潭,越陷越深,以至于后来贵妃娘娘对那美妙无比的驼蹄羹情有独钟,一日不吃,口舌无味,二日不吃,肠胃不通,三日不吃,饭菜难咽。贵妃娘娘觉得自己吃着不过瘾,又送给皇帝老儿享用,唐玄宗一吃也上了瘾,只吃得阳火上升,雄性勃发,斗志昂扬。怪不得皇帝老儿的身子板那么结实呢!唐玄宗开怀大度,他不但自己享用这道菜,还让文武百官都来享用。每年春节大摆宴席,这道菜成了唐玄宗犒赏大臣们的佳肴,那些个文武官员吃后赞不绝口。唐玄宗见这些文武官员一个个酒囊饭袋,吃了也就吃了,说不出个中滋味,给后人留不下个什么记忆,就想着怎样把这个菜吃出味道,吃出名气?他想起一个人——杜甫。这杜甫先生是个穷困潦倒的大诗人,平日里吃的是粗茶淡饭,从没吃过这等美食。唐玄宗在华清宫大摆宴席,派人请来杜甫先生,请他享用这道菜。杜甫哪里吃过这么好的珍馐,品尝后余香满口,绵绵不绝,大呼过瘾,简直就是天上掉下来的美味佳肴,这老先生突然诗兴大发,吟哦赞道:"劝客驼蹄羹,霜橙压香橘。"唐玄宗听了杜甫先生的精彩诗句,激动的大呼来劲!

小草帽听了鲁老师的一番解说,眉开眼笑,喜出望外:"来,再来一碗。"

鲁老师连忙摆手:"一碗足矣!这么好的美食,真正是天赐甘饴,且不可贪吃,世上再好的美食,多吃则无味,多喝则无欲。正所谓食不厌精,脍不厌细,就是这个意思啊。"

鲁老师兴致很高地接着说道:"从你做饭的手法看,就知道你是北方人。有句古话说的好:时势造英雄。北方人大气,南方人小气;北方人大聪明,南方人小聪明。从历史上看,北方出现的英雄比南方多,奇怪的是,即使南方出现的英雄,也是从南方到北方以后,才成为英雄。从远的说,有岳飞、左宗棠,近的说有朱德、彭德怀。北方之所以出现许多英雄,从地理环境说,北方多平原,心胸开阔;从饮食习惯上说,北方人多吃肉和小麦;气候干旱,少雨,环境恶劣,条件艰苦。逆境造就人才。南方多山,视野狭窄;气候湿润,雨水多,环境条件好;又多吃大米和蔬菜。顺境中人才难以出现。"

"哦……"小草帽眨巴了几下金鱼眼,"请鲁老师多多赐教。"

鲁老师又说道:"你知道新疆人和上海人吃的区别吗?"

小草帽摇晃几下脑袋。

鲁老师笑道:"一个上海人和一个新疆人坐火车到上海,上火车前,新疆人买了一条熟羊腿,上海人买了一只鸡腿,火车还没有开,新疆人就把羊腿吃光了,可是那个上海人呢?到了上海站停下来,才把最后一根小爪子啃完。"

小草帽听了大喜,他被鲁老师的见识打动了,请鲁老师喝酒。走时,送给他一本食谱,他如获至宝,用心琢磨研究。

四

小草帽要好好报答金凤。

他琢磨着怎样讨金凤的欢喜。金凤朴实,吃饭穿衣没那么多讲究,干脆给她装修一个漂亮的卧室。

卧室装修好了,小草帽请来金凤看卧室。她进门一看,吃惊不小,这小草帽又玩起花花肠子。那卧室铺着绣着荷花的地毯,人踩在上面,仿佛在水里行走。再看那床,叫金凤吓一跳,靠墙的一头雕着狰狞的虎头,床尾是一架威风凛凛的鹰。

小草帽嘿嘿地坏笑:"这床不是一般的床,避邪啊!你一直身体不好,大夫说是阴虚,我看,你也不要吃药了,就这两样子东西陪着你,给你天天调节,慢慢就会好起米。"

小草帽的酒店落成之后,剩下的时间就是想办法挤垮竞争对手——巧珍。

冬天来了,小草帽别出心裁,上了一道菜,狗肉火锅。俗话说:寒冬至,狗肉肥。狗肉滚三滚,神仙站不稳。寒冬腊月,正是吃狗肉的好时节。那狗肉味道醇厚,芳香四溢。先把狗毛弄干净,切成块,放在大锅里煮。然后烧旺火,炖数小时,用筷子轻轻一挑,即可骨肉分离,不用刀切,用手撕,这样肉烂汤浓。

吃狗肉要用一味特殊的调料——狗酱,把狗的一些内脏洗干净后与肉同煮,待炖烂后用刀剁碎,放入单独一口锅中,加入红辣椒和各种调味品同煮,吃时加入葱花、香菜,口味鲜美。

最后剩下的煮狗肉的清汤,浮起一层亮晶晶的油花,再加上盐、葱花、香菜、狗酱等,清香可口,狗肉没吃完,这汤就一遍一遍地热来热去,也就越来越香,到后来狗肉也几乎融化在厚厚的汤里——香喷喷的狗肉粥就成了,再加入党参、附片、红豆、黑豆、黄豆、绿豆……

巧珍呢,很快上了一道新菜:红烧驴肉。俗话说:天上龙肉,地上驴肉。驴有三件宝,驴鞭、驴宝、驴肾。这三件宝滋阴壮阳,强肾壮腰。她在此基础上加上驴唇、驴皮、驴蹄、驴筋、驴肚,再给予精心调味,又是别具风味。驴肉一上桌,吸引了那些好吃的食客,闻着肉香而来。

小草帽紧接着推出了涮羊肉火锅,用的是传统的清水锅底,用芝麻酱和韭菜花调成三合泥。羊肉片从锅里涮出来,点了那三合泥后清香扑鼻。

那沸腾的火锅里涮着大片肥美的羊肉,在木炭的烟香里散发着原汁原味,吃客们闻香而来。

巧珍也不示弱,花样翻新,很快拿出了当地百姓爱吃的羊杂碎汤。

一副羊的五脏,淘洗干净下锅煮,那汤稠如油,色酽如酱,酥烂绵软,醇美味溶于汤里。一盘春意葱茏的香菜末儿,一盘红灿灼眼的辣椒面和一盘洁白晶莹的食盐。这是吃羊杂碎万不能少的三味调料。食客坐下来,或爱清香爽口的,或喜辛辣热麻,或好咸中有味的,多吃一碗那是连家不想回了。

过了不久,小草帽的一道胡辣羊蹄闪亮登场了。这胡辣羊蹄是当地人喜吃的肉,尤其味辣而得名。做法将羊蹄去蹄壳,把细毛用火烧尽,再把羊蹄卤到熟烂。捞出来,用胡椒、辣面等佐料拌匀,再淋些卤汤汁。这胡辣羊蹄鲜而不腻,辣而味美,令人回味悠长。

于是,这条街云集了当地的小吃,渐渐成了天北市的美食一条街。不论白天黑夜,狗们汪汪叫着被赶来了,羊们咩咩叫着慢腾腾走了,牛们哞哞叫着摇头晃脑地走来……然后,它们在锋利的屠刀下,一个个赤裸裸地躺在案子上;很快,又在烟火中变成香喷喷的佳肴,人们张开斗一样的嘴,坚硬牙齿的摩擦,细嚼慢咽,饕餮进入无底的肠胃。

迎客服务员一声吆喝,那长长的音调里,夹杂着兴奋、激动、热情,他们来回穿梭,热气腾腾的羊肉抓饭、香喷喷的羊肉串、大盘鸡、阳春面、各色酒水……端上来了……走过街道的路人,耳里回响着锅碗瓢勺的叮当声,鼻子里闻着油盐酱醋胡椒八角辣椒孜然的香气,禁不住停下脚步,被这天堂飘来的香味诱惑,走入饭馆享受一顿别具风味的美食。整个一条街喧闹起来……

一

出门看天,进门看脸,抬头都是爷啊!这伺候人的活不是好干的,特别是伺候那些有头有脸的主,得格外小心谨慎,稍不注意,就会拧了客人的筋,动了客人的心,伤了客人的胃。惹得客人不高兴了,不但钱挣不到手,他们还会隔三差五来找茬;应付这样的人,一要察言观色,二要眼到、手到、心到,三要摸透他们的喜好和口味。

经常来的客人中,有三人引起小草帽的关注。一个是巴局长,长的高大魁梧,留着大胡子;一个是钱局长,他中等个子,说话粗声大气。还有一个是牛局长。这三个人来的次数多了,小草帽对这三人细心观察,发现他们爱好各不相同。

那些个有头有脸有钱的人物一来,就要进雅座。假如他们在同一时辰来,小草帽将忙得屁滚尿流,一时侍奉不到位,他们就会发脾气,吹胡子瞪眼,这些人是财神爷啊,得罪不起,他要装孙子赔着笑脸去亲人家的冷屁股,这滋味,真他妈的不是人受的。他又想,要发财,什么苦都得吃,什么罪都要受。想着想着小草帽就睡着了,半夜里被一泡尿憋醒,他匆忙下床,跑到厕所,痛痛快快地撒了一泡热尿,奇怪!刚才还雄赳赳的家伙,一会儿软塌塌的了。小草帽一个激灵,一连几个晚上想不明白的问题,恍然大悟,他闹懂了一句古人的话:大丈夫能屈能伸。是啊!能大是条龙,会小是条虫,才能成大事!

这样一想,小草帽心里平和了许多。

巴局长平常严肃的像个关公,看不到一丝微笑,人人见了都怕他三分。他喜欢抽红塔山,喝天池特,而且酒量奇大,没见他喝醉过。

钱局长整天笑眯眯的,像个弥勒佛。一喝酒就上脸,红扑扑的。酒足饭饱之余,伸出肥胖的手,搓一把麻将,嘴上叼着烟,常挂着一句话:吃饭喝酒,打牌休息,花钱不多,图个娱乐。

那个牛局长喜欢开玩笑,更喜欢吃喝,越吃嘴越刁。

小草帽思索着在他们身上做文章。他在饭馆的几个服务员中,挑了三个身段好,有几分姿色的服务员,一个叫阿花,一个叫阿莉,一个叫阿芳,他教她们怎样把服务做到位。三个服务员经过培训,再来一番包装,飘然走上台面。

二

小草帽起了床,吃罢早饭,坐在椅子上想最近要做些什么事情。眼看着年关一天天就要到了,这年难过,过年难,年年都要过。过年前要把关系理顺,他明白在经济社会做事要有手段,那便是钱做马,财铺路,烟酒搭桥,不信鬼不走磨不转!

读了许多破烂书,咀嚼出不会说话的方块字里面的深刻含义,小草帽悟到古人藏着莫测高深的处世哲学和至理名言:天下熙熙,皆为利来,天下攘攘,皆为利往。一切离不开个"利"字!你看,人穷时,有人就小看你,白眼、斜眼、无人理你、无人睬你。可人一旦富了,有人嫉妒的红眼、绿眼,有人就像苍蝇围你、想你、贪你、骗你,更有那小偷盯你,惦记你。

是啊!酒盅虽小有乾坤,局子不大是名利场。人,是个有七情六欲的动物,有欲望就会有需求。名利场是什么?是磁铁!只要有虚荣心的人,都削尖脑袋往里钻。名利场散发着诱人的魅力,一旦钻进去了,不论是高尚的,低俗的,什么都有了,欲望满足了,人的胸脯挺起来了,腰杆子硬起来了。

小草帽精心策划了一个饭局,请来三个局长吃饭,一个是国税局局长,一个是地税局局长,一个是工商局局长。三个局长携夫人赴宴,他们坐下后留一个上席空着,谁也不坐,显然那个上席是留给小草帽的,这叫他很为难,挪着屁股坐不下来,他拘谨的放不开手脚,只好站在那里,豆大的汗珠不停往下掉,紧张得不知说什么是好。

服务员端菜上来了,是一盘白糖拌西红柿,地税局长手上的筷子一指:"周老板,你这家伙鬼点子多,我想问你这叫什么菜?答不上喝酒!"

小草帽立刻回答:"糖拌西红柿!"

"哈哈,回答错误,喝酒!"国税局局长罚了他一杯酒。国税局局长卖弄地说: "这叫雪里红。"

服务员又上来一道菜,是一只鸡和一只老鳖。地税局局长问道:"这叫什么菜?答不上喝酒!"

小草帽当即回答:"鸡炖王八!"

"哈哈,回答错误,喝酒!"地税局局长罚了他一杯酒。告诉他:"这叫霸王别姬!"

服务员又上来一道菜,是一盘红烧牛鞭牛蛋。

工商局局长问:"这叫什么菜?答不上喝酒!"

小草帽马上回答:"鞭抽混蛋。"

"哈哈哈,回答错误,喝酒!"工商局局长罚他一杯酒。认真地说:"这叫英雄虎胆!"

小草帽连喝三杯酒,这下酒兴上来了:"三位领导,你们学历高,文化水平高,我今天也考你们三个问题。"

"好,好!"三位局长给他鼓掌。

"好,我先喝了酒,给各位领导开心逗乐,斗胆说段顺口溜。"说罢,他一仰脖,喝下一杯酒。"国税地税都是一个税。白酒红酒都是一个酒。天大地大不如国税恩情大,河深海深不如地税感情深,千好万好不如工商优惠好……"

"还有吗,老板。"三个干部的情绪挑逗起来。

小草帽手舞足蹈,开始发挥了:"有,有,兔子是狗撵出来的,话是酒赶出来的。你们听着,回答几个谜底,答对了有奖,答错了罚酒一杯。第一个问题是:跟总统睡觉?请国税局领导回答。"

国税局局长抓耳挠腮一时答不上来。夫人不停地眨巴眼摇头说不知。

小草帽很是兴奋:"好,先喝一杯酒,我来回答。是国睡(税)。听好了,第二个问题是:跟乞丐睡觉什么意思?请地税局领导回答。"

地税局局长吮吮哧哧半天答不上来。夫人在一旁着急,也答不上来。

小草帽很是得意:"好,喝下这杯酒,我来回答。是地睡(税)。听好了,第三个问题是:跟情人睡觉什么意思?请工商局领导回答。"

工商局局长结结巴巴摇头晃脑。夫人明白了小草帽的意思,生气地抬手打了自己男人一巴掌,不让他说出来。

小草帽很是畅快:"好,喝下这杯酒,我来回答。偷睡(费)漏睡(费)"

三个局长听了哈哈大笑,夫人们低头掩嘴偷笑。小草帽兴奋地来一段素的,再来一道荤的,经他三荤两素的一搅和,把个气氛推向高潮,逗的三位局长和夫人们三杯过后尽开颜。

小草帽心想:在金钱和美女之间,有人对此说不,那这个男人最虚伪!中国男人心里都他妈的有个皇帝梦。有权则有威,有钱则有势啊!?

小草帽是一心要把这饭局吃出名堂,吃出味道,吃出精彩。只见他举手拍了三声掌,门开了,进来三个打扮花枝招展的小姐,一股春风扑面,仿佛天外飞来的仙子,真个是乱花迷人眼。三个打扮得像花仙子的小姐往众人后面一站,亭亭玉立;如花灿烂一笑,叫客人看了也不由被她们的姿态吸引。听那口齿伶俐一声甜甜的招呼,客人还没沾酒,人先醉了。

背景音乐轰响起来,两个小姐翩翩起舞,一个小姐给大家献歌,那悦耳的歌是祝福歌,也是敬酒歌,歌唱给谁谁喝酒,一直把客人喝的五马长枪,才算真正喝到了家。

女人靠哄,男人靠捧。过了没几天巴局长又来了,上次不尽兴,酒没喝好,饭没吃饱,那腥味只闻到了鼻子里,没吃到嘴里,心里老惦记着小草帽的酒店,有时间就像逛街一样地自个儿来了,一是闻香,二是自由。

"巴局长,是哪阵风把你给吹来了,好久没见,是出国了,还是进修去了?"小草帽满面红光,金鱼眼也凸出来了。

巴局长啊哈啊哈了几句。

小草帽跟在他屁股后面一迭连声喊:"巴局长到——楼上雅座请——阿花阿丽上——茶,上——茶,上——好——茶。"

无鱼不成宴,无酒不成席。小草帽在一本书里读过古人的几句话,口中念念有词:酒色财气四堵墙,人人都往墙里面藏,谁能跳出墙垛外,不活百岁寿也长。世上无酒不成礼,人间无色路人稀……

小草帽朗声叫道:"来——上酒——上家酒——五米酒!"

"啊——什么叫五米酒?"巴局长的兴趣立刻上来了。

"这是我自酿的五米看家酒,有大米、小米、黑玉米、白玉米、高粱米,用八道工序酿造。"小草帽神秘兮兮地说。

"哦……"巴局长斜眼看着小草帽,半信半疑。

服务员端着托盘婷婷走来,托盘上有个黑色的土陶坛子,用红布封着口盖。解开红布,打开盖子,一股酒香扑鼻而来。

服务员给几只玻璃酒杯斟上酒,看那酒,色酽浓厚,味香浓郁。

巴局长盯着这酒,好奇地问:"怎么这么红?"

小草帽神秘地眨了眨巴金鱼眼睛:"巴局长,这酒是用地产的哈密红枣、西藏红花、高泉枸杞,再配上锁阳、大芸、雪莲,浸泡三月。这酒力道大,好汉只能喝三杯。"

"噢……哈哈,有这么厉害,我倒要领教领教。"小草帽的一席话,将巴局长肚子里的酒虫激活了。"你会的多啊,具体点说。"

小草帽双手端起一杯酒,朗声笑道:"我给局长敬三杯酒,喝第一杯酒,上山打虎不用枪;喝了第二杯酒,浑身是胆雄赳赳;喝下第三杯酒,可上九天揽月,敢下五洋抓鳖!"

"啊,哈哈……哈哈哈哈……好,太好了!"

巴局长看他越吹越玄,开心大笑。接过酒杯,喝了第一杯,香软绕舌,喝下第二杯,药味弥漫,第三杯酒下肚,片刻后感觉有条蛟龙"腾"地在五脏六腑上下浮沉,左右盘旋,凝聚丹田,一会儿小腹便如鼓胀,性和欲,灵与肉,搅和在一起,欲生欲死,神仙一般,有种只可意会,不可言传的魔力,真是奇妙无比。再看巴局长时,满面红光,神情与众不同。

小草帽看了他的脸色,伸出大拇指,在他面前高高竖起,朗声夸奖巴局长:"男人好色身体好!女人好色皮肤好!"

一句话切中命根子,巴局长给小草帽伸出大拇指,连声高叫:"啊,好酒!好酒!再来一杯。"

"不可以,不可以啊,巴局长,这酒,不是一般的酒,后劲大着呢,不可以多喝,喝多了伤身。"小草帽神秘地笑着说。

"不会吧,我可是酒神,连酒仙见了都要让三分哦。"巴局长借着酒劲吹起来了。

小草帽小声说:"这酒,看起来平常,喝了和其他酒感觉不一样。"

"怎么不一样?"巴局长好奇地问。

小草帽神秘地压低嗓音,悄悄说:"男人喝了这酒,女人受不了,若是女人喝了这酒,男人受不了,男女都喝了这酒,床又受不了。"

"啊,哈哈哈哈……有这么厉害?好!我听你的。"巴局长成了他的常客,一来酒店,点名要看家老酒,简直喝上了瘾。

小草帽的看家酒,经几个常客的口碑相传,吸引了那些喜欢尝鲜的客人。有的慕名而来,有的闻香而来,有的是好奇而来。

巴局长前脚走,钱局长后脚就到了,小草帽嘿嘿笑着迎上去:"钱局长,人逢喜事精神爽。看你今天精神好,是要发财、发财、发大财啊!"

钱局长拍了拍小草帽的肩膀:"不发财,就不叫钱局长了。"

"是啊,是啊!哈哈哈哈……"小草帽干笑几声,拧着脖子冲楼下大喊:"阿狗阿猫上茶——上烟——上牌——"

小草帽心中有数,钱局长来了,他不怎么喝酒,却爱图个乐子。这边,小草帽带着两个徒弟,陪钱局长打牌,一会儿工夫,钱局长门前的钞票小山堆起,这时,钱局长就会得意地哼唱几句民歌。只有小草帽哑巴吃饺子,心中有数,当钞票过了四位数时,他笑眯眯地一连夸钱局长的手气好啊,钱局长这么好的手气要保留着,三天不能洗手,请手气好的钱局长吃饭。钱局长趁着台阶下,和了牌说累了,不打牌了,咱们吃饭吧。

小草帽让服务员上沙漠之舟。钱局长慢用勺子喝,这羹入了肠胃,火辣辣、麻辣辣,一会儿便觉浊气下降,清气上升,那气在丹田徐徐萦绕,果然妙不可言,喝出了非同一般的味道。

"怎么样? 钱局长。"小草帽试探地问。

"哦,不错,不错! 哈哈……"钱局长咧开大嘴不住地笑:"你以前可没有这个羹,再给我来一碗。"

"对不起,钱局长,这羹,不同一般的羹,是用祖传秘方做的,这羹,补阴壮阳,只能喝一碗。喝多了,伤了你的贵体,损失就大了,你的身体是革命的本钱,我可担待不起啊!"

钱局长朗声大笑:"好! 好! 哈哈……"

"钱局长只要喜欢喝羹,你可以常来啊,就当是咱家的,我天天给你做,你看如何?"

"好啊,下次,我多带几个朋友来喝你的羹。"

"欢迎! 欢迎!"小草帽点头哈腰。

……

小草帽和几个局长吃吃喝喝没多久,便混熟了,一有机会来点小恩小惠,他们也不把小草帽当外人,小草帽有求,他们必应。

三

首府有位红鼻子画家,听从北边回来的朋友说戈壁小城有条寡妇街,一听这名字,心里起痒痒,从春天一直琢磨到夏天终于找了个空时间,编了个充足的理由,给领导说要去外面采风,领导批准了。画家坐上长途汽车,不知是心情急切,还是这路漫长,上车睡觉,下车尿尿,到了太阳偏西时,才遥遥地看见戈壁夕阳的余晖中冒出一座绿色小城,哦,到了!

下了车,他立时来了精神,一路打听直奔寡妇街,要亲自领教领教寡妇街女人的魅力,以证实人们口头上传闻,毕竟是耳听为虚,眼见为实嘛。

街面上已是霓虹闪烁,画家的心忽地仆仆跳个不停。他两眼放光,不放过街上的每个人物,每家店门,每个细节。

红鼻子画家路过一家洗头屋,那洗头屋的招牌吸引了他的目光,上面写着:红酥手洗头屋。他眼睛一亮,哦,这不是宋朝大词人陆游写的一首词里的几个字吗? 怎么成了洗头屋的店名。他记得这首词:"红酥手,黄滕酒,满城春色宫墙柳,东风恶,欢情薄,一怀愁绪,几年离索……"

哦,这条街居然还有一个古香古韵的好去处。画家心中窃喜。

正在他停下脚欣赏品味这个别有风味的店名时,早有一个小姐袅袅娜娜走到他面前,一股浓烈的香风,熏得他连打了七八个山响的喷嚏,好家伙,直把他打得眼冒金星,两腿发软,几乎晕倒。那小姐伸手把他扶住,娇滴滴,甜丝丝,嗲声嗲气,一股脑儿地将他给化了。小姐十二万分地热情,连哄带拉把他领进屋里。这一屋子,四壁墙是白的,东面墙上挂着一面大镜子,下面是一张长条桌子和几把椅子。就这么简单的地方,没什么特别之处。小姐打了三个响指,这时,里面的小屋门开了,走出一个小姐,他不看小姐高矮胖瘦,只看小姐的手。不愧是画家的眼睛,一眼发现是个红酥手,小姐媚笑着走到他跟前,嘿嘿一声,画家很是奇怪地问:"小姐,笑什么?"

红鼻子画家从头顶到脑门光溜溜的,可脑袋后面和嘴巴周围长满了黑糊糊的毛。小姐扑哧一声笑了:"你这人真逗,长反了。"他说:"怎么长反了?"小姐嘲讽道:"人家头上长毛,你脑袋后面和脸皮上长毛啊。"他听了,笑了:"是啊,是啊!说得好。那你给我打折哦。"小姐爽快地答应了,伸出五个指头,在他面前晃了晃,画家问:"这是多少?"小姐说:"还用问,五十啊!"画家觉得这个价可以接受,走到软椅子前,一歪身倒进去,任由小姐的红酥手,在那颗秃脑袋上喷水,泡沫发膏涂到胡子上了,好端端的一张脸皮,被抹成了个大花猫。轻揉慢摸洗完了头,又该忙身子。他又平展展地躺在一张小床上,红酥手便在身体上揉、按、打、拍起来。画家耳边响起噼里啪啦咚……噼里啪啦咚……时快时慢的拍打声,那红酥手不像是按摩,而是在演奏一支轻快的打击乐。他的身子渐渐地软、虚、漂、浮起来,昏昏欲醉,活神仙似的口中念念有词:红酥手,黄縢酒,满城春色宫墙柳,东风恶,欢情薄,一怀愁绪,几年离索……哈哈……没想到陆老夫子想象力如此丰富,怕是他当年也风流潇洒,时常享受这样的生活。此时此地他领悟陆老夫子每一句的词,是绝妙经典的佳句啊!佩服!佩服!他晕晕乎乎迷醉在诗词中美妙的幻景里,小姐突然停住了动作,说:"好了。"他没想到这么快就完了,真是意犹未尽啊!他舒服地躺在那里,拿过红酥手,像捉住一只小鸟,仔细地把玩欣赏,那手软软的、白嫩嫩的,似出水莲藕,几个小红指,精心染过的,宝石一样亮闪闪。揉磨了一会儿,举到嘴边,很绅士地吻了一口,说:"摸着小姐的手,好像回到十八九。"小姐一听,笑靥绽放:"呵呵,先生会作诗啊?"他谦虚地掩饰:"哪里,哪里,我这是胡诌几句啊。"

小姐来了兴致:"那我们就对几句诗吧。"

红鼻子画家来了情绪,摸着小姐的胳膊,口中念念有词:"更喜小姐白如雪。"小姐对答如流:"三陪过后尽开颜。"

红鼻子画家好奇地问："小姐有才。"

小姐红着脸，低着头："让先生见笑，小姐无才才是德。"

红鼻子画家问："请问你师傅是谁？"

小姐漫不经心地说："他呀，叫陆游。"

画家以为听错了，一骨碌从床上爬起来，大叫："你再说一遍。"

小姐扑哧笑了："看把你吓的，不就是一个叫陆游的人吗？"

红鼻子画家惊讶地望着她的脸，不相信地问："他怎么会是你师傅，他可是唐朝大诗人啊！"

小姐看他惊惶的样子笑了："管他是啥朝诗人，可我就知他是师傅。这店名就是他给起的呢！"

红鼻子画家一心想知道师傅的底细，又想捞点小便宜，小姐看他还在追问，不耐烦了，那只红酥手从他手里飞快逃走了。他站起身不想在这里逗留，赶紧朝外走，红酥手飞快扯住他，桃花眼一闪："别走啊——还没付钱哪！"画家一回头，斜着眼问小姐多少钱？小姐伸出戴宝石戒指的手清脆地说："一个大拇指头！"画家的眼珠子骨碌碌飞快转了三百八十圈，吭哧吭哧地问："你……你……刚才不说五十吗？"小姐说："是啊，可你是一个脑袋又加了一张脸，还有你摸了我的手呢。"

红鼻子画家忽觉得上当了，他觉得付这些钱，简直便宜了小姐，怎么办？

他以千分之一秒的速度眨巴着眼皮子，灵机一动，有办法了。他对小姐说："对不起，我没带这么多钱。这样吧，我是著名的大画家，画很值钱，现场给你作幅画，你拿到书画市场，绝对能顶个千儿八百。"

小姐掩着樱桃小嘴哧哧笑了，她想瞧瞧这个称自己是画家的人究竟能画个什么画，怎么能顶个千儿八百。小姐按他的吩咐，很快备上纸和墨，还有一个脸盆。他神秘兮兮地端到一间屋子，说一支烟的工夫就可以出来。果然，一支烟的工夫后，他双手拎着一幅画出来了，那画绝妙极了，一颗水灵灵的大苹果，连果蒂也勾勒的极其传神。叫小姐看了那画，忍不住捂着小嘴，嘲笑道："哈哈……就这破画，还要卖个大价钱，你是个啥狗屁画家！这样的画，我们个个都会，要多少有多少！"

只见小姐转身进屋，约摸半支烟的工夫，小姐双手举着一幅画出来了。呵呵，那画上是个新鲜的大蟠桃，活脱脱、水汪汪，还有那只蒂，轻轻一挑，好像才从树上摘下来一般无二。画家看得瞠目结舌，张大嘴巴，不由伸出大拇指，脱口而出："啊！真正是好画！"他简直不敢相信，当年跟师傅习画多年，师傅临终前，留他一绝招，这一招师傅只传他一个弟子。方法很简单：脱了裤子，把屁股蘸上墨，往铺好的白纸上一坐，起来后，再用手指头蘸上墨一勾，一幅画就成了。眼前的小姐怎么也会这一手呢？他正纳闷时，小姐笑着挑战地问："你刚才说自己是著名的大画家哦,我的画,比得过你的画吗?"画家点头说:"比——比——当然比得过——比得过。"小姐嘿嘿笑着说:"告诉你,老先生,这个活,对我们这里的小姐是雕虫小技,小菜一碟。什么吹拉弹唱,琴棋书画样样精。"小姐带着挑衅的口吻,说着话时把柔软的红酥手长长地伸到他鼻子下面:"画家先生,这幅画送你,服务费请拿来吧!"他干干地笑道:"小姐,万水千山总是情,我从远方来,少给一百行不行?"小姐脸上收起笑容,恼怒道:"哼!世上哪有真情在?少给一块都不行!"

红鼻子画家无言以对,没想到大风大浪都过来了,今个儿在阴沟里翻了船。他应对不了个伶牙俐齿的小姐,泄了气,转身要走,此时小姐并不拦他,刚走到门口,外面闪进俩年轻人,立在那儿,二郎神一样两臂抱在胸前,臂膀鼓起的疙瘩肉上刺着一条龙纹,铁塔一样严严实实挡住去路。画家明白了,这是遇到了青皮。好汉不吃眼前亏啊!画家只好忍痛掏出钱来,双手送给小姐。小姐食指和兰花指轻巧地夹住一张钱,大方地朝他抛个飞吻,满面笑容用英语来了一句"ok!古德拜"。

红鼻子画家气咻咻地离开这里,越想越委屈、窝囊。真是虎落平原遭犬欺。红鼻子画家翻腾一晚上没睡着觉。

第二天,红鼻子画家不走了,要在这条街报一箭之仇。

他找到几个当地的画家朋友,说了此事,朋友听了哈哈大笑。劝说道:"你是大画家,和那些个小姐不能一般见识。再说,你还没进入到寡妇街深处,那才叫生活。"

一群画家朋友众星捧月,带着红鼻子画家来拜访寡妇街。他们从东走到西,又从西走到东,最后在大丰收酒店门口停住脚,红鼻子画家指了指这家酒店:"就这家。我慕名拜访。今天领教领教这个老板的手段。"

大家进入酒店,两个女服务员迎接客人,早已是香风袭人,笑艳如花,小手向前一伸,柳腰一扭,裙子飘动;樱桃似的小嘴一张,口吐莲花,莺声燕语:"先生好!女士好!欢迎光临——里面请——楼上请——"

他们拾阶而上,来到三楼帝王厅。

红鼻子画家大吃一惊,满目是西方古典油画,那大幅的裸体油画是健壮的勇士和肥硕的女人,线条柔和,色彩饱满,背景鲜亮。虽然是仿制品,仍不失原作的风格。置身其中,仿佛你就是其中的一员,让人为之心颤。

朋友们请红鼻子画家坐上席,服务小姐站在那儿拿着菜谱请客人点菜,朋友请红鼻子画家点菜,红鼻子画家也不看菜谱,张嘴就说:"来个大盘鸡。"

服务小姐拿着菜单,笑着问:"先生,请问你们吃什么鸡?"

"哦……这里有什么鸡?"客人初次到这里吃饭,被服务员一问愣住片刻,好一会儿才反应过来。"你这里都有什么鸡?给我们大家介绍介绍。"

"好啊!"服务员像吐豆子一样背出来:"有公鸡,母鸡,有没打过鸣的小公鸡,有没下过蛋的小母鸡。还有土鸡、肉鸡、乌鸡、家鸡、野鸡、三黄鸡、口水鸡、椒麻鸡、杂交鸡……"

"哈哈哈哈……这么多鸡……啊哈哈……"红鼻子画家开心大笑:"好,那就都上来！"

服务员水蛇腰一扭一颤,下去了,一会儿,服务员双手端着大盘鸡,挺着饱满的胸脯,带着一股香风,缥缈进来,颤颤地声音响起:"鸡——上来啦——"

只这缠绵的一声,就有了几分别样的气氛,红鼻子画家和客人们的情绪像点着的火,高涨起来。

大盘鸡上了桌,客人们筷子飞舞,风卷残云,一支烟工夫,桌子上一片狼藉。

服务员的服务很到位,再加上菜的色香味,客人们吃得很开心,很满意。

有个经常来的朋友认识老板,让服务员把老板请上来,红鼻子画家一看老板是个男人,就问:"你是老板的什么人？"

"我是老板的助手。"小草帽看着这个客人,觉得他问的话好奇怪。

"哦,你们老板呢？"红鼻子画家刨根问底。

"老板身体不舒服在家休息。"小草帽看着客人的脸色回答。"看来先生是个稀客,第一次来小店？"

画家的朋友给小草帽介绍:"这是首府来的大画家。"

小草帽立刻眉开眼笑:"哦,我一看先生就不是一般的人物。欢迎贵客光临,拿酒来——"他伸手啪啪啪打了三个响指。

红鼻子画家和朋友们被老板这一声叫,精神振奋,等他的拿手好戏。

服务员立刻上来酒,小草帽袖子一抖,双手端酒,举过眉头:"大画家光临,彼人不胜荣幸。敬先生第一杯酒,接风洗尘迎贵客;敬先生第二杯酒,吃饱喝好不想家;敬先生第三杯酒,雁过留声人过留名,恳请先生留下一方墨宝。"

红鼻子画家被小草帽一捧、一吹,如坠五里雾中,再加上三杯烧酒落肚,一团火燃烧,那真是灵魂出窍离天三尺三,快马加鞭不下鞍。

小草帽伸手又啪啪啪打了三个响指:"我给客人献个丑,现场作一幅画。"

说罢抓起盘子里的一条狗鱼,嘴巴咬住鱼尾,吧唧吧唧像吹口琴,来来回回,一会儿工夫就把一条狗鱼吃了个干净,手一拎,好家伙一条完整的狗鱼骨展现出来。他把一只鸡头和翅膀对接上,放在盘子里一拼,一幅龙飞凤舞图出现在客人们面前。

"好！好！"

"太绝了！"

大家一片喝彩,一片鼓掌。

红鼻子画家虽经过许多各种场面,可今天这个场面他还是第一次遇到。

小草帽不愧多啃了几本烂书,把个知识分子的虚荣心摸了个八九不离十,他从书里学会了五马六道,张嘴就来:"我没文化,只知道徐悲鸿画马,齐白石画虾,黄胄画驴,不知先生善什么画?"

红鼻子画家:"彼人善画鸡!"

"啊!呵呵,我就喜欢鸡。"小草帽竖起大拇指:"先生画的鸡,一定让我的小店大放异彩,财源滚滚。来,笔墨砚纸待候!"

红鼻子画家手持狼毫,走到一张大桌子前,挽起袖子,在酒酣耳热之中挥毫泼墨,一幅活脱脱的雄鸡高唱图一挥而就。身旁两个小姐,举起画让大家欣赏,看那鸡的神态,鸡冠峥嵘,脚步铿锵;迎着朝阳,头顶蓝天,脚踩花草,双翅振飞,雄赳赳气昂昂,引起人们一片掌声,人们赞叹不绝:"好画,有气势!极传神!"

人们的话音刚落,见小草帽手握喇叭状,喔——喔——喔——一声响亮的鸡叫,只这一声叫,外面忽地天色昏暗,电闪雷鸣,狂风大作,一阵风吹进来,再看那只雄鸡呼啦啦、扑闪闪地鲲鹏展翅飞走了,一时让客人们惊骇万分,还没有回过神来,风停了,又见那只雄鸡挟裹着一阵风回来了,威风凛凛般地立在那张白色宣纸上。

众人一片惊呼,一片掌声。

小草帽笑问红鼻子画家:"先生,这画你出个价。"

红鼻子画家:"我看老板是个明眼人,胸中有墨展乾坤。我给你公道价,一个指头。"

小草帽笑哈哈地说:"这画是神来之笔,如先生不嫌弃,我加一个指头,另加今天的酒席。你看如何?"

红鼻子画家没想到在这里遇到个真人,一耻雪恨寡妇街,二话不说,上来握住小草帽的手:"成交!"众画家又是一片欢呼,一片掌声。

小草帽把这幅雄鸡图裱好,挂在大厅里。一时间,有许多客人慕名拜访这幅雄鸡图,它的神奇传说,给小草帽带来滚滚财源。

这张雄鸡图后来成了小草帽的商标标志。也许有缘,这张雄鸡图被市政府一个干部发现,觉得这雄鸡气势不凡,推荐给领导,那个领导来一看,果然不同凡响,遂拍板决定:按这张雄鸡图样本做成雕像,一座具有象征意义的雕像立在广场上。

一

小草帽扒拉算盘子,心里乐开了花。由他接手时的酒店资金只有五位数,在他的几年苦心经营下上升到七位数。真是人无外财不富,马无夜草不肥啊。

春天来到了小城,也把一缕春风吹到小草帽的心里。他思谋着怎样把金凤弄的高兴,让她开心。

小草帽在琢磨一件事:给自己装修一个宽阔的书房,他要读遍天下圣贤书。走进书房,两边墙壁全是书,一边是金装本,一边是平装本。在书房中央摆放一个老榆树根做成的大茶几,周围是几把竹藤椅,整个人坐拥书城,一饱眼福。一边品着香茶,一边读书,那是何等的享受。书房装修好了,他第一个要请金凤参观书房,他要把埋藏在心里的秘密告诉她,让她惊喜一场。

金凤来了,听到她的脚步声,他压抑着心跳,乐滋滋地打开房门,迎接金凤。

这房子既是卧室又是书房,奇怪的是大白天拉住窗帘,把书房弄的很暗。小草帽赶紧打开窗户通气,倒好茶水,让金凤坐下,把门关上了。

金凤见地上、桌子上、床上和四周的书架上,摆放着黑黢黢的一摞摞的书,有的翻开着,散发着霉烂的味道,把金凤熏的捂鼻子。平日里难得看到这么多的书,金凤一看书就头晕眼花打瞌睡。她发现门两边的墙上，贴着几幅影视明星的大剧照，一个个媚眼裸胸，诱惑人的眼球；靠门边挂着一幅惹人注目的年历，一个芭蕾舞女演员，伸展着修长的大腿和柔软的腰肢，那是一个很优美的造型。金凤看了，不由打了个寒噤，心里直犯嘀咕，这小草帽，思想挺复杂的呢，怪不得这家伙天天神神道道的。

她的目光落在了床头的一张黑白照片上，那不是自己年轻时的照片吗？他怎么把自己的照片和这些明星混在一起，贴了在床头上呢？

金凤虽很生气，但也明白他是在做事情，不再责备他。

小草帽从抽屉里拿出厚厚一本账，恭敬递到她面前，她把账本推到一边："我不看，你说吧。"

小草帽翻开账本，一五一十像背书一样念念有词。最后，他看着金凤脸色，凑到她耳边小声说了句："金凤，我们已经有一百万了。"他故意把"我们"两个字说得很重。

"真的？"金凤似乎不相信。

"真的！除了我们的固定资产，我们有这个数字。"小草帽从一本翻烂的《三国演义》书页里，拿出一张支票，上面是金凤的名字，下面写着七位数。

"啊，小草帽。厉害，有种！是个有种男人！"金凤情绪突然激动，惊喜地叫了他一声，她站起身猛然伸开双臂，激动地抱着小草帽，他哼唧着迎接金凤。

金凤望着他，摸他的脸。小草帽见金凤的眼里淌出了泪水，一颗一颗，晶莹如玉，他伸出红红的长舌头，一点一点舔去她脸上的泪水，那泪水咸津津的。

"不要哭，金凤。"

金凤蠕动着嘴唇："小草帽……"

"那你还答应说过的话吗？"小草帽囔囔地问。

"……答应啊。"金凤不看他的眼睛。这一切都出乎她的预料。

"是真的啊。"小草帽像只受惊的鸭子，叫了一声。

"我原来想，你永远也做不到，当时只是吓唬你，谁知你真的做到了，这不是梦吧？"金凤不再怀疑他，她相信，这就是命。

小草帽点点头。

"人们都说我金凤有个性，脾气倔。当年，我嫁给了那个该死的上海鸭子，他在我爸爸手下监督劳动，后来我和他结婚，给他生了三个孩子，他一跑这么多年不回，把爸气死了。今天，我又要嫁给一个当年同学们都看不起的地主羔了，爸爸如果天上有知，他老人家会……崩了我啊！"金凤闭上眼睛，眼里流出泪水，不去看小草帽。

"金凤，不会的，你看，我的心是真诚的，热乎乎的，你摸啊。"小草帽拉着她的手，摸自己的胸脯，干瘦的胸脯像搓衣板。

他的金鱼眼里，傻乎乎挤出几颗泪花，一闪一闪地亮。

"坏，小草帽，你真坏！"金凤气恼地打了他一巴掌。

小草帽连忙说："对不起，我说错了，该打，该打！"

"我再问你，你会真的要我吗？"

小草帽严肃地发誓："我站着坐着都是个带把的爷们，如果我对你变了心，你就割了我的家伙喂狗……"

她拉起他的手："好吧，我金凤今天成全了你。"

"金凤……"

小草帽的金鱼眼射出绿光，盯着金凤丰满的身体，深深吸了一口气，挺起干瘦的腰，这是他梦中的渴望……一时间嗓子发干，不停地咽着唾沫……他几乎要为她疯狂。

"小草帽，我有个要求。"

"啥要求？"

"我金凤也不是个随便娶到手的女人，嫁你可以，可你要用八抬大轿来抬我，要办个最排场的婚礼，让周围的人看一看你的本事。"有一种虚荣心刺激着金凤，她有意抬高自己的身价。

"好，好，我答应……"

二

第二天早晨，小草帽刚出门，被几个警察按倒了，给他戴上手铐。

巧珍听到警笛的呼叫，探头看见窗外一辆警车停在金凤家酒店门口，车上下来几个警察，直奔酒店，一会儿工夫警察从酒店出来，巧珍明白，小草帽出事了！她匆匆走下楼想到街对面看个究竟，走到门口时，那辆警车离开了金凤家的酒店。

酒店里的经理见来了警察，赶紧打电话告诉金凤，她来时，警察已把小草帽押到警车里，一溜烟地开走了。她不知小草帽干了什么坏事情。

小草帽被抓走了，他是酒店的顶梁柱，他一走金凤六神无主，,眼前像塌了天一样。

没有了小草帽，酒店又被封了门，停业整顿。事情发生得很突然，过了不久，酒店里就像水中的葫芦按下去又飘起来。一停业就是两个月，酒店的师傅和店员就像无头的苍蝇，围着金凤嚷嚷要工钱。

这个讨债的阵势叫墙倒众人推，金凤欲哭无泪，她几乎是哭着对大家说："等我三天好吗？我会给你们想办法的。"大家都散开了，只剩下她孤独地站在原地，像一个落队的孤雁。三个孩子来了，把金凤劝回家。酒店前面一直由小草帽管理，金凤就在家照顾三个孩子。

过了几天，金凤托朋友打听，才知道小草帽偷税漏税数额巨大，把几个干部拉下了水，他还有其他的问题，很严重，要判刑。金凤不禁吸了一口冷气。

她清查小草帽留下的账目和资金，一算吓了一跳，连打带罚几十万，收入减少了三分之二。

金凤坐在家里犯难了，他想起小草帽经常唠叨的一句话：干大事，做大难，干小事，做小难，不干事穷光蛋！看来只要人做事，没有不犯难的。

她开始托人找关系，第一件事是把店门打开，第二件事是把员工的工钱付清。

金凤这次是要低头求人了。她咬咬牙，开始一个个跑，谁想遇到的全是冷脸、生脸，以前遇到的那些熟人、客人，不知藏到哪里去了，一出事全找不见了。

金凤急需一笔钱，可找谁借呢？

周围的邻居、亲戚和朋友全想过来了，一家家上门问，可一分钱也借不上，她愁眉不展，此时她想起一个人——巧珍，也许她能帮这个忙，可又一想，自己和巧珍对门已经有多年了，平日来往走动很少，只是路上遇见打个招呼，大家各忙各的，没有太多的交往。再说，小草帽和她竞争有几年时间，眼前立起两家酒店，遥遥对峙，已证明两家势均力敌，如果不是小草帽和巧珍暗中较劲，酒店的发展速度也不会这样快。金凤想了两天后，决定上门求巧珍，她心里想，就算巧珍家的门槛比天山高，也要跨过去。她低下头，来到巧珍家的酒楼，服务员认识金凤，引她去见巧珍。

巧珍正在楼上的办公室里忙着算账，见金凤出现在面前，先是一惊，站起来迎接金凤："啊！金凤妹，是哪阵风把你给吹来了？"

巧珍吩咐服务员上茶，请金凤坐下。

金凤装出一副笑脸："不客气，孙老板，我是无事不登门，有事来求你。"

巧珍笑着说："不着急，有事坐下慢慢说，你我都是街坊邻居。俗话说：远亲不如近邻，近邻不如对门。"

金凤坐在沙发上，低下头支吾着："巧珍姐，我有难处，想请你帮个忙。"

巧珍说："我听说了你的难处，也看见了你的难处，你的困难就是我的困难。有啥事你只管说，只要我能办到。"

出乎金凤的预料，这个叫巧珍的女人真是不一般的女人：精明、能干、嘴巴能说会道，今天算是领教了："巧珍姐，你能借我二十万吗？"

巧珍说："妹子，钱已给你备好了。"

巧珍起身走到办公桌前，打开抽屉取出一个信封，送给金凤，金凤接过信封，打开一看是钱，她感激地望着巧珍："巧珍姐，我从今天起认你做我姐姐，有什么条件尽管说。"

巧珍扶着金凤的肩膀说:"你我都是女人,做事都不容易。你别客气,既然你已是我妹妹了,啥条件没有,钱你拿着用,不够了你吭一声。"

这时办公桌上的电话铃声响了,巧珍去接电话,笑呵呵和对方说话,那话音里透着亲切和亲近,巧珍连说带笑,挂了电话转身对金凤说:"妹子,你放心,没有翻不过去的火焰山,过几天你就可以开店门了。"

金凤似信非信。

一个星期后,金凤的酒店重新开张了,又改成了原来的上海人家酒店。

一辆黑色嘉陵牌摩托车慢慢在街边停下。鲁老师听说老周出了事,来到金凤的酒店,他找了个离窗户近的座位坐下来,点起莫合烟,一边抽烟,一边透过玻璃看着街上的风景。街边有棵狗尾巴草挣扎着从路边缝隙里伸出脑袋,拼命地呼吸空气,贪婪地享受明媚阳光,忽然一只大脚重重踏在它柔软的身子上,那只大脚离开了它的身子,它重新挺起胸脯,沐浴着灿烂的阳光,就在此时,突然一辆沉重的车轮从它身子上碾过,它可怜巴巴地躺下受伤的身子。过了一会,它重新哆嗦地站起来,那棵不起眼的狗尾巴草有如此强大的生命力!鲁老师被这个意外的发现感到震惊,他走出金凤的酒店,来到棵狗尾巴草面前,蹲下身子,注视着狗尾巴草,油然而生一种敬畏。

鲁老师很快给金凤请来律师,在法庭上给小草帽进行辩护,把原来的一审判决的八年期,辩为终审四年期。

鲁老师和律师来告诉金凤,小草帽把一切事情揽到自己身上,酒店发生的事情和金凤没关系。

金凤带着一包东西去看他,小草帽低着头,不敢看金凤。

"小草帽,我答应过你的事,不变!"金凤看着他的眼睛。

小草帽慢慢抬起头,眼里涌满泪水:"我想起父亲说的一句话,善有善报,恶有恶报,善恶到头终有报。金凤,谢谢你来看我。"

"天上下雨地上流,自己摔倒自己爬。我等你四年!"金凤的口气不容置疑。

小草帽直勾勾地望着金凤,泪水流到嘴边。

街道一头,慢悠悠地出现了那个骑灰毛驴的老头,口中念念有词:金钱子银钱子,生不带来,死不带走。金钱子银钱子,人在世上活,钱在世上走。金钱子银钱子,好时它像个手表子,坏时它是个手铐子。

三

新春后的第三天,贾局长在巧珍的酒楼请朋友们吃饭喝酒,酒足饭饱已是深夜。他和朋友们离开了酒楼往回走，朋友走在前面，他有意落在后面，撒了一泡热尿，朋友在呼唤他，他一边慢腾腾地系裤带一边回应着，看朋友们的身影消失在冬夜的深处，一扭头朝不远处的巧珍酒楼张望，只见酒楼上亮着灯光，那灯光吸引了他的眼睛，她在做什么呢？

这几天，他在盘算着怎样和老婆离婚的细节，存折上已经有五百万了，离婚书修改了许多遍，放在贴身口袋里，他琢磨选个恰当的日子和老婆摊牌。贾局长的离婚决心一定，净身出门，寻找真爱，娶巧珍为妻。想到此，他浑身热血沸腾，眼前一片风花雪月，他要把一腔的肺腑之言，一股脑儿地倾诉给她，他要给她一个如山的承诺，获得她一片怜的芳心。

大家走远了，黑夜里只有他一个人，他蓦地转过身，深一脚，浅一脚，摇晃着朝亮着灯光的酒楼走去。那灯光，深深吸引着他，在寒冷的冬夜似一座灯塔，照亮了那颗赤热的心。路上厚厚的积雪挡住他的脚步，积雪发出快乐的"嘎吱"声，像节奏明快的进行曲，鼓舞着一颗骚动的心，朝着心仪的目标前进。他一摇一晃像个不倒翁，又像个受伤的战士，一个快要冲上高地的旗手，耳边吹响了冲锋号，他两脚的速度在加快……在离巧珍的酒楼不远的街边，脚下一滑，一个趔趄，重重摔倒了，他呕吐了一口肚子里的酒饭，怎么也吐不干净，被噎住了，窒息了，他困难地挣扎几下，吃力地抬起头，眼睁睁地看着酒楼的灯光，想叫一声巧珍的名字，头一沉磕在冰冷的雪地上，再也没有抬起来，一阵呼啸的风裹起大团的雪沫，渐渐把他埋住了……

第二天，人们发现街边雪地上爬着一个人，上前一看，有人认出贾局长，他已经冻僵了。

巧珍是第二天才听到贾局长不幸的消息，她当时呆愣住了，半晌才喘过气来。

贾局长突然死去，给巧珍制造了一个复杂的迷局。她呆在办公室两天不出门，一笔一笔地清理和贾局长来往的账目，账目还有几十万不到期的钱款。

就在贾局长出殡的那一天，巧珍穿一身黑衣出现在殡仪馆。

巧珍跪在贾局长的灵前，一边烧纸钱一边抽泣。局长的妻子正在悲痛中，见一个陌生女人跪在灵前，像唱歌一样抑扬顿挫，悲伤不已，感到疑惑，这个陌生女人是谁呢？旁边有人认出了她，告诉贾局长的妻子，此人是寡妇街开饭馆的一个女老板。

四

有的人死后默默无闻，可有的人死了惊天动地。贾局长之死，无疑给这座小城制造了一个爆炸新闻，同时制造了一个巨大的冲击波，把整个小城震动了。

人一死，欠下的账，便成了一笔死账。

贾局长生前的高额借款浮出水面。这是一笔八位数的钱款，人们大吃一惊，所有债主们惶恐不安。

老贾家里家外已乱成了一锅粥。大人骂，孩子哭，这挨千刀的死鬼啥没留下，在衣服里留下一张妻子还没签字的离婚书，看来他生前已准备和老婆离婚。

老贾家的小二楼院子里外，上门讨债的人踏破门槛，围住老贾的妻子，愤怒地嚷嚷还清老贾生前借的钱款。老贾妻子哭着摇头，说不知老贾生前借下的钱款。这下大家着急了，有人哭，有人骂，有人吵，有人闹，老贾家里人没办法，只好打110，警察来了一看这混乱场面，也没办法，只好劝说大家不要闹，先回家去，等候消息。

老贾的妻子觉得事情非同一般，赶紧请律师。她请来了一个戴眼镜的龚律师。

在老贾的办公室里，找到了老贾的遗物：一个带锁的日记本。

这本日记交给老贾妻子，她成为第一个读者。打开日记，一切秘密大白于天下：老贾记录了一笔笔详细的流水账，他生前借了上千万的钱款，钱款是借给一个叫巧珍女人。从文字上看，老贾流露出强烈的爱慕之情，看来他已深深爱上了这个叫巧珍的女人。

读完日记，老贾妻子又羞又恨又恼又怒，把日记举起来，像愤怒的女神把日记狠狠摔在地上，大吼大叫："你个不要脸的骚公鸡，我给你生儿育女，你却吃里爬外！你个短命鬼，活着不是省油的灯，死了也不让人安生啊！"

她不解恨，又用脚使劲地踩日记，又抓起日记本拼命地撕，这时哥哥和妹妹带着龚律师进屋，一看此情景，立刻叫她住手，抢过那本日记。就在此时，从日记本里飞出一张银行支票，像只蝴蝶在空中飞舞，女人一个跳跃，像抓一只惊飞的小鸟，把那张支票抓在手中，四双眼睛一会儿放大，一会儿缩小，一会儿发黑，一会儿发绿，脸色也急剧地变化，红、白、绿……他们大吃一惊，上面赫然写着七位阿拉伯数字——五百万！这无疑晴天霹雳，小小的房子将要爆炸，爆炸！

他们看清楚了，呆愣住了，面孔露出奇怪的表情，上面有个陌生女人的名字：孙巧珍。

老贾的妻子一时头晕目眩，眼冒金星，肥皂泡一样的数字在她眼前飘舞。

这个叫孙巧珍的到底是个什么女人？老贾为什么用她的名字存这么一大笔钱？他们是什么关系？一连串的问题冒了出来。老贾的妻子立刻瘫软下来。

龚律师开始忙碌了，三天后把事情的来龙去脉搞清楚了，龚律师给老贾的妻子分析内情，联系到老贾口袋里找到的离婚书，老贾生前背着老婆喜欢上了寡妇街开酒楼的女老板，为了讨她的欢心，在存款单上写下女老板的名字，然后背着家人精心策划了一个阴谋，先离婚，然后再向这个女老板表白心迹。他是想把这笔钱作为厚礼,实现他和女老板最后的美梦。但人算不如天算,没等他和老婆摊牌离婚,就一命呜呼。这是个什么女人?竟然有如此大的魅力,把男人的魂给勾跑了,甚至花重金准备娶这个女人?

龚律师到银行咨询,银行工作人员告诉律师,支票写谁的名字,谁来取,其他人不予受理。

怎么办?解铃还需系铃人,可老贾不在了,只有找这个叫孙巧珍的女人。有人告诉老贾的妻子,这是个不一般的女人,有头脑,有手段,不要说老贾,就是黑白两道,她都能玩的转。

老贾的妻子问律师这事该怎么办? 可不可以上法庭打官司?

龚律师也是第一次遇到这样复杂的案子, 想了想说:"我和她的律师沟通一下试试看,看对方态度如何。如她态度好,也许不用打官司。"

老贾妻子感到律师说的话没有把握,仰天长叹:"老太爷,睁大眼吧,可怜可怜我和孩子们啊! "

一家人唉声叹气,大骂老贾是个不仁不义、吃里扒外的家伙,良心让狗吃了。骂完了老贾,又骂寡妇街那个叫巧珍的女老板,骂她的手段比蝎子狠,心比蛇毒。

还是旁观者清,老贾妻子的哥哥和妹妹帮她出主意:事情既然已经找上门,就不能坐以待毙。手中的日记就是最有力的杀手锏,可以用日记讨回这笔巨款!假如对方不把户头主人名字变更, 就拿日记败坏她的名声, 让这个女人无脸见人。从这条街上滚出去!

他们决定召集所有的亲戚朋友,举着横幅,到寡妇街巧珍开的酒楼大闹,闹她个天翻地覆,闹她个满城风雨,闹她个人仰马翻。

龚律师得知此事,竭力劝阻,看来他们决定的事情很难改变,一场讨回巨款的战争随时爆发,他只好去找巧珍的律师商量此事。

五

老贾这个死鬼走了后,巧珍的麻烦事一个接一个,有些事连她也蒙在鼓里。

巧珍叫马静请来王律师,让律师把事情弄清楚。三天后律师对她说了事情的整个事情经过,才明白一切原因都来自老贾。那个律师悄悄告诉巧珍一个秘密,在老贾的办公室抽屉里找到一个日记本。巧珍听到这个日记本,急切地问:"里面有什么内容? "

王律师神秘地说:"据那边的律师说,大部分写的是来往账目,其中也写到了你。"

巧珍的心咯噔一下,仿佛有十八只吊桶七上八下。那日记里写的什么内容?

会不会影响她的名誉？白纸黑字，会给人留下把柄！唾沫星子淹死人啊！巧珍是个注重名誉的人，她视名誉为生命。如果那日记里有关于自己和他的秘密，一旦暴露出来，将身败名裂、遗臭万年！她仿佛看见周围有无数眼睛像探照灯一样盯住自己，衣服被人一层层地扒光、赤裸裸一丝不挂地站在众目睽睽之下，无处躲藏。日记、账本、钱款、名声、人格，像石头一样纷纷向她投来，她无法躲避。

巧珍紧张起来，声音发颤："还有什么？"

王律师小声说："他们在日记里找到一笔巨额存款，上面写着你的名字，有七位数。"

巧珍暗吃了一惊，她清楚记得，那五百万早已还给了老贾，他在玩什么鬼花样。这到底是怎么一回事啊？

她回忆和老贾合作的片段，他的一举一动一言一行，那本日记在老贾妻子手上是个把柄，它会变成一颗定时炸弹，随时将她炸个粉碎。

巧珍无意中被卷入一场复杂的经济纠纷的旋涡里。她突然想到了死，一死谢千罪。不行！花了多年心血经营的房子、财产，将化作泡影，一旦死去，那些垃圾、那些罪恶、那些诽谤全落在自己身上。还有最让她难以割舍的是儿子路生。

外面风声越来越大，街头巷尾的人们都在议论老贾和寡妇街的女人有笔阎王账。所有的消息目标集中在巧珍身上。

鲁老师和金凤得到巧珍出事消息一早来了，巧珍请他们坐下，把事情的经过给他们一五一十地说了。

金凤听完巧珍的一番话，着急地说："好姐姐，不要难过，我有困难时，你就说没有翻不过去的高山，没有跨不过去的大河！这点困难算什么，我帮你还钱！"

鲁老师缓慢说道："巧珍，金凤，现在是新老经济秩序交替时期，出现这样的情况不可避免。"他站起身，走到南边的窗前，打开窗户，巍峨的天山笼罩在一片雾霭之中，"你们看见了吗？世界上的许多东西，有时就像这云雾之中的天山。挡住人们眼睛的那些东西真真假假、是是非非、真假难辨，但一切流言如云雾一样，永远也挡不住太阳的光辉。"

巧珍点点头，从椅子上站起来，对鲁老师和金凤说："谢谢你们，帮我渡难关！"

话刚说完，这时，王律师急忙走了进来，俯在巧珍耳边说了几句什么。外面进来许多人，是贾局长家的人。

巧珍从楼上走下来，轻盈的脚步是那么从容、自信。她身后跟着王律师、鲁老师、侯经理、金凤、马静、胖丫……他们走到大厅，那里已站满了老贾家的人。此时的巧珍站在大厅中央，人们的目光像探照灯一样，聚集在巧珍身上。她像一个焦点，一个出场的中心人物，一个举足轻重的角色，面对着几十双眼睛，当着众人的面，要做出一个决定，她感觉到这个决定的分量，沉重的像一座山。人们的眼睛充满期待,等待着她的抉择。这个决定一旦承诺,是不可以更改的啊!

老贾的妻子旁边站着家人,他们看着这个女人怎样解决这个问题。

老贾的妻子看着面前的女人,像见了一个魔鬼,愤怒的情绪在汹涌燃烧,她伸出手指头恶狠狠地骂:"你个不要脸的女人,把我的家弄得家破人亡,又让我背一身债,我要和你算账!我和你拼命!我不活了!"她像一个疯子,朝巧珍扑过来,被后面的人拉住了。

面对着人们愤怒的面孔,巧珍提醒自己一定要沉着冷静。扫视了一眼众人,挥了一下手说:"大家好!欢迎大家到我这里做客。你们是我想请都请不到的客人,有话坐下来慢慢说。"

她走到老贾的妻子面前,去握她的手,老贾的妻子拒绝和她握手,表情十分冷漠。巧珍微笑着说:"我们见过,你是老贾的妻子,我的嫂子。你找我有什么事,坐下来慢慢说。"

老贾的妻子愤怒地盯住巧珍:"好啊,看你长得漂亮,你原来是个狐狸精,你偷我的男人,骗我男人的钱。"老贾妻子越说越激动,挥舞着扇子一样的手朝巧珍脸上扇去,巴掌就要落下来时,巧珍一伸手,抓住了老贾妻子的手。

"嫂子,气大伤身,有话好好说。你说我偷你家的男人,骗你家男人的钱,有什么根据?"巧珍平静地问。

老贾妻子从肩膀上的挎包里拿出一本日记,高高地举起来,像举着一颗手榴弹,不!像颗重磅炸弹,所有人的目光一起射向那本日记,几十双瞳孔盯着那本日记,一眨不眨。

"大家看,就是这本日记,留下你和我那个该死男人的记录。你真的不要脸啊!看看吧,这里面有多少肮脏的字啊!把你们干的不要脸事情写得清清楚楚,你使的啥手段,把我家那个死鬼的魂勾跑了啊!他还给你留下五百万啊!看看吧!"老贾妻子从日记里拿出一张五百万支票,它像只燃烧的火球,在人们面前晃动。上百只眼球,红的、绿的、白的,赤裸裸地瞪出来、跳出来,那只火球闪烁着耀眼的光芒。

巧珍盯住了那本日记,突然感到心慌、腿软、脸色苍白,两眼发直,头一阵发晕,金凤和马静在后面扶住她,事到临头不由人,她竭力克制情绪,不让自己激动,眼角流出泪水。王律师一边小声嘀咕:这就是日记和支票,是他们闹事的筹码,不要怕!那张支票没有你的身份证和签字,在他们手上没用。鲁老师一边给她打气:不着急,他们外强中干,心虚,你挺住!一会儿就会过去。巧珍点点头,缓过气来,她喘了口气,平静地说:"俗话说得好,耳听为虚,眼见为实。我和老贾清清白白,你敢把日记让大家看吗?敢让我看吗?"

老贾妻子冷笑着威胁:"如果今天你不把事情解决,我就把这个日记公布出去,让所有的人都知道你干的好事情！"

老贾妻子的妹妹也跳了出来："不要脸的臭娘们，好意思把你们干的下流事情让大家看，真恶心啊！"

老贾妻子的哥哥高声呐喊："把她的衣服扒光，让大家看看这个骚女人！"

大厅里剑拔弩张，气氛骤然紧张，一场暴风骤雨即将来临。几双野蛮的手，下流的手朝巧珍伸过去，抓过去。但是很快被侯振信、鲁老师、金凤挡住了，一个大胡子厨师举着菜刀冲上来，大喝一声，保护巧珍，一时混乱的场面被镇住了。

侯振信走到前面，挡住众人，大声说道："人活一张脸，树活一张皮。你们来是处理事情，而不是闹事情，如果想解决事情，大家可以坐下谈。"侯振信的一席话，把老贾妻子激起的情绪渐渐平静下来。

巧珍拨开身边的人，脸庞上泛着红霞，注视着大家，缓慢地说："世界上有些事复杂，有些事简单，但我不想把眼前的事闹复杂。我，一个寡妇，没有靠山，也没有后台，谁都可以欺负我。"

人们的目光变得复杂起来，巧珍提高了嗓门，一字一句说："这个事情放在谁身上，谁都会急！刀架在谁的脖子上，谁知道什么叫疼。你们误解了我，你们把脏水泼在我身上，我心里很清楚。老话说得好，人死账不烂。老贾生前借给我的钱，还有欠他的账，我可以负责地告诉你们，只要是和我有关系的账，请你们放心，我全部还清！我是个平凡的人。人可以平凡，但不可以平常。虽然我比不上男人顶天立地，但我可以顶起半边天！"巧珍不慌不忙地说，吐字清楚，声音不大，掷地有声，刚才紧张的气氛缓和下来，她仿佛运筹帷幄的女将，把整个场面掌握在手中，说出的每句话、每个字铿锵震耳。大家吃惊地望着她，有人信她的话，也有人半信半疑。

巧珍说完这些话，舒了一口气，显得轻松自如，她脸庞显出微笑，那笑是安详的，眼里闪着善意。经历过人生风雨的巧珍，总结了一个信条，不论遇到多么大的困难，永远把微笑挂在嘴边，把泪水藏在心底。她走近老贾妻子，亲切地拉着她的手，这次老贾妻子没有拒绝，巧珍俯在她耳边小声说了几句什么，只见老贾的妻子不停地点头。

巧珍和老贾妻子嘀咕完了，老贾妻子脸上显露出歉疚的样子，对她喃喃地说："孙老板，我刚才错了，用恶毒的话伤害了你，你是个好人啊！"

这时龚律师匆忙进来，拉起老贾的妻子往外走，神色慌张。嘴里嘟囔责备道："给你说过多次，千万不要上门闹，这样会适得其反。"

老贾的妻子的哥哥和妹妹在一边说："这是我们的主意，如果不这样，这个寡妇娘们不会那么好说话。我们就是要打击她的嚣张。"

龚律师问情况怎样？老贾的妻子沉默不语。

第二天，巧珍和老贾的妻子分别带着律师在一家建设银行的大客户室见面了。老贾妻子把日记交给了巧珍，她们用日记和支票做了交换。

巧珍拿到那本要命的日记，回到家，关上门，把日记按在胸口，心扑扑跳得厉害。她小心翼翼打开日记，一页页仔细地读，大部分内容是流水账，字里行间留下这个多情男人对她的几段情感真切的文字，她终于明白了老贾的鬼花样，原来那写着她名字的五百万支票，是老贾给她留存的，是向她求婚时准备的厚礼，没来得及献出，就一命呜呼了。

她读完日记，一边流泪一边骂该死的老贾。她找来垃圾桶，把那本日记一页一页地撕掉，点着火一页一页地烧，她让这本日记永远成为秘密。

做完了这一切，她打开酒柜，拿出几瓶子红葡萄酒，喝了一瓶，又喝了一瓶。她醉了，脱了衣服，走进浴室，把自己泡在白瓷浴缸里，昏昏沉沉、迷迷糊糊地睡去。当她睁开眼时，天已大亮，早晨的阳光射进窗口。

老贾的妻子拿上五百万的第二天，把借老贾朋友的钱和利息还掉了，平息了小城的风波。可是事情并没有结束，老贾的妻子在哥哥和妹妹的阴谋操纵下，没有将几家银行的贷款还清，留下一个残缺的尾巴，第三天老贾妻子带着两个孩子，神不知鬼不觉地离开了小城，神秘消失了。

就是这条尾巴让巧珍又一次卷入一场可怕的漩涡。

一

小城的大街小巷里流传一个消息：贾局长死后给老婆留下千万。也有人说，贾局长死后给寡妇街的一个娘们留下千万。

巧珍被人告到公安局，公安局依"非法集资"罪逮捕了她。人们见几个警察把巧珍押上警车，于是又一个消息传遍小城：寡妇街的娘们搞非法集资，被公安局抓走了！

巧珍被关进审讯室，几个警察连夜审问。巧珍端坐在椅子上，脸上显的平静，好像什么事情也不曾发生过，她如实回答警察提出的问题，警察对这个女人冷静的态度感到意外。

外面的电话一会儿响起，进来一个警察俯在主审警察耳边小声嘀咕几句什么。

在她面前，主审警察提出的问题既幼稚又可笑。他们几乎是用商量的口吻在审问她。

一会儿外面又进来个警官，小声地嘱咐什么。

这场审问持续了一个多小时就结束了。第二天上午，巧珍接到释放通知。她走出公安局大门，看见路生和金凤、马静还有几个员工在等她。

他们坐上出租车，往寡妇街驶去，奇怪的是后面出现几辆黑色、灰色、白色的小轿车，一路跟随来到寡妇街，他们下了车，那几辆车也停了下来，但不见一个人下车，直到巧珍进了酒楼，那几辆车才悄悄离去。

一天晚上,那几辆黑色、灰色、白色的小车神秘地出现在菜根香酒楼前,从车上下来几个干部模样的人,陆续走进酒楼,来到楼上的梅花阁雅间。这几个客人点好了菜,让服务员请老板到场。巧珍不知道这些人的身份,也不知道他们来要做什么,让马静过去看看,马静回来说,那几个人是银行的领导,想见老板。

巧珍思索了片刻,善者不来,来者不善。她想领教这几个人的招数。巧珍整理了一下心情,来到梅花阁,客人好像在什么地方见过,一时想不起来。几个客人见巧珍进来,全部站起,恭敬而又客套地请她入座主宾位,巧珍犯糊涂了,不知这几个客人要做什么。

"孙老板,你是我们尊贵的客人,特别邀请你。"一个像领导模样的人说道。

"哪里,哪里,你们才是我尊贵的客人,有什么事情需要我帮忙,尽管说。"巧珍试探地说。

"孙老板,这几天,你让我们领略了你的风采,不愧是女中豪杰啊!"那个领导模样的人高声夸奖道。

"是啊!是啊!"大家一起附和。

巧珍更加莫名其妙了:"敲鼓听声,敲锣听音,听你们说话,话中有话啊!可我喜欢直来直去,不要绕圈子。"

一个胖子行长举起酒杯子说:"好,好,好,看来老板是干脆人,来,孙老板,我给你介绍几位客人,这位是建设银行的行长,这位是工商银行的行长,这位是农业银行的行长,我是中国银行的。为了你的生意兴隆,为了你财源茂盛,为了你的事业辉煌,也为了我们能有缘在一起……我们共同敬你一杯酒。"

大家把酒干了,巧珍陪大家喝下这杯酒,感觉这几个不同寻常的客人一定是醉翁之意不在酒。

酒过三巡,通过四家银行的行长一番解说,巧珍明白了他们的意图,老贾生前借了这几家银行四百万贷款,老贾这一走,贷款成了死账,老贾的妻子不知去向,几家银行的行长非常着急,他们听说这笔钱是借给了寡妇街一个叫巧珍的女人,得知她被抓到公安局,几家银行的行长急红了眼,连夜打通各层关系把巧珍放出来。此时他们的眼睛直直盯住巧珍,等待她的一句话。

巧珍吸了一口冷气:"我和老贾的账已全部还清了!"

行长们你看我,我看你,大眼瞪小眼,一个瘦子行长急了:"可我们有老贾生前的借款合同啊!"他们纷纷把合同书拿出来,捧到巧珍面前,四张脸胖、黑、白、瘦,立刻向她靠拢,瞅着她的眼睛。

"那你们问他要啊!"巧珍扫视着这四条汉子。

"可他不在了。"一个戴眼镜的行长,把脸伸到她面前。

"找他老婆哦。"巧珍冷静下来。

"他老婆跑了,找不到了。"那个胖子行长眼珠子快瞪出来了。

"哦……"巧珍忽然想起一句话:人心叵测啊!那个老贾的女人真狡猾!

四家银行的行长一个抓耳挠腮,一个愁眉苦脸,一个唉声叹气,一个痛苦不堪,丑态百出,看来这笔巨额贷款是还不了了!怎么办?

巧珍看气氛紧张,把手扣在胸口,自信地说:"你们让我还账没道理,不过,你们可以到法院起诉我!"

四家银行的行长听了巧珍这话哑口无言,欲哭无泪。话说到这一步,已经没有回旋的余地了。他们垂头丧气地离开菜根香酒楼。

巧珍陷入了长时间的思索,她记得老贾的日记里记载着来往账目,其中有借银行的贷款。这笔钱全部还给了老贾,再后来又把剩余的钱全部还给老贾的妻子。老贾和他妻子玩了花招,一个生前埋下死账,一个跑人留下欠账,让自己掉进债务的坑里。怎么办呢?如果自己认了这笔死账,别人真以为自己和老贾有什么关系;如果自己不认,他们也没有证据,这只是一笔良心账啊!巧珍陷入矛盾之中。

为了解决这个问题,她想请鲁老师帮助解答。

鲁老师听罢她的讲述,明白了。他意味深长地说:"儒家认为:良心是万化之源,众善之本。良心有知,天地有知,良心无形似有形,有形似无形。它像影子伴随着你,只有苍天看的见。"鲁老师握了握巧珍手,小声提醒了她几句,走了。

钱,有时像天使,把人送上天堂;钱,有时像魔鬼,可以把人送到地狱。想前不久进入公安局,又想到对面的老周出事,她感到面前遇到的事情,不是个小事情。巧珍思考了两个晚上,觉得鲁老师的话很有道理。她决定请四家银行的领导吃饭,与他们沟通。她给马静安排,让她去找四家银行领导的电话,邀请他们晚上到菜根香做客。

这天是周末,吃饭的客人比平日多,马静忙了半天,就把巧珍安排的事情给忘记了。

下午,路生骑着自行车,背着一个大书包,顺着路边往家跑。正跑着忽然感到后面一辆汽车冲上来,他回头一看,那辆汽车已撞到自行车上了,他眼疾手快,向路旁一闪,自行车飞了起来,那汽车飞奔而去。路生出了车祸的消息传到巧珍那里,她骑着摩托车赶到现场,找来救护车把路生送到医院,医生说,右小腿骨折,还有脑震荡。她抱着孩子哭了,她感到这车祸出的蹊跷,忽然想起鲁老师说过的话,又想上午安排给马静的事情,不知她去办了没有。她放下孩子,出医院门,骑摩托车回到酒楼,一问才知马静把邀请银行领导晚上吃饭的事情忘记了。她生气了,想骂马静,可一想这样冲动会带来相反的结果,她立刻拿起电话,一个个地查询他们的电话,终于查到了,诚恳地向他们发出邀请,几位客人接受了巧珍的邀请。

晚上,巧珍在王律师的陪同下,在酒楼的菊香雅座里摆了一桌丰盛的酒菜,款待四位重要客人。巧珍站起身,诚恳地一只手抚摸着左胸,一只手举起酒杯给客人敬酒:"我想好了,还老贾的账,请各位领导放心,如果你们现在要,我把酒楼卖掉还你们。"

大家听了巧珍这么诚恳的话,交头接耳嘀嘀议论了一会儿。

四位领导也站起来,激动万分,给巧珍敬酒:"既然孙老板态度这样诚恳,我们相信你,酒楼最好不卖,给你延长一年时间,做三次把贷款还清,怎样?"

"好!一言为定。"巧珍一口气把酒喝干。大家一起为她鼓掌。

三个月后,路生伤好出院了。

这场集资风波有了一个出人预料的结果,半年后,侯经理告诉巧珍一个好消息,有九家客户,主动加盟菜根香连锁店,巧珍当即同意了。九家加盟连锁店为她带来丰厚的利润。在后来的日子里,巧珍在盘点菜根香酒楼的营业额时,吃惊地发现营业额数以两位数上升,她仔细查看账目,注意到四家银行成为酒楼的主要消费客户,她明白了什么。

巧珍用了不到一年时间,把老贾生前的四百万贷款连本带利给银行还清。过了没多久,四家银行的行长又来到菜根香酒楼,向巧珍表示感谢。

后来,侯经理在经营过程中把天北市最大的酒店西域大厦兼并了,在小城制造了一个民营企业兼并国有企业的奇迹。原来那个承包西域大厦的商业局长的小舅子失业了,他跑来找侯经理,侯经理不嫌弃他,把他安排到保安工作岗位上,当负责人。

她的公司规模继续扩大,员工达到一百多人。

二

一天夜晚,已经十二点钟了,酒楼里的吃客少了,巧珍见外面进来三个小流氓,一个剃的光头,一个胖子,一个留着小胡子的瘦子,巧珍赶紧上前笑着招呼:"几位师傅辛苦了,这么晚了,吃个夜宵吧。"

"不吃夜宵,老子要吃鱼、鸭、酒——肉!"三个人一歪屁股,扑腾坐在椅子上,敞胸露怀,叼着烟卷,嘎着嗓子,牛气十足。

看样子,这三个流氓今天要找事,不能怠慢,她说好好,叫厨师炒几个小菜,又招呼服务员给客人上茶。

三个流氓吃喝到半夜,厨师下班走了,只剩下两个女服务员和马静在店里。他们吃饱喝足了就要走,服务员上前拦住了他们:

"还没结账呢。"

"妈的,这条街让我们吃遍了!老子到哪吃饭都他妈的不要一分钱!"

三个流氓盯住服务员,那个光头说:"小姐,陪哥们儿玩儿玩。"

服务员吓得喊叫起来。巧珍有点困了,忽听到前厅有服务员的喊声,站起身走了过来:

"怎么啦?"

"他们吃饭不给钱,还要耍流氓!"

巧珍走到三个流氓跟前:"天晚了,你们这样不好。"

胖子从腰里拔出亮晃晃的匕首,在手上摆弄,光头拔掉了电话线,那个穿花衬衫的家伙关上了店门。

巧珍倒吸了一口冷气,她想,糟糕了,今晚上算是碰上惹事的主了。怎么办?巧珍眼珠转动着,盘算着怎样对付这三个流氓。叫外人帮忙已经不可能了,门也出不去了。

"我们不走了,叫小姐陪我们喝酒!"一个光头歹徒说。

"她们年龄小,不会喝酒,请几位兄弟坐下——我陪你们喝。"巧珍说着拿起一瓶天池特,咕咕咚咚倒进茶杯,端起来和他们碰杯,三个小流氓还在犹豫呢,她先一口气喝下去,完了,一亮杯底。

光头骂两个同伙:"看人家娘们,一口气干了,咱们也喝光,谁不喝谁是驴日的!"

三个人举起茶杯,勉勉强强喝干了。

"再来一瓶子!"巧珍让服务员拿来四瓶子酒,打开瓶盖,一人面前放了一瓶。

三个流氓被巧珍激起了酒兴,他们没想到这个老板娘酒量这么大。

"好样的,好样的!你先喝!"三个流氓交换了一下眼神,他们有点胆怯了。

"怎么?不敢喝?不就是水嘛!"巧珍笑着观察他们。拿起酒瓶子,打开瓶盖,嘴对着瓶口,咕咚咕咚一会儿把一瓶子酒喝干了。然后瓶口朝下,一亮瓶底,点滴不洒。

三个家伙互相看了一眼,出乎他们的意料,老板娘有如此好的酒量,怎么办?

"你们是儿子娃娃吗?"巧珍微笑着问,"是真正的儿子娃娃,就请你们把酒喝干啊!"这句话出自一个女人的口,声音不大,字字沉甸甸的,极有分量。他们被巧珍的话,也被她的酒量镇住了,那个瘦子抓酒瓶子的手不住地抖。他们遇到了一个难题:假如在一个娘们面前装软蛋,传出去是个笑话。

"好吧,我看出来了,你们不像是真正的儿子娃娃,如果你们是真正的儿子娃娃,喝了这个酒,提什么条件我都答应。"巧珍向他们步步紧逼,发动了心理攻势。此时她身子里的酒劲慢慢上来了,胆壮气粗,口气射出威慑的力量,她什么都不怕了。此刻,巧珍笑里藏着刀锋,逼着对方恐惧、紧张、胆怯,乱了方寸。三个流氓你看着我，我看着你，互相交流眼神，是喝还是不喝？

巧珍不屑地瞧着他们，一会儿冷笑，一会儿嘲笑，一会儿大笑："哈哈……我怎么看你们是个熊包软蛋！"这句话一出口像炸弹，把三个流氓的七窍六魂震飞了，他们不再犹豫，那个光头的家伙大叫一声："喝！喝死去球！"咕咚咕咚先喝了，另外两个被激起了胆量，鼓足勇气，将酒瓶子对着嘴，咕咚咕咚地喝了一气，便收了酒瓶子，"哐当"放在桌子上。

"好！这才像个儿子娃娃，我们可以交个朋友。你们需要什么？随便说。"巧珍在气势上已经占了上风，她语调平和。巧珍见他们喝下酒，思索着下一步怎么对付他们。

"老板娘，我们啥也不缺，就想借点钱。"

巧珍暗吃一惊，但她显出不慌不忙的样子问："借钱？小兄弟，好说，借多少？"

"不多，一个指头。"

巧珍仍然保持镇静。平静地问："那是多少？"

"是一百万。"那个光头的家伙咬着牙，使劲蹦出几个字。

巧珍又笑了："小兄弟，你是在说笑话吧？"

"要是拿不出这么多钱，放你的血！砸你的店！把你赶出这条街！"

哦——厉害！今天算是碰上倒霉的主了。巧珍吸了一口冷气，但很快镇定自己的情绪，想法拖延时间，让酒精在他们身上起作用，这样就容易对付了。

巧珍轻轻地推开伸到胸前的匕首，从容不迫地转身走向收银台，拿出一盒雪莲烟，来到三个流氓面前，打开烟盒，抽出烟，一人一支，给他们点着，自己也点了一支，然后稳稳当当坐在椅子上，深深地抽了一口烟。

她先稳着仨人，不紧不慢地说："小兄弟，有话好好说嘛，钱嘛，纸嘛；酒嘛，水嘛，多大点儿事。你们不就要百万吗？"

"是啊！快快拿出来！

她感到酒劲上头了，好像有个魔鬼在她身子里盘旋，她努力控制着自己，不能失态，要坚强，要挺得住。

"听了你们的话，我倒很佩服你们的眼力，你们看出来了，我是有百万！"巧珍依旧不慌不忙。

"好！快拿出来！拿出来！"三个流氓急得火烧屁股，睁大血红的眼盯着老板娘。

"别着急，俗话说，心急吃不了热豆腐"。巧珍拿眼瞟了一下三个流氓，看他们眼珠血红，快急疯了的样子，酒精已在他们身上起作用了。

"老娘们，快说！"三个流氓急切地吼叫，他们狗急跳墙了。

"好，小兄弟，来，这里看，在这里！"巧珍扔掉烟蒂，站起身，伸出两只拳头，放在他们眼前。

"看见了吗？"巧珍微笑着说。

三双眼紧张地盯着那她握着的拳头,眼珠子发出绿光。

巧珍伸开一个手指头,又伸开一个手指头。

他们期待着……

巧珍像在变魔术,手指头一个一个地伸出来,最后两个手掌全部打开了。

三个流氓感到奇怪的是,她手上是空的,什么也没有。

"钱呢?妈的,你在骗我们!"三个流氓突然苏醒了,觉得被蒙骗了,大怒起来。

"钱呢?"光头的一把刀刺向她的脸。

"百万在哪里?说!"瘦子那把刀逼向她的胸脯。

"哼!敢跟老子玩藏猫猫?"胖子把刀架在她的脖子上。

她微笑着,不紧不慢地说:"你们看清楚了吗?就是这双手,一只手五十万,两只手加起来,正好是百万!"

"老娘们,哄我们呢?就你这两只手,也值百万?"三个流氓扭曲着难看的脸皮,抬起头,直勾勾地盯住巧珍:"好你个臭娘们,敢要我们!竟敢糊弄我们!"

"小兄弟,我怎敢要你们?怎敢糊弄你们?那么,请问,我出百万,要你们其中哪个兄弟的一双手,你们哪个给我呢?"巧珍提高了声音,从容微笑着。

三个人大眼瞪小眼,伸出自己的一只手,放在眼前仔细看,想从自己手上看见真实的钞票、黄金。他们互相看着,看着,可是什么也没有发现。

"小兄弟,看来你们不敢给?"巧珍把手伸向他们,轻声细语地说:"好吧,我实话告诉你们,当年,我来到这条街上,两手空空,一无所有……"她的声音逐渐放大:"……我就是靠爹娘给的这双手,摆地摊,卖小吃,每天起早贪黑,干十七八个小时,五毛一碗阳春面,一碗一碗地卖,一天要卖出几百甚至上千碗,后来才买下这块地皮,盖起了饭馆。这饭馆加地皮正好是百万!这,你们总该相信了吧!"

三个流氓醉眼蒙眬,你看我,我看你,再低头端详自己的一双手。

她的声音猛然提高了八度,进一步地说:"小兄弟,这双手人人都有啊,老天爷对每个人都很公平;这双手,是老天爷给我的财富啊!你们还年轻,身上有使不完的劲,如果你们老实做人,踏实做事,遵纪守法,我敢说,不出三五年,你们个个都有百万啊!那时,你们才是真正的儿子娃娃!"她用最低级的话嘲笑他们。

那个光头拿匕首的手颤抖了,浑身紧张地朝后退了几步。

巧珍的话不紧不慢,把他们的霸气匪气击得粉碎。此时,刚才喝进肚子里的酒显出了力量,他们没了脚后跟,站立不稳,摇头晃脑。

"别说了!快别说了!"光头手上的匕首"当啷"一声掉在地上,两腿一软,"扑通"一声跪在巧珍面前,另两个也跟着跪下,声音发颤地说:"大嫂,今……日……

听……你一席话，明……白……明……白了。以后，我……们……我……们再也不胡来！今儿个，把饭钱给……留下。"

三个流氓东倒西歪地走了。

饭馆里安静下来了，关好门，马静和女服务员扶巧珍上楼进了卧室，让她上床，她一下子瘫软在床上，酒劲上来了，一时间翻江倒海，她知道醉了，下了床跑到卫生间拼命地吐，一边吐一边伤心地呜呜地哭了半宿，不知不觉地睡着了。天亮了，马静来叫她，她才醒过来，她努力回忆昨晚上发生的事，越想越觉得后怕，她想不到自己有如此大的酒量和胆量。

这件事不知怎的，像长了翅膀，传遍了一条街，又飞快地传遍了小城，一群电视台、报社的记者围住巧珍，她一夜间成了新闻人物。

"请问：那几个歹徒是怎样被你制服的？"

"你是怎样智斗歹徒的？你有武功吗？你会太极拳吗？"

"当刀子对准你的时候，你害怕吗？你在想什么？"

"是你夺掉了刀，还是他们把刀丢下的？"

"……"

巧珍面对一连串的提问，只是微笑不语。

巧珍不经意间成了街上的新闻人物，一时间，到她的店里吃饭的人也络绎不绝。来这里吃饭是托词，一睹这位老板娘的风采是真。

街道上出现了那个骑着灰毛驴的白胡子老头，他口中念念有词：混吃混喝二混子，不劳而获想钱子，抢了钱子发财子，脑袋架着刀把子，压在肩膀上沉球子。

第二天，晨报在头版刊登了长篇通讯《智斗凶徒的"阿庆嫂"》，副题是：记菜根香酒楼的女老板孙巧珍。

路生兴冲冲地回到家，手上拿着报纸，给妈妈看："妈妈，报纸刊登了记者给你写的文章。"

巧珍接过报纸，看到最后，她笑了："你看这些记者，真会写，把芝麻大的事情，说成个西瓜。妈是个普通人，可没这些记者写得那么厉害。"

路生从书包里又掏出小本子："妈，你再看这个。"

巧珍接过儿子的练习本，这是路生写的作文。她仔细地读了起来。

巧珍读完了儿子的作文，抬头望着儿子，舒心地笑了："你把妈写得那么好，其实妈是个半常的女人。"

路生告诉妈："我的这篇写妈妈的作文得了一等奖。妈，你在我心目中，永远是伟大的母亲。"路生夸奖妈妈。

巧珍紧紧地把孩子抱在怀里，泪水滴在孩子的脸上。她发现儿子长大许多，感到了慰藉。

一

一天早晨,太阳把金子一样的光洒在街道上。金凤像平日一样,打开店门,忽见街东头走来一个身材窈窕的年轻女人,打着丝绸阳伞,长发如丝垂肩。一身真丝面料紫红裙子,脖子上系着白纱巾,早晨的阳光抹在她身上,仿佛一团火。这个女人穿戴不俗,艳而不妖。她的出现吸引街两边的店主伸头探脑,街上的行人、口中喊叫的小贩,不由停下脚步注意这个女人;就连那卖羊肉串的巴郎子也停下手中的活计,挂在嘴上的吆喝也停止了,眼珠子一眨不眨盯着这个女人。她走路的姿态,把一种说不出的风韵走到了极致。她目不旁视,高跟皮鞋咔嗒咔嗒,清脆有节奏地敲打着坚硬的柏油路。再看那高雅的气质,是当地很少见的那种。街道上三个一群,五个一伙,吃早饭的人们或回头,或张望。当她走到金凤店门前时,不知是风带起了裙子,还是裙子带起了风,风伸出调皮的手,掀起裙子一角,修长的腿露了出来。人们的目光跟着她的身影,一直到街西头,看着她在一个小商店门前停下,那是一家新开张的小商店,她推门进去,身影消失了,街上又恢复了热闹和喧哗。

金凤不禁疑问:她从哪里来? 怎么会落脚在这里? 难道这个年轻女人是老板娘的亲人? 她到这里来做什么呢?

当金凤转身时,发现对面的巧珍也站在门口看那个女人呢。她们会意地对视了一眼。

二

金凤和巧珍同时看见街上出现的这个年轻女人,她有个好听的名字,叫莫雪莲。二十几年前,她就出生在离这儿百十公里外的农场。

她从南方的大都市回来看母亲,她的母亲是这条街上新开店的老板,由于她们是新来的店主,街上没多少人认识,也没人知道这母女俩从哪里来,更不知道她们的身世。

这个叫莫雪莲的女人,有着一段不寻常的故事。

二十五前,莫雪莲出生在一个农场连队里。生下来时,只会笑,不会哭。人们都说这孩子生得好奇怪,屁股后面长着个小尾巴,这个消息飞快传遍十里八乡,老人们听说了,摇摇头,咂摸着嘴巴说:这哪里是人,简直是人妖啊。这孩子不能养,长大了不是妨父母,就是祸害人。有人劝说雪莲的父母亲,把孩子赶紧送人。可母亲谁的话也不听,就是吃尽天下苦,也要养大这孩子。他们把孩子送到医院,给孩子做了割尾手术,日子长了,一切流言便风吹云散了。

后来发生了不幸的事,母亲生雪莲时,得了产后风。一到阴天下雨,头痛关节痛,有人给她出了一个单方:吃一种天山上生长的雪莲花,可以治好这种病。

父亲信了这个药方,骑上快马,风一样地驰进梦一样的远山。远方的山和天一样高,人们叫它天山,远远看去,山顶白雪皑皑,终年积雪。山上生长着一种美丽的雪莲花,那花长在冰山岩缝里。勇敢的男人一头扎进大山里,他要采回那棵雪莲花,给妻子治好病。过了很久,丈夫一点消息也没传回来,妻子每天早晨或者傍晚站在屋外,怀里抱着孩子,看啊盼啊。一天,一个哈萨克看山人,带回一个黄书包,里面放着一棵枯萎的雪莲花,里面有一个笔记本和一块手绢。她一眼认出,这是丈夫身上的东西,她明白发生了什么事。她呆了、傻了、疯了⋯⋯

数九寒天,邻居看见一个疯女人穿着棉衣,奔向自流井,怀里抱着的孩子一丝不挂,两手捧着孩子对着自流井的水管子冲洗,冰凉的水把孩子的身子冲洗得红扑扑的,宛如一棵红萝卜。人们惊呆了,大叫着抢走她手里的孩子,用棉衣包裹着,疯女人披头散发,去抢夺孩子。那孩子也怪,一声不哭,咧着小嘴,咯咯地笑。谁看了都说是个小人精。

冬天过去了,春天来到了,雪莲母亲的病慢慢好了许多。

母亲细心地呵护雪莲,她一天天长大。母亲省吃俭用,把雪莲打扮得像个花骨朵。她背上小书包上学,同学和老师们都很喜欢她。老师很快发现,这个孩子身上有着特殊的艺术细胞,唱歌跳舞,一经点拨,无师自通。

雪莲长成了青春美少女,白里透红的脸蛋上,一双凤眼闪烁着动人的风情,灵动一转,光彩照人。

上高中时,她和比自己高两个班级的男生表演节目时成了搭档,这个男生叫许文强。他们表演的是个双人舞。许文强结实有力的双臂,将她高高托起,她像一只鸟儿,在空中飞翔。年轻的肢体不经意地碰撞,让两颗青春激荡的心,激起爱的火花。几个回合后,情窦初开的雪莲,悄悄爱上了这个男孩,这个男孩也喜欢上了她。他闻到她身上散发出淡淡的沙枣花的芳香,她像神话里的仙子,那么轻盈、妖娆。

她没敢把这个事情告诉母亲,这是少女的心事,她悄悄告诉了表姐,表姐笑她、羞她,但很同情她,可也没办法帮她。劝她别做梦了,这是不可能的事情。表姐对她说了这句话没多久,正赶上改革开放,深圳建特区,表姐高中还没毕业,就告别家乡的父母闯南方去了。

第二年,那个叫许文强的男孩,考上了西北的一所大学,远走高飞。她偷偷地给他写了几封信,表达她的爱意。她把对许文强的思念,化做一片痴情,每天晚上,为他一针针的织毛衣,快织好时,被母亲发现了,母亲问给谁织的?她闭着嘴,一言不发。

眼看着女儿一天天长大,上了高中的女儿,学习成绩名列前茅,妈妈心中有喜有忧,喜的是女儿聪明,考上大学是没问题。可考上大学要一笔学费,靠一个人的微薄工资是难以供女儿上大学的。怎么办?母亲思考了三天后决定嫁人,找一个收入丰厚的男人,将来供女儿读书。经人介绍,她嫁给了一个倒卖大米发财的男人。那男人五十多岁,离过三次婚,人都说他聪明绝顶,一颗大秃脑袋上长着几根杂毛。

莫雪莲第一次见继父,心里就有一种压抑感。继父那双贼眼,眯成一条缝看人,让人弄不清是真看还是偷看,说话一股娘娘腔。

就在莫雪莲准备考大学的那一年,那年夏天天气特别闷热,雪莲回到家,赶紧脱衣洗澡,一转头,忽见继父那颗杂毛脑袋出现在她面前。她吓坏了,扯过一件衣服遮住身体,叫骂着让继父出去,继父嬉皮笑脸,并没有要走的意思,色眯眯的眼逼视着少女的身子,一把抢走雪莲身上那件遮羞的衣服,她尖叫一声,狠狠抽了他一个耳光,继父睁圆血红的眼,似一头被激怒的公牛……只消一刻钟的工夫,雪莲一点力气也没有了。

母亲回到家,见女儿披头散发躺在床上,眼里满是泪水,床单上流着血,惊呆了,问雪莲发生了什么事?雪莲抬起手,指了指客厅里坐着看电视的继父。母亲明白了,冲进厨房,抓起一把菜刀,愤怒地砍向那个杂毛男人,男人伸开手臂抵挡,被砍断了一条胳膊……

雪莲的母亲犯下故意伤害罪,被公安局抓走。那个杂毛继父因奸淫,也被判了刑。

这个事很快传开去,好事的人添油加醋,编成了百听不厌、百讲出新的艳情故事。她来到学校,一进校门,就有人在朝她指指点点。进到教室,连平日里最要好的同学,也像避瘟疫一样躲开她。无论雪莲到哪儿,这个事就像影子一样地追逐着她,缠住她,甩也甩不掉。

　　后来,雪莲不敢去上学,放弃了考大学的机会,呆在家里一连几天不出门,每天她的耳边回响着一个恐怖的声音:"去死吧——去死吧——去死吧——"这是死神在诅咒啊!

　　她想到了死,天黑了,她抹着泪朝一口井走去,望着黑洞洞的井口,刚要往下跳,被一双大手从后面抱起,她转身一看,是邻家的祁大哥;祁大哥把她送回家去,让母亲和妹妹陪伴着,担心她又去寻短见。可死神仍然在追赶她,不停地呼她唤她。天蒙蒙亮,她趁着祁大哥的母亲和妹妹疲惫之际,偷偷拿着一根绳子,跑向屋后的一棵沙枣树,把绳子系上,套上脖子,此时,后面一双有力的大手,把她托起,她又一次被邻家的祁大哥救起;祁大哥告诉她,生命对人只有一次,勇敢地活下去。祁大哥担心她又要发生什么意外,让母亲给雪莲打荷包蛋,哄着让她吃,她不吃,只是哭。她想活活不了,想死死不了,干脆不吃不喝,一个人坐在屋里发呆、发愣。

　　有一天,雪莲听到有人敲门,她打开门,是两年前闯南方的表姐回来了,见雪莲一脸忧伤,大惊失色。表姐问雪莲到底发生了什么事? 雪莲流着泪一五一十地说给表姐。表姐听罢,为雪莲洒一掬同情的泪:"好妹妹,好死不如赖活着,你可不要这样,想开一些,人生不过是场戏。再说,世界这么大,此处不养爷,自有养爷处啊,走!跟姐姐远走高飞,下南方淘金!到了那里谁知道你是谁啊!"

　　"我去那儿能干什么? 再说我也没有钱啊!"雪莲被说动了心。

　　"雪莲,我的好妹妹,你听说过吗? 上帝把一扇门关住时,就把另外一扇窗打开了。女人要什么? 只要有漂亮的脸蛋加上魔鬼身材,那就是本钱!好看的脸蛋,不但出大米,而且出金子。"表姐笑逐颜开地说。

　　雪莲抹去眼泪,没多想,收拾好简单的行李,跟着表姐坐上火车,直奔南方去了。

三

　　莫雪莲的命运,在到了南方都市之后,发生了连她做梦也想不到的变化。

　　表姐把雪莲带到了深圳,这是一个迷人的特区。从全国各地来的人,在这里淘金。

　　以前是在报纸上、电视上看到过深圳,而此时,她已站在了深圳这块土地上,南方大都市的空气新鲜、湿润,飘散着醉人的花香,街上的霓虹灯叫人眼花缭乱。她像一粒灰尘、一片羽毛、一根草落在繁华都市的角落里,在这里她显得那么渺小,周围都是陌生的面孔,没人知道世界上有一个叫雪莲的女孩的故事。

表姐带她来到一家歌厅。歌厅的名字很有气派,叫"金皇后"。歌厅的老板是广东人,他和表姐用粤语说话,她一句也听不懂,像个木头人立在那儿。他们谈完了,那个老板打量莫雪莲,咧开了南瓜大嘴:"哇——好靓啊!"

老板答应雪莲在歌厅打工,给她安排的工作是坐台。

雪莲见歌厅里进进出出的男人都有大款大腕的风度,心里便涌起了一阵波澜。这些人生活得像天堂一样,每日灯红酒绿,花天酒地,歌舞升平,那些个红男绿女无忧无虑,幸福的歌儿天天唱。她想起远在戈壁滩上的人们,一个个面朝黄土背朝天地辛苦劳作。

金皇后歌厅装潢得豪华气派,用"金碧辉煌"四个字来形容,一点也不过分。一个大厅,中间是舞池,凹进去一片椭圆状,一端是高高的大理石吧台,上面的大橱窗里摆放着琳琅满目的酒水、饮料,闪着诱人的光泽。一端是火车座,座位上有一盏昏暗的彩灯,半死不活地亮着。大厅顶上有一只硕大无比的水晶吊灯,围绕着一圈五彩的小灯,地上铺的是进口大理石。舞池里是蜡黄油亮的柚木地板,舞池边上绕了一圈粉红的蛇管。舞曲响起时,男女们翩然起舞,大厅里所有的灯不停地幻灭,只有一团粉红色的光萤萤地亮着,使舞者如赴红楼佳梦。

在都市的最繁华处,在金钱流水般的酒店里,她们来去匆匆,一把一把地挥洒着青春。少女们香风阵阵,红色的旗袍和褐色的狐裘,黑色的高跟鞋和亮晶晶的钻戒,吸引着一双双贪婪的眼睛。

"东风夜放花千树,更吹落,星如雨。宝马雕车香满路,风箫声动,玉壶光转,一夜鱼龙舞。"这首古人写的诗,好像是给今人写就的。多么恰当啊!雪莲见那些打扮时尚的女人走进一座又一座高耸入云、华灯灿烂的酒店里。她们身材高挑,貌美如花,每个人都像是从电影、电视和画报里走下来的模特。她们穿着昂贵的衣装,乘坐名贵的轿车,住着豪华的房间。挽着最有权势的男人。

刚开始雪莲不习惯,时间一长就习惯了这里的生活。

表姐在这里做领班,对她非常照顾,时间一长表姐就对她说:"雪莲,你不能像木头人一样,这儿来的都是有钱人,你陪他们唱歌、跳舞吧,陪好了,他们会大方地给你小费。这一切权当逢场作戏,切不可当真!"

表姐说每个人身上都有黄金,看你能不能发现自己,要让别人发现,你就耐着性子等,最好是自己发现自己。

雪莲在表姐的指引下,开始化妆、描眉,学会微笑,用一种装饰的声音招呼客人。雪莲在镜子里看到自己的花容月貌,有了一种自信心。

雪莲被表姐领着来到包房,把她推给一个健壮的像运动员一样的男人面前,互相介绍:"这是毛老板。喂——毛老板,这是我表妹,是个黄花闺女,你要欺负她,我可饶不了你!"

　　"哦——"

　　那个叫毛老板的男人仰视着雪莲的高挑身材,她穿着一件粉红色的连衣裙,曲线分明,把她衬托得像出水芙蓉。他咧开嘴大笑:"好一个靓妹,请坐!"

　　雪莲胆怯地坐在他身边,不敢太靠近他。他身上有一股浓烈的香水味。

　　先生们和小姐们熟练地点歌,有的引吭高歌,有的小声吟唱,先生们依红偎翠,如痴如醉。

　　毛老板两眼一直不离开雪莲:"小姐,请问你叫什么名字?"

　　雪莲小声说:"雪莲。"

　　"哇!这名字好靓啊。雪莲生长在高高的冰峰雪岭,是很珍贵的哟。"毛老板抓住她白嫩的手,握在手掌上摩挲。"这么说,小姐是新疆人,来自天山?"

　　"嗯,你怎么知道?"

　　"我一猜就知道,只有天山上生长雪莲,在你们那里,叫雪莲的女孩子很多哦,连你们那里的香烟也叫雪莲烟哦。"

　　"先生到过我们那里?"

　　"不但到过,还会唱你们那里的民歌。"

　　"啊,这么说,咱们是老乡。"

　　"老乡见老乡,两眼泪汪汪。哈哈,我没说错吧!"毛老板拍了拍她的肩膀:"从今天起,我们就是朋友,好吗?"

　　雪莲放松了许多,这一晚,她陪着毛老板唱甜甜的歌,一直唱到很晚。分别时,毛老板从西装口袋里抽出一沓钞票放在她手上:"雪莲小姐,后会有期。"

　　雪莲接过那叠钞票,莞尔一笑,看着毛老板走出了门。她转到背影处,一数钞票,一千块整,心忽地怦怦跳起来。她是第一次用劳动换来这么多的钱,她的劳动就是陪老板唱歌、跳舞,这钱,她感觉挣的很轻松、很容易。她明白了一句话: 掷千金!

　　只有毛老板心里明白,这棵带着野性的花,会带来多少丰厚的收益。因为任何一件衣服,穿在她身上,会散发着令人着迷的神韵。是的,他要精心包装这棵戈壁滩上的野化,不遗余力地把她打造成港澳 T 形台上一颗璀璨的明星。

　　过了没几天,毛老板又来到歌厅。这次是他一个人来的,一走进大厅,雪莲就迎上来。她像一棵婷婷的红枫树,迎风招展。毛老板满面春风,精神焕发,挽着她的手臂进入包房。一坐下,毛老板就打开话匣子:"雪莲小姐,我第一次见到你,就被你的高贵气质迷住了。你是一个做模特的好坯子,只要重金包装,精心打造,你会很快走红，身价倍增……我有个想法，做我们公司的形象大使，参加模特大赛，把你捧起来。但要签个协议。"

雪莲被突如其来的问题吓蒙了，她是第一次听说"形象大使"这个词，闹不明白"形象大使"是做什么的。她低下头说，羞涩地说："毛老板，让我想一想。"

"好啊！我等待你的消息。"毛老板潇洒地打了个响指，一阵风地走了。

四

她赶紧把这事告诉表姐，表姐笑起来："哇——雪莲，你好福气！刚来不久，就被大款相中，你以后会有钱花。那个老板可是个腰缠万贯的大老板，身上拔根毛，都比我们的腰粗。我的好妹妹，你可要傍紧他啊！"表姐又是羡慕又是嫉妒。

雪莲被表姐说得不好意思了，在这样的环境里，在这样的气氛里，她已在悄悄改变着自己。那纯洁的像玉一样的芳心，蠢蠢欲动了。

第二天，毛老板穿红色西装，打着黑色领带，出现在雪莲面前，他身后是一辆雪亮的宝马。车门自动打开，这辆车无疑是给她准备的。雪莲很自然地坐了进去。

他们来到一座别墅山庄。在客厅里，毛老板气派非凡地对雪莲说："我要请最好的美容师、最好的服装设计师、最好的形象设计师，精心把你打造成名模。"

在毛老板的精心包装下，雪莲神话般地像换了一个人。

她的身影出现在T形台上的那一刻，光艳四射，风情万种。众人的目光如闪电射向她婀娜的身影；她步态轻盈，似一只飞跃在雪地上的红狐，灵眸一动，勾魂摄魄。她袒露的圆润肩膀、脖子，牙雕般的光滑、雪白，在灯光的映照下，闪动着迷人的光泽。她典雅高贵，像一朵在冰峰上浪漫无际的雪莲，在金色阳光的照耀下怒放。她一次又一次变化着时装，精美的时装都是给她准备的。最后，她换上了一套华贵的衣裙，犹如一个中古时代的皇后，仪态万方，艳压群芳，从响着音乐的华丽宫殿姗姗走来，走过花丛、走过草原、走过沙漠、走过戈壁……台下灯光闪烁，欢声雷动，掌声震耳，鲜花飞舞……

此时，谁会知道，这是个来自遥远西北边疆的姑娘。谁会知道，这个姑娘的身世呢？谁会知道，这个姑娘在她的花季遭到摧残。这个在戈壁滩上长大的姑娘，身上残留着红柳、骆驼刺、芨芨草的味道；骨子里散发着一股子戈壁的野性……

没多久，她便收到雪片般飞来的片约，导演们邀请她演出的电话。她很快给毛老板带来滚滚财富。

雪莲跟着毛老板出双入对，走过罗湖桥，进入香港，澳门。她看见了一个全新的梦一样的繁华世界。她感到自己像一条金鱼，在一个透明的大玻璃缸里游来游去，生活有了新意，有了激情。当她看见蓝色的大海时，竟情不自禁地欢呼起来。

从小长这么大,她是第一次看见辽阔的大海,她能不激动吗?

　　雪莲越来越感到毛老板可亲可敬,她喜欢听他说话,那是一种带有磁性的男中音。他高大的身材,棱角分明的面孔,雍容的气度又像一位将军。

　　来到南方的日子里,她悟懂许多人生的哲理,男人不在乎美丑,只要有钱,就能弥补先天不足;而女人的美貌就是黄金!一个乡村女子,凭着一张漂亮的脸蛋进入城市,这张脸蛋就像一张无形的通行证,呵呵!她凤凰一样飞腾起来,飞到了属于她的繁华世界,与群芳争艳,让世人瞩目。这时,她的美,她的艳,不,她的整个人,放射出夺目的光华,惊艳照人,让人辨不出这是一个来自遥远边疆的女孩,混在一片花团锦簇的花丛中,争夺属于自己的一片天空。

五

　　毛老板每个周末,挽着她的秀腕,带她参加各种形式的豪华宴会。金碧辉煌的宴会大厅里,达官贵人济济一堂,美女如云,她直发如丝,垂直颈间。肤色莹白而透出红晕,顾盼生辉的眸子里透露出少女的清纯。她的出现,那窈窕的身姿吸引了众人的目光,引起人们一片骚动,继而是嗡嗡的赞叹。

　　雪莲瞧着面前的毛老板,虽然已四十多岁,但在她的眼睛里,像一棵秋天成熟的红高粱!不!他更像一棵枝叶繁茂的大树,躲在这棵树下,可以遮风避雨,有了一种安全感。他身上充满着磁性,而她,走过他身边的一刹那,就会被那强大的磁力吸引。他身上有着男子汉的粗犷,野性,而又不失稳重和文雅。在商场,他像一头雄师,威风八面;在情场,他像一只狡猾的猫,不论是在大庭广众,还是小到聚餐,他是一个亮点、焦点、热点。在漂亮的女孩子面前,他豪爽大方,不拘小节,不求回报,令那些爱慕虚荣的女孩子们惊叹不已。只要他在交际场中一出现,女孩子们就像一群蝴蝶、蜜蜂围着他飞来飞去,拼命吸吮他身上的花粉。他大度从容,见好就收,从不多浪费时光和金钱。

　　每天,他驾驶一辆宝马车,下了车,双手捧着一束玫瑰,走向雪莲,她第三次接到他的玫瑰,是在大庭广众之下,她犹豫了一下,接受了。引起了周围姐妹们嫉妒、艳羡甚至是仇恨的目光,她这时有点沾沾自喜了。

　　她记得清楚,第一次献给她玫瑰时,他穿的是一套白色的衣服,第二次献花时,穿一套黄色西服,第二次献花时,穿一套红色西服。

　　他不但给她送玫瑰花,而且也给她送各种时装。有一次,她问这样的时装要多少钱?他打了个响指,淡淡一笑,什么也没说。那些时装,水一样的光滑,流过指间,牛奶一样的温柔,覆盖在肌肤上,有一种梦幻般的感觉。

　　她对丝绸有特殊的敏感,把那漂亮的丝绸贴在脸上,摩挲着,凭着脸与丝绸的触觉,灵敏地分辨出哪里是中国产的亚麻、丝绸,哪是外国进口的高级面料。

一天,雪莲正在化妆间里化妆,一个同伴叫她,说外面有个女人找她,她走出化妆间,看见一个白净的中年女人,戴一副有色眼镜,上下打量了雪莲足有两分钟,开口问:"你就是雪莲吧?"

"是的,我就是。你找我有事?"

"呵!你可真有魅力呀!怪不得我们家的阿毛不回家了,原来是被你这个狐狸精给迷住了。哼!"那个中年女人用戴着戒指的手指着雪莲:"你好自为知吧。"说完,中年女人气咻咻地走了。

雪莲呆愣了半晌,好一会儿才明白过来是怎么一回事。原来,那中年女人是毛老板的夫人。

毛老板很快得知这件事,恳求雪莲原谅自己,下决心三日之内,了却已经死亡的婚姻,要和雪莲开始新的生活。

雪莲流着泪说:"让我想想。"

这一想,就是好长一段时间,这段时间里,毛老板隔三差五驾驶着他的宝马来看她,献给她一朵玫瑰花,表达他的心愿。

一天他拿着离婚书让雪莲看,雪莲看也没看一眼,扔到地上。

当他送到第九百九十九朵玫瑰的时候,一颗少女的心不禁摇动了,她想真的嫁给他。

她一时拿不定主意,找到表姐,把这个想法说给她,表姐想了一会儿,严肃地看着她的眼睛:"你已经决定了吗?"

"这不是在征求你的意见吗?"

"好,我实话实说。你是真爱他,还是一般的喜欢?"

雪莲一时支吾了:"喜欢他。他很有男人的气派。"

"雪莲妹妹,你要多留个心眼,他可是个情场老手,我看出来了,像你这样没有经验的小姑娘被他迷住了。这样的男人是靠不住的,姐姐说的是实话。"表姐认真地说,"这个男人是个大老板,他继承了家族的财产。据说他以前在新疆生活过,在那里有过一个老婆,好像还有孩子呢。现在的老婆是他的第二个女人。你知道他送你的玫瑰多少钱一棵吗?"

"不知道。"

"那玫瑰百块一棵啊。"

雪莲明白了,她已陷入爱的泥潭。

表姐接着说:"如果他真的爱你,要娶你,说明你们有缘分啊,你也可以答应他。但是,你要有条件,让他拿出三分之一的股份,这样,你以后就没有后顾之忧了。想想看,我们女人总有老的那一天,男人喜新厌旧,是靠不住的冰山,所以表姐这样给你说。供你参考。"

雪莲点点头,照表姐的意思向毛老板提出条件,毛老板很爽快地一口答应,立刻与原来的女人离婚,和雪莲结婚,并签了协议。

她像个被捕获的尤物,坐上毛老板贼亮的宝马车走了,走进他气派豪华的别墅,他豪爽地说,这一切都是给她准备的。看着周围的一切,目不暇接,一切都是那么金碧辉煌。雪莲这朵戈壁滩上的野花,被一阵风吹到南国的热土上,扎下了根,得到了阳光雨露的滋润,吸取着养分,开花、怒放,闪射出耀眼的光华。她感到自己是那么幸运,假如自己还在那片戈壁滩上,一朵野花会在干旱少雨的季节枯萎、凋零,很快被人遗忘。她渐渐懂得一个道理,只有漂亮的女人,才蕴藏着真正的价值和含金量。这真应了古人的一句话:天生丽质难自弃。

一个月后,他们举行了气派而又豪华的婚礼。

一场富有现代浪漫的婚礼结束后,她躺在新婚的床上,紧张地等待着他,看他慢慢放下雪茄,脱掉睡衣,关掉最后一盏灯,一场爱的风暴即将来临,不知怎的,她像躲在巢中的小鸟,惊骇地喘不过气来。当那场暴风雨降临时,她身上一下子燃起了激情的火焰,在一阵痛苦的呻吟之后便成了别人的新娘……

有一天表姐见了她,先拥抱了她,调皮地对她说:"好啊!我的好妹妹,表姐嫉妒死你了。听说过吗? 现在是男人征服世界,女人征服男人。"

雪莲问这话是谁说的,表姐嘻嘻哈哈笑了:"我的傻妹妹呀! 管他谁说的,反正这话没错。还是妹妹厉害! 我家表妹有福气哦。"

经过几年南方生活的历练,雪莲懂得表姐话中隐藏的道理。

记忆中的红头巾 / 第十五章

一

令人讨厌的梅雨季节来到了。莫雪莲不想出门,每天站在别墅的窗前看外面的风景。晚上入梦,悠悠地传来童年时母亲教她唱的一首歌:

> 月亮在白莲花般的云朵里穿行
> 晚风吹来了阵阵快乐的歌声
> 我们坐在高高的谷堆上面
> 听妈妈讲那过去的故事

这歌声时而清晰、时而模糊、时而遥远、时而近在耳畔。她被忧伤的歌声刺痛了心,隐隐发痛。她想起了母亲,可怜的母亲为她而坐牢,她现在怎么样?

一天,表姐敲响了她的门。"哇——雪莲,三日不见,刮目相看!"

莫雪莲被她夸得难为情,忙着给她端水果,倒茶。

表姐说:"雪莲,告诉你个消息,你妈来信了,她出狱了。"

"真的?"

"这是她给你写的信,叫我转给你。"

莫雪莲打开信,飞快地读完了信,把信放到胸口上放声大哭。她想把这事告诉毛老板,可犹豫了好一会儿,把这些事告诉他，无疑出卖自己的身世。那是一件让自己伤心的往事，就像块耻辱的伤疤，她想把它永远埋在心底。

莫雪莲坐上南航客机，直飞边城。

下了飞机，她租了一辆轿车，飞快地朝几百公里以外的家乡驰去。晚上九点多钟，西边的太阳还没有沉落。农场连队的职工收工了，人们看见一辆黑色小轿车驶在连队土路上，拐过一个弯，停在了一座低矮的土坯房前。人们惊奇地看见从车上下来一个打扮得像明星似的女人，提着精致的小坤包，十寸高的高跟鞋，踏踏地走在坑坑洼洼的小路上，她走近一座东倒西歪的土坯房，那就是她母亲的家，敲开那扇风雨剥蚀的木门，一张黄瘦的脸出现在雪莲眼前。

"妈——"

"雪莲——"

母亲眼睁睁地望着雪莲。面前的女儿比以前漂亮多了，也成熟了许多。母女俩进了屋抱头痛哭，直哭得江河横流，大雨滂沱。

哭累了，泪水流干了，母女又笑了。

母亲仔细端详着女儿，抚摸着女儿的脸庞，嘴里喃喃地说：

"雪莲，妈对不住你，叫你受苦啦。"

"妈，不要说过去的事，我不恨你，你永远是我的好妈妈。"雪莲望着母亲满是皱纹的脸，华发已盖满了头。

雪莲打开行李，拿出一套新衣服给母亲换上，又把妈妈梳洗得干干净净。妈妈给雪莲做了她最爱吃的西红柿鸡蛋面条，雪莲吃得很香，一连吃了三碗。

母女俩唠叨了一个夜晚，一宿没睡。妈问女儿：

"你还走吗？"

"走，妈！跟我一块儿走吧，离开这个地方！"

"不，妈不想走，妈习惯了这里的生活。"

雪莲撒娇地躲在母亲怀抱里，哭着恳求母亲。

二

阿毛一觉醒来，金箭似的阳光直刺他的眼睛，一转身，发现身旁少了一个人，一个活脱脱的美人鱼不见了。他爬起身，奔向客厅、卫生间、阳台、厨房，凡是能藏身的地方，全找遍了，连个人影也没有。他丢了魂似的，坐卧不安。他拿起手机拨打莫雪莲的手机，对方的手机已关机，一连打了几十遍，都没有回音。这个女人会上哪里去？

他打算报警，这时，电话铃响了，拿起电话一听，不是莫雪莲，是她的表姐打来的。她告诉毛老板，雪莲已回边疆了，她母亲出狱了。雪莲不让告诉你，怕你不让她走。

这个像雪莲花一样的女人，让人如此迷恋。这么多年里，在他眼前，出现如烟的女人，中国的、外国的，不同肤色、不同种族，有的热情似火，有的清秀可人，有的浪漫柔情，有的风情万种……然而，唯有这个叫雪莲的女人，叫他难忘，让他一见钟情，刻骨铭心，心潮激荡，就像歌儿唱的那样：美丽的姑娘万万千，唯有你最可爱。他万万没想到，这个叫他用了九百九十九朵玫瑰诱来的女人，居然一夜之间消失了……怎不叫他魂断情渊呢？

阿毛放下电话想：这个来自边疆的女孩子身上有一股桀骜不驯的野性，随她去吧！可是，一坐下来就心神不宁，像少了一个什么东西？好像鱼缸里养了几年华贵的金鱼，突然消失了。

阿毛想了三天三夜，再也坐不住了，他把手中的几笔生意放下，买了一张飞往边城的机票，直达边疆。当波音737飞机降落在天山脚下时，他的心又变得复杂起来。他的脚一踏上停机坪，就显得格外沉重，走一步都感到吃力。他问自己这是怎么啦？一个已被遗忘的地方，怎么又回来了？难道真是鬼使神差！

阿毛走出机场，租了一辆轿车，飞驰在通往边陲的公路上时，心里沉甸甸的，一片茫然。十年前，阿毛是带着一腔怨恨离开了这块土地。如今，为了一个心爱的女人，又鬼使神差回到这片让他又爱又恨的土地。

阿毛一路打听来到雪莲家，用红柳和葵花杆扎的栅栏墙东倒西歪，一间被盐碱侵蚀的爬爬屋，四处破败凋零，走进院子，敲开一扇被阳光晒得斑驳的破门，雪莲开了门，阿毛出现在面前，这让雪莲感到意外，因为雪莲没告诉她回到边疆农场，雪莲生气地问道：

"谁让你来的？"

"是我想你……"

"谁呀？"里屋响起妈妈的声音。

"妈，是他来了。"雪莲回答。

"让他进来吧。"妈妈犹豫了一会儿说。

雪莲让他进到屋里，阿毛低下高大的身躯走进去，雪莲发现院子外面站着许多人，伸头探脑朝这儿张望，她赶紧关上门。

雪莲把他带进里屋，给躺在床上的妈妈说："这就是我给你说的那个他。"雪莲扶起母亲。

母亲斜眼打量这个身材高大魁梧的女婿，心里不是滋味。

"噢，你好！"他摘下墨镜，低下头说。

"坐吧，给客人杀瓜吃。"妈妈不再看他，嘱咐女儿。

"很好,不错的地方。我早就知道这儿的生活,早穿棉袄午穿纱,晚抱火炉吃西瓜。"他无意中念了一段顺口溜。

"听你说话,你挺熟悉我们这里的?"

"不,是在书上读到的。"他竭力掩饰自己。

"听口音,你好像是上海人?"雪莲妈问。

"以前是,现在不是,我在深圳。"

三个人默不做声了。

到了晚上,雪莲把外屋打扫干净,对他说:"这儿不比深圳的别墅,凑合着住吧,我陪妈妈说话。"

雪莲和妈妈躺在一个被窝里,搂着妈妈的脖子,感到周身的温暖。

妈妈对雪莲说:"这个上海人很面熟,像在哪里见过。他很像以前一个赶大车的上海鸭子。"

"哦,不会吧!"雪莲说。

"怎么不会。这上海人有本事,据说娶了个王队长家的闺女,把王队长给气死了呢。"雪莲妈妈回忆着说。

"哪有这样的事情啊!"雪莲不相信。

妈妈叹了口气:"以前,我们这里来过许多上海鸭子,刚来时喊口号,说扎根农场一辈子,我看他们是在农场混了一阵子。现在全跑光了,一个也没了。"

这一晚,阿毛躺在木板床上,一翻身就发出嘎吱嘎吱的响声。不知过了多久,睡着了。一个人静悄悄地推开门,一个围着一方红头巾的女人,迈着轻盈的脚步,走近了。啊!是她!你怎么来啦?他们久久地凝望着,一会儿,她又走了,一句话也没说。那方火红的头巾消失在门外,他追赶出去,那方红头巾在山沟里飘动,在雪地上飞舞……他突然睁大眼睛,才知是一个梦。天已经大亮了。

啊! 飘逝的红头巾,你在哪里?

他一骨碌从床上爬起来,惊出了一身冷汗。

三

阿毛从喧嚣的大都市来到边疆的农家小屋,这里的寂静让他感到不习惯。早晨出了小土屋,走在连队的土路上,皮鞋很快变成了土鞋。这就是当年工作过的兵团农场。他还记得这里有许多奇怪又可笑的地名:什么克科兰木、车排子、宿星滩、柳沟、前山涝坝、上野地、下野地……

阿毛问雪莲借一辆自行车,雪莲问他干什么去,他说出去转转。雪莲妈到邻居家借了一辆自行车,他骑上自行车,戴上太阳镜,奔向农场的林荫大道。

阿毛一路打听,中午时分,来到了他曾经劳动和生活过的地方。那个地方有个奇怪的名字,叫车排子。自行车爬上了斗渠的水泥桥。哦!十八年前的那座水泥桥还是那个老样子,桥的一边,当年被他砍倒的那棵半截老柳树还立在那儿,那被砍掉的一半,还残留着雷劈过的痕迹,剩下的几棵树杈子上生长着茂密的枝叶。

阿毛下了自行车,走到那棵树前,抚摸着那棵树,坐在树荫下,抽了一根烟,过往的行人不时回头看这个陌生人,不知他傻呆呆地干什么。一支烟抽完了,他骑上车继续往前走,路的两边,有许多农田变成了一片白花花的盐碱地。

凭着记忆,他来到了曾经生活工作过的连队,令他大吃一惊,这儿到处长满了杂草、芦苇、骆驼刺,到处是断垣残壁,凸现在那儿。唯一找到的就是当年的连部,也已破败不堪,歪倒的房子,露出屋顶上红柳把子、芦苇把子。门窗和屋梁,早已被人洗劫一空。

这是什么地方? 好像是一座废墟。

一个戴破草帽的牧羊人赶着一群羊慢慢地走来,一边走一边悠悠地唱着一支什么歌儿。看样子,这个牧羊人是这儿的老人了,也许能从他那儿打听到一些什么。他走过去,叫了一声:"老大爷,向你打听个人。"

牧羊人站住了,眯着眼看这个穿西装、打领带、戴墨镜的陌生人。他递给牧羊人一支骆驼牌香烟,牧羊人不接,从怀里掏出一张二寸的报纸,撮出烟末,利索地卷了一根金黄色的莫合烟,点着,抽起来。

"老大爷,你知道一个叫金凤的女人吗?"

那个牧羊人上上下下打量他一眼:"唉!你是问金凤啊?告诉你,这儿叫金凤的人有好几个,一个离婚了,两个病死了,三个调走了,四个进城了,五个改嫁了。另外,还有一个年龄最小的,今年考上大学走了。不知你问得是哪一个啊?"牧羊人哑着嗓子问。

"一个嫁给上海——鸭子的那个金凤……"

"哦,让我想想。"他抽了半截莫合烟,吐了一口,"哦,想起来了,唉——!那个金凤可是个好闺女哪,我和她父亲是老战友了,那个闺女有一颗金子般的心哪!金凤那闺女,年轻时像一朵花,有许多小伙子跑烂鞋也追不上。可她脾气倔,那么多好小伙子没看上,却看中了个上海鸭子,可那个该杀的上海鸭子,可把人家那么好的闺女给坑了,跑了,扔下她和孩子,把她爹活活气死了啊!"

"那……那……金凤呢?"

"唉——她也走了好多年,现在在哪儿,谁知道呀!"牧羊人盯着面前的人:"你打听金凤干什么?"

"我只是随便问问。"

"你认得她？"

"认识。"他低下脑袋，不敢看那个牧羊人。

阿毛一脸的难堪，不敢和牧羊人再说下去，他不知道牧羊人后面还会说出什么话。这时，他已认出这个牧羊老头，就是当年砍了树，在操场上当着职工群众的面刮自己胡子（批评的意思）的那个连长，而这个老连长，已认不出这个当年的上海鸭子了。

他告辞了牧羊人，骑上自行车，一溜烟地飞跑了。

他失魂落魄地回到雪莲家里，像个逃跑的小偷，躺在床上一根接一根地抽烟。第二天，恳求雪莲带上妈一块儿走。

雪莲劝妈妈跟他们一块儿走，可妈妈很固执，说什么也不愿跟女儿去深圳。雪莲左右为难，对阿毛说："你先走吧，我过两天就回去。"

阿毛只好灰心丧气地先回深圳去了，那儿有他丢不掉的事业。

雪莲回到农场的家，身后跟着一个衣冠楚楚的男人，叫小地方的人真是大开眼界，戈壁滩上，很少有人见过贼亮的小轿车，也很少见到西装革履的人物。人们绘声绘色，风言风语，这些话，很快传进母女耳朵里。

雪莲苦苦地劝母亲："妈，我们走吧，就是不去深圳，这个地方也不能呆了，唾沫星子会把人淹死！"

母亲为了耳根子清净，又看女儿那么顽强地让自己走，叹了口气，退让了一步："好，妈答应你，离开这个地方，进城！"

雪莲把妈接到小城，在寡妇街买了个门面房，盘下个小百货店，让母亲在这里做点小生意。一切安排好了，临走时又给母亲留下一笔钱，雪莲才放心离开小城，飞回深圳。

一

　　毛总的生意受到亚洲金融风暴的冲击,他感到生意越来越难做,此时。国家调整经济政策,毛总的生意利润空间越来越少,甚至一连几笔生意都出现亏损,他经营的房地产,由于泡沫消失,一幢幢拔地而起的大楼成了半拉子工程,银行紧催收贷款,他经营的纺织,制衣也由于订货数量日益减少,出现亏损。他不得不采取休眠政策。

　　莫雪莲已退出 T 形舞台,她一边帮助丈夫打理公司内务,一边到表姐那儿经营舞厅和美容院,她的加盟,给表姐的生意添了一把火,表姐也不亏待她,给她加薪,发红包。

　　闲下来时,莫雪莲问阿姐:"娱乐和美容有多少利润空间?"

　　表姐说:"你是看见的,娱乐业和美容业空间都很大。怎么,你想经营?"

　　"有这个想法。"莫雪莲说。

　　表姐笑着说:"人吃饱喝足了,就是图个享受,玩个潇洒,到这儿来玩的都是些什么人?厂长、经理、老板,还有那些有权的政府官员、富商子弟、花花公子……这些都是高消费一族,我就是挣他们的钱!挣有钱人口袋里的钱!这些人的钱来得容易,去得也快!"表姐说得理直气壮。

　　莫雪莲回到家,躲在自己的空调小屋里,盘点自己的小金库,她的小金库已上升到七位数,而这部分钱,是她和毛总合作的日子里赚的,那是用自己的青春、美貌换来的。在这充满物质的世界里,女人的美貌就是一笔无形财富。

在这里,她感到竞争的激烈,长江后浪推前浪,各领风骚三五年。她的青春,她的美貌,她的魅力,随着时间的流逝,无情地打了折扣,随着新的明星升起,她逐渐暗淡、衰落。她明智的选择:不再吃青春饭。

一天,莫雪莲接到母亲的电话,想见她一面。她不知母亲又发生了什么事,随即给阿毛打了个电话,要回家看母亲。

她火速回到边陲小城,才知道母亲涉嫌一桩命案。

原来,当年卖大米的继父出狱后,不知怎的打听到雪莲母亲在街上开店,找上门来,死缠活赖着要和雪莲母亲重归于好,母亲一见他就怒火中烧,骂他是挨千刀的癞皮狗,不论怎样骂他,他不恼不怒,赖在门口就是不走。天晚了,雪莲妈要关门,拿刀赶他走,他忽然从衣兜里掏出一大沓钞票给雪莲母亲,母亲说那是臭钱,一分不要,给他扔了出去,他赶忙出去拣。母亲"叭"地一下关上门,他打不开,只好垂头丧气地走了。当时已是深夜,街上行人稀少,还没走出街头,从墙角的暗处蹿出几个黑影,抢劫了他,把他捅了几刀,逃之夭夭。第二天,人们发现一具尸体躺在街头。警方接到报案,把怀疑的视线放到了母亲身上,但又一时查不到任何证据。

莫雪莲可怜母亲,心疼母亲,劝母亲离开这里,妈说不能走,一走,这件事就会怀疑到自己身上。她说那个男人该死,但自己是清白的。

雪莲时常看见妈妈望着远方戴白帽子的雪山发呆、发愣,一愣就是半晌。她知道妈又在思念上天山采雪莲未归的父亲。妈妈在等他、盼他、想他。在妈的生命里,爸爸是世界上最好的男人。

雪莲看着妈妈痴痴望着远方的天山,就陪着妈妈拉家常。

"妈,人说女儿是娘的贴心袄,我不走了。"

"哦!还是闺女疼我,"一丝微笑浮现在母亲脸上,"妈一直想对你说句话,妈不喜欢那个毛老板。"

"他哥哥是个美籍华人,是个很有钱的资本家。"雪莲一字一句的说。

"妈这辈子吃的盐,比你吃的饭多;走过的桥比你多,比你走的路多。在这条街上做生意,我也长了不少见识。人们说,男人有钱便学坏,女人坏了才有钱。"妈对女儿唠叨:"是啊!不是我不明白,也不是我糊涂,而是这世界变化得太快!老辈子人说:三十年河东,三十年河西。我看,现在是三年河东,四年河西。"

"妈,你是从哪里听来的这么多调皮话?"雪莲摇了摇母亲。

"听客人们说的。对了,前几天,一个记者在街上转悠,到这里和我闲聊,我说,咱是个平常人,没啥故事。你甭说,人家肚子里有墨水的人,说话就是不一样,和我拉了几句家常,就把我一肚子的酸甜苦辣给倒出来了,讲了整整一天……"

雪莲打断母亲的话埋怨道:"妈,你以后不要和陌生人说话,那些个记者又穷又酸,就知道胡编乱造,写些乱七八糟的文章骗人赚钱!"

"好,好,以后不和陌生人说话了。"母亲起身给雪莲做饭吃。

二

莫雪莲回到小城,不忍心看母亲背黑锅,等事情水落石出,才能还母亲一身清白。思考再三,不走了,她打算在边陲小城开辟自己的事业,来证明自己的能力和实力。她把这个想法告诉阿毛,却遭到他激烈反对,他十二万分地恳求她不要回去,留在自己身边,他不能没有她!但她决心已定,阿毛已无可奈何。

在小城考察了一个月后,得出一个结论:这座小城依傍欧亚大陆桥,占据地理优势。而且,随着边贸日益活跃,前来投资经商的人会越来越多。她打算在这里投资娱乐业和美容业,让边陲小城的人们也领略南方大都市人才享受的生活。主意一定,她把这个想法告诉深圳的表姐,表姐非常赞同,夸她有战略眼光。她请表姐帮忙,表姐满口答应。

在南方大都市闯荡了多年的雪莲,深知做人做事要的是手段,年轻漂亮的女人,在这一方面更有优势。小城里的官场不比大都市水深,一来到小城,就听到一首流传很广的民谣:早上围着轮子转,中午围着盘子转,晚上围着裙子转。后面还有一段更形象的概括:打牌通宵不睡,酒瓶不倒不醉,跳舞几步都会。

她在街头留心流传在大街小巷的民谣和笑话,觉得很有意思,这些民谣和笑话给她提供了信息,小城也在追赶改革开放的浪潮。

经过周密计划,她选好了地盘,开歌舞厅、美容院。

她高起点发展自己的事业,她需要一个助手,这个助手必须是个女孩子,年龄不能太大,也不能太小,她在电视上打广告,按照她要求的条件,她选中了众多应聘者中一个叫菊儿的姑娘。

菊儿来到莫雪莲面前,她仿佛看到自己当年的影子,只是她比自己的皮肤更白一些,身材更丰满一些,她还发现菊儿身上有一种潜在的柔情气质。

三

菊儿是金凤的小女儿,她被莫雪莲选中,聘为经理。菊儿没把这事告诉母亲,她担心母亲知道这事会不同意,就自作主张决定了这个事。莫雪莲为了自己的事业蓬勃发展,派菊儿到南方学习管理经验,菊儿长这么大第一次坐飞机,出远门。

表姐在南方机场给菊儿接风,让菊儿感动。她第一次到南方大都市,一切是那么新鲜。

　　此时表姐已是一家公司的总经理了。表姐先是介绍菊儿到一家美容院学习,拜一位香港美容大师学美容技艺,菊儿只用很短的时间,就掌握了美容秘诀。她在美容院学习完后,表姐又介绍菊儿到一家歌舞厅学习管理方法。一天晚上,菊儿接待了一个西装革履的客人,那客人一眼就盯住了她,请她陪舞。她再三推辞,前三个晚上都推掉了,可这个先生第四天又来歌舞厅,找到经理,点名要菊儿陪舞。经理赔着笑脸一会儿给那个先生解释,一会儿又和菊儿商量,看样子经理和那位客人很熟:"啊,毛先生,你眼睛真毒,一眼就挑上了这位小姐,她是才到我们这里来的靓妹哦,你可不要欺负她哦。"

　　那个叫毛先生的哈哈大笑:"当然,当然。"

　　经理说:"你知道这个小姐是哪儿来的吗?"

　　"不知道。"毛先生摇摇头。

　　"是新疆来的。"经理讪笑着说。

　　"哦——新疆姑娘牙克西(好的意思)!"毛先生哈哈一笑,随口说出一句话。

　　菊儿暗吃一惊,没想到这位客人也会说新疆话。

　　"不过,她过几天就走了。"经理神秘地眨眨眼。

　　菊儿站在毛先生面前,像一阵和煦的风,送来一棵带着露水的九月菊,水灵灵地,激荡起毛先生的心,他不会放过任何一个猎艳的机会。他站起身,拉起菊儿的小手,搂住她进入舞池跳舞,他感受着菊儿青春的肌肤,温馨而又芬芳,一曲接一曲,直到跳累了,两个人才坐下喝饮料。

　　他摩挲着菊儿柔嫩的手,把一沓钞票放在她手上。

　　"你人长得美,舞也跳得好,真想和你跳一个晚上。"

　　她缩回手:"谢谢毛先生的夸奖。这钱,我不能要。"

　　"这是给你的小费,请接受。以后我有机会到新疆,你还要请我的客呢。"毛先生把钱使劲塞在她手里。

　　"那好啊,我请毛先生吃手抓肉。"菊儿吃吃地忍不住笑了,心想,毛先生可真大方。

　　"好,我一定去吃。"毛先生拍了拍她的肩膀。

　　"再过两天,我就回家了。"她小声说。

　　毛先生惋惜地叹了一口气:"这样,明天我请你吃西餐,你接受吗?"

　　"谢谢毛先生。不行,我们有规定,不许随便接受客人的邀请。"

　　"我给你们经理说一说。"

　　临分手时,毛先生又紧紧地抱住了她,吻了吻她的手,她的脸。

第三天傍晚，毛先生开着他的宝马车，来到菊儿住的地方。菊儿第一次坐这么高级的小轿车，心里有一股说不出的喜悦。她胆怯地问："这车要多少钱？"

毛先生神秘地微笑："猜猜看。"

"十万。"

毛先生摇摇头："再猜。"

"二十万。"

毛先生哈哈大笑："再猜一次，猜对了，这车就送给你。"

菊儿更胆怯了，她脸发烧，后悔不该提这个难堪的问题："对不起，我不猜了。"

毛先生拍拍菊儿的肩膀："你只猜对了两个车轮子的价钱啊。好，我送给你两个车轮子。"说着话的时间，他们来到一座五星级大酒店。

菊儿第一次吃西餐，不知道怎样吃，毛先生手把手教她，她累得满头汗水，终于吃完了这顿饭。毛先生买单时，她注意到这顿西餐是她一个月的薪水。她暗吃了一惊。他们又来到一家商场，毛先生带她走进首饰柜台，那里摆放着琳琅满目叫人眼花缭乱的首饰。小姐上来热情地招呼，请他们随意挑选。菊儿一看标签上的价格，不由害怕了。上面标着五位数六位数。毛先生让她找自己喜欢的选，她不好意思，就说："谢了，毛先生，我什么都不要。"

"为什么？"

"我妈说，不能随便要别人的东西。"

毛先生叹了口气："你怎么总说你妈妈，对了，你爸爸呢？"

"听妈妈说，在我不记事时，爸爸就死了。"菊儿小声说。

"哦……"毛先生明白了。

又过了几天，毛先生开着车来到歌舞厅。菊儿说是上班时间，不可以随便出去。毛先生叫出经理，悄悄耳语几句，从衣兜里抽出一沓钞票放在经理手里，说了一声："拜托了啊。"转身牵上菊儿的手走出门。

他们来到高级时装城，走到服饰柜台，毛先生给菊儿挑选一件裙子。在毛先生付钱时，菊儿偷看了一眼这条裙子的价格单，吓了她一跳，相当她半年的工资。

毛先生又带她来到大酒店，走进客房。毛先生笑着说："菊儿，认识你非常高兴。你是个好女孩！我们可以成为好朋友哦！有句话说，在家听父母的，出门听朋友的。没错！来，穿上裙子让我看看。"

毛先生善于捕捉女人的心态，要想打动一个女人的心，你就给她买一件漂亮裙子。菊儿盛情难却，只好接受他的礼物。她拿上裙子走到卫生间，关上门。脱去身上的衣服，换上漂亮的裙子，镜子里像换了一个人。啊！那是自己吗？她满脸显出幸福的微笑,悄悄打开门,像仙子飘然而出。毛先生见了,噼啪鼓掌:"真是仙女下凡,美若天仙啊!"菊儿满脸飞红,难为情起来。

毛先生又打开音响,一支圆舞曲流淌出来,在屋里飘荡。毛先生转身深情地注视着菊儿,朝她慢慢走来,伸开手臂和菊儿跳起优雅的圆舞曲。

第二天,菊儿走时,毛老板送给她一个礼物盒,告诉她现在不能看,她上了飞机,迫不及待地打开那个礼物盒,是一瓶法国香水。

一

边陲小城是一个县级市,南方的改革如火如荼,而这儿的改革却是光打雷不下雨,走一步退两步。市里有几家棉纺织企业,依靠周边农场的棉花做纺织原料纺织棉纱,几千个工人都在一个锅里盛饭吃,出现年年亏损,一大堆的呆账、坏账,造成工人年年发不下工资,于是有大批下岗工人到市政府门前静坐,这成了市政府一个头痛的大问题。

新上任的市委书记是从外地调来的,市长是哈萨克族。最引人注目的是一位年龄不到三十岁的副市长。新的领导班子平均年龄不到四十五岁,可谓是年轻化。这也是上级领导对这座小城改革步伐缓慢的重大调整。

小城像一艘船,在改革的大海中启航,前方会不会遇上风浪?暗礁?搁浅?全看这班人的执政能力和水平了。

新上任的市委书记名叫司马南,人们管他叫司马书记。他宽脸,中等身材,人已四十多岁了,体形依然保持得很好,没有现出大腹便便的将军肚。他戴一顶鸭舌帽,给人的印象不像是干部,倒像一个普通的工人。他总爱穿一件灰色的夹克衫。

司马南书记来到边陲小城,他要对这个城市作一个彻头彻尾的解剖了解,在孙子兵法里,这叫作知己知彼,百战不殆。他从史志办公室找来一部志书,从第一页读起,研究这个城市的历史。

追溯小城的历史，这里最早叫骆驼驿，倒退百年曾是清代的古驿站。

驿站东边，有条弯曲的季节河。每年五月，天山冰雪融化，犹如万马奔腾，呼啸着向北方奔流而去，那河面，像个怀孕的女人，宽阔丰满。到了秋冬季节，河水渐渐少了，干涸了，瘦的像一条银链子，成了一条小溪，一伸腿，就跨了过去。这时的河水，不再是河水，而是金子，金贵得要命。

河水在驿站拐了个月牙形的弯，形成一片河滩地。

一年一度的春风，融化了河里的冰雪，岸边的柳树泛青了，远方出现幻影般的驼队，高大的驼峰起起伏伏，气势峥嵘，错落有致，远远看去，其为壮观。那浩瀚的阵势，犹如一座游动的绵延长城，蜿蜒数十里。黄昏时分，落日的余晖映出驼队摇曳的峰影，投射在苍凉的戈壁沙漠，驼铃一路叮当，朝驿站走来。

成群结队的驼客落脚在驿站，在河滩上安营、扎寨、歇息、宿营。整个驿站，遍地驼峰。驿站人声鼎沸、喧腾热闹。

日子久了，人们把驿站叫做骆驼驿。骆驼驿也因此而得名。

驿站最高处，立着根青杨木的大旗杆，寂寞地插向苍穹，顶端呼呼啦啦飘动着一面破旗。旗，历经风吹日晒，还可隐约辨出黑线绣着"骆驼驿"三个隶书大字，这破旗，便是骆驼驿的标志。它是浩瀚的戈壁滩上的一座航标，指引着南来北往的商旅、驼客。

驿站旗杆下的石子路左右两边，立着两块牧羊狗大的青石，左边那块阴刻隶书大字：文武官员在此上马；右边那块印刻着隶书大字：文武官员在此下马。史书记载，这青石，是清朝乾隆年间立的，来往的文武官员，不论级别大小，都要在此下马、上马。青石不知被多少脚踩过，上面有块明显的凹槽，青石周身乌油油，光滑闪亮。

传说清代的封疆大吏左宗棠追剿阿古柏时，在驿站扎过大营；禁烟大臣林则徐发配伊犁，在驿站歇过脚，饮过马。

不论岁月更替，地不分南北，人不分贫富，不分民族，东奔西走的驼客、大臣、将军、士兵，就连那杀人越货的惯犯，朝廷判下死罪的囚徒，或骑马、骑驼、骑驴，或徒步、或坐车路过驿站，都在此下马歇息。

驿站上有几个大户人家，承袭老辈人的古道热肠；见了这些过客，主动端上香喷喷的手抓饭，让客人吃饱喝足；客人离开时，主人将车轱辘大的馕，使劲塞入客人的行囊或袷袢里，如果是夏秋季节，还会在客人的皮囊里塞进西瓜、甜瓜、热情地送你上路。那些客人感激后也多少留下些银子，不让他们破费。

从嘉峪关到伊犁将军府，有五十八站。骆驼驿是最小的一个站。从京城出来的消息传到伊犁将军府，最快也要半年时间，真可谓天高皇帝远！北疆大地曾历经兵荒马乱，驿站没遭到一次战火的洗劫，一直保留着它完整的陈迹。

骆驼驿起初有五六十户人家,最多时达百多户。这里的居民有汉族、回族、维吾尔族、哈萨克族、蒙古族。他们少部分从事商业,多数从事放牧和农耕。一代又一代面朝黄土背朝天,日出而作,日入而息,年复一年守着这方土地。

到了 20 世纪 50 年代,一位将军带着浩浩荡荡的垦荒大军来到骆驼驿,那位将军骑在马上,举起望远镜,向四周一望,放下望远镜,大手一挥:啊呵!这儿是个好地方,今后我们要在这里建一座城市!

这位将军说完这句豪迈的话二十年后,果然一条条平展展的街道修好了,一座座房屋矗立起来,古老的骆驼驿发生了翻天覆地的变化,茫茫戈壁滩上,海市蜃楼般地冒出一座人间新城。

由于小城占有地缘优势,再加上这里交通便利,南来北往的人经过这儿落脚,把这里的经济一下子激活了。

在命名这座城市时,依照原来的骆驼驿,后来的人们很自然地就叫它骆驼驿市。

司马南书记觉得这个名字虽然有历史渊源,但很俗气,太古老了。为了跟上时代的步伐,他建议地名办公室,把骆驼驿市这个名字改了,叫天北市。地名办的同志采纳了司马南书记的建议,经过一番漫长的审批程序之后,终于将古老的骆驼驿改名叫天北市。

新年伊始,市委市政府召开干部大会。主持会议的是司马南书记。他高屋建瓴,精辟地分析了天北市的优势与劣势,描绘出一幅灿烂的天北市发展远景,让人振奋。最后,他高兴地说出来:"我们要制定五年规划,在五年内,把我们这座城市,建设成一座现代化的城市。第一,我们要上规模,上档次,赶一流,超现代……"说到这里,他停顿了一下,看大家有什么反应,每个人的目光都注视着他,等待着他的下文:"我们要建大广场,比天安门广场还要大;我们要建迎宾大道,比长安街还要宽……"

这时,参加会议的人开始交头接耳,小声议论。

司马南的声音提高了八度,铿锵有力地说:"我们要大手笔,大气魄,大胆量,大踏步,抓住机遇,趁势而上。我们还要重新建办公楼,我有个想法,要高起点,高速度,把办公楼建得像天安门一样,一百年不过时!让远离北京的百姓和草原上的牧民,一到天北,看见了天安门,就好像来到了北京。"

大家的情绪被司马南书记一下子激发起来,不知谁先鼓掌,接着一阵掌声轰响。他的脸上浮现出得意的笑容,接着他又加重语气,把自己的想法表达清楚:"同志们,老百姓过了多少年苦日子,有许多老同志,支援边疆建设几十年,他们献了青春献子孙,献了子孙献终身,一辈子也没离开过这里,没有走出过边疆,甚至有许多人没见过火车。就在火车通过我们这个城市时,居然闹了个天大的笑话,有几个草原牧民见火车来了,不停地招手,火车司机就停下来,一问,他们是搭车进城,火车司机哪里知道牧民把火车当班车了,成了招手停,那是哭笑不得啊。"

大家听到这里哈哈大笑。

司马南书记没笑,而是语重心长地说:"同志们啊,这个新闻就登在我们的晨报上啊,表面上看是个笑话,可我看了这个新闻,心里很不是滋味,我们每个干部要想为老百姓着想,就是我们所要做的。"

他挥起大手,坚定有力地说:"我们的城市是一座美丽的城市,是一座传奇的城市,是一座有故事的城市,是一座有文化的城市,是被称为在黄金坐标上的城市。一条东起连云港,西至荷兰的阿姆斯特丹的大陆桥修通了。这给我们天北带来新的发展机遇。一万年太久,只争朝夕!我们要快马加鞭,把天北市建成璀璨的戈壁明珠!"

他像一个将军,在做一场大战役前的动员,他的话音一落,会场立刻响起暴风雨般的掌声。

二

晚上,客人们散去,酒楼打烊了。

巧珍照镜子,忽然发现左边眉骨末处的痣越长越大,像一枚乌黑的花椒,据说那痣叫情人痣。

巧珍想起十几年前的那个冬天,她的命运开始有了转折。有一年西伯利亚的连队来了一位蹲点干部老司,人很年轻,是个文艺活跃分子。冬闲时,组织队里的年轻人跳舞,唱歌,演节目。

老司很快发现了炊事班工作的巧珍。她嫩白的皮肤,黑漆漆的眼睛,乌亮的大辫子,高挑的身材,是个演戏的好人才。他把巧珍调到演出队,这让巧珍受宠若惊。在以前,这是根本不可能的事,也是不敢想的事,现在,都变成了现实。她从小就喜欢唱戏演戏,一上场,她就身手不凡。他们排了一个戏《白毛女》。老司演大春,巧珍演喜儿,她把喜儿当成自己。她幻想有一天也像喜儿一样,盼着深山出太阳。是老司点燃她生命激情的火焰。两个人配合得十分默契,那么投入,当他们演到深山里发现喜儿时,一下子打动了台下的许多观众,连自己也流泪了。他们带着这个节目巡回演出,引起观众无数次掌声。

老司像一个宽厚的长者,倾听她的诉说。有次她在练习一个动作时,不小心崴了脚脖子,她疼的脸色发白,站立不稳,一屁股坐在地上,老司进来见她捂着脚脖子,当时天已快黑了,只有他俩,老司坐在她对面捧着她的脚,像捧起一只受伤

155

的鸟放在怀里,给她按摩,他的手在受伤的脚脖子周围摩挲,她看他的乌黑的头发,俊气的面孔,结实的肩膀,吸引着她的目光,要把她整个人吸进去。他的手时慢时快,时而用力时而轻柔,一会儿,脚脖子不那么疼了。一股暖流涌遍全身,她的脚不由地朝他的怀里伸去,他似乎感觉到了什么,问:"疼吗?好点吗?"

"嗯……好点……不疼了……"

司马南的手在黑暗中摸索着女人柔软的身子,在他的大手抚摸下,疼痛减轻了许多。她能感觉到面前的司马南年轻、英俊、聪明、有才气。她从内心喜欢他,但这一切都无法表白,自己是个结过婚的女人,而且又是一个出身卑贱的女人,她不敢多想……

暗夜里两个人离得很近,司马南突然有了一种感觉,速度很快,像是一匹脱缰的马无法控制,他紧紧抱着她,嘴唇贴到她的脸上。巧珍被他突然的举动吓蒙了,愕然地睁大了眼睛,无奈而又幸福地接受他主动的亲吻。

"我喜欢你……"

"什么……你……"

"真的……"

"不不……这不可能!"她心里有只小兔子,不停地跳。

一股微微的暖意,缓缓包围住了她,巧珍浑身奔涌着一股奇异的热流。她挣脱不掉那钳子似的双臂,这一切来的都是那么突然,让她感到一阵晕眩,倒在他结实的臂弯里,两个人呼吸在一起,他滚烫的嘴咬住她的唇,她身子里的那座埋藏已久的冰山渐渐溶化、崩塌……一只温暖的手伸向她,那只手有一种魔力,轻巧地叩开她紧闭的心扉,她忍不住一阵呻吟,是他,给了她雨露、阳光和无私的爱,一朵即将枯萎的花蓦然开放,泪水包围住她的眼眶……

不知过了多长时间,两人从无限的渴望中慢慢挣扎出来,巧珍站起身,整理好衣服、头发,一步一步朝着自家低矮的小屋走去……

到家时丈夫已熟睡了,她躺在床上,睁大眼睛,回忆着刚才的一幕,不由心跳加快。这是她做媳妇以来,第一次得到男人真诚的爱。她生命中的那朵花绽开、怒放,她激动不已,她流泪了,她真诚地得到了苍天给她的爱,给她一次做女人的快乐,她觉得自己是世界上最幸福的人。

在以后的日子里,不知为什么,她总想见到司马南,他每天到伙房打饭,老是最后一个,给他打饭时,只要有了肉菜,她会给他多舀一勺。有几天,他没去打饭,她不停地朝窗口外张望,整个人丢了魂似的坐立不安。下了班,她鬼使神差地来到了他的办公室门口,灯亮着,见他一人在读书。她蹑手蹑脚走了进去,两个人说了几句话,她就走了。

有一天,他们见面时巧珍把徐老壳欺负自己的事告诉他。没过几天,徐老壳就调走了,她感到轻松了许多。

可是,她和老司相处甜蜜的日子没过多久。一天,她忽然听到消息,老司被上级调走了。她的心一下子凉了半截。这么好的一个人,他怎么说调走就调走了呢?

不知为什么,老司一走,巧珍心里空落落的,他的音容笑貌,时常浮现在眼前,有一天,她梦见他走来,步伐那么矫健,脚下生风,他走近自己,她看见他的眼睛是那般明亮,他朝自己张开双臂,那有力的双臂,将她紧紧地抱起,让她喘不过气来,立时,有团火在她身上燃烧起来,她骨头酥软,每一根神经过电般地战栗,她感到从未有过的幸福袭来。睁开眼,才知是一个梦。她又闭上眼,回味那个梦。

过了一段日子,她意外地发现自己怀孕了,让她暗中惊喜,又叫她提心吊胆。她掐着手指算……算了一会儿,她心里一阵激动,她一定要把这个孩子生下来,她幻想着这个孩子长大,像他一样的模样,像他一样的潇洒,像他一样充满男子汉的气派。

可是,她又不得不直面残酷的现实,眼前晃来晃去的窝囊男人,到了天冷就不停地咳嗽,喉咙里像拉风箱,咳嗽一阵就吐一堆黄痰。回到家一看见这个半死不活、说话结结巴巴、咳嗽放屁流泪的男人,心里就有一种说不出的厌恶感。可他对自己是俯首帖耳,大气不敢吭一声。有一次,她气恨地骂他、打他,提出要和他离婚,他吓得浑身筛糠一样,瑟瑟发抖,跪在自己面前,恳求不要离婚,他甘愿做牛做马伺候她一辈子。

说是离婚,那是气话,一旦离了婚,她会被唾沫星子淹死。她知道别人都在背地议论什么,她装着听不见,只是抬着头挺着胸,和大家一样上工收工。当她的肚子一天天隆起时,她似乎听到周围人更多的风言风语。回到家,她偷偷地哭。

三

路生的班里,新来了一位女同学,叫小梅,她爸爸是不久前上任的市委书记。

小梅学习偏科,文科成绩好,理科成绩老上不去,家里连请了几个家教老师,她都不满意。不知怎的,她在班里一眼瞄准了路生,她不好意思找路生,就托老师给路生说,老师明白小梅的意思,便物色路生辅导功课。一开始,路生不太愿意,怎奈老师一再做工作,路生也就答应了。

路生天生憨厚,不太爱说话,见了漂亮的女孩子就脸红,特别是像小梅这样活泼的女孩子,更让路生羞愧的抬不起头来。路生跟着小梅,走进市政府机关家属院,这儿环境幽雅,一幢幢干部楼门前的树荫下、花池旁,停放着锃亮的高级小轿车,客人们进进出出,迎来送往。这一切对路生来说都是那么新鲜、好奇。

走进小梅家时,仿佛一脚踏入玫瑰盛开的花园,宽敞的客厅里的地毯上,大朵大朵的红玫瑰与黄玫瑰交相辉映,一直铺陈到窗台的垂地窗帘处。一只只花篮里,簇拥着争奇斗艳的玫瑰,窗帘紧闭,光线柔和地洒在厚实而弹性十足的地毯上,使得每一个脚步都像踏在棉花上,温暖包围了脚面。

靠落地窗放着一座半人高的玻璃大鱼缸,里面养着许多五颜六色的金鱼,路生一看就喜欢;阳台上摆放着各种热带花卉,开得灿烂而又热烈,把客厅装点的姹紫嫣红。

客厅中央摆着一圈羊皮沙发,高级玻璃茶几,茶几上的果盘里放着新鲜的荔枝,金黄色的柠檬,玛瑙色的葡萄,玫瑰红的草莓,还有几牙切得小小的西瓜,上面有几只牙签,浅浅地斜插着,看上去,像一件件艺术品,既精致又可爱。一个豪华的宽银幕大电视,摆放在这间客厅里并不觉得大,因为这间客厅是如此的宽绰。路生不由暗暗地吃了一惊,他还从来没有见过这么浪漫而豪华的居家客厅呢!

一个小保姆笑吟吟走来,帮小梅拿书包,小梅请路生坐在沙发上,那沙发真软,坐上去整个人都陷进去了,很舒服。小保姆端上各种水果,小梅给路生拿了一颗樱桃,他放在手上舍不得吃。

小梅打开开关,宽屏大彩电"嗡"起来了,路生仿佛进入到另一个世界。

这时,门铃响了,小保姆开了门,是小梅的爸爸回来了,小梅从沙发上跳起来,鸟儿一样飞扑上去搂住爸爸的脖子:"爸爸,你这次出差,这么长时间才回来,我想死你了!"她搂着爸爸的脖子,不停地撒娇,爸爸拍了拍女儿的背,小梅松了手,"爸爸,这是我们班的同学,他叫路生。"

路生赶忙站起来,胆怯地叫了声:"叔叔,您好。"

"啊,好,好,你请坐。"

爸爸放下小梅,不经意又看了一眼那个孩子。心里咯噔一下,哦,这是谁家的孩子?

路生和小梅爸爸的目光碰在一起,腼腆地低下脑袋,不敢看那双眼睛。

小梅的爸爸梳着大背头,很有气派,像个大干部,有点像电影电视上的某个演员。

一会儿,小梅的妈妈也回来了,路生见小梅妈妈打扮入时,看上去很年轻,她妈妈眼见站在客厅里的孩子,用一种审视的目光打量他,想这个闯进门的野小子会不会把自己的宝贝女儿勾走。她伏在小梅耳边嘀咕了几句什么,只见小梅又撒起娇来,妈妈无可奈何地叹了口气。

这时,小梅妈妈又无意中多看了孩子一眼,奇怪!这个孩子怎么像一个人。你看他的眼睛、眉毛、鼻子,也像年轻时的司马南。这个念头忽然一闪,立刻又被否定了。

小梅妈妈问："这就是你说的那个同学？"

"是的啊，妈妈，你不相信？"

"相信，相信。"

正说着话时，门铃又响了，进来了几位西装革履的客人，小梅的爸爸站起身请客人落座，夫人指点小保姆倒茶，小梅的爸爸和客人们海阔天空地谈论，声音洪亮，不时发出夸张的大笑声，那笑声里充满着自信和愉快，显示着领导非凡的气度和风度。有时，他不说话，只听客人说话，不时地嗯、啊、嗯、啊，又不时地点头。

小梅怕影响爸爸和客人谈话，拉着路生的手悄悄走进自己的卧室，一进卧室，叫路生吃惊不小。他是第一次进入女孩子的闺房，卧室的墙上贴着拳王阿里、足球明星马拉多纳、篮球明星乔丹和第一滴血史泰龙的大剧照，那些刚猛雄健的男性，给这个充满温柔的闺房带来一股阳刚气息，小梅见路生对这些画有兴趣，问："你喜欢吗？"

路生不敢看她的眼睛，点点头。

"那我们复习功课吧。"小梅拉他坐在桌前，挨近了他，身上散发一股诱人的芬芳。

路生给她讲数学题，讲得很认真，分析得也很到位，他把自己总结的一套学习方法，一股脑儿地告诉了小梅，小梅欣喜若狂，如获至宝。

正在这时，小保姆叫吃饭了。小梅请路生共进晚餐。

路生和小梅一家坐在一张长方形的大餐桌上，那餐桌光滑明亮，可以照出人影，路生不能在家里吃饭那样随便，慢慢地不出声地吃，小梅的父母一边吃饭，一边谈论着他们关心的话题。小梅爸爸的眼睛不时地盯着这个孩子，小梅的妈妈也在注意这个孩子，他们在暗示小梅，要警惕这个男孩子。

吃罢饭，小梅把路生送出了家门，一直送到大院门口，才回来。

爸爸问小梅："刚才那个男孩子是你的同学吗？"

"是啊！爸爸。"

"哦，他家住在哪里？"爸爸又问。

"住在哪里我不知道。不过，他在学校附近租的房子。听他说，他妈妈是个开饭馆的老板。"小梅回答。

"哦……"司马南书记若有所思地点点头。

"怎么，你认识？"小梅问。

"不认识。"司马南书记摇摇头，"他爸爸做什么的？"

"不知道。"小梅说，"放心吧，爸爸，他是个好同学，人老实。他的名字叫曹路生，学习成绩特别好，老师让他辅导我的功课。"

妈妈在一旁听见他们父女俩的谈话也插了进来："小梅，以后不要把乱七八糟的人往家里带,特别是那些男孩子,少跟他们来往!"

"妈妈,你怎么老不放心我?我已经长大了。"小梅不愿意妈妈的唠叨。

"你是女孩子,是爸爸妈妈唯一的孩子。你和那些不三不四的人交朋友,迟早会出事情的。"妈妈在教育小梅。

"亲爱的妈妈,你的女儿知道什么是好人,什么是坏人,可以分得清楚的,请妈妈放一百个心啊!"小梅扑到妈妈怀里撒娇。

"死丫头,要听爸爸妈妈的话,知道吗?我刚才听你说他妈妈是开饭馆的,以后不要和那些人交朋友,知道吗?"妈妈用鄙夷的口气说。

四

期中考试一结束,小梅叫住路生,两个人一块儿往回走。小梅对路生说:"我给你报告一个好消息。"

"什么好消息?"

"走,到人少的花园里去说。"小梅拉起路生的手,路生不好意思地挣脱了她的手。

两个人来到幽静的市政府机关的花园里,天色已经暗下来,华灯亮了,小梅挨近了路生:"你猜我数学考了多少?英语考了多少?"

路生摇摇头。

小梅笑着说:"告诉你,我数学考了八十多,英语考了九十分。"

路生说:"向你表示祝贺。"

小梅说:"路生,我要感谢你!"

"感谢我什么,那是你自己努力的结果。"

"不,是你!没有你的学习方法,我不可能达到这个成绩!"

小梅的眼里流动着少女的春情。她张开双臂,搂住路生的脖子,在他左脸颊狠狠地吻了一下。路生被她突如其来的吻吓得惊慌失措,脸上火辣辣地疼,她松开手臂,看着路生那难受的样子,发出咯咯笑声。

路生抚着左脸颊,火辣辣地滚烫、烧灼。这天晚上,他做了一个梦,梦见小梅穿一件白裙子,踏着银色的月光,朝自己走来。她像火一样热烈,又像水一样温柔……

一个星期六的下午放学回家,小梅又叫住了路生:

"路生,带我上你家看看好吗?"

路生犹豫了一下,他没想到小梅会提出这么一个问题,一时不知是答应还是拒绝。他觉得自己和小梅的家反差太大,她父亲是个高高在上的市委书记,住洋楼,坐高级小轿车,是众人仰慕的政府官员。

"怎么,不想带我去?是怕我见你妈?"小梅盯着他一连串地问。

"嘿,好吧……"路生被她说得有点难为情了,看她那么执意,无奈之下,只好带着她朝自己家走。

"前面这条街就是。"

小梅左看右瞧,这儿有开饭馆、卖小吃的,还有美容美发、茶馆、舞厅,店面一个挨一个。

"啊,好热闹哦,这条街叫什么名字?"

"这条街的名字不好听。"路生说。

"不会叫杀人街吧!"

路生小声说:"叫寡妇街。"

"哇噻——这个名字好新鲜,好刺激,好前卫,好……"

"哎——打住!"

"你们家就住在这个地方?"小梅睁大惊奇的眼睛。

路生指了指那个前面挂着菜根香酒楼的牌子:"这就是我的家。"

两个人走进了酒楼,路生见妈正忙着,上前叫了一声:"妈,我回来了。"

妈一抬头,见儿子放学回来,后面还跟着一个穿红裙子的姑娘。

"这个是……"

"她就是我给你说的那个女同学,叫小梅。"

"伯母好。"小梅甜甜地叫了一声。

巧珍答应了一声,又看了一眼那姑娘,长得水灵灵的,一双稚气的大眼睛,好奇地东张西望。"快请坐,路生——上茶!"

路生说:"小梅,我妈做的阳春面可好吃啦,给你来一碗吧!"

"好啊,我们家有两个人喜欢吃阳春面,一个是我,一个是我爸爸。现在满街都是牛肉面,找不到一家阳春面馆了。"小梅高兴地说。

两个人说话的时间,巧珍端上来两大碗阳春面,一碗给小梅,一碗给路生。小梅吃了一碗,又要了一碗,而且赞不绝口,说好长时间没吃到这么好的阳春面了。

这天晚上,小梅很晚才回到家里,叫爸妈在门口等了很久,直到看见小梅回来,才松了一口气。小梅妈没好气地问:

"怎么这么晚才回来?"

"我到同学家去了。"

"是女同学,还是男同学?"她把"男"字故意说得很重。

"是男同学!"小梅干脆利落地回答。

"哪个男同学？"

"就是常到家里给我辅导功课的男同学。"

"他家在什么地方？"

"叫一个好奇怪的名字——寡妇街！"

"什么——你这个疯丫头，哪儿不能去，跑到那儿去啊!？"

"那条街可热闹了，是条饮食街。"小梅仰起脸，振振有词。

"我今晚吃了阳春面，是我同学他妈做的，那阳春面真好吃，我一口气吃了两大碗。"小梅洋洋得意地说。

小梅的母亲那张好看的脸猛然扭曲起来，变得很难看。她严厉地警告女儿："以后不许去那个地方，再去打断你的腿！"母亲口气很严厉，瞪圆了眼睛，想说那是个肮脏的地方，不是随便可以去的，可话到嘴边，犹豫了一会儿，终于没说出口。

"为什么？"

"不为什么！"

母亲狠狠地回答，警告道："以后不许随便让他到家里来，你记住！"

五

说者无意，听者有心。司马南听到女儿说"阳春面"三个字，心里"咯噔"一下。在官场上摸爬滚打许多年，参加过大大小小的宴会，尝过不知多少次山珍海味、生猛海鲜、鸡鸭鱼肉、乌龟王八，只差没吃天鹅肉了。他想换个口味，吃个清淡点的饭菜。这时，久违的阳春面浮现在眼前，一想起阳春面，就想起一个叫巧珍的女人。那个吃粗粮的日子，一碗阳春面，能让人回味好几天。啊！阳春面，勾起他遥远而又亲切的回忆，给他的生命带来温馨，怎不叫他思绪万千，怎不让他做一个缠绵的梦。

"阳春面"让他的心怦然一动，他翻来覆去想那个阳春面，一宿几乎没合眼。

寡妇街——阳春面。司马南整天惦记一件事——到寡妇街吃阳春面。

司马南对这座小城的历史、风俗，也略知一二。他听说过寡妇街。说也奇怪，越是这样又俗气又古怪的地方，人们越是乐此不疲地凑热闹，好奇心驱使着人们朝那儿跑，把这条街弄得名声越来越响，生意也越来越火。他心里冒出一个念头：有时间去那里看看，领略久违的阳春面。

下了班，天快黑了，司马南戴着鸭舌帽，快步走出机关大门，台阶下早停着他的坐骑——丰田车。司机在等他，他摆了一下手，让司机走，自己步行。车走了，他顺着林荫道往前走，一边走一边追寻那往日的回忆。

边城笼罩在夏日的余晖里，大街上车水马龙，下班的人川流不息。当他七拐八绕走到了那个叫寡妇街的地方时，只见街上灯火通明，霓虹灯广告灯不停地变幻着色彩，诱惑人的广告和美人像晃得人眼花缭乱。他朝街两边的牌子上张望。终于找到了一家阳春面馆。几个隶书字很有功力，很是老道。他想，这座戈壁小城，谁会有这么好的一手字呢？

司马南来到在阳春面馆前，他低着头，在服务员的招呼下，找个僻静的角落落座，问服务员要了两碗阳春面，不长一会儿时间，一碗热气腾腾的阳春面端到他面前。葱末、香菜、肉末，再配辣椒酱和醋，那正宗的味道袭入胸腔，让他好一阵激动。他挑起一筷子，一翻卷，再挑起一筷，啊！雪白的阳春面滑溜溜地进入口中，酸辣的感觉是那么舒畅、惬意。他醉畅淋漓地吃了两碗，不过瘾，又要了一碗，直吃得满头大汗，最后这一碗，他慢慢品尝，想品出当年的味道。

巧珍来到前厅，一晃眼，见大厅角落有个食客埋头吃面，戴着一顶鸭舌帽，穿一件白色夹克衫，脚上一双三节头皮鞋，擦得亮亮的。她意识到，这是一个不寻常的吃客。她好奇地端着茶壶走到他面前，问道："师傅，味道怎样？"

"不错！味道不错！和我当年……"司马南一手摘鸭舌帽，一手用手绢擦脸上的汗水，一边擦汗一边回答，他抬起头，眼睛与她明亮的目光碰在一起。

巧珍惊了、呆了、傻了，不由哆嗦了一下，手中的茶壶差点掉在地上。天哪！怎么是他？"是……你？"

是她吗？他一眼认出了面前的这个女人，她变得成熟了，眼睛依旧明亮闪烁。他立刻站起身想和她握手，不知怎的又缩了回来。

两个人呆愣了片刻，意外的邂逅，让他们没有任何思想准备，脑子里一片空白。巧珍慢慢放下茶壶，低下头，不敢看他。这个世界说大不大，说小不小，想见的人，一直找不到，你不找时，他又来到眼前……对于两个有情人，这个时间太漫长了啊！

他们谁也没想到，会在这里相遇，是上苍的安排？还是命运的巧合？

司马南凝视着巧珍，她显得风姿绰约，乌黑的长发盘在脑后，依然风韵犹存。

而巧珍呢，看清了眼前这个男人，这个让她第一次心动的男人，是第一个给了她爱的男人……她仔细端详他，发福了，男人成熟的魅力和风度显示出来了。

"哦……是……司马南？"

"你……是……巧珍？"

两个人的声音颤抖，互相探问对方。司马南手脚慌了乱了，摸索着从兜里摸出一张十元钞票，放在餐桌上，转过身，不知怎的迈动双腿，走出酒楼，匆忙离开。一出门，打个的回家，这突如其来的一切像做了一个梦。

六

真的是他吗？怎么会是他？他怎么会在这里呢？

巧珍翻来覆去折腾自己，这个人啊，怎么在这里出现了？多少次梦里呼唤的那个人，今儿个在这里出现，奇也不奇！她听到心在剧烈地跳。身子软得像一团棉花，躺在床上一动不动。这是天意吗？她一时魂不守舍。

不知什么时间，她沉沉睡去。……雨后的黄昏，天边升起一架虹桥。一个骑着白马的骑手，从那虹桥上得得地飞奔下来，白马近了，马上的那个骑手，潇洒而又矫健，黝黑的面庞，明亮的眼睛，是多么熟悉，他是谁？只见他从汗水涔涔的马背上跳下来，大步走向她。她终于看清了这个人，啊！是他？是司马南。他怎么来了，不会的，他已经走了，据说走到天涯海角。可他怎么又回来了呢？他，风尘仆仆，面带微笑；他，身上披着星光、月光……他说话了，怎么？不认识我？他的声音充满磁性，深深吸引着她。她回答，认识你，就是把你烧成灰，我也能认出你！你怎么来了，是哪阵风把你吹来的？他依然笑着说，我来看你，就看你一眼，我给你唱一首歌吧，你喜欢吗？她说喜欢喜欢，你唱吧。他清清嗓子，深情地唱起一首维吾尔民歌《掀起你的盖头来》。唱完了，她的眼睛涌满泪水。他问，好听吗？她违心地回答，不好听。他说，那我走了。她眼睁睁地看着他骑着白马跑了，她蓦地想起什么，大声喊叫，已经晚了，他已消失得无影无踪……睁开眼才知是个梦，她忽地坐起，忍不住低声饮泣，双手抓住自己的胸脯，好一会儿她才醒悟，惊讶地喊道：天哪！我怎么了？

一连几天，她心不在焉，不是打烂茶杯，就是摔破饭碗，动不动就想发脾气，弄的手下人莫名其妙，不知道老板怎么了。

巧珍心乱如麻，做什么都没有心思。她在想：他在这个小城里做什么的呢？是老板吗？不像；是教师吗？也不像；是什么呢？是干部？他怎么找到这里吃饭？

她每天苦苦地猜测他的身份，他像一个秘团，把她包裹着。有一天，她看电视里播放本市新闻节目，一眼认出了坐在主席台上的他。她向周围的客人打听那是什么人物，周围的人哈哈大笑，笑话她天天做生意，连新来的市委书记都不知道。她"哦"了一声，他原来是这个小城的父母官啊！

"哦——"她不由地暗暗叫了一声。

从那天起，她每天晚上，一到播放本市新闻的时间，她呆愣愣地坐在那里，焦急地期待他的身影出现。几乎每天晚上，他都会出现在电视屏幕上，他是这座小城上镜最多的官员。一看到他，心里就一阵阵发紧，有时慌乱的喘不过气来，好一会儿才平静下来。这样过了一个多月，她才渐渐恢复常态。她有点可笑自己，都什么时候了，还想着他？也许人家早把我忘了。

人,有时真是一个奇怪的动物,你越想把一件事忘记,可总是忘不掉,又挥之不去,过去的往事时常浮现在眼前。她恨自己,骂自己没出息!她索性再也不看本市新闻。

她在埋怨自己:巧珍啊,你成什么人了?

茫茫人海,芸芸众生,巧珍为什么就喜欢这么一个男人,她喃喃自语,她渴望再一次见他……

天北年轻副市长 / 第十八章

一

　　天北市出现了一个二十九岁的年轻人当副市长,这个副市长之所以引起人们的关注,是因为他的名字和《上海滩》上一个叫许文强的一字不差。《上海滩》中的许文强,曾让许多观众如痴如醉,难忘其形象,而现实中的许文强呢?一个乳臭未干的年轻人,凭什么背景青云直上,凭什么能力、水平当上一个副市长?人们拭目以待。

　　这位副市长,做人做事,标新立异,令人瞩目。他不坐配给的桑塔纳,而是骑一辆本田摩托上班,他发言只讲三句话,干净利落,一句不多讲。他是市里唯一骑摩托车上班的市长。他很快成了记者追踪的热点人物,但他做人低调,不哗众取宠,不让记者们把自己的照片和形象上报纸、上电视,这令记者们大为失望。他这种务实的风格,和旋风般的工作作风,引来小城街头巷尾的议论。

　　历史把许文强推向权力支点,在这个支点上,他紧紧抓住到手的机遇,由于这样的原因,他做事更讲目的性。在改革的年代,就是做不了叱咤风云的人物,也要做一个时代的弄潮儿。如果把边陲小城比作一个舞台,那么许文强在这个舞台上,自觉或不自觉地扮演着一个举足轻重的角色,似乎比其他人多了几分优势,也多了几分情感的色彩。

　　许文强上任副市长,做的第一件事,就是大刀阔斧对国有企业进行改制。他提出两条：一是股份制，二是私有制。

他计划三年之内，把本市的九家大型国有企业，改造成股份制企业，改造成私有制。一石激起千层浪，有人骂这小子不知天高地厚，有人称赞这小子是个儿子娃娃，有胆量！有气魄！

许文强召开市工商联会议，会议决定，以市政府的名义，发出邀请，开全市工商会员酒会，与工商联的民间企业家们联络感情，加深友谊，结交朋友。他有自己的想法：改造国有企业，光靠政府是不行的，要依靠那些民营企业家。掏他们腰包里的钞票，合资入股改造濒临倒闭的国有企业。这样，不出三年时间，救活那些半死不活的企业，给政府上缴更多的利税，老百姓的日子也会好过许多。

一天，莫雪莲接到一张菊儿送来的市政府请帖，她扫了一眼，给菊儿说："我没时间，你代表我去！"

"这是许副市长亲自发的请帖，据说，这次酒会上，市政府有新政策出台，鼓励民营企业家投资，我不能代表你。"菊儿为难地说。

"哪个许副市长？"

"才调来没多久的一个新市长，叫许文强，据说他不到三十岁呢。"

"是他？"莫雪莲从老板椅上"腾"地站起来。

"怎么？你认识他？"菊儿问。

她沉吟了一会儿，"好吧，我去。几点钟？"

"晚上八点。"

莫雪莲放下手头上的工作，回到屋里，眼前浮现出许文强的身影。哦，难道真的是他吗？

晚上八点钟，莫雪莲穿着一件猩红色的旗袍，准时出现在工商联举行的酒会上。

莫雪莲走进大厅的那一刻，一片嗡嗡的嘈杂声顿时消失了，人们的目光一下子聚集她到了身上。她卓尔不群，宛如一朵妖娆的玫瑰，一举手一投足，风采迷人，大厅里一时鸦雀无声，不消一会儿，那一片嗡嗡声又响起来了，像一群乌鸦在开会，她听到每一个声音，好像是冲自己来的。她扫了众人一眼，来的人里有街上的邻居，还有许多人没见过，但从他们的衣着打扮、谈吐中判断出对方是从事什么职业的人，有贩牛的宰羊的个体户，有承包工程的建筑商，有开批发市场的经理，有开餐馆酒店的老板，有开小企业的厂长……形形色色，五花八门，这些人，都是借改革开放的机遇，冒出来的土暴发户。

主持酒会的是工商联主席，他对着麦克风，大声说道：

"大家请安静！欢迎许副市长亲自参加酒会。"那个主持人把"亲自"俩字咬得很重。

人们立刻报以热烈的掌声，掌声停止了，许副市长打着红领带，穿着笔挺的西装，精神焕发地走上台，发表祝酒词。

"各位先生，女士们，大家辛苦啦！祝大家财源茂盛达三江，生意兴隆通四海！"

大家又是一片掌声。

他的声音有一种磁性，深厚，低沉而不混浊，一字一句铿锵，清晰有力：

"我今天注意到一个非常有趣的事实，那就是在座的民营企业家，有一多半来自寡妇街。这个街名很有意思，在市政地图上找不到。想当年，这里是戈壁滩上的岔路口，十几年的改革风雨，滋润着这块土地，造就了一代土生土长的民营企业家。这里，是哺育民营企业家的摇篮！这里，是藏龙卧虎之地！"

他像一个充满激情的演说家，煽情的演讲，引起人们的强烈共鸣，周围响起了一片掌声。

"寡妇街这个名字听起来很俗气，很土气，但它最有魅力和吸引力。它是原生态的、零散的、没有组织的，它没用政府一分钱，而是依靠国家政策，自我发展起来的。当许多国有企业举步维艰的时刻，寡妇街却在蒸蒸日上，朝气蓬勃！这是为什么呢？"他环视大家，加重语气说道："难道真应了一句话：种的是跳蚤，收获的是龙种！"

人们又是一片大哗，浪涛般的掌声响起来。

"……我们苍白无力的喊口号，多少年过去了，看吧！昔日国有企业的辉煌已经消失。今天，只有寡妇街是杀向市场经济的一匹黑马！它撑起了我们这座城市经济发展的半壁江山！"

最后，他引用了古希腊哲学家的一句名言：只要给我一个支点，我可以把地球撬起来！话音刚落，大厅里回响起经久不息的掌声、欢呼声。

雪莲扭过脸，一眼认出那个讲话的人正是许文强，他怎么来到这里，当上了副市长？她又看了一眼，真的是他！她的心怦怦急促地跳起来。

宴会开始了。许副市长给大家敬酒。当他敬到雪莲的面前时，雪莲看清了他的熟悉面孔。啊！这不就是那个让自己心动的许文强吗？

雪莲心慌乱起来，可许文强的酒杯已经伸了过来，他早已注意到了这个女人，一开始是在侧面，没看清她的正面，他端起酒杯，第一个走向这个酒桌，目的就是想从正面看清这个气质高雅的女人到底是谁？当他微笑着和她碰杯的一刹那，两人的目光碰在了一起，激起一团耀眼的火花。

"来，干！"他已认出了雪莲，但他表现得非常镇静，一点也不慌乱。

大家和许副市长一块儿干杯，完了，许副市长又自斟一杯满酒，端起来："我和这位女士干一杯！"

他当着众人的面和雪莲干了一杯。

工商联主席站在他身后说："市长，你真有眼力，她可是我们市的纳税大户，最年轻的民营企业家。"

许文强马上伸出一只手，和她握手，自我介绍：

"我叫许文强。"

"我叫莫雪莲。"她这才镇定下来。

"在这座小城叫雪莲的有九十九个，第一百个的你，是雪莲之王！"许文强有点兴奋了，他没想到在这里见到莫雪莲。

工商联主席马上附和道："说得好！说得好！"他带头鼓起掌来，弄得雪莲很不好意思，低下头。

许副市长离开了一桌，又给另外一桌人敬酒。也许是酒的作用，他满面春风，英姿焕发，和每一个人打招呼，像老朋友见了面，见了四川人说四川话，见了河南人说河南话，见了维吾尔族、哈萨克族人说维吾尔语、哈萨克语，直说得大家哈哈大笑，前合后仰。他风一样地穿行在酒席上，一会儿举杯畅饮，一会儿放声歌唱，浑身充满着活力，制造着欢乐的气氛。莫雪莲暗自惊叹：这家伙年纪轻轻的，怎么就成了当地的一个政治明星人物了。

宴会结束，一场舞会开始了。

许副市长第一个走上场，径直朝雪莲走去，微微弯腰，把一只左手放在胸口上，做了一个请的姿势，雪莲走上前去。两个人随着轻快的舞曲跳起来，人们或坐或站，看着他俩在舞场上潇洒，每一个动作都配合得那么默契，每一个节奏都那么恰到好处，好像是天生的舞伴，天生的搭档。

一曲终了，下一个舞曲开始后，男男女女们走进舞池，莫雪莲拿上小挎包，悄悄地溜走了。

二

他们分手的日子并不遥远。

许文强上大学后没多久，他收到莫雪莲寄来的信，里面的每一个字，捧在手上，烫在心里；她是个很有情调的姑娘，用白手绢缝制了一个包裹，里面装满了沙枣，有红的、黑的，闻着香吃着甜。这是家乡的沙枣树，他眼前浮现出一个诗意景象：在遥远的边疆，黄昏落日，彩霞满天，家乡的沙枣树下，一个叫雪莲的姑娘，手捧芬芳馥郁的沙枣花，在等待心上人。他拿起钢笔，想给她写信，思索了好一会儿，不知该怎样写，他让她抓紧时间复习，争取考上大学。写着写着，笔下的字像泉水一样流淌，眼前闪烁发亮，那个叫雪莲的姑娘，迎着春天的风，举着沙枣花向自己跑来,他刷刷写了一首诗:我背上行囊去远方 / 亲爱的姑娘送我一枝沙枣花 / 沙枣花抓在手中 / 却扎伤了手指 / 啊!沙枣花 / 我把你夹入爱情字典 / 带着你的芬芳 / 我走向远方。

　　信纸被泪水打湿了。写完这封信的同时,他也给家里写了信,把自己和雪莲的事,告知父母,两封信一块儿寄走了。过了不久,家里很快写来了信,父母告诉他,不要过早谈女朋友,安心学习,将来有更好的前途。信的结尾处,有几行字,像炸弹几乎炸瞎了他的眼睛,他立刻蒙了。莫雪莲身上发生了一个悲剧故事,一个纯洁的少女遭遇了凌辱,一朵玫瑰过早地凋谢了。他跑到卫生间,偷偷地哭了……

　　这天晚上,他把雪莲寄来的几封信,还有那张纯真少女的照片,全撕碎了,扔进马桶冲掉了,他要把那个叫莫雪莲的姑娘从记忆里永远抹去。

　　时光飞过,一眨眼,几年过去了,真是山不转水转,她,像童话一样,又回到了自己身边,近在咫尺。

<h1 style="text-align:center">三</h1>

　　雪莲感到命运之神像在捉弄自己,又一次把这个许文强送到自己面前。可叹!这个曾经让她梦牵魂绕的男人;可悲!这个曾经把她的心揉碎的男人;可恨!这个叫她黯然神伤的男人,怎不勾起她心中的惆怅,而他呢?时光流逝了这么多年,他却变得风流倜傥,英俊潇洒,难道她又要卷入爱的旋涡?

　　第二天,莫雪莲走进办公室,桌上的电话铃就响起来了,一接听,是许文强打过来的,她一阵惊喜,她没想到,他会这么快就知道自己的电话,昨晚上,她连个名片也没给他,他怎么就知道办公室的电话号码呢?这家伙简直太狡猾了,有点像中央情报局的特务。

　　许文强打电话邀请雪莲吃饭。

　　莫雪莲说想喝咖啡,许文强答应了。

　　晚上八点,他们来到了"勿忘我咖啡屋",许文强还是那么精神焕发,一见面就主动和他握手。他抓住她的手越握越紧,她轻轻呻吟了一声,瞪了他一眼,他才松手。他们在一个雅座里落座。

　　咖啡屋的灯光朦朦胧胧,音乐在低声地回响,给人一种如梦如幻的感觉。

　　许文强开口说道:"你为什么选在这个地方和我见面?"

　　雪莲说道:"假如选在舞厅、公园和人多的地方见面,别人看到你和一个女人谈话,明天的报纸上就会出现一条花边新闻。"

　　许文强听了开怀大笑:"我们想到一块儿去了,真是英雄所见略同。九年过去了,没想到我们会在这座小城见面。山不转水转,水不转人转,人生何处不相逢。"

两个人端起咖啡杯碰了一下：干杯。

"年年岁岁花相似，岁岁年年人不同。没想到你进步真快，这么年轻，就当上了副市长。"雪莲夸奖他道。

"你不也一样吗？"他停了一下又说，"我大学毕业，分配在州政府当秘书，后来到办公室当主任，半个月前，才调到这个市，是历史的使命把我推到这个位置上，革命的重担落在我肩上。"

"真没想到，你还能想起我，我以为你把我忘了。"

"不会的，雪莲，我们不说这些，说些别的好吗？现在，我这个副市长压力很大。"

"我看许副市长很潇洒。那天我算是领教了你，见人说人话，见鬼说鬼话，没人呢，就不知道你是不是说胡话。"雪莲嘲笑道。

"原谅我。以后就叫我文强吧，你是民营企业家，又是独立的法人，我对你鞭长莫及。"

"我这个民营企业家，还需要政府和你的大力支持。"

"这个你放心，只要我能办到的，没问题！今天不绕弯子，谈点正事。"

"说吧，我洗耳恭听。"

"现在，我收拾一个烂摊子，遇到了国有企业改制问题，想请你帮个忙。"

"我能帮你什么忙？"

"我们的棉纺企业需要改制，要让一个倒闭的企业复苏，需要一大笔资金，至少两千万。"

"这可不是小数字。"

"我相信，你有办法。"他停顿了一下又说，"我这个副市长徒有虚名，没有一分钱。说实在的，我们的财政年年吃紧，而我们又年年紧吃，只好天天叫穷。"

"那钱都用到什么地方呢？"莫雪莲问。

"我们养了一大批吃财政饭的人，政府要减人，企业要改制，我身上无疑压了一座沉重的大山，现在我手上唯一掌握着的只有两个字——政策。所以，我想请你帮我一个忙。"

许文强看着莫雪莲，把想了很长时间的话说出来："我们这里是产棉区，盛产优质棉。棉花的综合经济效益很高，经过加工后，一部分可以纺纱、织布，一部分棉籽做种子，一部分榨成棉籽油，剩余的副产品油渣、棉壳，可以用做牲畜的饲料。一个环节套一个环节。可是，我们只能卖初级产品，商品率很低。这样，我们棉花的经济效益很低。我们现有的纺织企业，由于设备老化，纺不出高支纱，就卖不出好价钱。企业需要资金投入，进行技术改造。如果投入足够的资金，改造老设备，我们就可以提高综合经济效益。"

171

"哦，我明白了。你是想让我投资？"

"是的。"

"但是我不懂纺织，也不喜欢这些东西。我只对我的美容院、歌舞厅有兴趣。"雪莲摆了摆手。

"你不懂得棉花纺织，这不是什么大问题，我们有专家，有技术人员。你只要投入资金就可以了。我们可以搞股份制，你可以做大股东，我们保证你有利润可以赚。"许文强给她解释，"你们民营企业家，要的是利润的最大化，我们用政策满足你。"

"我明白了，你是想用政策掏我们口袋里的钱，填补你这个财政大窟窿。"

"话不能这么说，我们可以互惠互利。"

"别说了，我的大市长，在这个世界上，缺少什么都不能没钱！说吧，你需要多少钱？"

许文强伸出一个指头又打了一个弧形手势，一千万！

雪莲笑了："好啊，那你给我多少利润？拿什么做担保？"

"我给你百分之二十的利润。我拿人格做担保！"许文强语气提高了八度。

雪莲沉默了一会儿，抬起头注视着他的眼睛，她不想马上答应他："给我一点时间，让我想想，好吗？"说完她起身要走，许文强着急了，一把拉住她："雪莲，我求你！"

雪莲听他说出个"求"字，得意地笑了，真是小有小的难处，大有大的难处。他也会这样低三下四地求人，平日那种盛气凌人的神气消失了，变成了一个可怜巴巴的小哈巴狗。这真是天赐良机。她突然伸出左手，放在他面前，看他什么姿态，是拒绝还是接受？是装模作样，还是表露真诚。

许文强盯着那只柔软白皙的手，那只手上戴着红珊瑚的戒指，他犹豫了。

"怎么？害怕了？"她用挑衅的眼神瞧着他。

"一个真正的男人，不做胆小鬼，不做懦夫，不做草包，应该勇往直前！"她冷笑了一声，用挑战的口吻刺激着他，"连这个小小的要求都做不到，你还能继续做事吗？"

他凝视着她的无名指上那颗晶莹的红珊瑚闪闪发光。

雪莲等待他，她感觉这个男人并不爱自己，可是，多少年来她却深爱着他。这是一个即将到手的天赐良机：她要利用这个机会，一解几年前心中聚集的怨恨，报复这个曾让自己伤心的男人，弥补少女时留下爱的伤痛。

许文强感觉面前的雪莲变成了另外一个女人，她有心计、有野心、身上散发着世俗的商人气息。法国香水强烈地诱惑着他，面对这样一个女人，许文强放弃了最后的抵抗，在昏暗的灯光里，他不再犹豫了，紧紧地抓住那只戴着红珊瑚戒指的手,低下头把嘴唇贴了上去,一个火炭般的吻印在她的手背上,那神态像一个可怜的骑士。

雪莲一吐胸中郁积了多少年的怨恨,高傲极了,她笑了,像个胜利女王,居高临下抚摸着他的脑袋,笑着说:"好,好,我的大市长,什么时间也学会绅士风度了?"

雪莲满意地坐下了,许文强见她闭着眼睛,伸着下巴,那样子是等着他主动送个吻。雪莲不会放过这个美好的夜晚,她要在这里索取初恋少女的芳心,她要换回一个被无情人抛弃的真心……她要用一时的情换回一生的爱……雪莲觉得不过瘾,她要继续恶作剧地刁难他,让他也有一次受伤的感觉。

咖啡屋里,只有萨克斯管里响起一支"梁山伯与祝英台"的曲子。

他迟疑了一会儿,但是他还是主动地送上一个初吻,她半推半就地迎接了期待了八年的吻,她咬住了他的热嘴唇,让这个吻多停留一会儿,她像一个女王接受大臣的一个吻,曾几何时这样的吻在梦里出现过,让她梦醒时流泪。

莫雪莲达到了预期的目的,遗憾的是,他手中少了一枝玫瑰。他们互相看着对方,沉默了一会儿,莫雪莲说:"谢谢你,许副市长。你的要求,我会考虑的,等想好了,再回答你!"

她迅速起身,像一个胜利者踏踏地走了。

四

许文强上任副市长后,接手的第一个工作就是解决天北市国有企业改制问题。他马不停蹄地在奔忙。

在边疆的小城,要把一件事情做好,对这个初出茅庐的年轻人来说,不论从能力、学识、胆识,都是一次检验。

许文强骑着本田摩托四处奔波,他跑银行、跑有关部门,要贷款,要批文,要政策。这个问题还没有解决,又遇到个突然发生的新问题。

天北市西北边,有两棵白榆树。

这里要修一条公路,经过勘探测量,走直线要从树站立的位置上穿过去。如果绕开白榆树,要多消耗大量的人力物力。怎么办?有人说,干脆把这两棵树砍掉算了。这个消息一传出,当地群众有的骑马,有的骑骆驼,有的赶着毛驴车,来了许多人,他们嚷嚷着阻止施工队砍树,他们说这棵树是神树,不能随便砍。

许文强接到情况报告,立刻和两个干部坐上吉普车,去看那棵老榆树。

老榆树站在原野上,一群工程技术人员围着这棵老榆树比划争论着什么,一个人说:你看,如果绕过这棵树,要走一个弧形。这样要增加修路成本。

许文强走到大家面前。有人认出他:许副市长来了。

大家围了上来。许文强给当地的群众做了解释,让大家回家去。他看事情严重,不像一般的事情,从外面请来了专家和有关部门的干部,围绕着这棵树召开现场会议。

许文强看了看这棵大树,问一个老专家:"这棵树有多少年了?"

老专家回答:"大概有五百多年了。"

大家不住点头。

老专家说:"这棵古树,不但有观赏的价值,就是从植物学角度上来讲,也有着重要的研究价值。在它身上,几百年来,流传着许多神奇的传说故事呢。我看这个树不能伐。把它保留下来吧。"

一个工程师说:"许副市长,不伐这棵树,公路设计就要修改啊。那样修出来的公路,就要绕开它。"

许文强问大家:"还有谁发表意见?"

一个干部说:"以我看,把这棵树挪个位置,不就解决问题了吗?"

大家对这个建议,议论起来。

一个干部说:"这个建议倒是不错,就是技术问题一时解决不了。"

有人附和道:"是的,是的。"

许文强:"这样吧,大家举手表决。同意保留两棵古树的人举手。"

大家举起手,许文强数了数:"好。少数服从多数。看来要修改设计图纸,绕过去,不能伐这棵树。"

设计方没意见,有人拍手。只有建设施工方的人不高兴。

图纸修改过了,公路也拐弯了,就在公路修好没多久,当地报纸陆续报道,一连三个夜晚,出了三起车祸。奇怪的是三辆车不知为什么闯过水泥桩,直冲向树身,三辆车哪里是白榆树的对手,很快变成一堆废铁,车上的司机和乘客当即死亡,场景惨不忍睹。经过交通部门仔细测量,勘察现场,三辆车有个共同点:车速过快,出事的时间都是在夜晚十二点之后,巧合的是在没有月亮的晚上。

大家把目光盯在白榆树身上,在白榆树身上发生了一个又一个奇怪的故事。显然,它是肇事的罪魁祸首。

可是,这仅仅是猜疑,没有事实根据,谁也不敢下结论。

许文强也觉得两棵老榆树有问题,有什么问题,他一时回答不上来。去请教个专家,专家告诉他:关于这两棵老榆树,还是去请教当地的老人吧。

许文强找到了当地的老人,老人绘声绘色地给他讲起两棵老榆树的故事:

几百年前,一个西征的将军,正值炎热的夏天,走了一路,满目是戈壁,沙漠,走的人困马乏,只好下马宿营。说来也巧,在将军下马的地方,恰好有一汪清澈的泉水,将军睁大眼睛,兴奋不已地叫了一声,兄弟们,就在这栽几棵树吧!士兵们就地栽下一片树,可是活下来的并不多,只有两棵白榆树,占尽了风水,茁壮成长为一棵参天大树。再后来,两棵白榆树越长越近,挨在一起,有人叫它兄弟树,有人叫它姐妹树,也有人叫它夫妻树。但后来发生的故事,人们又叫它神树。

草原上的人们寻找水源,在离树不远的地方发现了泉水。打出的水甘甜醉人,泉水很少,最多够两三个人用。树下时常有牧人休息,牛羊在草原上静静吃草。

有一年,奇怪的事情发生了。草原上的牧人一个又一个神秘失踪。人们四处寻找,只找到了他们的坐骑,却找不见他们的踪迹。

一个叫巴海的猎人,要解开这个谜。他骑马跑遍草原,寻找杀人的元凶。然而,他费尽千辛万苦,累得筋疲力尽,仍然找不到凶手的蛛丝马迹。他垂头丧气地来到白榆树跟前,下了马,躺在树下休息。大树遮天蔽日,绿荫森森,凉风习习,是一个别具洞天的好地方。他拿出牛皮囊,喝着浓烈的马奶子酒,天,渐渐黑下来了。不知不觉,他睡意沉沉,闭上眼睛。忽然,他听到树下的马一阵嘶鸣,睁眼一看,心立刻狂跳起来,马在身子下面,而自己却飘浮在空中,这是怎么一回事?往上一看,吓傻了。一条大蟒的舌信子,已经吐出来,发出嗤嗤的声音。他明白了,那几个牧人失踪的秘密揭开了,真正的元凶是这条大蟒蛇!他不再犹豫了,从腰间拔出腰刀,朝大蟒刺去,大蟒的一只眼被刺中,大蟒疼得一抖,舌信子收缩回去,一下子将他摔了下来。他忍着疼痛,爬向树身,那大蟒的半截身子悬挂在树下,巴海又拔出另外一只匕首,猛地刺向大蟒蛇,一下、两下、三下,大蟒的脑袋被砍下来。这时,第二天天亮了,人们发现树底下躺着一个人和一条大蟒。

一年夏天,一场罕见的雷电袭击了草原,一道闪电击中了白榆树,将树冠击断,燃烧起一团大火,十里以外的人都能看见。雷电过后,再看那两棵白榆树,黑糊糊、光秃秃,丑陋不堪地立在草原上。过了没多久,树下的泉水也干涸了。

草原上又发生了一连串的怪事。牧人们赶着马车路过这里,那马远远的一看见两棵丑陋的白榆树,惊恐地嘶鸣,惊了,撒开四蹄子狂奔。坐在车上的人,吓得大呼小叫,东西撒了一路,直到马跑累了,没力气了,才停下来。这时,再看那马车已经散了架子。

人们把目光盯住两棵丑陋的白榆树,就是它惹的祸!迁徙的牧民中,有兄弟俩,带上刀和斧子,来到树下,准备砍树。有人劝说他俩:那是神树,不能随便砍。兄弟俩不信,举起刀和斧子乒乒乓乓猛砍,直砍得气喘吁吁,大汗淋漓,手臂麻木,再一看那树身,一点伤也没有,砍过的地方,又很快愈合了。他们不甘心,脱掉衣服,光着膀子接着砍,从树身上飞溅出树汁,弄了他俩一身。他俩感到浑身奇痒难忍。回到家,吃不下饭,睡不成觉。双手不停地抓挠,一直抓得浑身血肉模糊,没一块好地方。三天后,兄弟俩痛苦地闭上眼睛死去。

人们远远看见这两棵丑陋的白榆树,毛骨悚然地绕开走。

不知又过了多少年,两棵干枯的树干上,冒出几个嫩芽,渐渐地又长出几根枝条,伸向空中。远远看去,两棵树一片葱绿。牧民们似乎忘记了以前的故事,在白榆树下又找到了泉水。

白榆树成了草原上的风景树。

有两个年轻人时常骑着一辆幸福牌摩托车,跑到离家十几公里外的白榆树下谈情说爱。白天,他们欣赏草原风光;夜晚,弹着五弦琴,对着初升的月亮唱《半个月亮爬上来》。

终于有一天,一件不幸的事发生了。由于姑娘患有白血病,他们的相爱遭到男方父母的反对,两个年轻人以泪洗面,决定以死抗争,做一个新时代的梁山伯与祝英台,给世人留下一段佳话。

他们把目标盯在这棵神奇的树上,作为他们徇情的见证。

于是,在一个月亮初升的晚上,他俩骑着摩托车,来到白榆树下。然后两人站在车上,把两根绳子分别套在自己的脖子上,紧紧拥抱,做最后告别。他们流着泪,脚一蹬,摩托车倒了,两个年轻人悬挂在空中。晚风吹来,远方传来悠扬的牧歌声。脖子上的绳子在剧烈颤抖,只听"咔嚓"一声,那两根树杈同时折断,两个人滚落在一处,抬头一看,白榆树不停地摇晃,他俩抱头痛哭。

这条消息很快发表在当地的晨报上。许文强看到后,又把老植物专家请来,查看这两棵老树,专家围着树上上下下敲个不停,又用手拍拍,伏在树身上仔细倾听。老专家发现古树里面一定隐藏着什么秘密。向许文强汇报。

老专家给政府提建议:古树是空的,里面有东西,不要砍古树,可以从树上的洞口钻进去,把那个东西弄出来,这个建议得到许文强的采纳。

第二天,消防队把一辆大吊车开到树下,消防兵要解开树里的秘密,人们闻讯从四面八方赶来,周围挤满了看热闹的人,他们一睹为快。

几个消防兵爬到树上,往树洞里打水,然后从树上的洞口钻进去,用绳子捆扎好那个东西,消防兵把那块神秘的东西取出来,原来这棵古树的身子里果真藏着一颗天外来客——陨石。

五

许文强解决了老榆树的问题,他戴上头盔骑着摩托车一边往回走,一边思索着怎样解决企业破产重组的问题。摩托车驶上转盘路,突然,一辆汽车迎面而来,"啪"的一声和本田摩托撞在一起,许文强几乎飞起来,在空中打了一个滚,又摔下来,简直像个特技演员表演的惊险动作。当他醒来时,才发现自己躺在医院的病床上了……

"啊！你终于醒来了。可把我们吓坏了。"来看他的朋友说道。

"你大难不死,必有后福!"朋友笑着说。

"听说,这个城市有十个人买摩托,死了五个,残了三个,还有一个成了植物人。"朋友们感到幸运,"医生说,你只是脑震荡,休息一段时间,会好起来的。"

朋友们见许文强有点累了,他们走了。

病房的门静悄悄地开了,莫雪莲捧着一束鲜花,轻盈地走进来,把鲜花放在床头柜上,房子里弥漫着诱人的花香。

许文强赶忙支起身子,让她坐在旁边的椅子上。

"你来了,谢谢!"

"上午我往你办公室打电话,听说你受伤了,就来看你。伤得怎样?"莫雪莲关切地问。

"没事,过几天就出院。"

"俗话说,伤筋动骨一百天。"

"没那么严重,我又不是豆腐做的啊!斯大林说,共产党员是钢铁铸成的。"许文强拍了拍胸脯说。

"哈哈,看来你是个钢铁人物哦。钢铁可没有情感,没有血肉哦。"莫雪莲掩着嘴笑了。

两个人闲聊了一会儿,莫雪莲拿起一个红彤彤的苹果和一把小刀,在手指头上旋转着,一条弯曲的苹果皮翻着花卷,在手上跳跃,露出雪白的果肉。

许文强看她削苹果熟练的样子问:"你好像做过服务工作?"

"是的。那都是为了生活。"莫雪莲低着头,显得有点不好意思。

"哦。"许文强很想知道她过去的生活,但是一问起她,她不是回避,就是反问,你是警察还是特务,把他的话堵回去了。

莫雪莲的过去,对于他是个谜。听说她丈夫是个很有实力的民营企业家,有庞大的资产。许文强想知道他是个什么样子的人,而她又为什么和他在一起。她和他一定有着一段非同寻常的故事。

门开了,一个潇洒而又打扮时尚的姑娘走进来。她手上拎着水果,一进门,爽朗地叫了一声:"我亲爱的大市长,听说你当替身演员了啊!"

她放下东西,见床边有个女人,从她的衣着,还有她的气质,可以看出这是个很时尚的女人。她没有想到,也没见过在许文强的生活圈子里会有这样一个女人。

一个高傲的女人和一个气质不凡的女人不期而遇,而且是在她们钟情的男人面前相遇了,她们的目光对视了好一会儿,空气陡然有些紧张,仿佛凝固了;呼吸也变得有点困难,快要窒息了。两个女人敏感地注意观察对方的神色,时而尴尬、时而猜疑、时而矜持,最后用一副高傲的眼神藐视对方。

许文强脑子反应很快:"这样,我给你们互相介绍认识一下。"他一手指着莫雪莲,对那个女人说:"这是莫雪莲,是雪莲棉业公司的总经理。"

"哦?"刘雪莲吃惊地望着她。

许文强指着她说:"她叫刘雪莲,是雪莲花歌舞艺术团的团长。"

"哦……"

许文强又深入地互相介绍:"雪莲花歌舞艺术团是最近成立的,雪莲棉业公司是刚组建不久的棉纺织企业。你们都很有实力啊!"

两个雪莲对视了片刻,她们没有想到这个世界上会有人叫一样的名字,此时,她们想用自己的眼神压倒对方。

"你们认识一下。"

两个雪莲礼节性的轻轻握了握手,就算表示了认识。

她们保持着自己的高傲,互不示弱。

病房里,三个人沉默下来。许文强看着尴尬的局面,笑了笑说:"我又不是孩子,来,给你们讲个发生在我们这里的故事。"

刘雪莲看了看莫雪莲,又看了看许文强,没有拒绝。

莫雪莲微微一笑:"好啊,我喜欢听,你就讲自己的故事吧,一定很有意思。"

"好,你们听说过神树的故事吗?"许文强问。

两个人你看我,我看你,摇摇头。

许文强有声有色地讲起神树的故事。

鸭子湖边钓鱼台 / 第十九章

一

　　许文强的伤很快痊愈了。一天,他在街上遇到了在中学教过鲁老师。他是个农民的孩子,如果当年没有他的精心指导,他这个农民孩子上大学的梦是不会实现的。

　　鲁老师已经退休了。他崇拜这位恩师,把他当作自己的偶像来崇拜。在中学阶段,他读了大量的文学和历史书,就是从鲁老师那里读到的。

　　许文强还记得鲁老师那略带沧桑的男中音,悠长而有节奏的古音古韵,便崇拜的五体投地,他们成了忘年交。

　　鲁老师的肚子里有一座活图书馆。上课时,他有个习惯的动作,右手拿着一支粉笔,放在肚子上,三分钟后,他进入状态,只见他侃侃而谈,广征博引,口若悬河,把一堂课讲的生动活泼,为了配合自己讲课的生动,那只放在肚子上的手,高高举起,绘声绘色,学生们时而大笑,时而争论,时而提问。在讲到最后时,他激情澎湃,撩了一下长发,目光炯炯有神,像两把燃烧的火炬,经过他的口,把一篇平淡的课文内容渲染的淋漓尽致,达到最后的高潮。凡是听他课的同学,没有不被他博学的知识征服。许文强就是其中的一个,从那天开始,鲁老师成了这个少年心中崇拜的偶像。

　　一天,许文强胆怯地来到老师办公室,把一篇作文拿给鲁老师看,他想得到老师的肯定和评价。鲁老师看完作文什么也没有说,而是从抽屉里拿出一部书,送给他,那是高尔基的自传三部曲。接过老师送的书,回到家,他就像饥饿的孩子扑在面包上一样,如饥似渴地读。过了一段日子,他又拿出作文让老师看,鲁老师看完,笑了,拍了拍他的肩膀,夸他有灵气。

鲁老师和他闲聊,告诉他一些读书的方法。读报纸一定要照着地图去读,看历史书一定要看历史年代表。又讲给他学习的方法:按现在的考试规则,一个学生要把学习过的知识记忆、理解、再发挥。如果把现在的考试规则划成十分,那么记忆要五分,理解要两分,发挥要三分。他照着老师讲的方法去做,果然事半功倍,在他高中毕业的第一年,就以优异的成绩考上了西北大学。

后来许文强得知鲁老师的夫人得了一场大病,没多久去世了。小女儿到外地上大学,只剩下鲁老师孤独一人,有时在家喝酒抽烟读书读报,有时走出门和几个退休老头在一块儿杀几盘棋。

许文强当上副市长后,不忘老师的教诲,第一件事就想着把老师调到自己身边,遇到困惑,多请教老师,而鲁老师婉言回绝了。他说自己已经老了,不想再参与什么事了,只想安安静静地度过晚年。许文强不甘心,不论老师同意不同意,也要把他安排在自己身边。他一开始想把老师安排进宾馆,却遭到老师的拒绝:"我一介草民、平民,哪里有资格住那么高级的地方?如果你想给我找个地方养老,就给我找个僻静的地方就可以了。"

他把本市的地图拿来研究,终于在地图上找到了一个叫鸭子湖的地方,它离天北市只有十公里。

星期天,他骑上本田摩托车,在天北市西北方的十公里的地方找到了这个鸭子湖。一片不大的自然形成的湖泊,周围长满了芦苇、红柳、芨芨草。湖面上一群野鸭子在悠闲地游弋,在湖畔不远的地方耸立着一座高房子,那房子已破败不堪,那是一座独立的俄式房子,土木结构,高大的屋顶,门和窗也是那么高大,显示着它的巍峨气势。看样子这个房子已经有上百年的历史了。走进这座房子,从里面呼呼啦啦飞出一群麻雀和燕子,房梁和椽子的间隙,筑了许多鸟巢,有几只刚出窝的小鸟,叽叽喳喳地叫。据说,这个房子是当年俄罗斯一个商人修筑的,20世纪初,一群白俄人流落到这里,独具慧眼看上了这片鸭子湖,这儿风景独好,就定居在这里了。房子的大厅里,有一座壁炉,还完整的保留着,只是已经被烟熏得看不清本来面目。

许文强请来施工队,花了一个星期时间,重新修缮那座俄式房子,装上了门窗,又在鸭子湖上建了一个钓鱼台,在通向钓鱼台的地方搭了一个草棚凉亭。鸭子湖边出现了一个人造风景。修缮完毕,老师来了,非常满意这个地方,便在这里安居下来。他又给老师弄来一条德国纯种黑贝和一台电视机,给老师做伴。他想,老师是个不甘寂寞的人,他一有时间就来这里看老师。

老师有个嗜好,钟情当地的土产烟——莫合烟。这种金黄色的烟丝有着巨大的魅力,深深吸引着他,像吃饭一样离不了它。他知道老师对莫合烟情有独钟,每次来看老师,总是给他带来伊犁莫合烟。老师看见莫合烟,就像饥饿的人遇见面包一样。他喜欢用《参考消息》做莫合烟的包装纸,你看他笨手笨脚,把芝麻粒大一样的烟丝塞入炮筒子样的包装纸里,伸出舌头用口水一抿,就算黏和好了。再用打火机点着,深深地吸上一口,那弥漫的烟在五脏六腑里来一个大循环,然后慢慢地从嘴里、鼻孔里吐出来,于是整个人淹没在黑色的烟雾里,那样子,像一个腾云驾雾的妖怪。

鲁老师坐在俄式房子里的壁炉前,他给这个房子起了一个有趣的名字:冬宫。因为这个房子不但高大而且墙壁很厚,冬暖夏凉。木地板上的德国黑贝静卧在他脚边,闭目养神。

读书、看报、思考问题,是鲁老师的生活内容。他是《参考消息》的忠实读者,许文强除了给老师订阅了一份《参考消息》,又给老师订阅了一份本市的晨报,这样不出门,便知天下事。这份报纸他读得很认真,上面勾勾画画,加了许多评语。

在这个世外桃源里,鲁老师在门口的一片空地上,栽种上苹果、葡萄、桃树、梨树,每到春暖花开季节,吸引了蜜蜂、蝴蝶翩翩飞来,他泡一壶柳花茶,烫一壶桃花酒,一个人守在鸭子湖畔,日子过得像神仙一般。

鲁老师迷上了钓鱼,许文强买来钓鱼竿,老师白天在静静的鸭子湖边垂钓,晚上在灯下看报纸,累了,看电视新闻。

一天,许文强来到鸭子湖边的别墅,请教老师几个问题。老师放下正在阅读的一张当地晨报,望着窗外的鸭子湖,开始不紧不慢地回答许文强的问题。

"你想和我谈点什么呢?"

"想和你随便聊聊。不反对吧?"

鲁老师习惯地思索了一会儿,看着他的眼睛,侃侃而谈。"你听说有个寡妇街吗?"

"第一次听说。"许文强回答。

鲁老师如数家珍地说起来:"好吧,我们就说寡妇街上做生意的人吧。这些人大部分是三无人员。你知道是哪三无吗?"他盯着许文强的眼睛,"他们一无档案,二无户口(城市户口),三无社保(医疗和退休保障)。也就是说他们是被社会抛弃的人。他们就像一群没系保险绳的攀登者,去攀登一座大山,试想,一旦有个闪失和差错,那么他们将死无葬身之地……可他们又面对的是什么? 没有足够的资金,没有政策支持,没有政府投资,有的只是各种各样的税和费,可他们凭着勤劳的双手、灵活的头脑打擦边球,躲避或明或暗的风险。在这样的条件下创业,他们有的成功,有的失败,他们就像戈壁滩上的野草,只要有一滴水,一点阳光,就会发芽、吐绿。寡妇街上的女人我认识几个,在经历了艰难曲折的生活后,她们脱胎换骨,绝地而重生。她们走出了一条自己的路,挖到的第一桶金。她们一不靠科技,二不靠智慧,三不靠经验,只是靠抓住机遇。你看,这条街上的女人,创业之艰辛,那是把身子,灵魂,都浸在碱水里泡啊!他们以顽强的生命力,用了不到十年时间,把这条破烂街打造成了美食一条街,吸引了八方来客。他们是一群了不起的人啊!"

鲁老师接着说:"古人说:做一件事只要具备天时、地利、人和这三个条件,只要你顺应历史的潮流,把握最佳的机遇,就一定能成功!"

许文强点点头,从心里敬仰鲁老师,这不光是他渊博的学识和过人的智慧,还有他的品格、他的做人风格,是许文强确定人生目标的启迪心灵的老师。许文强把老师当作自己的偶像。老师对中国历史了如指掌,懂哲学、文学、美学、经济学。堪称一部百科全书。

二

一天晚上,许文强来看鲁老师,两个人聊天,不一会儿就进入主题。鲁老师越说越激动,脸孔涨红,胸脯起伏,直到烟头烫了他的手指头,才停止说话。他又卷上一支莫合烟,深深吸一口,很过瘾的样子,吐出一口浓烈的烟雾,仿佛一台蒸汽机在冒烟。她接着说:

"寡妇街是小城的中心,是这座城市的舞台。在白天,你看不出这个城市还有那条寡妇街的秘密,只有到了夜晚,所有的秘密就会呈现在你的面前,黑的、白的、红的、绿的、丑的、美的,各种各样的故事和各种各样的悲剧、喜剧、闹剧,都会在这里上演。"

"……我们的改革口号已经喊了许多年,可改革步伐却走得很慢?像老太太扭秧歌,前走走后退退,左扭扭右扭扭。是什么原因呢?"

鲁老师沉重地说道:"现在有许多缺少良知的知识分子在发表不切实际的言论。请看我们现状,由于经济发展不平衡,再加上分配不公和森严的等级制度,造成了贫富之间的差距越拉越大。殊不知,经济学里有个'二八定律',百分之二十的人占有百分之八十的财富,而百分之八十的人占有百分之二十的财富。可我们的经济学家却站在百分之二十的富人身边在说话,在发表议论。他们写出的每一篇文章和每一份报告和统计的每一份数字,都包含着泡沫,而许多人就在这样的泡沫里迷失了方向,变得浮躁起来。由于没有找到发展问题的症结,一味地大力发展,加快发展,只有拼消耗,以推动经济发展的车轮。由于采取杀鸡取卵的滥采滥挖,以至造成大量的资源消耗浪费。"

许文强折服老师敏锐的洞察力和一针见血的分析能力。老师说到激动时,眼睛闪闪烁烁,那深邃的目光,仿佛要穿透历史的烟尘;他的声音一会高亢,一会低沉,激情澎湃,手中的莫合烟,像孙悟空的金箍棒,在空中挥舞。

"……我们国家不仅是一个人口大国,也是一个口号大国。我们的西部开发口号已经吹响。是的,开发西部可以提高我们的综合国力,然而,我们的西部开发却没有一个支点。回头看一看美国 19 世纪的西部开发,他们也有自己的口号:你想成为一个富翁吗?你想拥有黄金吗?请到西部来!在苏联的 20 世纪六七十年代开发西伯利亚,他们也有一个口号:你想拥有伏尔加汽车吗?你想拥有一幢别墅吗?请到西伯利亚来!那些怀着发财梦想的人,他们来到遥远艰苦的西部,流下成吨汗水,终于实现了自己的梦想。因为有个发财梦做他们西部开发的支撑点。而我们呢?"

鲁老师慢慢坐下了,像一匹长途跋涉的老马,跑累了。他的眼里含着忧郁,闪着泪光。他是一代忧国忧民的知识精英,野火烧不尽,春风吹又生。不论时代怎样变换,他依然保持着那个年代的知识分子刚正不阿的品格,还有那种追求真理的气节和执著精神。

过了一会儿,老师像是自言自语,又像对他说:"我在想,一个知识分子没有独立的思想,不敢说真话,只是看着别人的脸色在说话,这是可悲的……但是,如果我们的社会不能够容忍真话,不能够包容真话,也是一个悲哀。"他又沉默了,一口接一口地抽烟,好像要把烟全部吃到肚子里去。

许文强暗自感叹老师,他把知识分子那种典型的直率表露无遗。看来,这就是他的性格,这就是他的傲骨吧!

三

许文强记得老师的生日,每次老师过生日,他会送老师喜欢的礼物。在老师六十六大寿那一天,送给老师一个礼物,是一个大号的俄罗斯烟斗。有一次到边境口岸考察,在边贸市场,一眼发现了这个俄罗斯烟斗,那个烟斗是用楠木制作的,里面镶着黄金,烟嘴镶嵌着墨绿色的玉石。他忽然想起苏联的一部电影里,斯大林用的就是这样的烟斗。他买回来,作为生日礼物送给老师。鲁老师拿在手上,端详了好一会儿,大喜,一连说了三声好。从那天起,俄罗斯烟斗天天握在手中,用它抽烟省了许多工夫。这样,老师再不用报纸卷莫合烟了,鲁老师爱不释手地握着俄罗斯烟斗,一会儿放在口中,一会儿离开嘴唇,说到激动时,挥舞着起来,那举止、那姿态、那神情像演说家。

他一边抽烟,一边喷吐着烟,一长溜烟吐出去,像一个个铁环,要把什么东西套住,一会儿,那些烟圈由小到大,一个个消失了。他欣赏着老师抽烟的气势,觉得是一种享受。

许文强像往常一样来看望老师,带来老师喜欢吃的东西,有核桃、红枣、苹果、葡萄、蟠桃,还有红薯、洋芋、辣椒、皮芽子。

一进门,看见老师伏在桌子上写什么东西,见他来了,老师停下手中的钢笔。
"老师,你在写作?"

"是啊。"鲁老师停下手中的笔,站起来迎接许文强。

两个人一坐下,就开始热烈地攀谈起来。

"这段时间,我一直在思考问题。想写一部书,一本以寡妇街为素材的书。"鲁老师指了指桌子上的书稿。

"好啊。写好了,我一定认真拜读。"许文强拿起桌子上的书稿,在手上翻阅。老师用手中的笔在纸上写春秋,他时而纵横驰骋,时而洞察秋毫。一个个人物的形象,会被他塑造出来。

老师举起俄罗斯烟斗,又陷入思索。他的头发已经花白了,头发越来越稀了,他像在思考什么问题,思考什么呢?

许文强把自己对城市改革的想法和老师交换意见。老师用深沉的目光注视着他,深深吸了一口莫合烟,语重心长地说:"天下熙熙,皆为利来;天下攘攘,皆为利往。官员也不例外。你这样做很大胆,改革会得罪一部分人,而且这部分人,恰恰是既得利益者。既得利益者是不会轻易放弃既得利益的。"

老师站起来,整理了一下花白的头发,走到门前,拉开门,一片灿烂的阳光照进屋子:"我最近在思考一些问题,世界的经济格局有着奇怪的现象。凡是那些经济发达的国家,他们一没有丰富的资源,二没有悠久的历史文化,比如美国、澳大利亚、加拿大,再看那些历史文化悠久和资源丰富的国家,比如中东的几个国家,当然也有中国。为什么这些国家经济发展缓慢,我认为其中有着深刻的历史原因,其首先是传统的文化禁锢了人们的思维,才把自己关在思想的牢笼里。而那些没有资源的国家和地区,他们善于整合资源,再将资源扩大化。所以,我要对你说,要改变思维,改变理念。这座小城有着先天的地缘优势,以我看,你们应该大胆搞一个经济技术开发区……"

许文强不由为老师的话所启发:"老师,你说得太好了,我回去做一个改造寡妇街的方案,再做一个建立经济技术开发区的方案,请你看看。如果可行,我想要请老师出山当顾问,发挥余热。"

鲁老师凝视着许文强意味深长地说:"天降大任于斯人也,必先苦其心志、劳其筋骨、饿其体肤……"说到这里,他口风一转:"想我少年意气风发,激扬文字、挥斥方遒,燕雀安知鸿鹄之志! 遗憾的是,四十多年前,我被流放到边疆,沦落天涯,这一切都成了空想、妄谈……可悲! 可叹!"

许文强见老师的眼睛里含着泪水,点点头,又摇摇头。

十八年前的秘密 / 第二十章

一

　　司马南一路想着遇到的女人，神情恍恍惚惚，出现了从没见过的幻觉，回到家里，吃过饭，坐在沙发上看电视，电视上演的什么，他不知道。从烟盒里抽出一支烟，打着火，猛吸了两口，脑子里依旧徘徊着巧珍的影子。

　　夫人在卧室里叫他睡觉，他才熄灭烟，慢腾腾地进了卧室，脱衣上床。刚躺下，夫人热烘烘的身体就压了上来，娇嗔地亲吻着他，想要他。他闭着眼睛，不说话，一动不动，一点和夫人亲热的心情都没有，夫人摸了摸他的脑门："是不是病了？"

　　"不是，我累了，你早点休息吧。"他推开夫人的身子。

　　夫人扫兴地从他身上滑下来，不高兴地嘟囔了几声，脊背对着他，像小猫一样睡一边去。

　　拧灭了床头灯，卧室里黑下来了，就听到夫人发出有节奏的鼾声。奇怪啊！他想不到，会在这座小城的街上遇到这个女人，这个在梦中纠缠了十几年的女人，终于出现了。这么多年他也一直在想她。他翻了一个身，又翻了一个身，辗转反侧，无法入眠，他在心里呼唤着她的名字：巧珍——巧珍……你怎么会在这里呢？让我苦苦地寻你找你，想你念你……一盘又圆又大的月亮挂在窗户上，把银色的月光洒了进来。巧珍苗条的身影出现了，穿一条白色的裙子，后脑上盘着一个高耸的发髻，仿佛一堆乌云，衬托出她月亮般的笑脸。她向他伸出了手，那手那么柔嫩、白皙、光滑、纤长，那是一双贵妇的手，柔弱无骨，握在手上，一股暖流涌遍全身……

往事历历在目，浮现在眼前。他记事的那一年，正赶上 20 世纪 60 年代的大灾荒、大饥饿。在他还幼小的年龄过早地体验到什么叫饥饿的滋味，那感觉就像快要死去的一条饿狗。大年三十的晚上，爹不知从哪里抓到一只大老鼠，把它剥了皮，扔在锅里，煮熟了，一家人把它一点一点地吃了。有了一点吃的，身上就有了温暖。

哥哥得了浮肿病没几天就死去了，爹和娘把家里剩下的一点粮食给他和姐姐吃。一天，家里来了一个远方的客人，据说那人在边疆开荒种地，是光棍一条的王老五，他回老家，一来看父母，二来讨个老婆。经邻居牵线，司马南爹娘认识了这个王老五。爹娘为了活命，就托人把刚满十七岁的姐姐许配给那个王老五，那人求之不得，大方地用一袋红薯、一袋洋芋和十块钱，换走了姐姐。爹娘看女儿有了人家，回头见饿的黄皮寡瘦的小司马南，恳求那位王老五把小司马南一块儿带走，姐姐也用乞求的眼神求王老五，那个善良的王老五答应了，就把小司马南和姐姐带到遥远的边疆，司马南这才算拣了一条小命。

他跟着姐姐来到新疆，有饱饭吃了。到了上学的年龄，姐姐给他用旧衣服拼凑起来，缝制了个书包，送他去上学。到了初中毕业那一年，正赶上"文化大革命"，他的学业中断了，只好下连队劳动。由于他干活肯下力，做事有眼色，再加上嘴巴甜，人又勤快，出身又好，很快被连队领导发现，保送他到部队参军。他在部队表现得十分出色，第二年入了党。三年军旅生活结束了，回到农场，农场领导又把他作为年轻干部培养，安排他在农场机关当勤务员。他在当勤务员的日子里，经常把领导办公室的桌子、椅子擦得一尘不染。领导一上班，一杯热茶已经端了上来，文件和报纸整整齐齐的放在桌子上，有时见领导脸色不好，他悄悄躲在一边，一句话不说，领导高兴时，就陪领导说几句笑话，让领导开心。有的领导喜欢下棋，他就陪着，有时装着输的样子，让领导高兴。他很快得到领导的赏识。一年后，他当上了宣传干事。70 年代初，机关每年派干部下基层蹲点，他积极要求参加，请求到最艰苦最偏远的连队锻炼。领导同意了他的想法，把他派到那个遥远的"西伯利亚"的"连队"。也就在这里，他有了人生的第一次艳遇。

他和职工同吃同劳动，跟着职工排队打饭，第一天打饭，从窗口里面看见一双手，那是一双嫩白的手，像葱黄一样轻柔、灵活、细长。他是第一次见到这么漂亮的手，遗憾的是，打饭窗口低，里面的人上半身被窗口挡住了，看不见那是一个什么样的女人。他在书里读到过这样的手，那样子的手是佳人的手。他想，有这样一双手的女人，一定是个俊美的女人。

在连队蹲点的日子里，连领导为了照顾他的生活，特意给他安排了小灶，这样他每天就不用和职工一样排队打饭了。

有一天，他从后门走进伙房的大堂，一进门，就见窗口站着一个打饭的女炊事员，伙房里七八个炊事员里只有她一个女人。只见她穿着白卫生衣，忙着给大家打饭，随着打饭动作，一条长辫子跟着摆动。她不知身后有个男人在注意看自己，她打饭神情专注，收饭票，找零票，打饭，动作干净利落。

打完了饭，回过头来，见有个陌生男人，连队很小，就这么百十号人，天天见面，这个人好像是第一次见，她朝他笑了笑："你是才来的吧？还没有吃饭吧？来，我给你打饭。"

他把手中的饭缸子递给她，她接过缸子打饭，打满了，他端过缸子朝她笑了笑，什么也没有说，走了。在那个生活艰苦的年代，大家以吃粗粮为主，每天吃的都是苞谷馍，喝苞谷面糊糊，连队领导为了照顾他的生活，让他吃细粮做的面条，这是他享受的唯一特权。给他做面条的正是那个长辫子女人，那双巧手做出的面条，别有一番风味，那个面有个好听的名字：阳春面。

在这个偏僻的鬼都不下蛋的连队，居然有一个让他怦然心动的女人，她有一个好听的名字，叫巧珍。

冬天，是农闲季节，司马南组织连队职工在冬闲时演节目，活跃职工的文化生活。他们排练的节目叫《白毛女》，在挑选演员时，遇到了麻烦，连队很小，文艺人才更少，到哪里找演员呢？有人提议，就在连队里瘌子拔将军选演员。

脑子里飞快地跳出伙房里的那个叫巧珍的女人，提出让她参加，有人马上反对，说她出身不好，怎么可以演苦大仇深的白毛女呢？但他坚持自己的意见，大家看他是上级下来的蹲点干部，那个反对意见很快被否定了。

一有空，司马南就到伙房帮忙做饭，这样有机会和她在一起。她呢？就给他做一碗阳春面，那又白又细，再放上几颗葱花，热气腾腾冒着香气的阳春面端到他面前，这是她那双灵巧的手做的面，用筷子挑起，纤细、白嫩、绵长，吃一口，热乎乎暖遍了全身……他尝到了爱的滋味，叫他一天不见，心里觉得缺少了什么东西。

半年后，司马南突然接到农场机关打来的电话，让他抓紧时间赶回去，有新的工作任务，他来不及和巧珍告别，骑上自行车风驰电掣回到场部。一见科长的面，科长严肃地说："叫你回来，是给你谈你的个人问题。"他吓了一跳，难道科长知道了自己和巧珍的事，出乎预料的是，科长没有批评他，而是把他大大地夸奖了一番，说他在连队表现不错，干部群众都说他是好样的，他才松了一口气。科长拐弯抹角的要给他介绍对象，他问是谁？科长说，不是别人，是团长的女儿。他心里一沉，科长笑哈哈地说是团长的大女儿海兰。什么？海兰个子只有一米六，圆圆的脸，胖乎乎的身子，由于营养好，皮肤白里透红，像个熟透的大苹果。她性格开朗，活泼可爱，在机关电话班当话务员，见了司马南，朝他莞尔一笑，笑时露两个小酒窝。海兰喜欢司马南，就托宣传科长给她做媒，介绍他们谈对象。科长看司马南有点犹豫，笑着说："司马南，这可是个好事啊！我要向你表示祝贺！还有一个好消息呢，上级给了我们一个名额，上工农兵大学，你想不想去？"他不加思考地说："当然想去。"

"那就好，不过……这个事情你要想好。"科长意味深长地笑了笑说道。

他明白了自己和团长的女儿事情，是个前提。如果不同意，就不可能有上大学的机会。

司马南一时拿不定主意，低下头，说要好好想想。出了门，骑上自行车来到姐姐家和姐商量。姐听说这个事，为弟弟感到高兴，就对弟弟说，答应吧，能娶上团长的女儿，那是造了八辈子的福啊。姐姐三说两说这好那好，他无奈地摇摇头也没什么意见了。

突然，一阵疼痛袭来，他感到那颗心隐隐作痛，他想说给姐姐，可话到嘴边又止住了，在没有阳光的日子里，在有月亮的夜晚，他用情感的丝、用思念的网、用柔情的蜜做了个匣子，里面藏着世界上只有两个人知道的秘密，然后用矛盾做了个密码，咔嚓一声将它无情地锁住，成为永远的秘密。只有在寂寞时、烦恼时、抑郁时，悄悄地打开它，抚摸着、回味着、咀嚼着其中的滋味……

他犹豫着矛盾着，想了一路，走到十字路口，他下了自行车，耳边响起科长和姐姐的话，眼前又浮现出巧珍的笑靥……忽然身后响起一个赶大车的喊叫声："谁他妈的站在路当中，快快让路！"

他赶紧推着自行车让路，大车轰隆隆地从他面前奔驰而过……

回到机关，他把一路上想好的话给科长说了，第二天团长把司马南请到家里，用清炖羊肉款待这位乘龙快婿，团长亲自端给他一碗玉米烧（酒），让他喝，他一口气喝光了，平生第一次喝酒，不知酒的厉害，他喝醉了。

一个月后，司马南和海兰结婚。奇怪的是，结婚那天晚上，司马南神奇地梦到了巧珍，他从梦中惊醒。他把海兰当成巧珍，三个月后，海兰怀孕了，此时司马南接到上大学的通知，他告别新婚燕尔的妻子，打上背包去首府上大学去了。一天海兰写信告诉他，他们有了一个宝贝女儿。三年后他回到农场，女儿小梅已经三岁了。司马南留在机关工作，没多久就被提拔为宣传科长。他和海兰恩恩爱爱的过日子，泰山大人一直在背后扶持他，不几年，他又被提拔为团副政委，他在仕途上一帆风顺。

在大学里的几年时间他读了许多书，在读恩格斯论权威的那篇文章里，他似乎懂得了权力的重要性。他回忆起在戈壁滩上的那个偏僻小连队，蹲点一年多的时间，就尝到了权力的滋味。在那里，由于他是上级派下来的干部，基层干部们把他高看一眼，不敢把他的话掉在地上，因为他说出的每句话，都代表上级的意见

189

和精神,他提出的每一条建议,他们都会慎重考虑,同意或者采纳。就是在和巧珍相处的日子里,他提出把巧珍调到宣传队当临时演员,虽然有人不同意,但也不敢反对,他这才有和她更多的接触机会。

二

自从那天见到了司马南,巧珍的神经忽然变得敏感起来,丢失了多少年的东西,终于找到了,她要紧紧地抓住属于自己的东西……多少年前在偏僻的小连队里,在荒凉的戈壁原野上,藏在内心深处的情感花朵在漆黑的夜里,不可遏止地绽放……

巧珍孕育了多少年的话,要对他倾诉。

她还想告诉他一个天大的秘密, 这个秘密在那个不为人知的角落里藏了很久很久。他一定想知道这些秘密,当她把秘密告诉他时,他会是怎样的表情,他会是怎样的态度,他会是怎样的一个人。

这一天终于来到了。司马南神话般地来到酒楼,巧珍迎接他走进雅座里。巧珍轻轻关上了门。司马南像一座山,不,他像一棵枝繁叶茂的大树,站在面前。两个人紧紧拥抱,沉浸在遥远的回忆的长河里,感受着对方的温存。

司马南双手捧着巧珍的脸,眼角上出现了鱼尾纹,哦,无情的时光给她俏丽的脸庞刻下了印痕。

“真的是你？”

“是的……”

“不是在梦里吗？”

“不是! 是真的。”

司马南亲吻着她的脸,紧紧抱住她。“这么多年,你是怎么过的？”

“就这样……一天天……过……我一直在找你,我想这一辈子……再也找不到你了……”巧珍伏在他宽厚的肩膀上哭了。

“不哭,不哭。”司马南安慰她。

巧珍小声说:“你怎么现在出现呢？ 是老天爷这样安排吗？”

司马南喃喃地回答:“应该是吧。”

“我想告诉你一个秘密。”巧珍凝视着他的眼睛。

“什么秘密？”司马南急切地问。

“是属于我们的秘密。”巧珍一点一点地打开藏着秘密的宝盒。

“快说啊! ”司马南心跳的速度加快了。

巧珍抱紧他的脖子,贴着他的耳朵悄悄地说:“我们有一个孩子……”

“什么？孩子？”司马南不相信地睁大眼，推开她。

她抬起头，注视着他的眼睛：“是的，长得像你。”

司马南追问：“这怎么可能？是真的吗？”

司马南不相信自己的耳朵，吃惊地张大嘴巴，越张越大，快要窒息了，脑子断电了，一片空白。他突然失态地叫喊起来，抓住她的肩膀，手指头几乎掐进她的肉里，眼珠子暴出，嗓子着火，像个疯狗。

巧珍被他抓疼了：“放开我！”

“不！这不可能。”他还是不相信，他放开了手。

司马南的脸一会儿红，一会儿紫，一会儿黄，一会儿绿。他又一次把她抱在怀里，涕泪交流，热烈地恳求：“他……在……哪……里？”

她小声说：“他在读高中。”

他在追问：“在哪个中学？”

她小声说：“市一中。”

“学习成绩怎样？

“他聪明，懂事，学习成绩很好。你放心！”

“哦……能让我看看他吗？”

巧珍使劲从他的怀抱里挣出来，一个可怕的念头闪过，第六感觉告诉她：面前这个男人要把自己的孩子抢走！她自私地回绝道：“不，那不行！那是我的孩子，是属于我的，他身子里有我的血，有我的肉，有我的爱，……我不想让你见他！”

司马南像个受了委屈的孩子，哭了：“求你，给我一个机会，让我见他一次，只一次……”

“不，这不可能！”她的口气突然变得十分强硬，不容分辩，不容抗争。

巧珍意识到了什么，孩子是他们之间天平上的筹码，一旦失去了这个筹码，会是一个什么结果？他们之间关系会发生什么变化？孩子是她唯一的精神寄托，是她唯一的希望。

有种预感告诉巧珍，面前的男人也许是靠不住的冰山，不能这么快地让他见到孩子。可这个男人，又是她唯一情感家园的守护者。她陷入可怕的矛盾旋涡……

巧珍冷静下来，推了他一把，像推开一根沉重的木头，他脑袋昏昏沉沉地离开了酒楼，仿佛做了一个悠长的梦，这个梦多少年来一直缠绕着他。走了一路，想了一路。

司马南自从离开了戈壁滩的那个小连队，才发现心里装满了她。一想起来，沉甸甸的难受。他一直为她感到愧疚，想找个机会看望她，哪怕只一会儿，可是，后来的日子他几乎找不到一点时间去看她。

这一分手，就是十多年过去了。时过境迁，想起这一切，依然让他动情。

久违的情绪缠绕着司马南，吞噬那颗受伤的心。在那寂寞、荒凉的戈壁滩上，就是这个叫巧珍的女人，给了他一份奢侈的爱，青春的浪漫，曾经在人生的美好年华，留下一段温馨的回忆。

这个世界真是太小了，在这个小城里，在这样一条街上，他居然和旧情人邂逅了。不知是喜、是惊、是怕、是慌、是乱。

他不是那种薄情寡义的男人，他珍重自己那一份真感情。在他眼前流星赶月地出现过许多女人，唯有这个女人，让他心动，让他心疼，让他魂牵梦绕，叫他唏嘘感叹，叫他愧疚不已。在那个戈壁滩上的偏僻小连队，第一次见到她，就被她的目光吸引，她的眼神是别样的，有着淡淡的抑郁，浸染着少妇的忧伤。

兴许是苍天的安排，他们在这座小城的一条街上相遇，青春的岁月在她身上褪去了，她不再是当年那个纯情的少妇。

三

司马南业余时间读过几本书，他除了读政治理论书籍外，也读了几本古代经典。有时静下心来思考人生观、价值观。他在一本书里，读到古人的做人准则，觉得很有意思，归纳起来是：立言、立德、立功。

他想，在书记的岗位上，他一定要给群众树立良好的形象，这不光是个人的形象，也是政府的形象。他在干部会上经常强调：金杯银杯，不如老百姓的口碑。让宣传部在广播、报纸、电视上铺天盖地地宣传。

司马南虽然不是诗人，也不是画家，更不是将军，但他却有改造山河的雄心壮志。他挥舞着如椽巨笔，给小城泼洒着浓墨重彩，把一幅崭新的图画展现在人们面前：他从外面请来专家，重新规划这座城市，他要在任期内把这座年轻的城市，建成一座现代化的城市。在城市规划中，有几个亮点：经济技术开发区，十公里长的迎宾大道，市政府办公楼，世纪广场。

经过三年的努力，司马南书记描绘的宏伟蓝图一步步在实现：十公里长的迎宾大道修好了，走在迎宾大道上，心胸无比宽广；仿天安门的办公楼盖起来了，看着五层楼高的仿天安门办公楼，让人耳目一新，从草原来的牧民以为来到了北京城，他们那个高兴劲甭提了。城市由此改变了模样。

天北市成立三十周年的日子即将到来，他认为这是一个千载难逢的好机会，为了隆重庆祝这个特殊的日子，他要把活动做大。他主持召开常委会，研究搞一次大规模的庆祝活动，请自治区电视台、电台、报社的记者，邀请担任过各届市领导的老干部和劳动模范参加。他要求各部门通力协作，把庆祝活动的规模搞得声势浩大,以显示建市四十年的辉煌成就。为了搞好这次隆重的市庆,他亲自挂帅,担任组委会主任。

宣传部崔部长给司马南书记汇报工作:"这次为了庆祝建市,请来了外面的媒体记者,还请来了在全国有影响的作家、诗人、画家、歌唱家、作曲家、舞蹈家、摄影家……"

司马南书记满意地点头:"宣传部要把工作做到前面。要让全国人民知道天北市,了解天北市。"

崔部长接着说:"是的,这是按书记的指示落实的。记者们把天北市报道出去,在全国一定有很大反响。有个诗人写了一首长诗《崛起的天北》,很有气势。"

司马南书记点头表示肯定。

崔部长继续汇报:"我们请来了一个报告文学作家,到我们这里写本书,他对寡妇街很感兴趣,收集寡妇街的素材,以寡妇街为背景,写天北市的变迁和人的变化。"

"哦,有什么内容?"司马南追问。

"作家要把寡妇街的几个名女人写进书里。"崔部长兴奋地说。

"哦,哪几个女人?"司马南又问,他显得很着急。

崔部长看书记来了兴趣,接着详细地说:"有金凤、巧珍、雪莲,还有一个叫桂花……这几个女人可是寡妇街的四大名人啊!"

司马南书记听到巧珍的名字,那颗心骚动起来,变成了狂奔的马,脸皮一阵青一阵白。

崔部长看司马南书记听的仔细,问得认真,又接着发挥起来:"那个作家妙笔生花,写她们在改革年代的创业故事。那个巧珍致富不忘帮助人,每年给贫困户、残疾人捐款捐物,今年给一个乡村学校捐款十万,在她的带动下,金凤、雪莲、桂花也捐了款。还有,她们给市庆活动也捐了款……"

司马南书记忽然"腾"地从沙发里站起来,脸变得像猪肝一样难看,他指着崔部长,口气生硬地说:"什么狗屁作家,只会胡说八道!胡编乱造!你马上让他离开天北市。"

崔部长愣住了,不知里面有什么事情惹得书记不高兴,他一时闹不明白,莫名其妙地问:"司书记,这是为什么?"

"不要问为什么,立刻让他走人!"司马南书记一挥手,怒气冲冲,站起身要走。

崔部长搞了多年宣传工作,毕竟见多识广,换了一个话题,小声说:"那个作家可是个大手笔,是个著名作家,他要用如椽巨笔为你写一篇文章,题目他拟了两个,一个是《天北补天石》!还有一个是《天北的脊梁》!"

"哦——"司马南书记的眼睛亮了,脸上的不快很快消失了,胸脯挺起来,"好吧,你把这些事情处理好。千万不要留下什么遗憾!"

崔部长暗暗吁了一口气,看来他的判断没有错,不然可要犯错误了啊!

司马南站在市委大楼办公室里,大楼坐北朝南,走近落地窗前,远见天山逶迤,近看广场周围绿树成荫,广场中间繁花似锦,那是前任书记搞的一个大花篮,其中有着丰富的寓意。他听人说,广场中央曾换过几个标志,它们赋予一个时代的象征意义。据说最早是座石雕大骆驼,据老一辈的人说,这里最早有许多骆驼,是个驼城;一个军人出身的书记,请来雕塑家,在一块大石头上雕塑出三峰巨形骆驼,屹立在广场中央,过了许多年,那个军人出身的书记走了,石雕骆驼也悄悄被拉走了;一个基层上来的书记来了,比较务实,看见广场中央的空地,突然一股激情袭上心头,从外面请来艺术家,艺术家在中央的空地换上三匹奔腾的骏马,这马,象征着年轻的城市如万马奔腾,势不可挡,追赶时代的脚步。可有人说,这三匹奔腾的骏马怎么看怎么像悬崖勒马,以至于后来城市经济发展速度比周围城市缓慢。时间又过了几年,那个基层上来的书记调走了,三匹马也跟着奔腾而去;又一个农民出身的书记上任,他踌躇满志,要让这座小城朝气蓬勃,闻鸡起舞,请雕塑家雕刻一只大公鸡,不久一座气势雄壮的大公鸡出现在百姓面前。有人说,这鸡有丰富的内涵,你看它身披彩羽,朝着东方的太阳,象征着年轻的城市在雄鸡高唱中苏醒;也有人说,这鸡,不鸣则已,一鸣惊人!抓住机遇,加快发展,让这个小城的经济快速腾飞;过了几年后,那个农民出身的书记走了,雄鸡也跟着飞走了;又一个工人出身的书记走马上任,他胸怀宽广,请来专家设计出别具一格的大花池,花池中间是音乐喷泉,你想,戈壁滩缺少水,一旦有了水,那该是个什么样子,于是一座现代化的音乐喷泉出现了,吸引了许多群众夜晚来观赏,有人用丰富的想象说:大花池就像个聚宝盆;也有人持反对意见,说那个大花池怎么看怎么像个大花圈,应该拆掉!

司马南书记听过城市规划专家的课,记得专家说,一个城市应该有象征性的标志建筑,如果没有这样的建筑,说白了这个城市没有文化,没有品位,没有灵魂。司马南书记凝视着广场中央的花池,在想象留下个什么东西。时代在发展,这座城市应该有属于自己的标志。

火车从小城南边穿过,似一条长龙,从天北大地上奔驰而去。一条通贯亚欧的大陆桥横跨天北这块古老而又年轻的土地上。这座大陆桥,给边陲小城带来了发展的机遇,同时给司马南书记打造了一个制高点,怎样经营好这座小城,提出了一个更高的要求,对他的智慧和能力提出了一个挑战。他和班子的同事有了新设想:在火车站附近建立经济技术开发区,借东来的风,迎西来的雨,吸引内地的企业家投资。

有人建议,在广场中央立一块巨石。他当即拍板同意。经过三个月的施工,一座重达三百多吨的巨石立在了市中央的广场上,像一座巨大的屏障,看上去气势峥嵘,威震四方。司马南书记看了巨石非常满意。

过了不久,司马南听到许多闲言碎语,街谈巷议,老百姓把这块石头叫做顽石、臭石,还有人叫它绊脚石,更有人叫它拦路石。

司马南听了这些议论,心里很不是滋味。他让秘书把当地学富五车的张先生找来,解释这里面到底有什么内容。张先生看着书记的脸色自信一笑:"那些街谈巷议,纯粹是小市民的无稽之谈,低能儿的见解,他们哪里知道这石头中蕴藏的深刻含义。"张先生看司马南听得认真,便娓娓道来:"古有女娲补天,今有英雄补天。请看《红楼梦》第一回的开篇,讲的就是补天石,这补天石来自青埂峰下,煅炼后,能大能小,得以补天。再看眼前的石头,采之天山脚下,天山山高高入云,比起那青埂峰,更是不在话下;若得此石,可谓八面来风,四方鸿运,更赋有时代的意义。请看我们的时代,是改革开放的时代,是经济快速发展的时代,是以财富论英雄的时代,我们的时代是前无古人后无来者,是继往开来,英雄辈出的时代……"张先生口吐莲花,很快让司马南书记打消了疑虑,此时的司马南书记心潮澎湃,热血翻腾,击掌三声,给予肯定。

司马南心情舒展开来。他打开当天的本市晨报,翻看着,在第二版上,一行醒目的大黑标题赫然刺目:寡妇街诞生一位中国西部版的阿信。副题是:记民营女企业家孙巧珍。这是一篇整版的文章,图文并茂,分量很重。他快速浏览了一遍这篇文章,眼前摇晃着几个词:寡妇街、中国西部版的阿信、企业家孙巧珍……他不敢往下看了,只感到腿软心慌、耳根发热,面孔发烧,眼冒金花,头脑发晕,几乎要爆炸、爆炸……他恼怒地一把抓起报纸,使劲地揉搓,像搓一件洗不干净的衣服,揉成了一个纸团,电话铃响起,他去接电话,手中那只揉成团的纸球掉在写字台上,滚落到地上,这时门开了,秘书进来,一脚踩在纸团上,一个趔趄,差点摔倒,低头一看,是个纸团,随手捡起来,扔进废纸篓里。

四

在人们的期待中,小城大庆的日子终于来到了。那一天艳阳高照,街道两边红旗招展,锣鼓喧天;广场上人山人海,花团锦簇。

司马南站在主席台上神采奕奕,满面红光,发表了热情洋溢的讲话,高音喇叭传出他浑厚的男中音,在天空中震荡。他讲到激动时,两只手做出各种手势,以增强说话的感染力,他的讲话结束了,迎接他的是热烈的掌声和欢呼声。接着,广场上鞭炮齐鸣,礼炮震天。

检阅仪式开始了,雄壮的进行曲响起在广场上空。司马南书记和两位大校军官乘坐一辆敞篷吉普车,驶入广场。他向战士们招手致意。后面接着是公安方队,他大声问候:"同志们辛苦了!"战士们齐声回答:"为人民服务!"战士方队过去了,他和两位大校军官走上政府二楼主席台。这时,蓝色的天空上出现了三架喷气式飞机,表演了几个精彩的动作,留下几条白色的烟雾,渐渐地消失;观众们第一次目睹这样的场面,兴奋起来,议论纷纷。突然天边飞来三架农用打药飞机,轰鸣着从广场上空掠过,又引起观众一片喧哗,接着有五架直升机,嗡嗡叫着飞来,在广场上空停留,表演完各种动作飞走了。

广场上出现了一艘大船,后面是火车头,缓慢驶过广场。天上地下,海陆空全部亮相,好家伙!这样的场面真叫小城的百姓们大开眼界,请来的各路宾客也是目瞪口呆。谁也不曾见过如此宏大的庆祝场面。发出一片啧啧声、惊叹声、赞扬声、欢呼声……

司马南书记用眼角瞟着两边的特邀嘉宾和外来宾客,他们兴高采烈,交口称赞,众口一词,夸市大庆搞得好。但是他们哪里知道他为市庆煞费苦心,带着宣传部长到当地的驻地部队,邀请他们参加,请部队领导对天北这个全国拥军模范城市给予支持。就在此时,驻地部队正在进行军事演习训练,利用这个机会,让飞机在广场上空飞过,造个气势,经过部队领导研究很快同意了。飞机在广场上出现,达到了出人意料的效果,给来宾们留下深刻的印象。司马南书记听到大家的议论,很为自己精心导演的杰作暗自得意。

广场上的节目结束了,紧接着是各单位组织的方阵,接受领导的检阅。他们穿着整齐的服装,接着是纺织工人、农民、学生……他们向主席台挥舞着鲜花,喊着响亮的口号,走过广场;后面依次是驻市单位。

司马南书记眼前的广场,那里是一片鲜花舞蹈歌声的海洋,红男绿女们载歌载舞,从台前走过,他像凯旋的将军检阅着自己的队伍,脸上显出得意非凡的神情。忽然,眼前浮现出三十多年前的情景,瘦弱的他拉着姐姐的手,背着大包袱,穿着妈妈做的千层底的布鞋,加入到走西口的洪流中,饥肠辘辘走在漫长的路上,千里迢迢来到边疆……他像一棵快要枯萎的草活了下来,一个穷人家的孩子,第一次穿上绿军装,背着钢枪,爬冰卧雪……终于有一天,他站起来了,而且是站在高高的仿天安门的办公楼上,让所有的人们在广场上欢呼、舞蹈、歌唱。不知是激动,还是高兴得过了头,他的眼里闪出泪花。

最后走过广场的是工商联的方队,一辆高大威武的龙车走来,车上有个女人在表演精彩的彩绸舞,他看那个表演者,有点像巧珍。他举起望远镜一看,果然是她。这天是巧珍最高兴的日子,她站在高高的龙车平台上,面对着成千上万的观众扬眉吐气,大展风采。

第二天,晨报头版出来几幅大的图片新闻,那个在彩车上舞彩绸的女人正是巧珍,你看,她爽朗的笑脸,是那么精神,那么灿烂,摄影记者把她那一瞬间最美的风采拍下来,定格在报纸上,巧的是在她侧边的是一张他本人站在主席台上,一只右手向群众挥手致意动作的图片,放在肚子上的左手腕上,一只罗马金表闪出光彩。他捧起报纸,小心翼翼放到嘴巴上,对着巧珍的脸吻了一下,又忍不住地吻了一下。他忽然灵机一动,把这张报纸收藏起来,留着纪念。他仔细把报纸放进写字台下面的柜子里,加上锁。

一

司马南想见这个女人，巧珍的影子在司马南眼前老是跳来跳去，夜晚入梦，她温柔的微笑，把他的心融化……一种强烈的欲望刺激着他，缠绕着他……这时，他想起一个老板送的酒店的钥匙。想到这，他拿起电话给她打去，她听出是他的声音。他们约定时间，在西域大厦总统房间见面。

夜晚姗姗来临。白天看起来很平常的一座小城，在夜幕里，宛如一个神秘的女郎，妖娆、迷人，而又风情万种。

他今天要把宝贵的时间留给她，和她分享快乐的时光。

天还没有完全黑下来，他早一步来到西域大厦 815 房间，洗了个澡，穿上睡衣，点起一支烟，烟雾在眼前袅袅盘旋……

叮当……有人按响门铃，她来了。门开了，是她，仪态万方地走进门。穿着一件黑底红花的旗袍，露出白皙的脖颈，柔软的胳膊，衬托出她妖娆的线条，显出她卓尔不群的气质，和平日里那个老板娘判若两人。

那扇红木门清脆地"咔嗒"一声关住了，两个人很快投入到火一样的拥抱中，男人一用力抱起女人从客厅走进卧室，像抱着一只受伤的大鸟，把女人轻轻地放在柔软的席梦思床上。女人忽然一用力推开了司马南，他倒退了几步。

女为悦己者容。巧珍轻声说我换件衣服，等一会儿。她一闪身走出卧室，关上门。巧珍在客厅里换衣服，她要把最美的一刻献给司马南,此时,她站在名贵的波斯地毯上,弯起手臂,舞者般轻盈,停留在脑后的一朵乌云上,那浓厚的云在一双巧手下一扯、一摘,开了、散了、乱了,盘在脑后的云忽然水一样泻下来,那是瀑布般的长发,像羽毛覆盖了她的身子。

当巧珍再一次走进卧室时像换了一个人。司马南惊愕、意外、紧张地凝视她,这天然的长裙,衬托着她,脖颈上露出月亮般的脸庞……宛如九天下来的天使,脸上浮现出妩媚的笑,那样诱人;含情脉脉的眼里,流淌着一条河,那是一条温柔的河,刹那间把他的心温暖了……他禁不住"哦"了一声,忽然起身,迎接月宫来的佳人,他失声叫道:"巧珍……是你吗?……"

巧珍回应的声音很轻,像从天边飘来的一片云,轻盈地走来……

司马南张大嘴巴,眼珠子一点点地放大,惊奇地问:"你……怎么留……这么长的头发?"

她微笑着回答:"是……给一个我……爱的人留的。"

司马南不解地问:"哦,他是……谁?"

她仍然笑着回答:"他……近在眼前,远在天边。"

司马南听懂了:"哦……"

巧珍像是给他说,也像是给自己说:"是……的,我……等你,找……你,梦……你,有……十八年了啊!你……知道吗?"巧珍声音哽咽,泪水珍珠一样地掉下来,她哭了。

司马南点点头:"我相信……"

一双颤抖的手捧起黑缎子一样的长发,放在鼻子下、嘴唇上贪婪地嗅着一缕缕芬芳,如痴如醉……他抚摸着黑色的长发,仿佛打开了一个传世的经典,一个珍藏的瓷器。她像风像云又像雾……那处子般的胴体若隐若现。他们热烈地亲吻,话成了多余的东西。他们心潮起伏情感激荡,两颗期待已久的心,热烈地撞击,迸发出激情的火花,升腾起爱的火焰,灵与肉交融,似炭与火,在渴望中燃烧,在渴望中溶化……

司马南伸开宽广的胸怀,紧紧地拥抱她,仿佛抱住的不是一个人,而是一朵名贵的花,小心翼翼,生怕惊醒花的梦。两个人沐浴在黑色的瀑布里……激动的泪水流了出来。一个爱自己的女人,把生命的长发留给了自己。整整十八年啊!那丝丝缕缕的长发,每一丝一缕都是世上最珍贵的给予。

巧珍喘了一会儿气,闪亮的眸子凝视着他,问:"我……还和以前一样……吗?"

"好……"司马南呼吸急促,此时已找不到世上最好的语言表达对她的赞美。

她的皮肤还是那么白皙、富有弹性,只是比以前更加丰腴了。他脑海里迅速闪过十八年前的情景,一片草地上,一片林带,一片金黄麦地,一片银海一样的棉花地,他们偷偷地爱过吻过不知多少次,他吻她光洁的额头,她如玉的肌肤诱惑着他。迷茫的灯光下，羞涩、情欲交织在她的脸上……此时，司马南在重温尘封已久的经典，他要慢慢地欣赏书中动人的语言，品味浪漫的画卷，咀嚼精彩的细节。屋子里弥漫着醉人的芬芳，难忘的岁月浸透每一页，岁月已过去很久，仍没有褪色，依旧那么新鲜、生动、活泼、金子般地闪光，深深吸引着他。

过了好一会儿，他们开口说话了。

巧珍突然说："十几年前，你怎么说走就走了呢？"

"那一天，我接到上级通知，走得特别急，没来得及和你告别。"司马南说。

巧珍深深叹了一口气："后来呢？"

司马南回答她提出的问题："后来大学毕业，我到地方工作，又调动了许多地方，这不，又来到了这个城市。"

巧珍急切地问："你还想我吗？"

"当然想……一直在想……"他显得很紧张。

巧珍的眼神里充满了幸福的渴望："还记得十八年前的那些个夜晚吗？"

"记得……"司马南的嘴唇在发颤，他相信了。

"我现在可以告诉你十八年前的秘密，就是在那些难忘的日子里，你给了我一个孩子，我感谢你……"巧珍像卸下一个沉重的包袱，轻松地笑了，她终于等到了这一天，在经历了几多屈辱、痛苦、苦难、挣扎、煎熬，到了此时换来了内心的快乐，这是她期待已久的梦；她可以高高地挺起胸脯，迎接灿烂的阳光……

"那好，我会让你永远记住我，想着我……"巧珍长长喘了口气，轻轻地说"我不责怪你，也不恨你。我这一辈子，有你这样一个男人，很满足了，因为你曾经给了我幸福，给了我快乐，也给了我一个优秀的孩子……我知道你想见他，不过……会有一天，我会让你见到他……"

"太好了，我等待那一天……"

一种情欲的力量不可遏止地冲破世俗的闸门，冲破肉体的牢笼，像魔鬼、像闪电、像烈火，一切来得那么迅猛，那么出人意料，又那么惊心动魄！月光下的草地，是他们温馨的床铺；金黄的麦田，是他们寻爱的乐园；茂密的玉米林，是他们野合的屏障；雪白的棉花地，是他们放纵的摇篮……

他是一只飘忽的风筝，断了，飞走了，又飞回来了。她像一只鸟，飞了，走了，又落在那棵曾经栖身的树冠上，只是树冠更加茂密了。一根命运的绳子，把他们系在一起。他们默默地念叨，让时间的脚步停下来，享受着温馨的梦，紧紧拉住那梦的手，他们用眼泪凝固到手的爱，这是一个惊心动魄的夜晚，这是一个刻骨铭心的夜晚，这个夜晚等待了千年……

男人要把以前亏空的爱来一个补偿，在温柔的席梦思床上，他突然有了前所未有的亢奋，已经好长时间没这种感觉了，有一阵他怀疑身体不行了，再加上工作繁忙,每天纠缠在乱七八糟的事务里,他几乎没时间体会这人间的乐趣了。夫人曾怨过他,甚至怀疑他有了外遇,但始终没有发现蛛丝马迹。司马南在生活方面是很严谨的,多少年来不敢有丝毫差错,口碑一向很好,没给人留下把柄。这次,老天爷鬼使神差地让司马南放纵了一回。此刻,他想让快乐的秒针走得慢一些,他忽然理解了"良宵一夜值千金"这句话的真正含义了。

二

巧珍悄悄走进孩子的卧室,坐在他身边,灯光映照着孩子的身影。她仔细观察孩子的眼睛、眉毛、鼻子、耳朵……还有他的轮廓,身体的姿势,说话的声音,越来越像他了。孩子一天天长大,脱去童稚气味,取而代之的是浑厚的男中音。嘴唇边露出毛茸茸的胡子。她喜欢孩子,把全部的心血浸在他身上。

孩子是她明天的希望,是她精神的唯一寄托,是她一生的牵挂,也许以后孩子会像他一样吧。不知怎的,一想起他,心就一阵悸动、一阵酸痛袭来。

不知为什么,路生有一段时间很晚才回家。巧珍担心孩子会出什么事。

晚上吃饭时,她习惯性地问孩子在学校的学习情况,路生一边吃饭一边支支吾吾,不像以前,一说起学校的事情,话就没完。她注意到路生神色不对,问:"最近考试了吗?"

"考了。"路生小声说完,赶忙吃饭。

"成绩怎么样?"

"还可以吧。"

"什么还可以?再有半年,就要大考了。"巧珍有点着急了,"你有考试成绩吗?让妈看看。"

"有。"

"拿出来让我看看。"

"老师还没有发,等 等嘛。"

"不行,现在就看。"巧珍坐不住了,心里很烦乱。

她和孩子的谈话很不愉快,就这样结束了。

巧珍老惦记着这个事情,星期一一大早,她把店里的事情安顿好,骑上摩托车,跑到几公里外的市 中,找到教路生的班主任老师,那个班主任戴一副眼镜,说话很和气,他对路生的妈妈说:"班里从外地转来一个女同学,数学和英语有点跟不上,我安排路生每天下午放学后,帮助那个女同学补习功课。"

她想起路生曾经带回家一个女孩子,会不会是他的女朋友?有了女朋友心思就乱了。她忽然心里沉甸甸的,一阵难受。

过了一段时间,巧珍不放心,又去找班主任老师,老师说:"曹路生同学的成绩在退步,我们也准备找你谈谈这个事情。"

巧珍听完班主任老师的话,一阵晕眩袭来,她努力克制自己的情绪,保持冷静。"老师,请你把他最近的考试成绩单给我一份。"

"哦,我们把考试成绩单发下去了,难道他没给你看?没让你签字?"

"对不起,可能是我事情多,把这件事给忘了。"巧珍红着脸说。她明白了事情的真相,原来这个孩子在撒谎。她谢了老师,窝了一肚子气,眼泪扑簌簌洒了一路。

巧珍回到家,为了证实老师说的话,她打开了路生的写字桌抽屉,翻出一个日记本,里面有许多信和照片,大部分是那个女孩子的照片。她相信了老师的话,一股怒火在心里燃烧起来,不!绝对不让路生过早地恋上一个女孩子,这样会毁了他。她意识到问题的严重性。

又是一个周末,路生放学回到家,晚上吃罢饭,像平常一样脱衣上床睡觉。巧珍拿着一根早已准备好的竹板,走进路生的卧室,一把揪住他的耳朵,从床上拽下来。路生见妈妈一脸怒气,知道妈妈生气了,赶紧跪在妈妈面前。巧珍把孩子按倒在地,扯去他的内裤,露出白生生的屁股蛋,于是,她手中的那根小小的竹板,凝聚着爱和恨,渗透了一个母亲满腔的痛苦和无言的忧伤,包含着一个母亲对孩子最高的期望,怒火一旦燃烧,就不可遏止。

打死他!巧珍脑子里闪过一个恨铁不成钢的念头。

打死他!一个恐怖的声音在巧珍耳畔炸响。

那小小的竹板高高举起,打下来,疯狂地打下来,发出清脆的炸响,一下一下愤怒地击打在孩子的屁股和大腿上。路生发出杀猪似的号叫,巧珍的头发散乱着,飞舞着,她像个发疯的母兽,恨不得把手中的孩子折磨死。此刻,扭曲的面孔让她变成了一个恐怖的魔鬼。她打累了,气喘吁吁地扔掉竹板。"孩子,知道妈妈为什么打你吗?"巧珍又抱起路生呜呜地哭,她要把一肚子的苦水吐出来。

"嗯……知……道……"路生像一条受伤的家狗,趴在地上,头埋在肩膀下面,哽咽着嗫嚅,"妈……妈,我错了,以后再不犯错误了。"

巧珍不哭了,抹去眼角的泪水:"痛吗?孩子?"

路生咧着大嘴巴,声音里夹带着哭腔:"不……痛……妈妈……"

巧珍见被她打过的地方,肿得像发面团,鼓起很高。巧珍又忍不住地哭了:"孩子,痛了你就哭吧!孩子,不是妈想打你,天底下所有的母亲,都爱自己的孩子,想孩子长大了有出息。你现在长大了,是男人,就要顶天立地,叱咤风云;是男人,要有坚强的意志,要有骨气!孩子,一个男人如果天天和女人纠缠在一起,浪费宝贵时间,耗费许多精力,那会一事无成!"巧珍扶着孩子躺到床上,接着说:

"你不好好学习,将来怎么办?你爸过世得早,妈就这么大本事,把你拉扯大不容易啊。老百姓家的孩子想要出人头地,只有发奋学习这条路,其他是没路的啊!"

"妈妈,我明白。我以后再也不这样做了,我要对得起妈妈!"路生点点头扑在妈妈怀里,大声说。

"好孩子,明白就好,不要恨妈妈,妈妈实在没有办法啊!"巧珍亲着孩子的小脸,抚摩着他的肩膀,语重心长地念叨。

星期一上学,小梅见路生一瘸一拐走进教室,吃了一惊。路生落了座,小梅问:"你怎么了?受伤了吗?"

路生苦笑了笑:"不小心摔了一跤。"

"我看不像。是不是谁欺负你了?"小梅问。

"没有。"他低下头。

"告诉我,发生了什么事?"小梅急切地问。

路生沉默了。

三

路生参加完高考,巧珍期盼着儿子能考出好成绩,她想,儿子能考上大学,自己一辈子心血也没有白费。公榜的那一天,下着大雨,她叫儿子跟着一块儿去看,儿子说考得不理想,不好意思去看榜。她不再勉强孩子,打的去学校看成绩。

那一天看榜的人真多,巧珍在高考成绩榜上仔细地一个个地寻看儿子的名字。奇怪!怎么找不见儿子的名字?是漏了?还是丢了?不会名落孙山吧!她急了,一转脸,看见那个戴眼镜的班主任老师,叫住他:"老师,曹路生的名字怎么找不到呢?"

"你是曹路生的妈妈吧?来,你到这里看。"那个班主任老师拉着她的手,走到榜前,指着一个人的名字:"这就是他!"

"啊!"巧珍睁大了眼睛,紧盯着那个名字,呆看了半晌,叫了一声:"我的儿子,妈没白辛苦供你上学,是第一名、第一名啊……"

周围的人见这个女人失态的样子,不知发生了什么事,凑过来看才知道,她就是高考状元的母亲,大家又是羡慕又是赞叹。

巧珍急匆匆地赶回家里,想把这个喜讯告诉儿子。回到家找不见儿子,她想,这一会儿孩子跑哪儿去了呢?巧珍忽然想起路生的日记本,里面有他和同学联系的电话号码。她在路生的抽屉里找到了日记本,看到有个叫小梅的电话,她想起来了,就是路生带到家的那个女孩子,她当时就感到这个女孩子喜欢路生。她立刻拿起电话……

在妈妈到学校看榜这段时间,家里的电话铃突然响起,路生拿起电话,传来一个叫他心动的声音:"路生,我告诉你一件事!"是小梅呼唤他。

"啥事,你说吧。"

"不行,你出来我对你说。"

"下大雨了。"

"下大雨怎么了,就是下刀子,你也要来,我等你!"

路生知道小梅的脾气,放下电话,跑出门,打了一辆的,来到市政府机关家属区门口。他冒着大雨,直朝小梅家奔去。

小梅的父母上班去了,家里就小梅一个人,她站在阳台上,望着楼下那条林荫水泥路,看见雨中的他朝自己家跑来,期待的心跳得快止不住了,她一直在静静等他,不知怎的,这一会儿,好像等了他很长时间,等了一百年,他终于来了,她笑了,看他被雨水淋得狼狈样,他连伞也不用。

门铃终于响了,小梅打开门。

路生钻进屋里,暖暖的,他被小梅扯进了那间小卧室,小梅说:"冷吧?"

路生说:"不冷。"

小梅说:"快脱衣服,我给你换件衣服。"

路生不脱:"有啥事?说了我就走。"

小梅:"不行!换上干衣服,再告诉你。"

路生脱掉衬衣,露出一身年轻的肌肤,小梅上前揽住了他的腰,和他贴面站着,路生吓了一跳,把一团衬衣放在胸前。此刻,他被小梅紧紧拥抱着,她身上的温度电流般地传到自己身上,不禁浑身一阵战栗,小梅望着他的眼睛,柔声地问:

"路生,你爱我吗?"小梅慢慢扯去他胸前的衬衣。

路生摇摇头。

小梅凝视着他的眼睛:"说呀!"

路生从胸腔里发出一声"嗯!"

小梅闭上眼,娇滴滴地说:"路生,你敢不敢亲我?"

路生木头一样地站着,不动。她等着他,等着他,过了好一会儿,不见他的动作。

"路生,"小梅眼里涌出泪花,"你考上大学,会忘记我吗?"

路生被眼前这个热情似火的姑娘抱着,腰肢柔软的仿佛杨柳。一股甜丝丝的气息迎面扑来,他感到了她的心跳,一股一股热流袭来,那充满青春的热浪,让他感到口渴,不停地咽唾沫,他想克制自己。

"说呀!"小梅睁大美丽的眼睛。

这个问题提的太突然,他不敢想这个问题,也不敢回答。路生不知不觉将双手笨笨地搂抱着她的蜂腰,他感到青春的热血在激荡,在燃烧。

小梅望着路生,双目闪闪发光。当他们四目相对时,路生心头掠过一丝兴奋,脸色惊喜得放光。小梅如画的眉目因羞怯而蒙眬,这勾起了路生心头的渴望,他很想抚一抚她柔软的短发。

小梅的心"咚咚"地狂跳起来,一眨不眨地看着他。她在心底早有了蒙眬的渴盼,却又在表面不自觉地抗拒。此时,路生反而觉得脸烧烧的,他闻到了甜甜的香水味,这淡淡的香甜是如此的诱惑,已在心底渐渐地弥漫开来,那丝蒙眬的感觉已强烈而清晰地浮上心头。而且,已是如此的接近,少女特有的芳香袭来……

少女的整个身子已不自觉地在路生的搂抱之中。一种软软的感觉流遍全身,使她不觉微闭双目,全心地承受着这心灵的撞击。仿佛是从遥远的宇宙传来动听的歌声,耳边只听路生喃喃地轻语:"小梅,你很可爱。"

"我今天让你记住我,让你一辈子也忘不掉我!我就是要告诉你一件事,你大学毕业了,第一件事必须娶我……我等你……"小梅像在下命令,又好像要和他永别。她越说越伤心,声音哽咽,她一边哭一边飞快地解开衣裙的小扣子。"路生,我想了许久,想送给你一个世界上最珍贵的礼物……"

"什么礼物?"路生懵懂地看着小梅。

小梅的手轻松地把身上红裙子解开了,露出了少女嫩白的胸脯……

路生惊奇地睁大眼睛,他吓坏了,不敢看她,她双手搂着路生的脖子,路生注视着小梅青春的裸体,忽地抱紧面前鲜活的小梅,眼前那朵鲜艳的花蕾,绽放着迷人的花朵。路生亲吻着她的小嘴,当两个人的嘴唇碰在一起时,电话铃突然响起来。

"电话。"

"别管它。"

小保姆敲敲门:"小梅,你的电话。"

小梅松开了路生,慌乱地系好衣裙,走出卧室。

电话是路生的妈妈打过来的,小梅回答了一声,路生的妈妈问:"路生在吗?"小梅一时呆愣了,她不知该怎样回答,是在还是不在?

路生走过来了,他接过电话,胆怯极了:"妈,我在小梅家,我马上回去!"

路生放下电话,穿好衣服往外走。小梅站在原地一动不动,看着路生消失在门外。

他的母亲不愧是个生意精,一下子就猜到了自己的儿子在这里,小梅跑进自己的卧室,扑在床上哭起来。

小城出了个大学生 / 第二十二章

一

　　小城开天辟地出了一个考上北京大学的状元,引起不小的轰动,成了小城的一大新闻,给小城增添了光彩。街道上空挂起了一条大红幅,上面写着:热烈祝贺曹路生同学考入北京大学。

　　市一中学校特意为路生召开庆祝大会,学校门楼上挂起了一条大红幅。为了把这个庆祝大会开的隆重,校领导请来了市政府领导。学校的老师和领导脸上都闪着光。本来,学校只请了一个管教育工作的副市长和教育局长。可是,副市长向市长汇报,市长又向市委书记汇报,听说有个叫曹路生的孩子,是小城建市以来第一个考上北京大学的学生,引起了市领导的高度重视,市委书记提出也要来参加庆祝大会。

　　庆祝大会在学校的操场上进行。台子上铺着红地毯,周围彩旗飘扬。教学楼上,垂挂着红、黄、绿的条幅,上面写着热烈祝贺的标语。司马南书记到了,教育局长、中学校长满面春风,迎接市领导走上主席台,当他落座时,其他领导依次就座。

　　学校操场上高音喇叭震天响。校长站在主席台前,精神焕发地主持大会,大声宣布:庆祝大会开始。录音机放出进行曲,锣鼓喧天,鞭炮齐鸣。在欢快的进行曲中,校长有请考取北京大学的学生和家长上场。

　　学生和他的家长,走在长长的红地毯上。全场爆发出热烈的掌声。

司马南在台子上看的再清楚不过了,心里暗暗叫一声,哦,是她,是巧珍,那个走在她前面的孩子,一定是她的儿子。

巧珍着一袭墨绿色的旗袍,凸凹有致婀娜的线条,显露出一个成熟女人的风韵。她乌黑的长发,在后脑上挽了个髻,盘在脑后。白皙的脖颈上挂着闪闪发亮的珍珠项链,她端庄的脸庞,气质高雅。

她和孩子被安排坐在主席台前面,孩子上身白衬衣下身黑裤子,今天她和孩子是庆祝大会的主角。

校长给司马南书记悄悄介绍,这就是那个考取北京大学的学生,旁边的中年妇女是他的母亲,学生的父亲已不在了。司马南书记"哦"了一声,点点头,心里明白了八九分。

这真的是一个巧合吗?司马南终于在这里见到了那个一直想见的孩子。他注意观察巧珍和孩子。他忽然想起,好像在哪里见过这个孩子,哦,想起来了,是在家里,他和女儿是同学,他到家里辅导女儿小梅功课。

台下黑压压地坐着全校师生,学校很重视这个优秀的学生,他为学校争到了最高荣誉。

主持大会的校长请司马南书记首先讲话。司马南洪亮的声音回荡在校园上空:"曹路生同学是建市以来,第一个考上北京大学的学生,他是我们学校的骄傲,更是我市十万人的荣耀。我代表市委、市政府,向曹路生同学和他的家长表示热烈的祝贺! 向培养他的老师和母校表示热烈祝贺! "

书记讲完话,走向母子俩,母亲和孩子站起来,司马南先和母亲握手,高声地赞扬:"感谢你! 你用一颗真诚的爱心,培养出优秀的儿子,将来一定会成为国家的栋梁之材,我向你表示感谢! "

这些赞扬和溢美之词,是从司马南嘴里发出来的声音,他代表市委、政府,这是对她最高的评价和肯定,仿佛给她镀了一层金子。一个来自社会底层的不被人们注意的女人,忽然变得崇高起来,巧珍一时觉得自己像个令人敬仰的圣母,又像个慈悲为怀的菩萨。

报社记者和电视台记者的镜头,全部对准了巧珍,不停地拍摄、拍照。

阳光照在巧珍的脸庞上,白亮亮的放着光彩。她不再是一个软弱的羔羊,任人宰割;不再是角落里的一棵草,被人遗忘。此时,几千双眼睛在注视着她,为她鼓掌! 为她欢呼! 为她祝福! 巧珍明白了什么叫尊严,什么叫荣誉,什么叫价值。她的头顶上闪耀着夺目的光环。

巧珍和司马南的双手握在一起的那一刻,她的眼神在告诉他,站在旁边的孩子,就是你的孩子! 司马南读懂了她的眼神,泪水在巧珍的眼眶里打旋、飞转、滚出,听着他浑厚而又热情的声音,巧珍不住地点头。此时,她感到自己是世界上最幸福的女人。连声说谢谢。

司马南做梦也没有想到，会在这个场合，见到自己的孩子，而他就活生生地站在面前，司马南紧紧握着路生的手，凝视着他，仔细端详孩子的面孔，他多么年轻，多么有活力，那模样和自己年轻时像极了，嘴巴上现出了毛茸茸的胡子，他就是自己的孩子吗？他真想叫一声孩子，但拼命地克制自己，不让自己失态。

市领导依次走上前来和母子俩握手。

最后，校长请学生的家长讲几句话。巧珍第一次站在千人的大会上，难免紧张。她稳定了一下情绪，给大家鞠躬，她从提包里拿出一张白纸，像变魔术一样展开来："老师们，同学们，我不会说话，千言万语只说一声感谢的话。这是我送给学校的礼物。"

巧珍和路生打开一张红彤彤的横幅，高高举起来，上面赫然写着捐赠一百万！

一百万捐款！对于小城中学是一个天文数字，是历史上的第一次收到最大一笔捐款。有几个老师抑制不住兴奋，立刻站起来鼓掌，一个调皮的学生打起一声长长的口哨，呼啦啦，青春少年站起来、跳起来了，没有人组织，没有音乐的伴奏，他们举起树林般的双手鼓掌。这一切来得太突然，让主席台上的市领导和学校领导没有反应过来，但是他们很快明白是怎么回事，也跟着鼓掌。不知哪个调皮的学生灵机一动，拔掉花盆里的花送上来，气氛达到高潮。

这个曾经遭遇过人生屈辱的女人，这个曾经受苦受难的女人，这个曾经被人鄙视、另眼相看的女人，此时，她挺起高傲的胸脯，以美丽的风采展现在众人面前。多少年来埋藏在心底的梦想，多少年期盼的日子终于来到了。她要让生命之花绽放的更加灿烂！

台上台下的记者忙碌起来，长短镜头一齐对准巧珍母子，不停地拍摄、拍照。刹那间，巧珍感到自己的生命放射出迷人的光华。巧珍忽然想起一句话：人生何处不精彩！

二

司马南书记回到市委书记办公室，整个人心潮起伏，坐在老板椅子上一支接一支地抽烟。上午十二点有个相关部门会议，本来他应该去参加，被他找了个借口，让一个副书记去了。

他站在窗前，看着脚下这座小城，他没想到命运的绳子让他和这座小城联系的如此紧密。他没想到，自己的命运怎么和寡妇街上的一个女人联系在一起。他看见巧珍的儿子，那个孩子的眼睛、眉毛、鼻子、乌黑的头发和健壮的身子骨……

他不敢多想。此时，脑子里全被那个孩子挤满了，眼前浮现的是孩子青春的面孔。这个孩子是真实的、可爱的，将来会有出息的。

这时，电话响了，他接起电话，是夫人打来的，让他早点下班回家，说有好事情。他问什么好事，夫人反问道，你忘了，今天是你的生日啊！家人都等你回去。他说知道了，放下电话。

他喝了一口茶水，眼前又浮现出孩子和巧珍的影子，这个影子晃来晃去，怎么也挥之不去。他放下茶杯，拿起电话，给家里打去，他告诉夫人，说来了上级领导，要陪领导吃饭，不回去了。夫人嘟囔了几句，显然那边生气了。他挂了电话。

表的指针指向十二点半，离下班还有一个小时，此时，他一心想着巧珍和她的孩子，思谋着找时间去看她和孩子。

大白天去寡妇街，会被人看见的。这城市太小，小的东边敲鼓，西边都能听到。他打开抽屉，找到一副茶色墨镜，穿上那件只有植树造林和下基层才穿的夹克衫。

他低着头，从后门悄然走出机关大楼，出门戴上墨镜，戴上鸭舌帽子。到路边打的，直奔寡妇街。

巧珍好像有预感，一个贵宾将要来临，她站在门口等候。一辆出租车停在酒楼门口，她一眼认出那个从出租车上下来的人，他戴着一副墨镜，她也分毫不差地认出是他。

她带他走进酒楼的梅花阁，雅座已摆上了几束鲜花和水果拼盘。

"坐吧，司马南书记。"巧珍微笑着请他。

"别，别这样称呼我。叫我老司吧。"

他坐下，指着桌上的鲜花和拼盘："你好像在等谁？"

巧珍也坐下了。

"我在等一个人……"

"那个人来了吗？"

"他就坐在我面前。"

"呵，巧珍……"

"今天我没请别人，只有我和儿子，还有他的一个同学。"巧珍看着他的眼睛。

"好啊，巧珍，我一来看你和孩子，二来吃你亲手做的阳春面。"他兴奋起来。

"好啊，管够！"巧珍说。

"哎——孩子呢？"司马南迫不及待地问。

"等一会儿，他说去接一个同学，马上就来。"巧珍笑着说。现在巧珍已经解除了对他的警戒。她不害怕，也不担心司马南抢走这个孩子了。

"好，好。"他打着火抽烟，手不停地哆嗦，怎么也点不着火，巧珍伸手去接他手中的打火机，两个人的手又一次碰上了，她晶莹闪亮的双眸，让他不忍拒绝。

巧珍的泪水一下子涌出来了,她抚摸着他的头发,挨近了他,他埋入她的怀里,轻轻叫了一声:"巧珍——"

外面响起了汽车喇叭声,巧珍推开怀里的他,站起身去开门,走出雅间,外面传来一个女孩咯咯的笑声。

"客人来了。"巧珍回头对他说。

他站了起来,见路生带来两个客人,暗吃了一惊:一个是夫人,一个是女儿小梅。她们正说笑着走进雅间,小梅一眼发现雅间里站着爸爸,一下子扑了进来:"爸爸,爸爸,你撒谎!你骗人!妈打电话说给你备好了寿席,你说陪领导吃饭,却一个人偷跑到这儿吃阳春面,你真坏!"

他的脸一阵红一阵白。

夫人突然明白了,女人敏感的心,像洪水下的堤坝,瞬间崩溃,嫉妒的火焰迅速点燃。夫人万没想到,男人连自己的生日饭也不吃了,跑到这里来吃阳春面。看来这个老板娘不简单,魅力很大啊。

巧珍明白了他们是一家人,赶紧招呼客人往里面坐,夫人的两眼一会儿注意司马南,一会儿盯住巧珍的脸,好像要从两人的脸上发现什么秘密。

"好了,好了,爸爸这不是也想吃阳春面吗?"司马南书记忙给女儿解释。

"爸爸,怪不得你总说妈妈做的阳春面不好吃,看来,这个伯母做的面好吃!"小梅拉着爸爸妈妈的手坐下了。

"是啊,是啊,这里的味道正宗,爸爸喜欢吃这儿的阳春面。"老司和女儿打起嘴仗来。

"好了,好了,小梅。"妈妈不耐烦了,她看出了两个人之间的名堂,没好气地放下小坤包,"老司,看来,你经常到这儿吃面啊?"

"不,不,这是第二次。"司马南书记勉强笑着说。

"这儿的面好吃啊,环境也不错嘛!"夫人环视一眼四周,"家里的寿宴都摆好了,寿星却意外失踪了,没想到是跑到这儿吃阳春面?看来这儿的阳春面果然名不虚传啊!"夫人一阵狐疑,此时把两个人的诡计看得清清楚楚。

"这阳春面,也是长寿面啊!"巧珍笑着说:"小梅她妈,今天请来你们,是我们家的大喜事。"

"鬼丫头,非要让我一块儿来。说她的同学考上了什么北京大学,我还不相信呢,她说眼见为实。龙生龙,凤生凤,老鼠生儿会打洞。想不到在这么个鬼地方,也会考出个状元?真是鸡窝里也能飞出金凤凰!老板娘,这孩子有出息,为你争了光啊!"夫人说这话时,轻蔑地瞧着巧珍,又夸赞起路生,"我向你们表示祝贺!"

"好,谢谢!"巧珍微笑着说,请大家坐下。

夫人又发话了:"老司,看来你和路生妈认识?"

"认识,认识……"他赶紧点烟。

"司书记上午开庆祝大会,我们见过面,今天我感谢书记一家光临,让我的小店蓬荜生辉,招财进宝!"巧珍显得很从容的样子笑着说。

"来,吃菜。"路生招呼客人吃菜,把一块好吃的菜夹到小梅的盘子里,"伯母、伯父,你们也动筷子。"

"哎,好,好。"大家一块儿动筷子吃菜。

夫人又开始说话了:"老板娘,怎么不见当家的呢?"

"啊!他已经过世好多年了。"巧珍忙回答。

"噢!怪不得这儿叫寡妇街呢!果然是名不虚传……"

"咳……咳……咳……"司马南突然剧烈地咳嗽起来。

巧珍问:"怎么啦,司马南书记?"

他摆摆手:"没事,不要紧,不要紧……咳……咳……"

巧珍给他倒了一杯茶:"来,喝口茶就好了。"

"不,不,不……"他用手绢捂住了嘴。过了好一会儿,为了掩饰自己的尴尬和窘态抽起烟来。司马南在夫人面前红着脸低着头,像个犯了错的孩子,显得很惭愧。

夫人敏锐地捕捉到屋子里有股男人和女人暧昧的气味,目光闪烁,不断地旁敲侧击,盯着巧珍说话了:"我怎么看老板娘怎么有点像一个人!"

"啊,夫人一定认错人了吧。"巧珍笑着说。

"不会,我决不会认错。老板娘是个很不寻常的女人啊,我看你就像《沙家浜》里的阿庆嫂。"夫人藐视地瞟了她一眼。

"来的都是客,全凭嘴一张。相逢开口笑,过后不思量。是吗?过奖了,过奖了,比阿庆嫂,我可差得远了。"巧珍把话绕开,她明白对方想说什么。

"哈哈哈,不会吧,以我看老板娘的气量,那可是眼观六路,耳听八方,胆大心细,举止不慌,你还敢在客人面前……"夫人用试探的口气说。

"来,来,吃菜,尝尝这个菜!"巧珍热情地招呼夫人吃菜。

夫人经她一劝,断了话头,吃了几口菜,过了一会儿又开始追问:"味道不错,怪不得我们家老司连自己家的饭不吃,跑到这儿来吃。"

他点头应答:"是的,是的。这儿的饭口味地道。"

夫人把目光转向了路生,继续追问:"老板娘,这孩子的父亲虽然我没见过,但我凭直觉,这孩子的父亲智商一定很高,他父亲当年一定英俊潇洒啊,想你当年一定是个大美人,追的男人一定很多哦,你和你男人一定很般配,用一句古话说,叫'郎才女貌'!"

"哪里哪里,我哪里有夫人说的那么好!"巧珍谦虚地说。

"老板娘,我看路生这孩子的面相,一定是高贵人家的孩子,他吸取了父母的优点、精华,就像我们家的老司,十几年前,我就预言我家老司要雄踞万人之上,我家老司,还要更上一层楼,前途不可限量啊……再看你这孩子,将来也是前途远大……"夫人点着一支烟,抽起来,她嫉妒这个女人,自己的男人竟然被这个开饭馆的老板娘迷惑得神魂颠倒。

"哪里、哪里,夫人过奖了,过奖……"巧珍低下头。

夫人不屑地斜了老板娘一眼:"我早就说过,一个孩子的聪明和天赋,取决于他的遗传基因,看我的女儿,就比我更聪明,更……"

"是啊!这叫青出于蓝而胜于蓝呀!"司马南半晌附和了一句话。

夫人十足的傲慢,那割出来的双眼皮,给一张又圆又大的脸,勾勒出一副假面具线条,说话时,那双眼继而一斜、一勾、一飘、一怒,夸张地大睁,活像个大熊猫。

两个孩子不愿听大人们拉闲话,手拉手出门走了,屋里只剩下三个大人,他们边吃边聊,气氛显得尴尬极了,空气几乎凝固。

夫人鄙视着这个老板娘,她根本就没有把老板娘放在眼里,轻蔑地说:"老板娘,我刚才一直在注意路生这个孩子,发现他的眼睛、眉毛、鼻子、嘴巴与众不同,从第一次看见他,我就觉得这个孩子和一个人很像。"夫人逼视着两个人,挑衅地吐了一口烟。

巧珍劝夫人吃菜,她意识到夫人还要说下去。

他一边慢慢地喝酒,一边闷头抽烟,烟雾把整个人笼罩,他要把自己藏进黑色的烟雾里。

夫人见孩子离开,开始步步紧逼:"老板娘,你看你的孩子像谁?"

巧珍显得很平静说:"当然像他爸爸哦。夫人,敲锣听音,敲鼓听声。你会看相?"

"不,老板娘,假如我没看错,也没有说错,这孩子很像我们家的老司……"夫人忽然挑衅地大声说。

"你太无聊、荒唐,胡说八道?!"司马南勃然大怒,声音突然提高了八度,一拍桌子,吼了一声。

"嗬!司马南同志,怎么啦,激动了?发什么火?难道我说得不对吗?"夫人杏眼一瞪,娥眉倒竖。

"对,对!夫人火眼金睛,就是妖魔鬼怪也能看得出来啊,来,我敬夫人一杯酒。"巧珍知道夫人已看出端倪,这出戏看来是演不下去,她不慌不忙地打圆场,把这火扑灭,挽回残局。她依然赔着笑脸,斟满红葡萄酒,给夫人敬酒。

夫人气咻咻地端起酒杯,她两眼血红,一会儿射向巧珍,一会儿射向司马南,夫人岂能喝下这杯酒,这是一杯难以下咽的苦酒啊。夫人举起高脚酒杯,愤怒地朝司马南劈头盖脸地泼去,哗啦啦鲜红的葡萄酒,洒了他一脸一身,仿佛流出的血,夫人发出一声不怀好意的冷笑,一抬手,"啪"地一下将酒杯摔个粉碎,离席而去。

屋里只剩下巧珍和司马南两人,他们呆愣了一会儿。还是巧珍很快反应过来,掏出手帕去擦拭他脸上的酒水。

"巧珍,是我对不起你。"司马南愧疚地说。

"别这样说,她走了,有我陪你。"巧珍收起了微笑,显得很自信。

巧珍拿起酒瓶子,哗啦给他倒了一杯葡萄酒,双手捧着杯子举到他面前,温柔地望着他:"老司,来,我们喝酒! "

"不,我要白酒! "司马南几乎失口叫道。

"那会伤身体的! "巧珍说。

"给我拿酒! "司马南一摔烟头,吼道。

巧珍转身出去拿来一瓶天池特,倒满两茶杯,一人一杯,两人互相看了一眼,同时端起杯子,磕碰了一下,一饮而尽。

"老司,刚才你夫人说得没错,她已经看出来了,这孩子是你的……"

司马南闭上眼,紧张地呼吸,回到家里,那里等待他的将是什么呢? 太可怕了! 他不敢往下想。

"是真的! "巧珍扑进他的怀抱里。

他喃喃地说:"唉——巧珍,我……对不起……你和孩子。"

"老司,我不怪你,不怨你……你是我一生珍爱的男人……我原来想这辈子恐怕再也见不到你。"巧珍哭了。

司马南书记抬起头,"我该走了。"他站起身,去开门。

"不,你还没吃阳春面呢! "巧珍拉他的手。

"啊,不吃了,改日吧! "司马南书记挥了挥手,转身往外走。

"老司,别走!"巧珍一把拉过司马南,背顶着门,面对着他,眸子里闪着泪光,"老司……你亲亲我,抱紧我……"

两个人紧紧拥抱在一起。

"我们还是把事情的真相告诉孩子吧,现在他们还什么都不知道。可他们长大了,应该让他们知道更多的事情。"巧珍伏在他肩上说。

他脑子里飞快地思索,一旦把真相告诉两个孩子,该会是个什么结果呢? 那后果会是怎样? 而我这个书记的脸又该往哪儿放呢?

"等等,暂时不要这样,以后再说吧……"

"我知道这样做会影响你的声誉,可是,你想过吗?我担心现在的年轻人……"巧珍预感孩子之间会发生什么事情。

"我明白……"司马南喃喃地说,"好,再等等,给我点时间,好吗? "

一

书记夫人回到家里，坐卧不安。为了眼前的夫贵妻荣，所有的委屈和烦恼，都要忍耐。她不能因小失大，如果把丈夫的事情闹出去，不是他身败名裂，就是他们的财富、他们的地位、他们的尊严，一切的一切，都将化做一江春水向东流。

她终于想明白了。她擦干了伤心的眼泪，给丈夫打了个谅解的电话，让他早点回家吃饭。

司马南一颗悬着的心，安稳地放下了。看来夫人是个通情达理的女人，不是那种得理不饶人的女人。他像一个可怜的无家可归的流浪者，得到了一个好心人的收留，进入温暖的家。司马南感谢妻子，晚上和妻子在一起，他想真诚地坦白，他想让妻子理解自己，妻子却捂着他的嘴巴，轻描淡写地笑着说："好了，我什么都知道了。只当做个梦吧，尽快过去，尽快忘记，什么也不说了。"

这一晚无话可说，夫妻俩同床异梦。

世界上就是有这么多让人烦恼的事情，摆脱不掉，怎么办？司马南书记一直苦苦地思索着这个问题。愧疚折磨着他的良心，这是个终生难忘的女人，司马南欠了她很多很多。那是一笔看不见的良心债！一定要找个机会好好报答巧珍，抚慰歉疚和内心的不安。

最近，市里调整干部，有人盯着财政局局长的肥缺，一个朋

214

友请吃饭时,顺便送给他一个红包,里面有十万块钱,他犹豫了一阵,还是收下了。

他把厚厚的钞票,塞入公文包里,公文包沉甸甸的,像个才出窑的热砖头,有点烫手。但他还是抓得很紧,他明白,钱在任何时候都是好东西,虽然有人骂它,恨它,用各种肮脏的语言诅咒它,但更多的是有人爱它,爱它爱得死去活来。记得小时候姐姐塞给他一毛钱,这一毛钱在他口袋的角落里,被他捏出汗、揉出油、挤出了水,他知道一分钱的珍贵,可现在突然一下子有了这么多啊!

秘书要接公文包,他挥了挥手,不让秘书拿,自己亲手拿着。那公文包里有他的秘密,这秘密不是随便让人知道的。下了车,他把公文包放进办公桌下面的柜子里,又感到不放心,周围看了一圈,看见书柜,觉得那是个安全可靠的地方,便放在一层精装书的后面。他放心了。

他想,这笔钱该怎样用,用到什么地方?他想起巧珍和她的孩子,准确地说是自己的孩子。将这十万块钱送给他们,也算了却十八年前的一笔情债。

寡妇街是个三教九流汇集的地方,是五花八门的人物光顾的地方,闹得这条街名声很大。他是市委书记,人们眼里的公众人物,也是这个城市最高的长官,如果在这里被人认出,那会流言四起,弄的一身骚,跳进黄河也洗不清啊。

下了班司马南戴上鸭舌帽,穿上夹克衫,走上街,打的来到寡妇街,付了车费,下车,快步走进酒楼。巧珍见他来了,又惊又喜迎了上去,把他带进雅座。他说:"我要吃你亲手做的阳春面。"

巧珍高兴地说:"好啊,你稍等一会儿,我马上来。"说完转身飞快地出去了,过了一支烟的工夫,服务员双手捧着一碗阳春面轻盈地走进来,热气腾腾飘着葱香的阳春面放在他面前,服务员又给他加了一点老陈醋。

巧珍看他吃的香,觉得心里畅快极了。他还是和以前一样哦。

吃饱饭,他慢慢从兜里掏出沉甸甸的钱,放在桌子上:

"这是我给你和孩子的钱,也是我对你和孩子多年的补偿。"他低着头,不敢着她的眼睛。他害怕那双明亮的眼睛会伤了自己。

"老司,不,我不要!"她推开他的手。

"你一定要接受,这么多年来,你把孩子带大不容易。这就算给孩子的学费吧。"他抬起头说。

"我真的不要,你只要好,我就满意了。"巧珍轻轻地说。

"那……你要什么?"他不解地用惊讶的眼神瞧着她。

她微笑着站起身,抓住他的手,搭在自己圆润的肩膀上,然后,她的手紧紧搂着他的腰,轻声伏在他耳边说:"我想要你……要你一辈子爱我……"

"这……"

他见她流泪了,可她还是一直微笑着,她的笑那么迷人,是一汪宁静的湖,一片浓郁的花园,深深吸引着他。他舔去她脸上的泪水,灵敏的耳鼓里传来她的声音,含着一个难舍的柔情。

"孩子的学费我攒够了。这钱,你留着用吧!我不要舍赐和怜悯,我靠自己的双手劳动生活。老司,现在流传一句话,不知中听不中听。"巧珍望着他的脸说,"老百姓怕有病,做生意怕赔钱,当官的怕翻船。希望您多保重啊。"

他忽然羞愧地低下头,不敢看她的眼睛,觉得自己是那么矮小、卑鄙、无耻,他想脱身要走,却一步也挪不动。

巧珍等待了一个世纪的梦想,她梦想得到爱的结果。这个梦曾经让她肝肠寸断,在时光的长河里,杜鹃啼血,苦苦地呼唤他的名字,她终于等到了这一天……

"司马南,我想了很长时间,想对你说,我爱你,想拥有你,想和你有个家,想一生和你在一起。请答应我?"这是她默默地在心里重复了百次千次的恳求。

司马南沉默了,他预感到她会有这个恳求,他没有想到,这一切来得这么快,这么突然,让他猝不及防。

他害怕她,不敢看她,躲闪她的目光。他像个木头,蠢笨地转过身。依稀听到身后传来的呼唤,那声音震耳欲聋,地动山摇……"司马南,你怎么不说话啊?"

他不敢回答这个严肃问题,此时的司马南,已不再是当年那个激情燃烧的司马南,已不再是当年那个生瓜蛋子的司马南。他是一个有理智,有思想,有头脑的司马南;他是一个有地位,有身份,有级别,头顶上笼罩着各种光环,被各种社会关系环绕的司马南,他不是一个普通的司马南,准确地说,他是一个政治的、社会的和不以人的意志为转移的司马南。用老百姓通俗的话说:身在江湖不由己。

他脑子飞快地寻找,一个亮点很快找到了,转过身,小声告诉她:"我明白你的意思,让我想想,好吗?"

"好,你慢慢想,我等你……"巧珍相信他说的话,又一次拥抱他。

他不敢马上答应她的请求,是的,她的请求有一万个理由。他彷徨了,犹豫了……他想,自己能发展到今天这一步,真不容易啊!作为一个市委书记,站在自己的位置上,他不能不想得太多,他想到家庭、事业、声誉、地位,甚至未来……他不能因为一个女人把政治前途毁掉,这样成本太大,得不偿失。曾几何时,年轻单纯的巧珍,为他献出了一片真爱。可他呢?他是那么奢侈地得到了她的爱,他审视自己,考问自己,责备自己,但又无可奈何。

此时,饭馆里的电话铃响了,巧珍去接电话,他趁着这个机会,把钱费劲地塞进衣兜,像装着一块沉重的铁疙瘩,飞快地逃走了,走得很匆忙,到了门口时,一脚踏空台阶,身子一个趔趄,好一会儿才站稳当……

他失魂落魄地回到家里。

<h1 style="text-align:center">二</h1>

司马南像做梦一样回到办公室,刚坐下,秘书走进来,通知他下午在市政府礼堂召开企业股份制改制暨民营企业家表彰大会。他问为什么不早点通知,秘书说一天一夜找不到他无法联系上。他这才想起是这么一回事。开会时间到了,他像往常一样昂首走向主席台,坐在中央位置,主持会议的是副市长许文强。他站在主席台上慷慨激昂的讲话:

"我市的国有企业改制之所以这么快能够取得成功,是依靠在座的民营企业家们的支持和帮助。这段时间,我一直在思考一个问题……我们搞理论工作的同志,一辈子埋头斗室,皓首穷经,却走不出计划经济和市场经济的这个怪圈,他们天天面红耳赤的争论这个主义那个主义,把眼睛盯向外面,却忽略了我们自己的周围新鲜事物,这是一件十分可笑和幼稚的事情。"

"同志们!当我们还躺在计划经济的大树下乘凉时,寡妇街却悄悄地诞生了一个又一个民营企业家。不可否认地说:寡妇街是造就第一代民营企业家的摇篮!……昨天市委宣传部从外面请来专家讲课,专家的理论水平的确很高,可我们总是相信专家的理论,难道说只有外面的和尚会念经吗?难道我们自己的民营企业家就不能上台现身说法吗?依我看,在座的民营企业家不见得比外面来的专家水平低!"

前天,有个外地作家到我们这儿采风,听说这里有个寡妇街,他向我提出一个要求,打算在寡妇街住下来,体验生活,写一本书,我知道这件事,请他好好给我们写一本书,把寡妇街的名字打出去!"

台下回响起一片热烈掌声。

"寡妇街是我们城市经济发展的晴雨表!寡妇街是撑起我们第三产业的半壁江山!寡妇街这个名字俗而不雅,寡妇街魅力四射,如雷贯耳,让我们这些坐在四个轮子上思考问题的干部该猛醒了!我想,是不是要把天山路改成寡妇街!我还有个想法,请文化人给这条街设计包装,把它打造成天北市著名的美食一条街!打出她响亮的品牌,让更多的人知道它!"

他的演讲时而铿锵激越,时而缓慢低沉,极富煽动力、号召力,一时间台上台卜爆发出更热烈的掌声。

"在座的民营企业家,有许多人来自这条街。也有人说:寡妇街是一条黑街、臭街。是的,不可否认,寡妇街是我们这座城市的一个怪胎,畸形儿!它藏污纳垢,今天,难道我们不能用新的思维、新的观念去改造它吗?"

最后,他话锋一转:"我们期待着从这里升起一个新的朝阳!"

这句话把人们的情绪激发到顶峰,台上台下的掌声一浪高过一浪。

司马南书记轻轻拍了几巴掌,脸上一阵青一阵紫,脊背上直冒冷汗,耳朵根子发烧,这小子是怎么了?吃错了药?还是有什么病?他太激进!太大胆!口出狂言,不讲原则。这样的话,也敢随便拿到公开场合乱讲。听听,这小子还建议把寡妇街写进市政地图,这是绝对不可能的!看来,不拿讲稿讲话,很容易出原则性的错误,下次开市委会要重点提出这个问题。

接着是给民营企业家举行颁奖仪式。他又一次看见了巧珍。她披着红丝绸绶带,精神焕发上台领奖,他亲自给她领奖,又一次和她握手。

这几年,司马南做了三件看得见、摸得着的事情。一是盖起了一座气势宏伟的政府办公楼;二是建起了迎宾大道和世纪广场;三是立了一块无字石头碑。

宽广的大路修好了,漂亮的办公楼盖起来了,迎宾大道修好了,经济技术开发区已经形成规模,新的经济增长点已经形成。

司马南的职务后面的括号里注明副厅级。司马南想,到不了五十岁,就可以坐在正厅级的位置上了。此时,谁会想到,许多年前,被一场大饥饿逼的走西口的人里面,有个叫狗剩子的孩子呢?如果人们知道了他的身世,会怎样看自己呢?

一过了立秋,秋老虎开始发威了,连着几天天上像下了个大火球,烤的戈壁小城要冒烟。空气也显得干燥沉闷。司马南感到胸发闷,头脑晕眩,他想着到了周末,进天山深处的乌拉斯台避暑两天。

司马南下了班回到家里,夫人紧张地把他拉入卧室,神情严肃地告诉他一件事:"小梅怀孕了!"

"什么?这怎么可能,她还是个孩子!"司马南脑子里一片空白,他呆愣了一会儿,才反应过来,几乎是吼叫着问,"是谁……的?"

"还有谁,就是寡妇街的那个野小子!"夫人抹着眼泪回答。

"不会的,不会的!"司马南的脑袋"嗡"地一下大了。奔出卧室,见小梅坐在客厅的沙发上,怀里抱着一个布娃娃在看电视,他冲过去,夺过小梅怀里的布娃娃,抓住她的衣领,提了起来,狠狠抽了女儿两个耳光。

"爸爸,你为什么打我!"女儿捂着被打痛的脸,哭着说道:"爱是我的权利,我爱他!"女儿大叫起来。

司马南气得浑身发抖,像一条挣脱链子的看家狗,又要打女儿,夫人拽住了他,"老司,你别激动,别打她!她是我们的宝贝女儿,有什么话好好说,她还是个孩子。"夫人紧紧地抱住他。

"小梅,你知道他是谁吗?"他怒视着女儿,口气忽然低沉下来,眼睛射出恐怖的光芒。

"唔……不知道……"女儿摇摇头,哭着一句话也说不出来。

"你知道他是谁吗？他……可是你……你的哥哥……是你亲哥哥啊……"他从牙缝里挤出这话时，已是有气无力，再也说不出一句话来。

　　"什么？……爸……他怎么是我哥哥……"小梅睁大流泪的眼睛，吃惊地张大嘴巴，她不相信爸爸的话，"爸爸，你在说胡话啊，我从没听你说过，我什么时候有一个哥哥？"小梅惊恐万分，泪眼模糊。

　　他不敢看女儿的眼睛，小梅吃惊地张大嘴巴，哽咽着问爸爸："天哪……这怎么可能，他……怎么会……是我的……亲哥哥啊？"少女一时神情恍惚。

　　夫人捂着脸哭了。小梅从爸爸痛苦的脸上，明白了什么，大哭着跑进自己的卧室，门在她背后"哐当"一声关住了。

　　客厅的空气发生剧烈爆炸。夫人停止了哭声，早已期待的秘密，今日浮出水面。她嗓子眼里发出一声长叫，像一根铁钉突然尖锐地划过玻璃，发出毛骨悚然的尖叫："啊——老司，我没看错吧，也没猜错吧。凭我的直觉，我就知道那个叫路生的野小子，是你留下的野种！好一个姓司的，没想到你年少就风流啊！你们隐藏了十几年啊！哼！没想到狐狸露出尾巴了……"夫人冷笑道："你叫啊！你喊啊！这就是你种下的祸根，全是你造的孽啊！"夫人嗓门越来越大。"寡妇街的那些女人算个什么东西？连个户口也没有，一群社会渣滓。那个臭娘们，不知动了你哪根弦？把你的魂勾跑了。那个骚女人，也不知上了多少狗男人的床……天知道啊！你个不要脸的东西和那个骚女人干过什么见不得人的勾当……"

　　"噼啪"一个耳光打来，"不许你侮辱她！"他吼叫道。

　　夫人被这突如其来的一个耳光打蒙了，愣怔了，但很快反应过来。

　　"好啊，你敢打我？"夫人捂着被打疼的脸，呜呜哭叫起来，她感到从没有过的委屈，手指着男人的鼻子歇斯底里地喊叫："好你个姓司的，还想着那个狐狸精，想重温旧梦啊，去啊！有胆量，去找她啊！你也是个男人，有种就大胆地去！没人拦你！"夫人像一头被激怒的母狮子发出声嘶力竭地吼叫。

　　司马南的脑袋里像有架轰炸机在轰响，他使劲抱着脑袋，好像一松手，就会爆炸。

　　夫人的声音提高了八度："告诉你，司马南，当年不是我嫁给你这个穷光蛋，你能有今天吗？老爷子活着时，培养你，提拔你，重用你，没有老爷子上上下下的关系，能有你的今天？你吃了豹子胆，敢在老娘面前发威！你也不撒泡尿照照你的狗屁股脸！哼！"

　　司马南突然胆怯了几分，浑身颤抖，两条腿像被抽了筋，瘫软地倒进沙发里。

　　"我求你，小声点，小声点……"他有气无力地央求夫人。过了一会儿，他呜咽地哭了。

　　"怎么，你怕别人听见，哼！我马上到寡妇街找那个骚娘们算账！我要让全世界的人都知道你和她干的好事！"

"我恳求你，千万别去，千万别去……这是我酿造的一杯苦酒！"他痛苦地摇摇头，长长叹了一口气。

司马南感到胸口发闷，双手捂胸，一阵疼痛袭来，气短的上不来气。

突然窗外黑云里闪烁出一道蛇一样的电光，接着一声炸雷把小城上空撕开一条恐怖的口子，戈壁小城的轮廓暴露出来，一闪即逝，随即又是一阵轰隆隆的雷声，震耳欲聋地滚过小城上空，像无数炮弹在爆炸，狂风呼啦一阵吹开窗户，电灯突然灭了……一只雨燕幽灵一样飞了进来，绕了一圈，找不到落脚的地方，又飞了出去。

第二天，司马南上班走到办公桌前，见桌上放着一封信，他打开读起来：

老司：

我想了很长时间，想和你见面，再和你告别。可是，想了很长时间，我决定悄悄地走，离开这座城市，离开这个让我伤心的地方，离开让我永远值得想念的你。我知道了，我的孩子做了一件伤害你和你家人的事，我对不起你和你的家庭。我走了。

吻别

爱你的小珍
×月×日

司马南一下子蒙了，她走了。再仔细一看邮戳，是昨天寄的，再一看信封，被人打开过。司马南抓起茶杯，猛喝了几口茶。

傍晚，天已经黑透了，司马南没有回家，而是打了个的，直奔寡妇街，去找巧珍，来到这里，看见那张"阳春面馆"的牌子已不见踪影。他问邻居，邻居说那个老板娘已经走了三天了。

黄昏时分，街西头斜斜地出现那个骑灰驴的白胡子老头的影子，往东头晃悠悠走来，口中不紧不慢地念道：

名名子利利子，人前是个好样子，人后是个鬼样子。名名子利利子，没它是个啥样子？人不像个人来鬼不像个鬼。

一

莫雪莲从西域大厦出来,上了自己的黑色小轿车,关上车门,突然从身后伸出一把刀,一声低喝,刀已架在脖子上,这时她才明白自己被绑架了。此时街上行人稀少,她嘴被捂住,手很快被捆住,眼睛被蒙上了。流氓开车朝城外驶去。她脑子一片空白。以前,只是在电影电视里见过的镜头,今天出现在眼前,身临其境。怎么办?

流氓们商量怎样处理她。老大说:"让她给老板打电话,火速送四百万,不然就撕票!"

莫雪莲感到厄运已经降临,无奈只好给广州的毛老板打手机,火速送钱。

第二天,四个流氓做了分工,老大和老二下山取钱,山上的小木屋里只剩下老三和老四。

雪莲曾经死过几回,都没有死掉。可现在真正面临着恐怖的死神时,她却恐惧了。现在的她,正值美好的青春年华,难道就这样走了?在这生死攸关的时刻,她悟出人生的许多东西,甚至连平日里想也懒得想的小事情,连微小的细节也是那么清晰。她在心里对自己说:雪莲啊雪莲,难道你就这样魂归天山吗?这样也好,可以和梦里的爸爸相会了。自己的生命就要和天山融化在一起,想到这,她流泪了。

毛老板接到莫雪莲的求救电话，得知她遭遇绑匪，很快飞抵边城，当他又一次踏上这块土地时，突然感到胸前一阵阵疼痛袭来，他捂住胸，喘了口气，不知怎么了，难道命运和这块土地有一种生死情缘吗？他不敢多想，驱车几百公里，来到戈壁小城，很快向当地公安局报警。

公安局接到报警，副市长许文强座镇指挥，迅速组织精兵强将，快速行动营救人质。为防止绑匪撕票，刑警大队派两名精悍队员尾随毛老板行动。绑匪很狡猾，一连换了三个地方，和毛老板周旋，最后选择在戈壁滩上的一个加油站用钱交换人质，绑匪指令毛老板把装巨款的提包打开，从里面抽出几叠钞票放在提包旁边，让他离开十步远向后转。

一辆红色桑塔纳飞快地从加油站后面开过来，下来一个戴墨镜的人走到提包前，验了钞票，看是不是真的，一挥手，车门开了，雪莲从车里滚了出来，毛老板转过身，看到雪莲倒在地上，他奔跑过来，雪莲被绳子捆住，人还活着，抱起她，大喊了一声："雪莲——"

那辆红色的桑塔纳，朝天山方向驶去，两个便衣警察，骑着摩托车追赶上去。

二

莫雪莲被送进医院，妈妈和毛老板守在她身旁。

第二天，许文强来看她，送来一朵玫瑰花，告诉她四个绑匪，两个被击毙，两个跑进天山，一个刑警重伤，一个刑警轻伤。公安局正在全力追捕绑匪。雪莲和毛老板都非常感动。

毛老板握着他的手，要拿出一笔钱表示感谢。许文强摇了摇手，连说不要，转身告辞。

菊儿捧着鲜花走进病房，雪莲点点头。毛老板一眼认出菊儿，菊儿也认出了他。

"毛总……"

"菊儿？"

"怎么，你们什么时候认识的？"雪莲问。

"是在广州。"菊儿回答。

雪莲的脸上显出一丝不快，菊儿刚从广州回来时，身上就有一种法国香水味，灵敏的嗅觉告诉她，菊儿用的香水不是谁都能消费得起的香水，难道他们已经在广州认识了？也许，有一天菊儿会变成她潜在的对手，她不敢再想下去。

三天后，雪莲的情绪很快恢复过来。出院后，她和毛老板住进西域大厦。

毛老板站在西域大厦最高处，可以俯瞰全城，远方的雪山，风景画一样地挂在那儿,静止不动,只是随着阳光变幻着山影,看来,自己的命运和这块土地紧紧连接在一起。他深深吁一口气。

一个星期后的晚上,由许文强做东,在西域大厦宴请了毛老板。许文强点了一道当地的名菜:烤全羊。

许文强切下一块羊头肉,双手递给毛老板:"我们这里的羊走的是黄金道,喝的是矿泉水,吃的是中草药,撒的是太太口服液,拉的是六味地黄丸。这是我们的礼节。"

毛老板高兴地接过来,放在面前的盘子里。

他给许文强敬了一杯酒:"许副市长年轻有为,前途无量啊!"

"还希望得到毛老板的支持!"许文强端起酒一饮而尽。

"现在电影电视里经常看到的改革家们,不是离过婚的,就是光棍,你现在呢?"毛老板问。

"呵呵呵,我是一人吃饱,全家不饿——独身。"许文强端起一杯酒,说道:"来,闲话少说,干杯!"气氛很快活跃起来。

"不到北京不知道官小,不到广州不知道钱少,我看你酒量很大,真是不到新疆不知道自己酒量小啊!"毛老板说起了段子,大家听了很开心,脸上都大放光彩。

毛老板搞笑了几个段子后,把酒席上的气氛推向高潮,便趁热打铁,像变魔术一样摸出几颗和田玉雕,给客人们一人发了一个。那是上好的和田玉雕刻的玉佛。他神秘地眨巴眨巴眼皮,笑着说:"男戴观音女戴佛,这里有个讲究,女人心眼小,喜欢计较,为了让女人胸怀宽广,这佛就只有给女人戴了;再说这男人,戴上观音修炼成菩萨心肠,就会普度众生……观音还可以理解成'官运',佛也就是'福'了啊,哈哈……"

大家听了兴高采烈,戴上玉佛,你看看我,我看看你,一个个开心地笑了。

这天晚上,阿毛和雪莲在西域大厦共度良宵,激情一夜,两个人累了,相拥着睡去。

阿毛眼前出现了一个围着红头巾的女人,红头巾被风吹起,飘在沙漠里,戈壁滩上,皑皑雪山……在眼前飘啊飘。一个遥远的声音,从沙漠、戈壁、荒原里传来,一声声地呼唤他,红头巾飘起时露出的一双凤眼,挂着两行泪花,晶莹剔透,那是一双深情的眼睛,那是一双明月般的眼睛,像泉水一样透明,"咚"地一下,他掉进了那冰凉的泉水里,大汗淋漓从梦中惊醒。大叫了一声:"红头巾——"

雪莲吓了一跳:"你怎么啦?你好像说梦话?什么红头巾?"

"啊!没什么,没什么!"他揉了揉眼睛,看看天已经大亮,太阳升起来了,照耀在他们身上。他起床洗漱罢,走向阳台,隔着一条街,他看见不远处的街道上,挂着一个黑底白字的招牌,一行隶书写着"上海人家大酒店"。令他心里一惊,这是什么人开的店？他远远看见一个姑娘从里面走出来，那个身影有点像菊儿，她朝西域大厦走来。他赶紧穿好衣服，这时，听到有人敲门，是菊儿来了。

雪莲对菊儿说："菊儿，今天你陪毛总去歌厅和美容院看看。"

三

四年后的一个秋天早晨，小草帽光着小脑袋，提着大包，出现在街道上。不知谁认出了他，和他打招呼：

"回来啦？"

"啊！回来啦。"

他走到上海人家大酒店门口，停下脚步，仔细地看了看门牌和大门，这一切和他走时，变化不大，只是被太阳晒褪了色。

走进酒店，金凤正在吧台上忙碌，看见他回来了，放下手中的活，迎接他的归来，进到楼上的房子里。

小草帽推开三楼自己书房的门，一股温馨的芬芳袭来，那是一缕久违熟悉的香气。哦，他深深吸了一口，浑身感到轻松舒服，啊！终于到家了！房子干净整洁，桌子、椅子、沙发，还有那张床，好像被人打扫过。一面墙壁的书，码放得整整齐齐，像被人仔细整理过。身后响起脚步声，是金凤走了进来。他转过身，见金凤迎着自己走来，他明白了，只有金凤有权利打开这扇门。

他用了四年时间，把这一面墙壁上的书读了一遍，有些书，他读了许多遍，还记下了大量的读书笔记。

金凤让他多休息几天，养养身子。

金凤发现小草帽和四年前那个小草帽大有不同，变得老练、沉着，学会了喝茶、抽烟，只是还保留着看报、读书、思考问题的习惯。

他思考问题时，来回踱步，忽然停下脚步，俨然像个思想家，站在窗前思索。

白天，小草帽坐在书房的沙发上喝茶、抽烟、看报、读书、思考问题。黎明时，他走出书房，打开酒店的后门，像只老鼠静悄悄地游走在街道上，一边走，嘴巴里念叨着什么。寂静的街道只有他一个人，他戴着一顶鸭舌帽，把帽檐压得很低，从东走到西，又从西走到东，脚步缓慢，低着脑袋，像是找丢失的什么东西。他数着脚步，从东往西，五百米，街宽十五米。再看这条街上铺的水泥，有的地方破碎了，从路边的缝隙里长出一丛狗尾巴草，奇怪，来往的人、车，没有把它毁灭，它的生命如此顽强。

他看见街西头哑妹和雪莲家，这两家正在扩大自己的地盘。转过弯，向东走，他看见了自家酒店和巧珍家的酒楼雄峙街道两边。小草帽站在墙根下，本能地把两手握成个喇叭状,学着公鸡一声长长地叫。

街上店家的门嘎嘎吱吱地开了。

渐渐地街道出现了人影、车影,街上有了人制造的各种响声,寡妇街的一天就这样开始了。他快步走回自家酒店的后门。

他把金凤叫到书房,要和她好好谈谈:"金凤,我又有了新的想法。"

"你脑子鬼点子真多,多的头发都不长,你有什么想法?说吧。"金凤坐在他对面,听他说。

小草帽要让金凤相信自己的话,小草帽站在她对面,挺着干瘦的胸脯,显出一种大男人的气势:"以后我们经营的不是一座酒店!"

"是什么?"金凤问。

小草帽雄心勃勃,眼珠子瞪得溜圆。他像一个打鸣的老公鸡,伸长脖子,脸颊上出现一阵紫一阵青一阵红一阵白。

他说:"我要买下这条街,十年后,我就是亿万富翁。"他为了让金凤相信自己的话,抓挠头皮找依据:"我在监狱读了大量的书,闹懂了许多政治经济方面的发展规律。我们的国家,正处在发展时期,我们的城市也处在发展时期,而且在近几年会快速发展。你看现在地皮没有涨价,谁敢保证以后这块地皮不涨价?看见了的东西叫眼前,看不见的东西,被你看见了,那叫眼光……"小草帽信誓旦旦,咬牙切齿,嗓门提高了八度,几乎是吼叫:"三五年内,我要把这条街建成具有边疆人文风情的一条街,把博大精深的餐饮文化融为一体,把民族小吃融为一体,渲染乡土文化。打造出当地民族风味美食一条街!"

小草帽忘乎所以,手舞足蹈,歇斯底里地发出呐喊,眼珠子快跳出来了,几近疯狂神态。

"我相信你的话。家有千口,主事一人。你走这几年,都是对门家的巧珍帮我经营,现在你回来了,我还是把酒店让给你经营。"金凤相信他说的话,点点头。

"应该好好感谢人家巧珍。"

"是的,我也这样想。"

这天晚上,金凤请来了几个朋友,给他接风。客人们走了,只剩下小草帽和金凤。

小草帽借着酒劲,对金凤大胆地说:"我们结婚吧。"

金凤小声回答:"让我再想想。"

"你还想什么呢?还在想他?"

"不……"

"你已经答应过我的啊。"

"是的……"

"那你还想什么?他不会回来的。在这个世界上,只有我最爱你,答应我……"

金凤点点头。小草帽激动地浑身颤抖,说话也结巴起来:"金……凤,想一想,我……们这么多年打拼,从一个小饭馆,开成大酒店,多么不容易。为了你,也为了我们这个大酒店,我们辛苦,我们流汗,我们有痛苦,也有快乐。你这几年,有多风光啊,上电视,上报纸,上广播……"

金凤捂住小草帽的嘴巴:"快别说了,你都是为了我,为了我们的酒店,付出的太多。我金凤也是个铁骨铮铮的娘儿们,这么多年,啥没经历过。我答应你,嫁给你这个该死的小地主,让俺好好恨你一辈子!"

小草帽身上有一种味道让金凤喜欢。她骂他,他不恼;她训他,他不记仇;她嘲笑他,他不怨、不恨;他在自己面前显得忠诚,有时像只哈巴狗,俯首帖耳,唯唯诺诺,一句话扔给他,他立刻回答:是、行、好。当后来把经营大权交给他时,他又动起了歪脑筋,用他的能力、用他的头脑,把一个小饭馆做成了今天的大酒店。她应该感谢他,应该报答他。

她决定嫁给他了。她不再想那个该死的上海鸭子了。

小草帽认真地说:"我们把小饭馆做成了今天的大酒店,街坊邻居都看见了,在大家眼里,我们也不是一般人物了。我想,咱们要把婚礼举行的隆重些,把场面搞大些,我要摆百桌酒席,请来亲朋好友,请帮助过我们的朋友,那一天,我要把全城的出租车请来,用上半天,我要铺上百米长的红地毯,娶你!让那些瞧不起我们的人看一看。"

金凤被他一席话感动了:"好,我答应你!"

他们选择良辰吉日,准备一场盛大婚礼。

四

第二天,菊儿陪着毛总看歌舞厅和美容院,先来到舞厅,他走向音响台,菊儿让音响师打开音响系统,于是,舞厅闪出灯光,他挑了一张碟子,选了一支歌,是一首加拿大民歌,音乐响起来了,他拿起话筒,轻轻地唱:

> 人们说你就要离开村庄
> 我将怀念你的微笑
> 你的眼睛比太阳更明亮
> 照耀在我们的心上

一曲唱罢,他已沉浸在往日的回忆中。

"毛总,你唱得真好!"菊儿夸赞道。

"不行!老了,缺少激情哦。"他抬起头看着菊儿。

毛老板忽然问:"听说你们这儿有个寡妇街,带我去看看好吗?"

"好啊!我家就在寡妇街上。"

"为什么叫寡妇街?"

"不知道,毛总,你怎么对寡妇街那么感兴趣?"

"啊,我只是随便问问。对了,你们家怎么会住在寡妇街呢?"

"我爸爸死了以后,妈妈带着我们三个,就在寡妇街开饭馆。"

"你妈妈开的什么饭馆?"

"上海人家。"

"哦,为什么开个'上海人家'饭馆?"

"听妈妈说,爸爸是上海人。"

"你记得他长得什么样吗?"

"不记得,我当时还小。"

"你长得像谁?"

"妈妈说,我长得像爸爸。对了,我妈妈会做大盘鸡,味道可好了,这是我家酒店的一道名菜,只有我妈妈做得最好。"

"好啊,请我吃你妈做的大盘鸡?"

"行啊!"

正说着话时,菊儿的手机响了,是雪莲打来的,叫她速回来,有个生意要她接洽。

"毛总,真对不起,改天我一定请你。"

五

毛总一天没见菊儿,心里好像缺少了一个什么东西。他无意问了臭雪莲一句:"怎么不见菊儿来?"

莫雪莲说:"她请了三天假。对了,她说她母亲结婚。"

这时,外面响起一阵汽车喇叭声和一阵激烈的鞭炮声,震天动地,他们被激烈的鞭炮声吸引过来,毛老板走到窗口,看着楼下的街道。一溜红色小轿车,大约有百十辆,陆续驶到寡妇街的一家酒店门口,把一条街塞满了。毛老板惊奇地问:"这是谁结婚?这么大的排场?"

莫雪莲笑着说:"这可是在寡妇街发迹的女老板,名气很大。今天是她结婚的大喜日子。对了,菊儿就是她的女儿,我已经接到请帖,参加她妈妈的婚礼。据说,请了一千多人呢。她把全城的出租车雇来了,这个婚礼是小城最气派的婚礼了。"

"哦。是吗? "毛老板对这个婚礼立刻发生了浓厚的兴趣,他想看个究竟。

"这个女老板很有气魄哦。她是个寡妇吗? "

"也是也不是。"

毛老板糊涂了:"怎么也是也不是? "

雪莲对他说:"这个女人的命不好,据说她当年是一个很风光的女人,因为嫁给了一个上海人,给他生了几个孩子,没几年,那个上海人就跑了,再也没有回来。她一直在等他,就在街上开了个小饭馆。"

雪莲指着楼下的车,毛老板顺着雪莲手指的方向看去,楼下停放着密匝匝的出租车,为首的一辆豪华车门打开了,走出一个穿白色婚纱的女人,旁边一个秃顶的男人伴随着,踏上百米长的红地毯,远远的,毛老板的目光被眼下的男人女人吸引住了。

"哦……"他看见一个秃顶的小个子男人扶着穿婚纱的女人走进大门。感觉这个女人像以前见过的人,是她吗?

"那好,今天让你开开眼界,大饱眼福。走吧! "

雪莲收拾好礼物,拉起他的手,一块朝举行婚礼的酒店走去。

婚礼大厅张灯结彩,人声鼎沸。雪莲携毛总面带微笑走进大厅,菊儿眼尖,看见他们,奔过来拉着雪莲和毛总的手:"我刚才还给妈说你们要来呢。"说罢,她飞快地跑到母亲面前,拉着母亲的手:"来,妈妈,快来,我让你认识一个尊贵的客人。"

母亲被女儿牵着手,走到客人面前。

毛总的目光停留在菊儿妈妈的脸上。她的黑眼睛依旧是那么明亮,她的脸庞还是那么红润,她穿着一件洁白的婚纱,只是少了一方红头巾。

菊儿妈妈愣住了,眼前的他身材依然像树一样挺拔,他的下巴还是那么倔犟,他的面孔棱角分明,透露出几分俊气。

"阿毛,你可回来了……"金凤禁不住叫了一声。

"你……今天是你结婚……我不知道,我回来晚了。"毛总喉咙哽咽了一下。

"妈妈,怎么? 你们认识? "菊儿吃惊地问。

母亲扭过脸对女儿说:"菊儿,你知道他是谁吗? "

"他是毛总啊! "菊儿回答妈妈的话。

"他是什么毛总啊!把他烧成灰我也认得他的骨头。他就是你那个该死的爸……"

"什么?妈妈,这怎么可能? "菊儿不敢相信这一切都是真的,她"哇"地大叫一声,风一样地出了门。

雪莲眼睁睁地看着这一幕,一个奇异的场面把她闹蒙了,这到底是怎么了?这个和自己生活了多年的男人，居然是菊儿妈妈的丈夫。雪莲终于从他们眼神里读明白了，禁不住叫了一声"天哪——"，礼物扑通丢在地上，捂住脸，飞快地转身，跑出大厅，一口气跑回母亲那儿。她扑向母亲的怀抱里，哭了，母亲问雪莲发生了什么事情，她什么也不说……

<h1 align="center">六</h1>

雨后的黄昏，雪莲开着凌志轿车飞快地在边城公路上奔驰，她脑子里一片空白，命运之神好像在捉弄自己，车漫无目标的驶进草原深处。前方出现了三岔口，那儿立着两棵郁郁葱葱的白榆树，巨大的树冠，遮住了血红的夕阳，射出万道金光。她刹住车，打开车门，从车上下来，看见树下坐着一个人，在专注地画画，哦，这不是祁大哥吗？

祁大哥抬起头，发现了雪莲站在那里，叫了一声："雪莲，你怎么来了？"

她神情忧郁、悲伤、眼睛里闪烁着迷茫，扑在祁大哥的怀里，不住抽泣，黑亮亮的眸子里，滚动着晶莹的泪水。

"雪莲，一定是有人伤害了你。"祁大哥关切地问。

"祁大哥，为什么我爱的人不爱我，爱我的人我又不爱？怎么办啊！"

祁大哥抱紧了雪莲，她不住地抽搐、痉挛，她一定受到了惊吓，那颗受伤的心在滴血。过了一会儿，她平静下来，仿佛从波涛汹涌的大海，回到了一片宁静的港湾，她有了安全感，心里踏实了许多。

"世界上的事，就是这么千奇百怪。爱着的人是痛苦的，被爱的人是幸福的。"祁大哥安慰她，抚摸着流泪的雪莲，像抚摸一只受伤的小鸟。

从她忧伤的眼睛里，祁大哥读出了几分内容，他轻轻吟诵普希金的一首诗《假如生活欺骗了你》。诗读完了，雪莲好像听明白了这首诗，她擦去泪水，站起来，对祁大哥说："祁大哥，我是个死过三回的人，三回被你救了过来，我懂得了生命的珍贵，也懂得了生命的价值。你是我的救命恩人。是你，让我懂得了怎样热爱生命。祁大哥，我雪莲没有什么报答你，只有一个恳求，请给我画一幅画……"

祁大哥还没有来得及答应，雪莲从祁大哥面前走过，像一阵风，一片云，朝传说中的神树走去，也许是那个神奇的故事吸引了她，蓬勃的枝叶诱惑了她，她忘记了自我，要释放内心的痛苦和忧伤，她要把自己投入到大自然的怀抱，要和天地融为一体，此时的雪莲要彻底解脱自己，把心灵那个受伤的鸟儿放飞，飞向自由的天空。她站在树的阴影下，背对着祁大哥，双手落在胸脯上的纽扣，她的表情似天上流云，心随手动，扯去脖子上鲜艳的玫瑰红纱巾，解开羁绊肉体的枷锁，时尚的米色风衣滑落了，精巧的内衣宛如一片片树叶，一件一件掉下来……

莫雪莲慢慢扭动脚,转过身,一个裸体活生生出现在祁大哥眼前,白象牙相仿的皮肤,滑如凝脂的鼻子,天庭饱满的额头矜持而安静,柔软而娇美,活脱脱透着豪放气魄。漆黑的睫毛盖过水汪汪的眼睛,胳膊玉一样鲜润。她站在两棵白榆树之间,右手扶着粗大的树干,侧过身子,微微仰起脸,望着树冠,姿态优雅的摆出一个向上企盼的造型。那是一副绝美的人体,哦,人与自然融合在一起……

祁大哥惊惧了,他一直为找不到理想的模特而烦恼,在大自然的光线里,一个裸身女人被阳光渡了一层天然的油彩。白榆树、裸身女人、夕阳,明暗层次分明。祁大哥不会放过这个优美的画面,先用照相机拍下各种不同角度的镜头。

莫雪莲大声地问:"祁大哥,这个姿势好看吗?"

"很好,你简直是魔鬼身材。"祁大哥伸出大拇指。

"是吗,好,你就把我画下来……"雪莲大声呼唤。

祁大哥放下照相机,飞快地拿起画夹,刷刷将面前的真实女人,画入洁白的纸上。

白榆树相依,相离,像两个恋人。流逝的岁月给树身留下了深深的皱纹,那是沧桑的年轮,记忆着数不清的故事。它沉默地站在大地上,洞悉着人世沧桑,注视着四季变幻,秋风把每片叶子镀了一层黄金,整个白榆树变得富丽堂皇,一阵风吹来,白榆树哗啦啦地欢腾、舞蹈、歌唱,像一个快活的老人……蓝色天际飘飘悠悠飞下无数黑色的鸟,围绕着白榆树盘旋了一会,静悄悄落在树枝上栖身。西边的太阳就要落山了,射出五彩斑斓的光线,落日的余晖,给莫雪莲涂上了一层绚丽的油彩……

祁大哥手中的画笔沙沙响……

西天的暮色阴影在夕阳收起余晖的一刹那,立刻把一块巨大的黑幕布笼罩着了白榆树,东奔西跑的大车小车从白榆树下奔驰而过,眼尖的司机忽然发现那棵白榆树有个刺眼的裸体女人,于是那些奔跑的汽车着了魔似的速度慢下来了,司机们被这个美丽的裸体吸引着、诱惑着,有的司机干脆停下车,起初是几辆,后来十几辆、几十辆,最后百十辆车,汇集到白榆树附近,司机们把车灯打开来,几百束灯光向着女人的裸体聚焦,亮如白昼,辉煌灿烂的灯光如天堂来的瀑布倾泻在树和女人圣洁的身体,远远看去,一个似妖的裸体通体透明、放光,树和女人仿佛水晶般璀璨耀眼。每一片树叶都发出晶莹的蓝光,好像穿越千年时空的梵音,纤尘不染。司机们的眼珠子好奇贪婪地圆睁,一饱眼福,几乎要跳出眼眶。此时此刻,公路上堵塞的汽车绵延十几公里,形成一道蔚为奇观……

第二天这个消息传遍戈壁小城。

一

春节前的这段日子,许文强一边忙工作,一边周旋在三个雪莲之间。三个叫雪莲的女人,给他出了一个难解的方程式,让他心乱如麻。他一时不知道该怎样处理和她们的关系。

雪莲棉业公司的总经理莫雪莲,是个腰缠万贯的大老板,天北市的企业改革,离不开这么一个女人,没有她的大力支持,企业的股份制改革就寸步难行。莫雪莲是他在天北市进行企业改革的坚强支柱。不论从感情上,还是从事业上,对他是个坚强的依靠。青春的岁月像一条河,载着他们的梦远去了,只留下一段亲切的回忆,那回忆是美好的、难忘的……当爱的萌芽绽放在心头时,爱情小鸟又翩翩飞走了。

刘雪莲是州委刘书记的女儿,而刘书记是许文强的上级,一旦冷落了她,那该是一个什么后果,他心里很明白。刘雪莲火一样的感情,来得凶猛而又热烈……他明白,没有刘书记这棵大树的支撑,他就是有三头六臂,力拔山河的英雄气概,也无用武之地。他不敢远她,也不敢近她。

鲁雪莲是恩师唯一的女儿,正在复旦读博士。

春节前下了一场雪,许文强开着车,像往常一样来看鲁老师,老师的嗓音一天天喑哑了,不像以前那么洪亮了,说话时,底气不足,说一会喘一会儿气,不停地咳嗽,许文强预感到了什么。他想,会不会是病魔光顾老师了?他请老师去看医生,老师很不情愿,说没有什么事情,吃点药,过一阵就会好的。

许文强不放心,送老师到医院检查,医生告诉他,已经来晚了,是肺癌晚期。听完医生的话,沉默了半晌,他不知道该怎样告诉老师。最后,他忍着泪水,给在复旦读博士的老师女儿打电话,把情况告诉了她,女儿还没有听完就哭了,正赶上学校放假了,她坐火车回到父亲身边。

许文强一进门,就见老师的女儿守在床边。

女儿告诉父亲:"文强来了。"

鲁老师伸出手,拉着许文强的手,让他坐下,他看见在老师的枕边放着一叠手稿。

老师张开干燥的嘴唇,有气无力地说:"文强,我是个行将就木的人了,老天爷给我的日子已经不多了。遗憾的是,我有两件事没有完成,第一件事,我有一部《寡妇街现象》没写完,你帮我写下去;还有一件事……"

鲁老师颤抖着嗓音,吃力地握住许文强的手,又拉着女儿的手,眼神里充满期待:"文强,我只有这么一个女儿,我想把她托付给你,也算了却一桩未了的心愿……"

老师说完话时,眼角滚出泪水,许文强不住地点头,老师眼睛里流露出最后的期望,他把女儿的手和许文强的手握在一起,好像只有这样,才能了却自己的心愿。屋子里的壁炉烧得很旺,发出"嗵嗵"的响声,许文强看了看手表,他想起还有个事情要回去处理,向老师告辞,离开了俄式房子。

鲁雪莲穿上红色的羊绒大衣,出门送许文强。

两个人走出了门,许文强走到黑色的桑塔纳旁边打开车门,他感觉背后有一双柔软的手伸了过来,从后面抱住他的腰,他慢慢回转过身,鲁雪莲眼里闪着泪光,他有点心疼她了,一转身紧紧地把她揽入怀里,鲁雪莲抬起头,仰望着他:"文强哥,你爱我吗?"

"当然爱你,你是我的好妹妹。"

"是吗?"鲁雪莲似信非信。

"是的。"许文强肯定地回答。

"你还像以前一样,给我讲故事吗?"

"会的,我会给你讲你喜欢的故事啊。"

"太好了,我还记得,小时候我坐在你腿上,听你讲故事。"

"还记得我给你讲的什么故事吗?"

"记得,白雪公主,还有白马王子,大灰狼和狐狸,老虎和猫……记得有一次,听着你在讲故事,我就在你怀里睡着了。"

"哦,你还记得那么清楚,现在你已经是大姑娘了。"

"是啊,我那时就想,长大了,就嫁给你做媳妇,现在爸爸提出来了,让我嫁给你,你愿意吗?"

"愿意。"

"真的娶我吗?"

"真的……"

"那太好了!我等待你。你永远是我的好哥哥……"

鲁雪莲放弃了最后的矜持,踮起脚尖,抱紧他的脖子,迎接他火热的嘴唇,两个人滚烫的嘴唇黏合在一起。鲁雪莲慢慢仰躺在弧形的车体上,那件红色的羊绒大衣铺开,像一只巨大的蝴蝶伸展开羽毛,许文强矫健的身子伏了上去,他们在车体上忘情地亲吻,那么投入,那么忘我,忘记了寒冷的冬天,忘记了周围的一切,连狗叫声都没听见。

寒风刮起来了,周围的芦苇沙拉拉地响,它们摇晃着,一会弯下柔软的腰肢,一会儿挺起胸脯,像一群活泼快乐的舞女,手拉着手欢快地舞蹈,芦花满天飞舞,仿佛万千白色的蝴蝶,飞向高远的天空……

这时,远远的驶来一辆黑色丰田,缓慢地停在桑塔纳后面,车门开了,走下一个穿狐皮大衣的女人。朝两个忘我的情人走去……

穿狐皮大衣的女人是刘雪莲。

她见正在热烈亲吻的两个人,快步走到他们身后,大声喊叫:"好你个许文强,你太放肆!"

许文强回头一看,惊愕地张大嘴,是刘雪莲。"你怎么来了?"他立刻放开了鲁雪莲。

刘雪莲的脸由红变白,由白变青,眼里闪着愤怒的光。怒不可遏地射向许文强和他旁边的那个女人。

"难道我就不能来吗?这个地方的风景不错啊!你很会选地方啊!玩起了三角小浪漫,偷偷和一个女人幽会。胆子不小啊!"刘雪莲的鼻子哼了一声,打量惊慌失措的鲁雪莲,指着许文强的鼻子:"好厉害,手段高明的很,不愧是副市长,跑到荒郊野外玩女人!你真是个骚公鸡啊!"说完,她扬起戴着山羊皮手套的手,当她的手举到半空时,猛然被什么人抓住了,她回头一看,是一个穿黑貂皮大衣的女人。

"是你!"

"是我……你不能这样!"莫雪莲拿下她高举的手。

"告诉你,他是我的男人!"刘雪莲大声说。

"哦……不会吧。"莫雪莲冷笑道。"不要忘了,这儿不是上海滩,是戈壁滩!"

"你们……"许文强一时不知所措,茫然一片。

三个叫雪莲的女人,站在雪地上,一个爱恨情仇,一个妒火燃烧,一个泪水涟涟。她们各怀心事,但目标是一致的,那就是对面这个叫许文强的男人。

刘雪莲一抖狐皮大衣,使劲一跺脚,甩起乌黑的长发,朝黑色丰田飞也似的跑去。一边跑一边哭喊:"我回去告诉爸爸……你等着!"黑色丰田像发疯一样地离开鸭子湖,后面卷起一团长长的雪雾。此时只剩下三个人了,莫雪莲凝视着鲁雪莲,想说什么,翕动着嘴唇,一个字也没说出来。她转身走到车前,打开车门,又回头看了他们一眼,钻进黑色的凌志,启动车后,没马上离开,绕着他们转了三个圈,挑衅地打了三声清脆的喇叭,才慢慢离去……

鲁雪莲看着这两个不速之客出现,又突然离去,似乎明白了什么。她狠狠地推开站在面前的许文强,痛苦地转过身弯下腰,像只被暗箭射中的鸟朝俄式房子跑去……风撩起她红色的羊绒大衣,宛如鸟儿的羽毛在飞舞……

空旷的原野,雪地上,许文强木头一样呆愣在原地,一股寒风吹起他的头发,遮着了他的眼睛。周围的芦苇在风中发出的欢快响声,仿佛在嘲笑他……

二

话又回到开头,新年的第一个早晨,天蒙蒙亮。小草帽从热被窝里爬出来,穿上棉衣下了楼,他抱起沉甸甸的一盘子大地红鞭炮,要赶个头彩,先学一出半夜鸡叫,再猛放一阵子鞭炮,又来劲又过瘾,把旧年纠缠在门前的邪魔驱走,迎接新年的财神爷光临。他打开门,一脚刚迈出门,眼前的景象让他惊了、傻了、呆了,恐慌地睁大金鱼眼,大雪过后的街道上停着一长溜警车,四处是荷枪实弹的警察。有两个警察走过来压低声告知他,赶快回房子里去。小草帽这才如梦初醒,慌张收起鞭炮,大气不敢出,缩起脖子退回屋里,爬在窗玻璃上往外瞅,眼珠子一转,明白了:看来寡妇街出大事了。

街道西头哑妹的小儿子淘气在三楼上睡觉,在梦里感觉到异常的响声,机警地从被窝里钻出来,穿上衣服,从枕头下抽出上好镗的手枪,蹑手蹑脚走到窗口。天已经大亮了,他掀开窗帘朝街道上看去,街道上静悄悄的,他预感到要发生什么事情,朝四周看去,吃了一惊,屋顶上、街道的拐弯处,到处都是警察和武警的身影,街两头停着警车。再看对面的窗户里,亮着黑洞洞的枪口。哦,他明白发生了什么事情,赶快把四个睡觉的小兄弟叫醒,他们紧张行动起来,这样的阵势他们见过很多次了。

这时,一个高音喇叭响起:"老六,你已经被包围了,你跑不了啦!快出来投降!"

"哈哈,有种的上来啊!"

淘气回应到。

"老六,如果你不投降,我们立刻消灭你。"

"我什么阵势没见过,你们吓唬不了我!"淘气又是哈哈大笑。

他指挥小兄弟,留一个跟着自己,让两个兄弟从楼后窗户逃走,顺手点起一串过年放的鞭炮,扔出窗外,他趁着鞭炮声,又朝对方射击,掩护几个兄弟。他们把床单拧成绳子扔出窗户,没发现什么动静,两个兄弟翻出窗户,溜了下去,还没站稳,就冲上来几个警察,两个兄弟手中的枪响了,他们和警察交火,一个被打死,一个被打伤。淘气在楼上看得清清楚楚,端起冲锋枪一阵扫射,他在楼上疯狂地大喊大叫:"哈哈,有种的冲上来啊!"

枪声在静悄悄的大街上空像炒爆豆一样,过了好一会儿才停止。

这时,从警车上下来一个高个子警察,他就是哑妹的二儿子,市公安局刑警队队长。他带着警察,回家抓淘气。他快步走进母亲的"驼铃商社",敲响了商店的门。

母亲听到敲门声,打开门,看见二儿子走了进来。

"站住——!"

一个歹徒把黑洞洞的枪口对准了刑警队队长。

哥哥见母亲站在柜台里面,在向他打手势,淘气提着枪从楼上下来,来到楼梯口,哥哥和那个歹徒交换了位置,那个歹徒又朝楼上走去。

兄弟俩相遇了。

哥哥眼里射出威严的目光,手指着淘气:"把枪放下!"

"你看我会放下枪吗?啊!哈哈……"淘气狞笑着,"哈哈,我刀山火海都闯过来了,还怕你!"

"砰"的一声,淘气朝屋顶开了一枪。

"你跑不了,你已经被包围了。"哥哥厉声地说。

"哈哈,我跑不了,你也跑不了!你能吓着谁啊!我的警察哥哥,啊!哈哈……来呀,抓我啊!"淘气一步步走近哥哥,枪口对准了哥哥。

母亲眼睁睁地看着两个孩子,又紧张又害怕,她走到两个孩子中间,看看这个,又看看那个,她明白了,淘气一定是做了许多坏事情,哥哥是来抓他的。母亲面向淘气,目光盯着他的枪口,比划着什么。淘气看懂了,那是叫他放下枪。

"妈,你走开!走开——"淘气吼叫。

母亲没有走开,她朝淘气走去,就在这时,哥哥拔出了手枪,他推开了母亲,朝淘气射击,一枪打掉他手中的枪,淘气的另一只手也开枪了,两个人同时倒在血泊中。

门外的警察冲进来扑上去,"咔嚓"一声给受伤的淘气戴上了手铐,后面的警二儿子挣扎着起身，母亲叫了一声。儿子转过头，见母亲两眼浑浊的泪水流了下来。

警察把淘气带走了。

几个警察匆忙跑进来，抬着担架，把受伤的二儿子抬走。

哑妹走到担架旁边，看着受伤的儿子。

"妈！"二儿子把母亲抱在怀里，"妈，我常回来看你。"

哑妹点点头。

两个儿子走了，一股风雪吹进了门，哑妹追出去，望着警车一阵呼啸离开了寡妇街，尖锐的警笛打破了寡妇街黎明的宁静。

此时，门外响起新年的爆竹声，噼噼啪啪响成一片，洁白的大地上铺上了一层红纸。

三

淘气和同伙因分赃不均，发生内讧，有同伙把他们做的案子一一报告警察，警察连夜追查淘气，发现他的下落。警察把他包围在家中，因为黑夜，又赶上过春节，到天亮时警察才开始动手。

据淘气在公安局交代，他不光参与了杀人、绑架，雪莲就是被他绑架的，而且还参与了许多盗窃活动。他很聪明，一开始就把目光对准市政府机关家属院，这里是最危险的地方，也是最安全的地方。只要不被抓住，他们是不会报案的。于是，他们挑了一个人家，这个家恰好是司马南书记的家，他们翻窗进去，撬开一个保险柜。于是，司马南书记受贿丑闻浮出水面，他很快被双规了。

司马南面对着坚硬的水泥墙壁，喧嚣繁华的世界在他面前安静下来，没有了亲密的礼尚往来，没有了虚荣客套应酬，没有了热情的宾客盈门，也没了大会小会，更没了电话声声和成堆的文件，好了，一切都不属于自己了。他除了每天吃饭就是睡觉，再就是回忆和思考。

他想起那长长的黑发，一会儿在眼前飞舞，一会儿在梦里萦绕，散发着温馨的记忆，在那长长的黑发里有红红的嘴唇、白白的皮肤、温柔的眼睛，那长长的黑发里有一根看不见的情结，系住两个人的心。那曾经拥有过，给他温暖、给他一生珍爱的长发，而他却为了保全眼前的名和利，推开了走近眼前的长发。名和利像座大山挡住了他的眼。让他迷茫、让他醉生梦死、让他魂不附体，现在想重新拥有那个温暖，那个珍爱的长发，已经迟了。

司马南回忆走过的人生路，这么多年来，在官场上可说是一路顺风，幸亏有泰山老丈人的保驾。

在记忆深处，漂来一个浮萍——阳春面。他想吃她亲手做的阳春面。哦哦，阳春面！那如丝如缕的阳春面，给了他刻骨铭心的记忆，给他青春的生命增添了激情，使他感受到来自一个女人灵魂深处的爱。

四

书记夫人李海兰已没了往日的骄横的神气，她东躲西藏，逃避追查，保险柜里有价值不菲的金银首饰，和各种有价证券、股票。有些东西的来历，连她自己也说不清，她越想越怕。有人给她出主意，只要填补了亏空，就能减轻处罚。此时的情景是树倒猢狲散，找个帮忙的人也不知藏哪里去了啊！她抓破头皮地想每个可能会帮自己的人，一个个地排队，她猛然想起一个人——巧珍。也许这个女人能够救他们……

李海兰三脚并做两步来到寡妇街，才知道巧珍早走了。酒楼转给一个叫马静的老板，李海兰问马静老板巧珍的去向。马静给了她一个联系电话，她记住这个电话号码，飞快回到住处给这个号码打电话，很快打通了，一问才知，那人正是巧珍，人家已在几千公里之外的京城。李海兰心凉了半截，但还是鼓起勇气，把老司的事和盘说给巧珍，过了一会儿，对面传来饮泣声，抽噎了好一会儿，此时此刻，两个相隔千里的女人的心贴近了。巧珍很快停止了哭泣，告诉李海兰，自己会很快回去，李海兰放下电话，长吁了一口气。

巧珍听完李海兰的电话，心突突地跳，她一时不知所措，这个司马南，他怎么了？他真的翻了船？我去了，能救他吗？巧珍坐卧不安，心乱如麻，两手按在胸前，默默念叨着司马南的名字，这个给了她爱也给了她恨的男人，掉进了坑里，那也许不是坑，是万丈深渊啊！她脑子里乱极了，她不知该怎么办是好。为了这个司马南，曾经的思念，像蛇一样的咬着她那颗痛苦的心，将她咬的百孔千疮，死去活来。是救他？还是不救他？为了这个人，为了有过的爱，怎么办？带着一腔刻骨的爱和恨，她痛苦的思考了三天之后，鬼使神差地重新回到那块伤心地。

巧珍神话般地出现在边陲小城，她和李海兰取得联系。当她出现在李海兰面前时，李海兰看见一个女人，戴着金丝边眼镜，脖子上挂着珍珠项链，耳坠上吊着几颗祖母绿，穿着银灰色的袋装大衣，里面是高档面料的西装裙，乌黑的长发，在脑后盘了一个簪，更显出她非凡的气质。哦，这就是那个开饭馆的女老板吗？不禁让夫人暗吃一惊，眼前的这个女人，和以前的那个老板娘简直判若两人。

夫人慌忙伸出手，想和她握手，巧珍有意闪开夫人伸过来的手，让夫人好一阵尴尬，两个女人各怀心事坐下来，谁也不看谁的脸，开门见山地说话了。

往日书记夫人盛气凌人的样子、自信傲慢消失了,她惭愧地低下头,不停地搓着双手,嗫嚅小声说:"巧珍,我知道你爱他,他也爱你。可你我同是女人,我们应该互相理解。他现在已经这样了,我也没办法啊!"夫人说到这里忍不住哭了:"巧珍,请你看在和老司当年的情分上,我求求你,帮他一把啊!"

巧珍盯着夫人:"我不想听你啰唆。夫人,需要我做些什么呢?"

"他现在急需一笔钱,把亏空填补上。"

"他,需要多少?"

"一……一……百万。"

巧珍紧张地吸了一口冷气,重复了一句:"一百万?你好狠啊!因为钱,你把他扔进坑里!"

巧珍盯着面前的女人,眼里射出了一把剑,她指着李海兰,发出尖锐的叫声:"你这个不要脸的女人,给你星星,你要月亮。难道真是男人不能没有权?女人不能没有钱?你,是你把他——害了!"她从牙缝里挤出几个字。

李海兰也动了感情:"我也是为了这个家,为了他的前程啊。"

巧珍声音颤抖着,她的哭声哽在嗓子眼里,她努力不发出声音,抽泣着,一字一句地说:"李海兰,你也是个女人,我也是个女人!你有男人,靠男人吃饭,我靠什么呢?我是靠自己的一双手,一分钱一分钱地挣……我容易吗?你以为我的钱是大风刮来的吗?是天上掉下来的吗?"

李海兰不敢看她的眼睛,她怕了,怯了,赶紧讨好地从小坤包里拿出纸巾,递给巧珍,她没接,在衣服里抽出丝绢手帕,拭去一汪泪水,挥手一丢,扔在了夫人脚边:"当年,我一个寡妇,来到这条街上,我用命挣钱,盖起楼房。我的事业成功了,可我的爱在哪里,我的幸福在哪里?"

在巧珍面前,李海兰像个斗败的鸡。她低着头,巧珍连珠炮似的发问,像一颗颗重磅炸弹,在夫人耳边轰响,在灵魂深处爆炸。

李海兰明白了这个女人依然和司马南残留着看不见摸不着,扯不清斩不断的柔情。人啊人!夫人此时悟懂了什么,她喃喃地有气无力说:"巧珍,我知道,你爱司马南。在你面前我是多么渺小,我只爱他手中的权和钱,没这些,我无法活下去。"夫人不敢看对方,哭着说:"我也是没办法啊……"

巧珍胸脯起伏,双手按在胸口,努力克制着情绪,冷静了一会儿,站起身,走到窗前。她不想让夫人看见自己在流泪。窗外高大的白杨树在萧瑟的寒风中哆嗦,一阵风把黄金般的叶子吹落在地。几只麻雀喳喳地飞来飞去,她慢慢转过身,小声对夫人说:

"好吧,你什么都不要说了,你不就是要钱吗?三天后在这里见面。"说完她站起身就要走。

"巧珍……吃了饭再走吧！"夫人恳切地说。

巧珍冷冷地瞧她一眼，没再理她，打开门朝外走去。

第三天，巧珍又在这里和夫人相见。她从精致的蛇皮小坤包里抽出一张支票，放在夫人面前的桌子上，夫人飞快地像抓住一根救命的稻草，双手捧着那张支票，扫了一眼，扪在胸口，"扑通"一声跪在她面前，失口叫了一声：

"巧珍，谢谢你！我给你打个据，下辈子我和老司做牛做马也要报答你！"夫人失去了往日的尊严和风采，头发凌乱，衣裳不整。

"不必了，我什么都不要，你把他照顾好……"她从蛇皮小坤包里又夹出一沓钞票，"这是五千块钱，给他买点补品……"

夫人接钱时，紧紧握住她的手，巧珍使劲挣脱了她的手，泪水不由流了下来，背过身去，掏出手绢擦去眼角上的泪水，夫人又一次抓住她的手，巧珍一用力挣开夫人，将她推开，像推开一块挡路的石头，踏踏踏地走出门，后面传来夫人有气无力地喊叫：

"巧珍——巧珍……"

寡妇街的娘们真够浪！把书记弄翻了船……一条消息不胫而走，小城的角角落落流传着一个爆炸新闻，像长了翅膀飞遍全城，于是小城沸腾起来……

关于市委书记和寡妇街一个长发女人的故事，被好事的人们添枝加叶，炮制出各种不同版本，谁都说自己的版本是正宗的。虽然各种版本不同，但有一个主题是不变的：那就是男人和女人……

一抹夕阳，给喧闹的街道上铺了一层闪烁的金光。这时，那个蓄着山羊胡子的老头，骑着灰毛驴晃悠悠地走来，口中朗朗有声：

金金子，银银子，金光闪闪贼样子，把人迷糊的转圈子；金金子，银银子，爷们淌下汗水子，娘们流下泪珠子；金金子，银银子，哗哗啦啦流水子，男人丢了命根子，女人丢了魂魂子……